NO ME CERRARÁN
LOS LABIOS

NO ME CERRARÁN
LOS LABIOS

Una novela sobre Hermila Galindo,
feminista y revolucionaria

ABIA CASTILLO

Grijalbo

No me cerrarán los labios
Una novela sobre Hermila Galindo, feminista y revolucionaria

Primera edición: septiembre, 2021

D. R. © 2021, Abia Castillo

D. R. © 2021, derechos de edición mundiales en lengua castellana:
Penguin Random House Grupo Editorial, S. A. de C. V.
Blvd. Miguel de Cervantes Saavedra núm. 301, 1er piso,
colonia Granada, alcaldía Miguel Hidalgo, C. P. 11520,
Ciudad de México

penguinlibros.com

ISBN: 978-607-380-261-1

Impreso en México – *Printed in Mexico*

ÍNDICE

Parte III. Empoderamiento

Para Aby, Celia y Elizabeth,
y para todas aquellas
que me han acompañado en el camino.

PARTE I
CONOCIMIENTO

BAILANDO CON EL DIABLO

Fue una tarde calurosa en Torreón la que definiría el rumbo de mi vida, una tarde cuyo designio se manifestó con el mismo magnetismo de una brújula. Años después, aún me preguntaría cómo aquel descubrimiento fue dibujándose de forma tan precisa y a la vez tan casual. Lo único que llevaba conmigo aquel día eran una libreta y una pluma, suficientes para darle nombre a todo aquello que palpitaba en mí.

Siempre me supe distinta. Mi madre murió apenas días después de mi nacimiento y de ella conservé el nombre: Hermila, el cual según leí alguna vez proviene de *Hermes*, el dios mensajero de la mitología griega. La causa de la muerte de mi madre fue algo que descubrí solo después, entre los cuchicheos de las vecinas a quienes podía escuchar a través de las paredes de nuestra casa en la duranguense Villa de Juárez. Para muchos aquella muerte significó un estigma, pero no para mí. Supe crecer con lo que tenía, y mientras lo hacía, atesoré cada descubrimiento sobre mi vida como si fueran las pistas de un acertijo el cual debía descifrar. Si yo era la mensajera, ¿cuál era el mensaje?

Nací en 1886, otro año marcado por el poder supremo del entonces presidente Porfirio Díaz: en solo doce meses suspendió un buen número de garantías individuales, realizó una redada para aprehender a los periodistas que criticaban a su gobierno y asestó un cruel golpe a la rebelión de los yaquis en Sonora, liderados por el aguerrido Cajeme. Mientras esto sucedía en México, Carl Benz patentaba su vehículo de combustión interna y la Estatua de la Libertad se inauguraba en

Nueva York, en tanto que el 1o de mayo unos huelguistas en Chicago demandaron jornadas de ocho horas laborales y sin saberlo, iniciaron la bonita costumbre de celebrar el Día del Trabajo. Se publicaban *Los pazos de Ulloa* de Emilia Pardo Bazán, *La muerte de Iván Ilich* de León Tolstoi, los bellos poemas en prosa de Rimbaud; y mientras el compositor romántico Franz Liszt moría en Alemania, la electrizante música de jazz se popularizaba desde Nueva Orleans hacia todo el sur de los Estados Unidos. Así, el mundo se abría ante mí como un ente convulso y salvaje. Como todo lo demás, desde mis primeros años comprendí que Durango, mi tierra natal, sufría la invasión de las grandes compañías inglesas y francesas que ostentaban las subvenciones de los ferrocarriles, aquellas que quebraban los montes para sepultar a los huicholes, coras y tarahumaras, y en su lugar creaban nuevas ciudades "en bien del progreso", tan de moda en aquella época. También me enteré de que apenas días después de la muerte de mi madre, mi padre me recogió y me llevó a vivir con su hermana, la tía Ángela. *Ángela la solterona; la que ya no se cose con hervor, la que ya es tuna; Ángela la quedada, a la que le gustaría que alguien le tire el capote;* decían burlones los vecinos cuando nos veían cruzar la calle siempre tomadas de la mano.

Me dolían estos comentarios hacia ella pero fue la propia Ángela quien se encargó de decirme que las palabrerías la tenían sin cuidado, que ella estaba contenta de estar conmigo, en su propia casa y sin amo a quien servir, que ella secretamente tomó otra decisión, que lo que dicen que es oro pocas veces lo es: me contó de una mujer a quien su esposo le había cortado la nariz dizque por una infidelidad, otra a quien su familia había cambiado por una pinta de mezcal curado, otra que se suicidó cuando la abandonó el hombre y se quedó sin nada con qué alimentar a sus hijos. Mujeres que eran propiedad de todos excepto de sí mismas. Conmigo Ángela no tenía pelos en la lengua. Si bien mi papá me procuró lo indispensable, fue ella quien me brindó lo verdaderamente útil. De Ángela aprendí otras formas de vivir, de escuchar, de abrir los ojos a mi alrededor. Era feliz con ella, la quería tanto como ella a mí.

Apenas un periódico lograba llegar a sus manos, Ángela solía leérmelo en voz alta y sin omitir una sola línea: fue así como me enteré del fusilamiento del Cajeme y del encarcelamiento del antirreeleccionista Filomeno Mata; fue así como también tuve noticia de las grandes celebraciones de la élite porfiriana, de sus bailes, fiestas y zarzuelas, de sus majestuosos teatros en donde se presentaban Sarah Bernhardt y la ópera italiana sin importar que afuera el pueblo se muriera de hambre. Desde mis primeros recuerdos me veo sintiendo un fuego dentro del pecho, una náusea que se extiende hasta rebasarme. Ángela le decía a don Porfirio "viejo canalla y cabrón" y yo no le decía nada porque no se me permitía decir palabrotas, pero de todas maneras supe que algún día algo tendría que hacer. No podía ser de otra forma, pues esta rabia me sobrepasaba.

Me gustaba aprender e ir al colegio, primero en Lerdo y luego en Chihuahua, en donde acudí a la Escuela para Señoritas. Mi papá decía que yo era muy inteligente, demasiado, "su niña abusada y precoz", eso lo ponía contento. Como la mayoría de las mujeres que tenían el privilegio de acceder a una educación, en la Escuela para Señoritas aprendí inglés, telegrafía, taquigrafía y mecanografía. *Madre, monja o mecanógrafa,* solían decir muchas jóvenes como un chiste macabro que ilustraba muy bien nuestro "amplio" abanico de opciones. En ese entonces no sabía lo que deseaba exactamente de la vida pero estaba segura de una cosa: que sea cual fuere mi destino, yo sería la dueña de mí misma. A pesar de lo mucho que disfruté mis años de escuela, estos también representaron si bien no un descubrimiento, la comprobación de una verdad implacable: como mujer no era nadie, no se me permitía hacer nada, no importaba cuán grandes fueran mis ganas de combatir contra el gobierno de Díaz, tendría que quedarme en silencio, con el coraje atorado en la garganta. A las mujeres nos reprimían en nuestras casas, en nuestras calles y colegios, en los pocos trabajos a los que podíamos acceder. Nos reprimía nuestro propio Estado y nuestra Constitución, la cual no nos consideraba ciudadanas ni nos otorgaba derechos, mucho menos el voto. Lo que sí teníamos era un lugar exclusivo en la vida privada, destinado solo a procrear hijos y cuidar al marido, en donde cualquier muestra de rebeldía se consideraba en contra de nuestro carácter apacible y maternal. Y yo no estaba de acuerdo con ninguna de esas cosas.

En la escuela me convertí en quien decía lo que no se debía decir, la que cuestionaba, retaba y proponía cambios que a oídos de las maestras eran imposibles. Varias veces fueron mis propias compañeras quienes le iban con el chisme a las autoridades del colegio: *Hermila anda diciendo que las mujeres perdidas pueden componerse, ¿es cierto eso?; señorita directora, Hermila anda diciendo que no nos debería dar pena conocer nuestros propios cuerpos; Hermila anda gritando en el pasillo que las mujeres también podríamos ser diputadas.*

Para mi pesar, fue mi tía Ángela quien se llevó la peor parte de mis primeras rebeliones. Solía obsequiarle a la directora tortillas de harina recién horneadas y le prometía lo mucho que trabajaría en mi "regeneración", solo así lograba convencerla de que no me expulsara de la escuela. *Estás bailando con el diablo, mija,* me decía Ángela de camino a casa. Me regañaba enérgicamente porque aquello ponía en riesgo mi educación, aunque yo sabía que muy en el fondo también se enorgullecía de verme desafiar este mundo ridículo que se había olvidado de nosotras.

Obtuve mi certificado en taquigrafía de las manos del mismo gobernador de Chihuahua. El día de la entrega mi papá estaba tan sonriente, tan feliz, que ya hasta planeaba mi viaje para estudiar en una universidad de los Estados Unidos. Desgraciadamente, ese fue el día que vi a mi papá por última vez. Murió semanas después, cuando apenas yo había cumplido trece años. Entonces cayeron otras piezas en mi acertijo: se decía que mi papá había dejado alguna pequeña herencia, que había por ahí otros dos hijos que vendrían a ser mis medios hermanos, que aparecieron ciertos "conocidos" de mi papá y ellos se apropiaron del supuesto dinero. Jamás supimos la verdad, tampoco nos interesó averiguarla. Mi tía Ángela y yo nos teníamos la una a la otra, y como siempre, eso nos bastó. Lo único seguro es que empezaríamos un nuevo camino juntas.

Nuestro recorrido nos llevó por varias ciudades de Durango y Coahuila, en donde comencé a dar clases particulares de español, mecanografía y taquigrafía. Ángela era tan movida como yo y para ganar unos pesos vendía tamales, hacía los mandados en una oficina de correos, o les pegaba los botones de las camisas a los vecinos con su máquina de coser Singer, un invaluable artefacto que entonces llegó a representar el símbolo de la independencia femenina. Como todas las mujeres en México, nosotras también hacíamos de todo para sobrevivir. Alrededor de 1906 nuestros pasos nos llevaron a asentarnos en Torreón, Coahuila, la villa que había surgido como una pequeña ranchería y se había convertido en uno de los centros más importantes del país. La estación de ferrocarril conectaba a Torreón con Ciudad de México, Nueva Orleans, Nueva York y Filadelfia, atrajo a la región bancos internacionales, compañías manufactureras, industrias metalúrgicas y gente de diversas partes del mundo, razón por la cual la Perla de la Laguna más tarde se convertiría en una de las ciudades más prósperas de México.

La efervescencia que ahí se vivía era contagiosa. El intenso movimiento de Torreón, su aire cosmopolita y su flujo de ideas tan variadas como nuevas despertó en mí ese viejo deseo de quererlo todo. Aquella costumbre de leer periódicos se extendió hacia Cervantes, Sor Juana, Kant, Schopenhauer, y hasta la Biblia. Gracias al ferrocarril llegaban a mis manos publicaciones como *El Imparcial, Excélsior* y algún ejemplar de *Regeneración*, el diario que los Hermanos Flores Magón —acérrimos enemigos del régimen porfirista— continuaban publicando desde Estados Unidos. No con pocos esfuerzos también me empeciné en conseguir algunos números de *Violetas del Anáhuac*, la revista feminista fundada por la escritora mexicana Laureana Wright, los cuales después guardaría entre mis grandes tesoros.

Fue en medio del ajetreo de la vida cotidiana de Torreón que encontré lo que tanto anhelaba sin siquiera darme cuenta de ello: una hermandad. Las mujeres que descubrí aquí compartían conmigo el mismo desasosiego, la misma urgencia de proponer una nueva manera de integrar a las mujeres en la vida pública y modificar su rol en la vida privada, ¿pues acaso lo público y lo privado no venían a ser lo mismo? Desde el primer día de mi adhesión a Las Admiradoras de Juárez nos reunimos a discutir, criticar y compartir; rechazábamos las teorías que pretendían relegar a las mujeres a las tareas domésticas; profundizábamos sobre el pensamiento feminista de Rosa Luxemburgo y Augusto Bebel, el teórico marxista que tal como mis nuevas compañeras y yo, proponía una mujer libre y dueña de su propio destino. Nosotras queríamos opinar, salir, alzar la voz que desde siempre se nos había negado. No éramos las únicas. En diversas ciudades del país las mujeres se organizaban en grupos y clubes con el fin de atacar al régimen porfirista y exigir igualdad política, como fue el caso del Club Liberal Las Discípulas de Juárez en Veracruz y el de Antina Nava en San Luis Potosí, entre muchos otros. Si bien desde hacía décadas esas voces inconformes se alzaban desde diversas trincheras, hoy su grito era más fuerte que nunca. Un cambio se avecinaba.

Aquella tarde de 1909 salí corriendo de la escuela en donde trabajaba como maestra y emprendí una apresurada caminata al centro de la ciudad. Tanta fue mi prisa que había olvidado mi monedero en el salón de clases: solo llevaba conmigo una libreta y una pluma, pero ya luego regresaría por mi dinero. Todo lo demás podía esperar. Desde hacía varios días Torreón se preparaba para celebrar el centenario del natalicio de Benito Juárez. La plaza estaba a reventar. Como pude me abrí paso entre la gente y logré acercarme al estrado. El prestigioso abogado Francisco Martínez comenzó el mitin recordando la valentía del Benemérito a la hora de defender la soberanía nacional, destacó su inteligencia al decretar las leyes de Reforma, así como su fortaleza cuando tuvo que enfrentarse al Imperio francés. El presidente Juárez había reformado al país, transformándolo en una nación más libre y cada vez más justa... a diferencia del momento en que vivíamos. Entonces se hizo más y más claro que el verdadero objetivo del abogado Martínez era otro: atacar el actual gobierno de Porfirio Díaz. Saqué la libreta y la pluma del bolso. Mi mano, incontrolable, empezó a deslizarse por el papel como si tuviera vida propia. En el estrado, Francisco Martínez criticaba enérgicamente la pobreza y la desigualdad en el país al tiempo en que impulsaba el movimiento antirreeleccionista y se lamentaba por las décadas de represión del gobierno de Díaz. Nunca como entonces me sirvieron tanto mis años en la Escuela de Señoritas, cada tarde que pasé perfeccionando el *arte* de la taquigrafía. Simplemente no podía dejar de transcribir aquel discurso. Justo en ese momento llegaron a mi cabeza las palabras que mi tía Ángela me decía cada que hacía alguna "travesura" en el colegio: *Estás bailando con el diablo*. Esta vez yo también lo sabía. Rozaba temerariamente los límites, lo prohibido. Las palabras incendiarias del abogado eran un desafío a Porfirio Díaz. Y precisamente por eso seguí escribiendo.

El propio alcalde de Torreón, a punto de sufrir un ataque cardíaco por el repentino giro que tomó aquella tarde, subió al estrado y arrebató el discurso de las manos de Francisco Martínez. Apenas lo hizo, ordenó que todos los presentes —especialmente los periodistas— le entregaran las transcripciones que habían hecho de las palabras del abogado. La multitud estaba desconcertada. Discretamente guardé mi libreta de vuelta al bolso y me perdí entre la gente. El corazón me latía con fuerza mientras atravesaba las calles de la ciudad. Aquel fuego que sentí desde niña, provocado por el coraje y la indignación, por fin había encontrado su cauce. Había desafiado al régimen y logrado salirme con la mía.

Al llegar a casa escribí el discurso completo, me sorprendí de que no se me había escapado ni una sola palabra. Días más tarde, con la ayuda de Las Admiradoras de Juárez logré dar a conocer lo dicho por Francisco Martínez: una imprenta aceptó reproducir un buen número de copias y nosotras nos encargamos de distribuirlas por la ciudad. Nuestra compañera Luz Vera, quien trabajaba como cajista en un diario local, hizo llegar el discurso hasta las manos de ciertos miembros del Partido Democrático dirigido por Benito Juárez Maza, el hijo del Benemérito. Ahora esa provocación contra

Díaz estaba allá afuera, era leída y escuchada en los rincones más inesperados.

Luego de esa tarde en Torreón mi vida nunca sería la misma: como Hermes, me había convertido en mensajera. Tenía la convicción de que el mundo se podía transformar y ese primer acto de desobediencia me hizo descubrir que mis acciones tenían valor, que mi voz poseía la fuerza suficiente para manifestarme contra la opresión que me rodeaba.

Estás bailando con el diablo, mija. Y ese fue solo el inicio de aquella danza.

UN DOLOR COMPARTIDO

Creíamos en el movimiento, en todo aquello cuyo impulso condujera a la modernidad. Tal como Ciudad de México y el resto de las metrópolis del país, Torreón despertaba con el sonido del progreso: el tranvía eléctrico con rumbo a Lerdo, los restaurantes y tiendas libanesas que abrían sus puertas a lo largo de la calle Hidalgo; los hilos telegráficos se extendían por el cielo matutino hasta los límites de la ciudad misma, en donde el silbato de la fábrica algodonera anunciaba el inicio de una nueva jornada. Luego de algunos años por fin me había construido una modesta rutina de la cual me sentía orgullosa, lejos de la vida itinerante que Ángela y yo alguna vez emprendimos llevadas más por el destino que por la convicción. Aquellos acostumbrados a verme cruzar el mismo camino a diario no me conocían como Hermila sino como "maestra". Para algunos mi presencia en ese espacio público representaba una invasión: me miraban con hostilidad, desconfiados de la independencia con la cual me sostenía sin necesitar una fuente de manutención masculina, por lo cual hasta parecía que debía disculparme. Para otros encarnaba la viva imagen de lo correcto, del sacrificio y hasta del instinto maternal. Ellos no solo me daban los buenos días y me sonreían nomás cruzaba la calle, sino también me hacían descuentos en los cortes de cabello o me regalaban canastillas de verduras. En términos generales, nada ilustraba mejor el progreso porfirista que la labor educativa y por ello, nuestra presencia despertaba una admiración casi solemne. No era para menos. Debido a nuestra inclinación "natural" a la instrucción, las mujeres componíamos casi por completo el cuerpo magisterial y representábamos una atractiva inversión para el Estado: se nos pagaba la mitad que a los hombres y se nos consideraba especialmente comprometidas con nuestra labor, pues a falta de empleos para nosotras, cuidábamos a capa y espada el que ya teníamos. Bajo salario pero desempeño óptimo. Al menos nos quedaba la solemnidad.

La escuela en donde trabajaba se ubicaba en una modesta construcción cercana al centro. Además de los salones de clase, las maestras compartíamos un aula para organizar nuestros papeles, descansar, tomar café. Al inicio del día el lugar estaba a reventar. Entre el reguero de voces se distinguían conversaciones sobre algún nuevo concierto en el Teatro Herrera, sobre una manera infalible para apretar el corsé sin romperse las costillas, o acerca de algún método para estirar el sueldo y vivir como Dios manda. Por lo regular algunas maestras aprovechaban estos momentos para vender piezas de pan dulce o ramilletes de flores aromáticas, buenos para evitar las pulgas en casa, con el fin de ganarse un dinero.

Como todas las mañanas, Beatriz me interceptó sin siquiera darme los buenos días:

—¿Puedes creer a nuestro líder educativo? Te voy a leer… —anunció extendiendo un periódico—: *luego del aumento de sus actividades a lo largo y ancho del país, puedo afirmar que los llamados "grupos feministas" no son más que un refugio de mujeres feas y viejas cuyo único propósito es igualarse a los hombres…*

Soltó una carcajada. Algunas maestras la mandaron callar pero a ella no le importó.

—¿Y él qué? ¿No se ha visto al espejo?

—Te dijeron vieja —mencioné irónica—. Y además, fea.

—¿Y qué se le va a hacer? —respondió alzándose de hombros—. Me han dicho peor.

A Beatriz la conocí durante mis primeros encuentros con Las Admiradoras de Juárez, el querido grupo al que nosotras definíamos precisamente como sociedad feminista y otros, como el líder educativo, tachaban de nido de brujas. Beatriz siempre me intrigaba: su carácter despreocupado, su temperamento extravagante y decidido,

22

su voz grave y su peculiar gusto por la moda. Me gustaba no entenderla del todo, sentir que aún había algo nuevo por descubrir.

Entonces la escuela representaba mi paraíso privado, el universo donde me hallaba tranquila. Si de la taquigrafía me gustaba esa cualidad de lenguaje secreto, de la mecanografía disfrutaba el ritmo y el orden. Me molestaba esa tendencia de motivar a las mujeres más a enseñar que a aprender, pero en general me gustaba ser maestra. La rutina, la convivencia, el ingreso seguro. Mis alumnas me miraban con marcada curiosidad y me hacían todo tipo de preguntas, ya fuera para incrementar la velocidad en el dictado o implementar el uso de las reglas ortográficas, aunque varias de ellas aprovechaban para insinuarme cuestiones más específicas: si tenía hijos, si había novio o marido, si el dinero me alcanzaba. En el fondo la pregunta era la misma: ¿había otra manera de vivir fuera del matrimonio? En mi interior sabía que sí, pero el mundo seguía construyéndose en la dirección contraria, y México no era la excepción. Si bien el Partido Democrático representaba una oposición al régimen de Porfirio Díaz, principio con el cual me identificaba, la publicación de su *Manifiesto* despertó en la población un interés casi nulo. Podía entenderlo. Como muchos, también me sentí defraudada por la poca firmeza del Partido para señalar las injusticias cometidas por el gobierno porfirista, por su poca claridad para proponer la transformación de un país que la pedía a gritos, en especial, consideraba yo, en lo referente a la emancipación y la participación política de las mujeres. ¿Acaso ese *Manifiesto* revelaba nuestro miedo al lobo? Por otro lado, luego de la distribución del discurso de Francisco Martínez, los miembros del Partido me enviaron un telegrama para felicitarme por transcribir tan candentes palabras, las cuales ellos mismos, según me informaban, daban a conocer en otras ciudades de Coahuila. En la misiva resaltaban que Benito Juárez Maza estaba muy complacido por mi labor y me aseguraban un futuro brillante, palabras que me motivaron a plantearme por primera vez mi interés en la política. Tal vez podía involucrarme de manera más activa y consistente aunque en ese momento no supiera exactamente cómo.

Esa tarde Beatriz y yo salimos de la escuela y nos enfilamos hacia la casa de Luz Vera, el lugar en donde Las Admiradoras nos reuníamos una o dos veces por semana según la disponibilidad de la propia Luz. Como cajista, su labor consistía en componer los textos que se imprimirían en el diario, donde esporádicamente se publicaba poesía, crónicas sociales y artículos sobre cómo ser un ama de casa eficiente y una buena madre y esposa, todo este material con la finalidad de "complacer las necesidades del público femenino". Algunas veces el editor le permitía a Luz escribir notas sobre teatro, historia y literatura, en las cuales ella dejaba entrever su simpatía por los Flores Magón y sus ideas sobre la emancipación de las mujeres. Luz rondaba los cuarenta años, "casi una abuela", como dirían muchos, fumaba un puro todos los días y estaba casada con un periodista del mismo diario en donde trabajaba, un hombre silencioso llamado Emilio, que a diferencia de los maridos de otras compañeras, o antiguas compañeras que habían renunciado a reunirse con nosotras debido a la presión de sus cónyuges o de sus mismos padres, apoyaba nuestros encuentros y se aparecía esporádicamente solo para saludarnos. El resto de nosotras éramos maestras, taquígrafas o secretarias. Aunque no estaba escrita, la única regla de Las Admiradoras de Juárez era compartir ya fuera una noticia, anécdota, o idea sobre la cual todas pudiéramos opinar o dar nuestro punto de vista. En sus inicios nuestras tertulias estaban inclinadas casi exclusivamente al terreno literario, eran pláticas para pasar el domingo, pero con el tiempo aquellos intercambios se trasladaron más hacia lo político, tanto a lo público como a lo privado. Durante esa velada Beatriz nos compartió aquel comentario de "viejas y feas" que me había leído por la mañana:

—Yo simplemente no puedo acostumbrarme a la obligación de ser bonita —mencionó mirando su vestido holgado y su gabardina deshilachada—. Me rehúso a creer que todas debamos serlo. No me vienen los vestidos entallados, detesto cualquier tela que se me pegue al cuerpo.

—En mi caso, "bonita" es una palabra que nunca he relacionado conmigo. Simplemente no encajo en ella —dijo Antonia, la vecina de

Luz, con voz temblorosa—. Desde niña he sido muy gorda, o muy morena, o muy escandalosa. Pero supongo que quería ser bonita porque algo en mí me daba tanta vergüenza que luego yo misma no me hallaba. Me tocaba la cara, los brazos, y era como si tocara a otra.

—La cuestión es que nos obligan a encajar en un solo tipo de belleza —intervino Luz con su eterno cigarro entre los dientes—. Joven, bonita y amable, ¿y dónde fregados quedamos las viejas, las enojonas, a las que nos gusta alborotar?

—En ningún lado —contesté—. Con nosotras es igual que con la mercancía, te aprueban o desaprueban.

—Pero si eres guapa, ¿qué? ¿Acaso es delito? —dijo Susana, quien era madre de dos niños y trabajaba como secretaria en la Oficina de Telégrafos—. ¿Y qué si encima te gusta ondularte el cabello, lavarte la cara con limón, apretarte el corsé...?

—De malo no tiene nada —interrumpió Luz, con una risita—. Yo nomás digo que prefiero tener costillas.

—Pues yo, cintura —remató Susana—, y si es más chiquita, mejor.

En medio de la conversación, la puerta se entreabrió con un rechinido tímido y quedo. Margarita asomó la cabeza con una mueca de súplica, justificando su retraso. Algunas le dirigieron un saludo fugaz pero la mayoría siguió enfrascada en la plática sin notar su presencia. Su rostro era pálido y delgado, rodeado de cabello fino. Todo en ella parecía ligero excepto su mirada dura, pesada como una loza. Se llamaba Margarita, o Mago, como quisiéramos. Esa noche cruzó la puerta sin ver a nadie más y tal como lo hacía en las últimas reuniones, avanzó casi corriendo hasta sentarse junto a mí. Sonrió con dificultad, como si desempolvara un objeto olvidado. Se había unido a Las Admiradoras semanas antes y fuera de su nombre no sabíamos otra cosa. Así pasaba a veces. Además de las compañeras habituales de pronto se sumaba alguien que se congregaba solo un par de ocasiones y luego desaparecía; mujeres que iban y venían y se marchaban sin siquiera despedirse. Pensamos que algo similar pasaría con Mago, pero para nuestra sorpresa continuaba presentándose aun cuando únicamente se limitaba a escuchar, asentir e irse corriendo apenas la reunión se daba por terminada.

—El problema no es querer costillas o cintura —dije luego de unos minutos—. A mí lo que me enoja es precisamente la falta de elección.

—Y la obligación de ser exactamente como te dicen —susurró Beatriz.

—Y la de pedir perdón por todo —concluí.

Al terminar la reunión, Beatriz se dirigió al sur de la ciudad, y Mago y yo nos encaminamos al centro. Era la primera vez que estaba a solas con ella y honestamente, cuando Beatriz se fue no supe qué más decir. Pocas veces había visto a alguien tan nerviosa y tímida, como si se encontrara en un extravío permanente.

—¿Lo dijiste en serio? —preguntó de manera sorpresiva—, ¿eso de que somos como mercancía?

—Sí… he pensado que es justo así —respondí—. ¿Tú no lo crees?

—Supongo, pero no lo sabía hasta que te escuché —sentenció Mago.

Caminamos un par de minutos en silencio cuando de pronto, sin previo aviso, se soltó a llorar. Un llanto ahogado, atorado desde quién sabe cuándo. Sin saber qué más hacer, la tomé de la mano y la guie hacia una banca de la plaza. Su llanto fue convirtiéndose en un berreo cada vez más intenso.

—¡¿Qué pasa?! ¡¿Te lastimaste?! —le pregunté confundida.

Entreabrió los labios pero las palabras tardaron en salir de su garganta.

—¡Es que él…! ¡Me equivoqué, soy tan tonta!

—¡¿Él, quién?!

—¡Mi marido! ¡Ay, Hermila, tengo tanto miedo que me voy a deshacer!

No entendía nada, pero al ver que empezó a temblar sospeché que eso de deshacerse bien podría no ser una simple exageración: tan mal estaba, tan perdida, que tuve miedo de que fuera a ahogarse con su propia lengua. Entonces recordé un viejo remedio que me enseñó mi tía Ángela cuando yo era niña y que a ella le enseñó su madre, y a ella su propia madre, o sea mi bisabuela, quien lo engendró ella misma o lo aprendió en quién sabe dónde. Así, me alejé hacia la zona arbolada de la plaza buscando a tientas entre la oscuridad. Esperaba encontrar algo seco, duro, que crujiera. Entre la maleza hallé el brazo de un árbol, arrancado de su tronco quizás a causa del viento. No era precisamente lo que esperaba pero seguro funcionaría. Lo tomé y se lo llevé a Mago, quien me miró con desconcierto sin dejar de llorar.

—¡Rómpelo!

—¡¿Qué?!

—¡Así! —le dije, y quebré una de las ramas—. ¡Rómpelo todo!

Los papeles se habían invertido: Mago me miró como si yo estuviera loca pero siguió atenta a cada una de mis palabras. Se levantó de la banca y aferró sus dedos alrededor del pequeño tronco. Incrédula, flexionó las manos y provocó que este se rompiera a la mitad. Repitió la operación, esta vez con ambos trozos, y luego otra vez, y otra, y otra, hasta que el tronco seco terminó bajo la banca convertido en trizas. Mago dejó de llorar. Respiraba agitada, su piel roja e hinchada parecía palpitar. Nos miramos a los ojos y entonces, de nuevo sin previo aviso, empezamos a reír. Una risa escandalosa, alborotadora dirían algunos, que se convirtió en carcajada y retumbó por la plaza entera. A la distancia las campanas de la iglesia marcaron las once de la noche. Detestaba interrumpir el sueño de los vecinos pero simplemente no podía parar: *¡Lo siento!*, quise decir. Pero también estaba harta de disculparme.

El miedo, según mi tía Ángela, se te mete bien adentro. Es el origen de las reumas, las jaquecas y las varices; te viaja de pies a cabeza y se adueña de todo. *Además, el miedo te engarrota, ¿te has fijado cómo de repente sientes el estómago duro y ya no puedes moverte? Porque el miedo te lo quedas tú, te enfermas tú a ti solita,* solía decir Ángela, e insistía en que la ira ayudaba precisamente a deshacerse de él: apretar un trapo mojado, romper una olla inservible o morderse

27

el puño cuando no había nada más. Como mujeres, sentenciaba mi tía, había que darse permiso de sentir y expresar enojo, de quitarse el canijo miedo de encima.

A partir de esa noche Mago y yo no solo nos veíamos en las reuniones de Las Admiradoras, sino que empezamos a pasear por la plaza y a tomar café en algún restaurante cercano al Pajonal, un área al oriente de la ciudad en donde los inmigrantes chinos establecieron huertas, tiendas de abarrotes y otros negocios. Contra todo pronóstico, mi sentido libre y práctico parecía embonar con su temperamento delicado e introvertido, y entre ese amplio espectro también logramos hallar ciertas similitudes. Tal como la ira abarcaba generaciones en mi familia, en la suya las mujeres estaban unidas por el dolor. Un dolor ancestral. Al igual que su madre y su abuela, Mago se casó enamorada. No fue por necesidad, lo suyo fue amor. Sus padres llegaron de España atraídos por el comercio de algodón, conocido también como "el oro blanco", y al poco tiempo se hicieron de una extensa propiedad cuya blancura, juraba Mago, se confundía con el cielo. Ella no solo disfrutó de los privilegios de vivir rodeada de abundancia sino también del placer de enamorarse igual que en los cuentos. Su historia estuvo alejada de esos relatos que aún sucedían en las haciendas, donde a las mujeres se les ponía en fila para que el patrón escogiera y así poblar su tierra de "hijos" trabajándole gratis. Por su condición de hija del dueño, Mago se libró de esos infiernos pero ganó otros.

Desde niña la prepararon para ser cortejada: aprendió a cantar, a tocar el piano y reír con timidez. No tuvo que intercambiar demasiadas palabras con él para darse cuenta de que Francisco era el ideal, su propia historia romántica. Provenía de una de las mejores familias de Nuevo León, era caballeroso, guapo a su manera ranchera, y la hacía reír. Después de su espléndida boda se instalaron en Monterrey, lejos del mundo que Mago conocía, y entonces todo inició. Al principio fueron pequeñas cosas: una mala cara, un suspiro hondo, un silencio durante días, pero con el tiempo el príncipe se tornó en tirano cruel. Francisco empezó a echarle en cara el no tener hijos y a jalonearle el brazo, y si bien Mago estaba al tanto de sus amoríos, él comenzó a tenerlos en su propia casa sin importarle que su esposa estuviera dormida en el cuarto de al lado. Entonces todo se volvió confuso. Mago empezó a desarrollar ciertos padecimientos, como el tic en el ojo, el estreñimiento, las jaquecas largas. ¿Quién era ella? El espejo revelaba a una auténtica desconocida. Entonces Mago hizo el último intento para conservarse. Dos veces huyó de Monterrey, dos veces Francisco la buscó, dos veces su propio padre la subió al coche de regreso con él. Este era su tercer intento. Su papá no le dirigía la palabra pero su mamá la apoyaba a escondidas y hasta la animó a unirse a Las Admiradoras. Aunque no todo era tan sencillo. A diferencia de las otras veces, Francisco no había buscado a Mago y eso la afectaba de una manera sorpresiva. Pasaba las noches pensando si se habría equivocado al irse, si sobreviviría, si acaso encontraría otra historia de amor tan magnífica o si estaría condenada a sumirse en la vergüenza y en la eterna soledad. Mago huyó de él temiendo perderse a sí misma. Así de grande era él en su vida: sin Francisco, Mago sentía que era menos que mercancía, era simplemente nada.

—¿Y ahora qué tienes? —me preguntó Beatriz apenas entró al aula de maestras.

Me encogí de hombros, sin ganas de decir más.

Beatriz se limitó a mirarme con cautela, adivinó que una inquietud me invadía esa mañana. Me fui al salón de clases sumida en mis pensamientos: pensaba en Mago, mi tía Ángela, Beatriz y el resto de Las Admiradoras, incluso un par de maestras y todas mis compañeras de la Escuela de Señoritas. Pensé también en la mamá de Mago e incluso en mi propia madre a quien no conocí, me pregunté si ella también habría llevado la carga de ser la niña eterna, incapaz de amarse a sí misma, de poseer dinero, de decidir. ¿O era yo quien se equivocaba? ¿Entonces el matrimonio era efectivamente el único camino?

Además de las máquinas de escribir, por todos los rincones del salón se encontraban hilos, patrones y recetarios escritos a puño y letra, restos de las clases de Bordado y de Nociones de Economía Doméstica que las jóvenes recibían en la escuela de la misma forma en que recibían la mía de taquimecanografía. Apenas entré, las voces se fueron apagando mientras yo me acomodaba en el pequeño escritorio de madera. Los rayos del sol pegaban contra las hojas de papel insertas en las máquinas y proyectaban un halo de luz alrededor del cuarto. Las alumnas me miraban fijamente, esperaban las primeras instrucciones de nuestro dictado matutino. Discretamente tomé una barra de gis que apreté hasta deshacerla entre mis manos.

—¿Alguien sabe qué significa la palabra "emancipación"? —pregunté finalmente, lista para iniciar la clase.

LA BARRICADA

—Voy a divorciarme —sentenció Mago con voz firme.

Apenas lo dijo, un estremecimiento recorrió las cuatro esquinas de la estancia. Susana, otras compañeras suyas de la Oficina de Telégrafos, incluso la misma Beatriz, alzaron los ojos para confirmar si esa declaración había tenido lugar en nuestra junta. Incluso yo, quien consideraba que ningún tema me era tabú, me acomodé en la silla como si Mago hubiera escupido una culebra escurridiza a la cual atrapar. Unos días atrás se había animado a compartir con Las Admiradoras por primera vez: pasó la tarde entera contando los detalles de su enamoramiento con Francisco, de los horrores de su matrimonio, y su posterior escape de Monterrey; algo no menor considerando que las andanzas del marido debían susurrársele solo a la almohada, o como decían: *la ropa sucia se lava en casa*. Luego de esa confesión quedó claro que Mago lo único que necesitaba era desahogar el pecho, y cuando lo hizo, se manifestó ante nosotras una mujer distinta a la que llegaba a casa de Luz como si estuviera en angustia perpetua, distinta a aquella que se echó a llorar en la plaza esperando morirse. Algo se había despertado en Mago, una palpitación de vida. Entonces empezó a recoger su cabello, a descubrir su rostro, a sonreír. Pero ni siquiera todos esos cambios nos prepararon para la sorpresa que nos lanzó aquella tarde. No se hablaba mucho de divorcio, ni siquiera aquí.

—¿Pero a poco es para tanto? —dijo Antonia en medio de la conmoción.

—¡Qué no veías cómo andaba siempre! Y todo lo que nos contó… —argumentó Beatriz.

—Pero tampoco es como si le hubiera pegado… —retomó Susana—. ¿O sí, Mago?

Mago permaneció en silencio unos segundos y finalmente negó con la cabeza, poco convencida.

—Pues aunque no hubiera golpes —intervino Luz, dirigiéndose a Mago—. Todo lo que tu esposo te hizo pasar basta para dejarle el alma amoratada a cualquiera.

Entonces el adulterio era una causa legítima para divorciarse, así como también lo eran la propuesta del marido para prostituir a su mujer y lo que el Código Civil llamaba "crueldad excesiva", un argumento con el cual se ignoraban las pequeñas o grandes "crueldades cotidianas". Respecto al adulterio había diferencias: con los hombres se consideraba solamente si ocurría en el interior de la casa conyugal, tal como lo hizo el esposo de Mago; con las mujeres, la ley lo consideraba adulterio si ocurría en la casa o en cualquier parte, y de comprobarse, a nosotras se nos sancionaba peor. En cuanto al juicio, sabíamos poco: que era largo, tedioso y lleno de espinas, una labor para convencer a un juez que intentaría mantener unida a la familia por sobre todas las cosas. La verdad, a nadie le gustaba el divorcio. Era una cosa fea, incómoda, hasta satánica. El Estado y la Iglesia discrepaban en muchos temas pero en este coincidían: el matrimonio era para siempre, y por ello, lo único que podía otorgarse ante estas situaciones era la llamada "separación de cuerpos".

Esa tarde Luz nos contó una anécdota extraída de las tantas cartas que llegaban al diario en donde trabajaba. Aunque muy pocas mujeres se atrevían a solicitar un divorcio, esta carta la narraba una que lo había consumado y señalaba dos escenarios distintos: por un lado decía estar aliviada de librarse de su marido, de sus golpizas y humillaciones; pero por el otro lamentaba verse condenada a ese "celibato vitalicio" establecido en el Código Civil, el cual le prohibía contraer un nuevo matrimonio. Así, el vínculo entre esta mujer y su marido no se había disuelto incluso luego de la separación, pues lo llevaba consigo como una cicatriz. Escuchamos el relato de Luz con inquietud, apabulladas por el desafío que Mago estaba por enfrentar y el cual no le garantizaba ninguna victoria. Las preguntas hacia ella no se hicieron esperar.

—¿Estás consciente de que no te será permitido casarte con nadie más?

—¿Consciente de que tu marido va a negar sus infidelidades?

—¿Y que probablemente el juez le va a creer a él y no a ti? —concluí yo, segura de que eso pasaría.

—Estoy consciente —respondió Mago sin titubear—. Pero no quiero verle la carota a Francisco en lo que me queda de vida. Voy a divorciarme.

Y eso fue todo. La decisión parecía precipitada pero Mago se mantuvo firme y nosotras con ella, pues su determinación resultó contagiosa. Tal vez se debió a su desfachatez para solicitar una audiencia en el juzgado, o a la osadía de separarse aun contra los designios de su propia familia, quién sabe, pero a partir de esa tarde una ola de cambios se desató a nuestro alrededor.

Ayudada por Susana y Antonia, Luz derribó una de las paredes de su casa, la de la estancia, con el propósito de extenderse y dar espacio a posibles nuevas Admiradoras. A primera vista, Antonia solía parecerme rígida y prejuiciosa. Luego me di cuenta de que lo suyo era resultado del aburrimiento, de una vida enclaustrada al cuidado de su madre enferma, que hacían de la iglesia y el mercado sus únicas distracciones. Antonia confesaba que ella empezó a vivir después del funeral de su madre, que fue entonces cuando Luz la "maleducó" y la sacó de ese silencio de décadas del cual todavía continuaba desprendiéndose. Aunque no tenía ni una arruga ni un pelo blanco, tal como Luz, Antonia era mayor que el resto de nosotras y se enorgullecía de ello. *Al fin me estoy conociendo*, nos decía, al admitir que aún a su edad algunas cosas le parecían travesura. Según nos contó Susana, fue la propia Antonia quien martilleó más duro la pared y no paró hasta hacerla añicos.

En casa, mi tía Ángela no derribaba paredes, sino las adornaba. A la vista de todos, en la puerta colgó un letrero en donde se leía con letras grandes SE HACEN COSTURAS, pues además de pegar botones y arreglar dobladillos, mi tía empezó a confeccionar prendas para dama. Aprovechando la calidad de la industria algodonera local, compraba vistosas telas en la comercializadora libanesa y con eso se ganaba a los vecinos, sus clientes más frecuentes, quienes alababan su bonito gusto para la moda. Cuando Beatriz se enteró de que Ángela emprendía por estos caminos, de inmediato se unió a su nuevo negocio. Invirtió algunos pesos, sus modestos ahorros, le hizo también de modelo y brindó ideas para la creación de prendas sobrias y holgadas, tal como le gustaban a ella. Si bien la ropa constituía un artículo poco accesible para las clases bajas, siempre se podían adquirir prendas a bajo costo en los mercados y en distintos espacios callejeros. En el caso de los empleados y trabajadores, los que estábamos "más en medio", teníamos la opción de visitar las camiserías o acudir con un sastre o modista, y era a ese público adonde apuntaban las altas ambiciones de Ángela y Beatriz.

En esos días todo nos parecía posible, y aquella inyección de entusiasmo que comenzó con la decisión de Mago nos llevó a recorrer la ciudad con una autoridad nueva, a descubrir lugares adonde jamás hubiéramos imaginado poner un pie. Mago y yo continuamos yendo al Pajonal atraídas por la extravagante comida china, y a estas salidas se unieron el resto de Las Admiradoras. Disfrutábamos de la privacidad que esta comunidad nos otorgaba al apenas reparar en nosotras, pero especialmente gozábamos de la revelación de estar afuera y de hacerlo juntas, de mantener tertulias en un lugar que no fuera el interior de una casa. Nuestro radio de acción se extendió hacia algunas cafeterías, a las jardineras de la Plaza de Armas y al teatro, adonde acudimos a ver zarzuelas, música de orquesta e incluso una que otra tanda. Entonces el mundo se convirtió en algo maleable, en una construcción ambiciosa que no solo debíamos erigir sino habitar. Curiosamente esta efervescencia coincidió con otro acontecimiento igual de explosivo y emocionante.

Aunque el *Manifiesto* del Partido Democrático apenas tuvo repercusión en el país, su surgimiento impulsó la figura de Bernardo

Reyes, el gobernador que modernizó Nuevo León a base de industria y comercio. Sus seguidores, a los que se sumó el propio Partido, proponían que él fuera el candidato a la vicepresidencia de México, pues Porfirio Díaz rebasaba los ochenta años y seguramente el vicepresidente elegido pronto heredaría el poder, ¿y quién mejor que el popular Reyes para hacerlo? A un año de las elecciones presidenciales, sin duda el reyismo representaba el camino más seguro para acabar con la dictadura, y pronto, aquella avalancha arribó a la Perla de la Laguna con toda su fuerza.

Esa mañana centenares de personas se amontonaron a las afueras del Teatro Ricardo de la Vega; la expectación era monumental. Entre los profesionistas, obreros y comerciantes que se dieron cita en el mitin a favor de Reyes, estábamos también nosotras, las únicas mujeres en medio de la multitud. El movimiento reyista me brindó una esperanza hasta entonces desconocida y a ella me aferré cuanto pude. Por esta razón me propuse emprender actividades más contundentes y demostrar así mis inclinaciones políticas; el mitin de esa tarde resultó ser el pretexto perfecto para ello. Al principio no fue fácil convencer a Las Admiradoras de sumarse a la causa, al menos no de esa manera tan activa. Nunca habíamos salido como grupo a ninguna concentración política y mucho menos con tintes electorales, sin embargo, aprovechando nuestro reciente ímpetu de salir juntas por toda la ciudad, logré persuadirlas con el argumento de que esta acción representaría adueñarnos de un lugar más, uno donde no nos habían invitado nunca: las tribunas políticas, todas lo sabíamos, eran monopolio de hombres y bien valía la pena hacernos un espacio. Apenas accedieron al plan, Beatriz confeccionó una bandera en donde se leía CLUB FEMENIL LAS ADMIRADORAS DE JUÁREZ con letras grandes y flequillos dorados, la cual alzamos con orgullo durante la concentración.

—No sé si estoy haciendo lo correcto —me confesó Mago de repente.

—¿Correcto de qué? —le respondí sin saber de qué me hablaba.

—De mi divorcio. Me sentía fuerte pero ahora tengo miedo de todo...

—Tú sabes mejor qué hacer, aunque si me lo preguntas, sí, es lo correcto —le dije con sinceridad.

—Perdón, te juro que cuando me lo propongo puedo ser muy decidida...

—No tienes que explicarme nada, menos disculparte.

—¿No hay muchas opciones, no? —me preguntó encogiéndose de hombros.

—No. Pero estás tomando la que te mantiene a salvo.

Luego de algunos instantes de calma la multitud volvió a alebrestarse. Empezó a empujar hacia el teatro con un efecto de ola, principalmente a nuestro alrededor. Segundos después aquí y allá comenzaron a surgir las sobadas, los intentos de pellizco, los frotes de piel malintencionados. A pesar de eso nosotras intentamos mantenernos firmes. Quisimos evadir los toqueteos y defender esos pocos centímetros en donde estábamos paradas, pero fue inútil. Aquel apretujo nos reducía el espacio cada vez más y nos hacía imposible hasta respirar. Frente a mis ojos parecía confirmarse esa idea de que estos sitios nos estaban prohibidos y que lo más sensato era dar media vuelta y marcharnos. Quizá fue cuestión inconsciente y de mera supervivencia la que me llevó a agarrarme de Mago y de Luz, a quienes sujeté del brazo a manera de barricada. Entre el violento vaivén apretamos nuestros codos y de esta forma nos abrimos un hueco en donde no había ninguno. Beatriz, Antonia y el resto de Las Admiradoras hicieron lo mismo y poco a poco conformamos un bloque más fuerte, más duro. Después de la tempestad, alcé la mirada: de nuevo veía los rostros de mis compañeras y su simple presencia me hizo respirar tranquila. Habíamos logrado hacernos de un espacio más, pequeño e inestable, pero nuestro a fin de cuentas.

A la mañana siguiente la prensa resaltó el deseo de los torreonenses de participar en la democracia y describió con lujo de detalle lo ocurrido durante el mitin tanto al interior como al exterior del teatro. Se reseñaron como magníficas las intervenciones de algunos miembros del Partido Democrático que se dieron cita, y se destacó la unión de todos los sectores de la sociedad para exigir la candidatura de Reyes, todos, desde los miembros de la banca y la industria local, hasta los obreros y los trabajadores más humildes. Pero nadie habló de nosotras. Ni una sola palabra acerca de nuestra asistencia, simplemente nada. Para ellos fue como si la barricada que levantamos aquel día, pequeña pero nutrida, aquella que resguardamos cuidadosamente, no hubiera existido jamás. *¿Entonces quiénes éramos "todos"?,* me pregunté. Claramente nosotras no.

En casa, Ángela preparó una compresa de vinagre para aliviarme el bronceado que agarré a las afueras del teatro. La sala estaba llena de patrones, telas y encajes de colores vistosos: rojo, púrpura, anaranjado. Permanecí junto a la ventana apretando la compresa contra mi rostro y de ella empezó a desprenderse un suave olor a manzana. Varias veces me repetí que debía hacerme la piel dura, que debía prepararme para cicatrizar, pues estos golpes nunca dolerían menos.

—Ahora sí no te calienta ni el sol, mija —bromeó mi tía sosteniendo una aguja.

Era cierto. Mi indignación se notaba a leguas. Estaba enojada luego de leer los periódicos, pero ¿qué esperaba? ¿Que nos alabaran? ¿Que nos elogiaran como a los miembros del Partido? Por supuesto que no. Si algo había comprendido en las últimas semanas era que los lugares se toman por mano propia, y quizás había llegado el momento de hacer la entrada más grande.

Llevada por ese impulso, la escuela dejó de ser un paraíso de calma y se convirtió en una agitada trinchera para generar y debatir ideas. Empecé a reservar unos minutos de la clase para hablar con mis alumnas acerca del movimiento en torno a Bernardo Reyes, de la brutal represión que sufrieron los huelguistas de Cananea y Río Blanco, y hasta de la legislación del divorcio en el Código Civil. No fue fácil establecer estas dinámicas. Su conocimiento de política era nulo y según leí en sus rostros, mis palabras les sonaban a fórmula compleja, a un idioma casi indescifrable. Sin embargo, estaba segura de que nuestras "sesiones", como empezamos a llamarlas, crearían un espacio que a la mayoría de estas jóvenes les era vedado. Desde la primera sesión varias de ellas se atrevieron a considerar un universo diferente y manifestarlo en voz alta, y si bien otras se negaron ante cualquier idea que fuera contraria al régimen, todas opinaron y todas debatieron, lo cual consideré una victoria significativa. Nosotras fundábamos clubes políticos como los hombres, aunque los nuestros se llevaran bajo condiciones distintas y se generaran en rincones más insospechados, y como siempre, también más prohibidos.

—Espero que la haya pasado bien en el mitin… —susurró una voz a mis espaldas.

La maestra Villanueva me interceptó en el pasillo, siempre segura de su autoridad. Era profesora de gramática castellana, pero más bien parecía prefecta del plantel, siempre atenta a lo que sucedía, reprobando conductas que no eran como la suya. Aunque su voz me provocó un ligero sobresalto, su advertencia no me sorprendió en lo absoluto. Si alguien era capaz de oponerse a nuestras sesiones, capaz de mantener prohibida nuestra presencia en la mayor parte de los espacios de la escuela, sin duda era ella. No era difícil adivinar que tanto las maestras como las alumnas desearan igualarla: joven, casada, blanca y vestida a la moda, "el ideal femenino" de pies a cabeza.

—No sabía que simpatizaba usted con la causa reyista —continuó Villanueva.

—Sí —respondí de improvisto—. ¿Usted también?

—No, jamás. Pero mi marido y yo la vimos de lejos, a las afueras del teatro —me respondió inspeccionando mi rostro con descarada cautela.

Luego de eso no nos dijimos más, ninguna deseaba hacerlo. Aunque nos despedimos de manera cordial, salí de la escuela y llevé su mirada conmigo como una sanguijuela pegada. Algo me decía que este pequeño incidente no sería más que el primero de muchos.

CAZA DE BRUJAS

No me gustaba hablar en público. La primera vez me sentí tan insegura que mi mente se quedó en blanco apenas entreabrí los labios, dudosa sobre si sería capaz de expresarme con elocuencia o de escoger las palabras adecuadas. Una cosa era debatir con las alumnas dentro del salón de clases y otra muy distinta era pararme en plena Plaza de Armas para pronunciarme en favor de Bernardo Reyes. El arte de la oratoria representaba un territorio desconocido sobre el cual me dejé ir sin manual, animada solo por la urgencia de comunicar lo impostergable. Cuando por fin lo hice descubrí que me gustaba escribir mis ideas, juntar gente, decir mis textos en voz alta. Fue Luz quien me animó a dar el paso pues, como ella misma me confesó, hallaba un enorme placer en el simple acto de transgredir: *Nací enojada,* solía decir como cualquier cosa. Mientras yo lanzaba consignas, ella se mantenía atenta a la aparición de la policía, de alguna maestra o autoridad educativa, ya que el hecho de expresar nuestras preferencias electorales comenzó a ser un motivo de detención. La caza de brujas había estallado y lo hacía con puntualidad exacta, en el punto más alto de la movilización reyista. Los mítines empezaron a disminuir debido a los impedimentos para llevarse a cabo y sus partidarios nos enfrentábamos a la persecución, la extorsión y el castigo: por todas partes circulaban noticias acerca de los militares que fueron exiliados a Quintana Roo, así como de los estudiantes en Guadalajara expulsados de sus escuelas solo por declararse a favor de Reyes y en contra de Ramón Corral, el candidato a la vicepresidencia elegido por Díaz. Había un suspenso en el aire, un olor fétido.

En casa yo escribía y ensayaba mis consignas después de la escuela, en tanto mi tía Ángela y Beatriz confeccionaban prendas para vender en el mercado. Caminaba a lo largo de la pequeña estancia y alzaba la voz como si estuviera en la misma plaza pública, y mientras lo hacía practicaba mis gestos, mi postura, aprendía a mantenerme firme y a la vez serena. Como siempre, mi tía no se guardaba nada. Me miró fijamente, escuchaba con atención:

—Mira nomás... pero bien que te gusta andar ahí alborotando —me recriminó señalándome con la punta de las tijeras.

—¿Alborotando? ¿Ahora tú también dices así? —le recriminé yo con más fuerza.

—No cambies el tema, Hermila. Yo nomás digo que bien sabes a lo que te expones... y por cierto, le das muchas vueltas a ese texto tuyo —señaló enérgica.

Aunque en el fondo se enorgullecía de mis rebeliones, como siempre lo había hecho, Ángela estaba consciente de los peligros que corría cualquier opositor al gobierno y se mostraba persuasiva para mantenerme a raya. Beatriz nos miraba desde lo alto de una silla, sonriendo con los brazos extendidos para que Ángela le midiera el talle.

—Es cierto —me dijo—, le das muchas vueltas al discurso.

Preferí callar; ahora que andaban juntas conformaban un frente imposible de vencer.

—Y tú, Beatriz... —dijo Ángela enrollando su cinta métrica—, ¿tienes por ahí un novio o algún pretendiente? ¿O *andas en huelga* como mi sobrina?

La sonrisa se borró del rostro de Beatriz como si un rayo le estremeciera el cuerpo.

—¡Tía! —interrumpí yo—. ¿Qué te traes ahora?

—¿Qué? ¡Nomás pregunto! Ora ya no se puede decir nada en esta casa.

Beatriz permaneció en silencio, fingía esa sonrisa que solía interpretar siempre que salían a relucir estas cuestiones románticas. Me había percatado de ello: una incomodidad evidente aun cuando ella intentaba ocultarla bajo una risa, una broma, o un marcado titubeo, como en este instante en que Ángela la había agarrado desprevenida.

—Ya quedaste —le dijo mi tía al ir hacia su mesita en donde guardaba sus hilos y telas.

Beatriz bajó de la silla de un solo brinco. Usualmente saltaba, corría, desenterraba objetos con las manos. Se había educado en una ranchería cercana a la frontera con Texas y su niñez la pasó en el campo, rodeada de caballos y perros junto a los cuales siempre se sintió más comprendida. Aprendió todo a la dura: a ella le tocaba traer la leña, arrear a los becerros, aguantarse el frío durante las heladas, y en las noches, perderse de los bandidos que rondaban por el monte y desaparecían a los niños. Había que tener cuidado, decía Beatriz, pero así se vivía allá y para sus padres era natural que tanto ella como sus hermanos vieran por sí mismos, que cada quien se educara a su manera. Aprendió a coser no para parcharle los pantalones ni las calcetas a su enorme familia, sino para confeccionarse una ropa con la cual se sintiera cómoda y que reflejara algo de sí misma, ese algo tan profundo que ni ella se podía explicar. Alguna vez me confesó que desde esos tiempos algo en su interior no encajaba: se sentía distinta no solo de las muchachas de los otros pueblos sino hasta de sus hermanas y del resto de las mujeres a su alrededor. *Tan espigadita y tan salvaje,* las escuchaba decir a sus espaldas, aunque ese tipo de comentarios no era la única ni la mayor causa de su desasosiego. Lo suyo era otra cosa, algo sutil que ni siquiera después de diez años de vivir en la ciudad había logrado descifrar de sí misma. Aunque respetaba y apoyaba mis posiciones políticas, no se identificaba con el reyismo ni con otras disidencias, pues lo que ella realmente deseaba, según decía, no se había inventado aún y quizá nunca se inventaría. Cuando le preguntábamos acerca de ello siempre se negaba a darnos una respuesta clara. *No sé, no me entenderían nunca,* afirmaba con aire melancólico. Beatriz era así, de pronto hablaba a gritos y luego se perdía en silencios largos, un claroscuro que jamás lograba comprender. Pero eso no importaba. Era mi amiga y no debía ofrecerme explicación alguna por su peculiar y encantadora forma de ser. Pero todos pensaban lo mismo: la caza de brujas apuntaba desde diversos frentes y Beatriz y yo lidiábamos con nuestros propios depredadores.

Tal como sucedía en el resto del país, por esos días la escuela se convirtió en un auténtico caldero. Adonde quiera que iba podía sentir el cuchicheo sobre mi espalda, siguiéndome a través de los pasillos, de los salones, e incluso de la bodega en donde guardábamos libros y escritorios viejos. Al volver la mirada siempre me topaba con la misma figura tiesa, estirada, acartonada como un espejo antiguo. La maestra Villanueva caminaba por la escuela con la autoridad de que en aquel territorio, si fuera un panal, ella sería la reina. Durante una junta con la directora alguna vez mencionó con tono heroico que ella no trabajaba como maestra por necesidad sino por principios: sentía la obligación de educar a las mujeres para fortalecer al marido, perfeccionar el cuidado de los niños, mejorar el funcionamiento de la familia y del país, en fin, para *mejorar la raza*. Así, todo indicaba que a Villanueva no le bastaba con ser la profesora de gramática castellana. Aspiraba a ser el centro de un universo que permaneciera perpetuamente inmóvil, tan inmóvil como ella.

Su acoso creció de manera tan silenciosa como eficaz. Si bien jamás fui de su agrado, le representaba una presencia tolerable a la cual no había motivos para ponerle demasiada atención, pero desde los días posteriores al mitin empecé a notar ciertos cambios: las risitas, las miradas despectivas, los murmullos apenas yo entraba o salía del aula de maestras, en donde su influencia era todavía mayor. Era claro para mí que su reciente persecución había nacido al comprobar mi apoyo al reyismo y mi carácter reaccionario, el cual, al parecer, tenía intención de apagar. A Beatriz también deseaba eliminarla pero por causas distintas. Apenas la veían venir, Villanueva y su séquito lanzaban alguna indirecta referente a su vestido suelto o a su voz grave. A decir de sus gestos, cuando no les resultaba invisible, la sola presencia de Beatriz les era intolerable y hasta repulsiva.

Entre ellas le llamaban la Gaditana, como el nombre de la prostituta española que se enamora de Santa en la novela de Gamboa.

—No les hagas caso —le dije a Beatriz.

—No lo hago… como si esto fuera nuevo —respondió casi para sí. Después levantó un poco más la voz—. Tú eres la que debería darles por su lado, solo hablas de ellas…

—¡Claro que no! Y si es así es porque me dan cuerda.

—Tú mantente firme —sentenció un tanto desinteresada—, ya luego se les pasará.

Pero eso no ocurrió. Debido al hostigamiento, a los pocos días me descubrí llegando directamente al salón de clases para evitar las áreas en donde pudiera estar Villanueva o cualquier miembro de su círculo de influencia. Me di cuenta de que algo en ella me provocaba un temor quizá mayor al de las amenazas contra los re-yistas, lo cual cuestionó esa fortaleza mía que hasta entonces creí inquebrantable. ¿Acaso la causa de mi temor era su poder en nuestro espacio escolar? ¿Su privilegio absoluto y apabullante? ¿Su posición de punta en el organigrama?

Siguiendo el consejo de Beatriz, decidí mantenerme firme especialmente para defender las "sesiones" con mis alumnas, en las cuales progresaban tanto como en sus clases de mecanografía. Así como nos sucedió con Las Admiradoras de Juárez, estos intercambios se trasladaron decididamente hacia lo íntimo y me revelaban una vez más la existencia de ese hilo invisible con el cual nuestra vida interior se entrelazaba con lo que ocurría allá afuera, incluso cuando las mujeres no teníamos ninguna injerencia en los designios públicos y fueran otros quienes eligieran por nosotras. Al ver que en las sesiones previas mostraron muy poco conocimiento de política, tal vez menos debí sorprenderme al comprobar lo alejadas que mis alumnas se encontraban de su propio cuerpo, de sus deseos, y en general de sí mismas. Sin embargo, de todas maneras me sorprendí. Estaba segura de que en sus casas repetían los modelos de sus madres: asistir y callar. Eso se notaba en su desenvolvimiento en clase, ya que en nuestra escuela el silencio y la obediencia eran virtudes. Hacerlas hablar y expresarse sin temor en clase fue un trabajo que me llevó semanas. Aunque no fueran conscientes de ello, muchas de estas jóvenes reproducían ideas del siglo pasado, seguramente aprendidas en casa o durante los domingos de misa: confesaban que desconocían su anatomía y se sonrojaban tan solo al mencionar la palabra "sexualidad", no imaginaban que hubiera mujeres dedicadas al Derecho o a la Medicina, pues estas no eran "labores propias de su sexo", y decían querer esposo e hijos aunque no supieran explicar por qué. Como podrá suponerse, no era poca cosa lo que hacíamos durante estas sesiones. Habíamos comenzado escribiendo sobre esos temas como ejercicios. Al principio vi algunas cejas levantadas cuando en el dictado mencionaba las palabras "sexualidad", "libertad", "derechos", y poco a poco empezaron a ser parte del vocabulario en clase, sobre todo cuando dedicábamos más tiempo a nuestras sesiones. Para muchos el simple hecho de airear estos temas representaba una amenaza al orden social, o sea, al matrimonio y a la reproducción. A pesar de que corríamos el riesgo de ser tachadas de inmorales, principalmente yo ponía en riesgo mi permanencia en el colegio si alguna de ellas se quejaba de las sesiones con sus padres, nosotras estirábamos la liga al máximo: ¿de verdad las mujeres teníamos el cerebro más pequeño y por esa razón éramos menos inteligentes que los hombres? ¿Debíamos opinar sobre política? ¿Nos interesaba la vida pública? ¿O únicamente nos importaban los asuntos del hogar, del alma y todos aquellos ligados al "bello sexo"? Estas preguntas llegaron a desatar discusiones acaloradas entre las alumnas, tanto así, que debía pedirles que bajaran la voz para no interrumpir las otras clases o que el bullicio resultara sospechoso para quien pasara cerca. Poco a poco estábamos creando un círculo de confianza en donde proponíamos ideas, las compartíamos, las cuestionábamos. Y justo ahí, en nuestro momento de mayor alboroto, la sombra alargada y sigilosa de Villanueva aparecía bajo el filo de la puerta entreabierta. Permanecía al pie del salón por unos minutos, escuchaba cuanto le fuera posible, deseosa de detener el movimiento de esta piedrita que amenazaba con sacar al río de su cauce. Cuando las alumnas y yo nos percatábamos de su presencia, cambiábamos el tema de inmediato, de manera cómplice. La sombra de Villanueva se iba. Había logrado evadirla exitosamente durante varios días hasta que de nuevo me interceptó cuando la última de mis alumnas abandonó el salón. Entonces no eran imaginaciones mías, su hostigamiento era real.

—Señorita Galindo —me llamó con una sonrisa apretada.

No tuve escapatoria. Me volví hacia ella con la expresión más cálida que logré sacarme.

—Señora Villanueva —respondí con fingida pleitesía.

Entró al salón buscando con la mirada algún señuelo, una prueba que diera constancia de lo que estaba a punto de enjaretarme. Aunque no encontró ninguna, estaba tan segura de mi culpabilidad que fue directamente al grano.

—¿Sabe qué? Para ser una clase de mecanografía, el vocerío en su aula es muy peculiar…

—Me disculpo por eso —dije honestamente—. Prometo que a partir de hoy seremos más silenciosas.

Tomé mi bolso, enfilándome hacia la puerta para dar fin a la conversación, pero Villanueva se deslizó frente a mí igual que una víbora entre la arena.

—Y se lo agradezco, pero ese no es el punto —prosiguió—. Accidentalmente me enteré de que mantiene ciertos "diálogos" con las alumnas… y como miembro del cuerpo magisterial, me permito darle un consejo: recuerde que nosotras somos ejemplo para estas niñas, y hacer cualquier tipo de propaganda reyista no sería bien visto por la directora. ¿Está usted de acuerdo en eso?

—Tal vez lo estaría si lo que hago fuera propaganda, pero no lo es —respondí—. Solo me he permitido generar un espacio para el debate, para que las muchachas puedan opinar, y sí, se ha mencionado la figura del general Reyes…

—¿Mencionarlo así como así? ¿Con qué finalidad?

—Con la finalidad de que estamos a un año de las elecciones y mis alumnas son parte de este país. No debería extrañarnos que les importe lo que acontece a su alrededor.

—¿Y por qué da por hecho que a ellas les importa lo mismo que a usted? —contraatacó con agilidad—. También tengo entendido que en estos diálogos se han tocado cuestiones, pues… contrarias a su delicada naturaleza. ¿No estará obligando a las alumnas a cambiarla?

—La entiendo —dije con cierta ironía que no pude contener—. Entonces deberíamos hablar exclusivamente sobre hacer calceta, arreglar la casa, condimentar alimentos, ¿a esa naturaleza se refiere?

—No se burle de mí. La mujer contribuye con lo más importante, que es el hogar, y no entrometiéndose en asuntos que nada tienen que ver con su vida…

—Pero a ellas les importan las elecciones, las luchas obreras… ¡son la mitad del mundo!

—No sé si está acostumbrada a gritar así en los mítines —dijo Villanueva con una mueca de desagrado—, pero le ruego que baje la voz. No era mi intención hacerla enojar.

—¡No estoy enojada! —exclamé incapaz de contenerme—. ¡Es solo que ellas sí desean opinar! Únicamente les faltan los lugares para hacerlo, y mi clase se convirtió en uno.

—¿Para qué? ¿Para llenarles la cabeza de ideas? No hay que confundir los sexos, Hermila, ¡a nadie le gusta una mujer así!

—¡¿Y por qué necesariamente tendría que gustar?!

—Mire —señaló con la voz más suave, había adoptado un tono dulzón—, no me escandaliza su oposición al matrimonio, más bien me conmueve. Sé que no ha logrado conquistar a ningún hombre que desee pasar la vida junto a usted, y de verdad lo lamento. Lo digo de corazón. Por eso me parece comprensible ese odio que manifiesta contra la institución del matrimonio, pero le suplico que no condene a nuestras alumnas a esa misma soledad solo por su propia suerte.

—¡Pero yo no me opongo al matrimonio! Lo que me molesta es que no tengamos ninguna otra elección, que los hombres sean nuestra tabla salvadora.

Villanueva permaneció unos segundos en silencio, observándome como si yo fuera algo que hubiera que componer. Odiaba admitirlo pero el peso de su mirada me hizo cuestionarme si en verdad habría algo malo en mí. Algo equivocado.

—Solo le pido que no me obligue a acusarla con la directora, nadie aquí desea perder su trabajo —sentenció con una sonrisa—. Confío en que reflexionará sobre el rumbo de sus clases.

Luego de que abandonó el salón, me dejé caer frente al escritorio y permanecí paralizada por quién sabe cuántos minutos. Cuando al fin logré levantarme, crucé la puerta con un nudo en el estómago, como si me hubieran apaleado sin saber de dónde habían venido los golpes. Sentía vergüenza, enojo o una mezcla de ambas. Pasé la noche dándole vueltas a lo que dije o debí decir, insomne ante la idea de poseer en mí algo ridículo. Desde la cama podía escuchar a mi tía Ángela tararear una melodía, concentrada en dar los últimos retoques a las faldas y blusas que vendería en el mercado al día siguiente. En ese momento pensaba en mis alumnas, en lo que les diría a la mañana siguiente, pero sobre todo, en que mi empleo era necesario para mantener aquel hogar que compartía con Ángela, en donde había dos entradas de dinero que alcanzaban como si fueran una. No me llevó demasiado tiempo definir mi respuesta ante la sutil amenaza de aquella tarde. Esa misma noche la decisión estaba tomada.

Igual que las semanas anteriores, al llegar a la escuela me dirigí al salón de clases, pues lo que menos deseaba era enfrentarme a Villanueva y a su séquito de complacientes maestras. Antes de entrar, Beatriz me encontró en el pasillo: *Me rindo*, fue lo único que dije. En el salón me apresuré a iniciar el dictado matutino y lo alargué cuanto pude. Al ver que la clase estaba a punto de terminar, las alumnas me preguntaron si no tendríamos sesión, a lo que yo argumenté que las sesiones quedaban canceladas hasta nuevo aviso. Durante los siguientes días repondríamos las lecciones en donde nos habíamos atrasado, les expliqué, aunque ellas bien sabían que no había ninguna lección por reponer. Aun cuando mi rendición estaba consumada, la semana siguiente la viví en permanente tensión, miraba siempre hacia la puerta, lista para mostrarle a Villanueva mi bandera blanca. Si la encontraba en el pasillo la saludaba con una sonrisa para declararle mi obediencia y sumisión, mi arrepentimiento. Gracias a mi buena conducta ella dejó de intimidarme, de ponerme atención en el aula de maestras y no volvió con la amenaza de denunciarme con la directora. Luego de los días de escándalo nuestro salón adquirió una atmósfera como de tumba fría, en donde el silencio solo era perturbado por el tosco y monótono golpeteo de las mecanógrafas.

Así como estaba no sé cómo saqué fuerzas para acudir a la junta semanal con Las Admiradoras. Supongo que fue una manera de renunciar a la vergüenza que venía cargando, a ese tormento nacido de mi reciente acto de subordinación. Quizás abandoné una lucha pero podía continuar otras; tal vez la escuela sería uno de esos territorios prohibidos para emprender una campaña. Era sensato, y sobre todo era seguro. Aunque me repetí a mí misma que había tomado la mejor decisión, en el fondo algo me perturbaba, una vocecita a la cual no lograba callar. Ese día llegué a casa de Luz cuando la reunión ya había iniciado. Mago contaba con emoción que había presentado su solicitud de divorcio ante el juez, que iría al Ministerio Público en los siguientes días, pero sus palabras me parecieron tan distorsionadas como si fueran eco. El resto de las compañeras empezó a participar en la conversación pero a mí me fue imposible entreabrir los labios. No tenía ganas de opinar ni me sentía en posición de hacerlo.

—No la dejes ganar —me dijo Luz de repente—. Beatriz nos contó antes de que llegaras. Lo lamento, Hermila.

Solo entonces desperté de mi letargo. Mago, Susana, todas me miraban de forma expectante. Llevada por la frustración acumulada en los días anteriores, las amables palabras de Luz desataron una explosión que intenté detener en mi garganta, pero en su lugar, desquité mi impotencia con quien menos deseaba hacerlo.

—¡¿Por qué les dijiste?! —le reclamé a Beatriz.

—No sabía que fuera un secreto —me respondió ella, confundida.

—No lo es, pero solo a mí me correspondía contarlo.

—Te equivocas, Hermila. Esto también me corresponde a mí, y creo que también a las alumnas.

Con el vozarrón de Beatriz y mis ojos encendidos, seguramente parecíamos dos leonas a punto de dar la dentellada. Con toda razón ninguna de Las Admiradoras se atrevió a intervenir.

—¿En serio? —le pregunté—. ¿Acaso tú tuviste que enfrentar a Villanueva, que tragarte el coraje para no perder tu trabajo?

—Claro que no, a mí nadie me "regaña" porque no me atrevo a hablar con las alumnas de esa forma tan bonita en que tú lo haces.

—¡Entonces hazlo también!

—¿Qué no te das cuenta? Para algunas no es tan fácil salir de nuestro escondite. ¿A poco crees que no me gustaría poner en su lugar a esa bola de gárgolas? Yo no soy tan valiente como tú.

—No, Beatriz, yo no soy valiente. Te juro que no —le respondí sinceramente y sin caretas, dejé al descubierto mi vulnerabilidad por primera vez desde mi llegada a Las Admiradoras.

—Yo creo que lo eres —sentenció Beatriz luego de unos segundos—, y el simple hecho de verte desafiar las reglas me hace sentir segura y un poquito más fuerte. Por eso este asunto también me corresponde a mí.

Me mantuve en silencio, igual que todas a mi alrededor. Beatriz y yo habíamos exorcizado nuestros fantasmas, esos que veníamos arrastrando durante las últimas semanas y algunos todavía más viejos. Respiré hondo. Nuestra discusión fue suficiente para calmar los ánimos entre nosotras y sobre todo en mi interior, donde cada pieza por fin se acomodó en su respectivo lugar. Minutos después, Luz tomó la batuta para continuar con la agenda de la tarde: apuntes sobre Mary Wollstonecraft a propósito del divorcio de Mago, y un artículo reciente de John K. Turner sobre la explotación de los trabajadores mayas y yaquis en Yucatán. Entre todo aquello, Beatriz y yo intercambiamos miradas. Ninguna de las dos era muy expresiva en cuanto a sus sentimientos pero luego de un par de años de amistad, habíamos aprendido que esta era nuestra forma de disculparnos. Estaríamos bien, eso era seguro.

El siguiente lunes Ángela y yo salimos de casa para emprender caminos distintos: ella se dirigió al mercado y yo me encaminé hacia Plaza de Armas. Aunque la intriga en la escuela me había impedido practicar, ese día me sentía confiada sobre lo que deseaba decir, y eso no se limitaba únicamente a mi oratoria. Atravesé la plaza corriendo bajo las primeras luces de la madrugada y me encontré con Luz en la jardinera de siempre. A través de la densa nube de su cigarro, los ojos de Luz me dirigieron una mirada grave. *No lo vas a creer,* dijo al extenderme un periódico. Y ahí estaba, ocupaba casi una plana entera: Bernardo Reyes rechazaba la propuesta de convertirse en candidato a la vicepresidencia de México, pero eso no era todo. En aquella carta larga y agradecida publicada en diversos diarios del país, Reyes también respaldaba la candidatura de Ramón Corral y reiteraba su apoyo a Porfirio Díaz, su obediencia y sumisión, dirían algunos, y destruía así toda ilusión de terminar con la dictadura. *Gracias, pero no,* fue lo que el político más popular de la época, quizás el más popular en el país hasta ese entonces, les decía a los miles que lo apoyamos durante aquellos pocos pero movidos meses de 1909. ¿Aún podríamos salvar al reyismo? ¿Convencer al propio general Reyes? En ese momento no había más que decir, tampoco ganas. Abandoné el periódico en un rincón de la jardinera y me dejé caer junto a Luz, quien sostenía la punta de su cigarro entre los dientes con los ojos puestos en el horizonte.

Ese mismo día, al llegar a la escuela no hice concesiones de ningún tipo. Atravesé el portón y me encaminé directamente al aula de maestras, en donde Beatriz y yo compartimos un par de cafés y una cajita de alfajores de coco. Como todas las mañanas, Villanueva y su séquito se encontraban en la mesa de enfrente, seguras del poder que ostentaban en ese universo minúsculo que se convirtió en mi única realidad durante las últimas semanas. A partir de entonces me prometí que haría todo lo posible por jamás volver a sentirme de esa manera. No me lo permitiría. Apenas las alumnas entraron al salón, dimos inicio a nuestro dictado con la misma minuciosidad de siempre: penalizando los errores de puntuación, agilizando las pulsaciones por minuto, manteniendo la precisión de cada una de las palabras. Mientras ellas tenían los ojos fijos sobre las mecanógrafas, yo esperé la aparición de Villanueva detrás de la puerta. Parecía increíble que con mi sometimiento ya demostrado aún tuviera la necesidad de inspeccionar lo que hacíamos o no durante mi clase. Pocos minutos después de comenzar escuché sus pasos acercándose discretamente a lo largo del pasillo, cada vez más rápido. Entonces esa sombra cuyo contorno me había aprendido de memoria se detuvo igual que un espíritu.

—Alto —les ordené a mis alumnas sin quitar los ojos de la puerta—. ¿Alguien logró leer el periódico de hoy?

Las máquinas mecanógrafas se detuvieron al unísono. Las jóvenes se miraron unas a otras, tan contentas como sorprendidas por mi pregunta.

—¿Se refiere al anuncio del general Reyes? Yo escuché algo camino para acá, los papeleritos no hablan de otra cosa... —empezó a decir una de ellas, pero la interrumpí con un gesto silencioso antes de que pudiera decir más.

Avancé hacia la puerta y desde ahí pude sentir el estremecimiento de Villanueva al descubrirse presa en lugar de cazador.

—¿Se le ofrece algo? —le pregunté al abrir.

Esta vez no fingí ninguna sonrisa. A mis espaldas, las sillas empezaron a recorrerse debido al sobresalto de las alumnas, quienes probablemente nunca se imaginaron encontrar a la refinada maestra de gramática espiándonos desde el pasillo. Apenas se recuperó de la impresión, Villanueva me miró tan retadora como siempre.

—A la señorita directora no le va a gustar que usted...

—Cualquier asunto que tenga la directora respecto a lo que ocurre en este salón —la interrumpí— me lo puede decir ella. Ahora le ruego, de corazón, que me permita impartir mi clase.

Y cerré la puerta. Desde sus pupitres las alumnas me miraban con simpatía e incluso con admiración. Pocas veces me había sentido tan poderosa aunque en el fondo sabía que esto no se había terminado: todo parecía indicar que, al igual que el reyismo, mis días en la escuela estaban contados.

FANTASMAS

Le llamaron loca. Le llamaron exagerada, impía, nerviosa. Dijo que discretamente le achacaron la crisis de la familia, el desorden social, y en un comentario de tintes apocalípticos, hasta el fin del mundo. Mago me dijo que no tenía cara para enfrentar al resto de Las Admiradoras y quiso contarme las cosas en privado. Aunque yo intenté convencerla de que nadie la juzgaría, no había razón para ello, esa mañana desconfiaba hasta de su propia sombra. Me citó en un solitario café del Pajonal, ya que temía "ser descubierta". No deseaba que alguien la viera fuera de casa y mucho menos conmigo. Cuando tomó su taza de café con leche, en sus dedos intuí un ligero temblor. Aunque algunos se esforzaban por encasillarla como el "ángel del hogar", lo único que veía frente a mí era a una mujer flaca y ojerosa a punto de consumirse en la hoguera.

Según me contó, llegó a su audiencia en el Ministerio Público acompañada de sus padres, igual que cuando era niña y la llevaban por un helado. Unos días antes la sola idea de ver a Francisco luego de tanto tiempo trajo consigo algunas consecuencias: regresaron las jaquecas, los desvelos, esa "temblorina" incontrolable que empezó a desarrollar durante su matrimonio. Como reviviendo antiguas memorias, en la oficina del juez tuvo que encajar las uñas para no caerse de la silla debido a un mareo que le llegó de golpe, y el cual, milagrosamente, logró disimular. Los meses anteriores los pasó construyendo una barrera de protección en torno a sí misma, la cual empezó a resquebrajarse apenas vio a su marido. Francisco se apareció con una sonrisa cálida, tan jovial y carismático como solía

53

mostrarse durante los eventos familiares. La mamá de Mago se mantuvo distanciada pero su papá se mostró contento de reencontrarse con su yerno, incluso agradecido. Mago temía que Francisco se le echará encima apenas la viera pero él la saludó amable, sin ataques ni reproches. De hecho, hasta le preguntó si se encontraba mejor, si los aires de Torreón le habían caído bien a su ánimo, si acaso había reflexionado tanto como él sobre lo ocurrido. Ingenua, Mago recibió la buena voluntad de su marido como una señal de que el divorcio se consumaría en los mejores términos. Sin embargo, desde los primeros minutos de la audiencia notó esa silenciosa alianza que comenzó a tejerse entre el juez, su esposo y su propio padre, quien fungiría de testigo durante el juicio. A partir de ello se hizo claro que Mago tenía su propia narrativa y ellos la suya. Cuando ella denunciaba, ellos justificaban; lo que Mago llamaba crueldad, ellos lo llamaban incomprensión; donde ella alegaba adulterio, ellos encontraban una aventura incidental.

Incluso cuando Mago insinuó violencia, esta no se consideró grave. No era extrema y debía serlo. Para concederle el divorcio querían verla machacada, hecha trizas. No eran suficientes esos "forcejeos" a los que se refería, tampoco sus problemas digestivos, sus tics ni sus jaquecas, las cuales, argumentaba ella, tuvieron su origen al escuchar cómo su marido fornicaba en el cuarto de al lado. El juez le lanzó a Francisco una mirada de desaprobación. *Eso estuvo muy mal,* dijo, y después le hizo prometer que jamás volvería a llevar a sus amantes a la casa conyugal, pues a esta había que respetarla. Fue entonces que Mago se dio cuenta: el juez no ordenaría ningún divorcio ni separación de cuerpos, su matrimonio continuaría. *¿De verdad no eres capaz de perdonar a tu esposo? ¿Por qué no deseas restablecer la concordia en casa?,* le preguntó el juez en tono conciliador. *¿Vas a echar tu matrimonio por la borda? ¿Y qué vas a hacer cuando te quedes sola, cuando no tengas apoyo, cuando seas vieja?* La madre de Mago intentó guiar la conversación de vuelta al tema del divorcio pero, como siempre, su padre la interrumpió. Dejó bien claro que Mago no era capaz de administrar los campos algodoneros de la familia y que por eso necesitaban de Francisco, para mantener las tierras de donde comerían ella y sus futuros hijos. No es que Francisco fuera un genio de la administración ni de los asuntos comerciales, pero todos daban su capacidad como un hecho, y él se comportaba como si la tuviera. Mago apretó la mano de su madre y sintió cómo un torbellino de dudas empezaba a inundarla. Su madre, a su vez, la miró resignada: había cosas de las que ni siquiera ella la podía proteger, no importaba cuánto quisiera hacerlo.

—Ánimo —le dije—. Todavía tienes la segunda audiencia, entre todas podemos hacer un plan para que te sientas preparada...

—No va a haber una segunda audiencia, Hermila. No va a haber divorcio.

—¿Entonces?

Mago se alzó de hombros.

—Hoy vuelvo a Monterrey con mi marido. Sé que es lo mejor.

Intenté convencerla de acudir una vez más al Ministerio Público, de continuar con el proceso de separación y luchar contra el juez, o si no, al menos convencer a Francisco de establecerse en Torreón en donde estábamos sus amigas, pero ella no aceptó ninguna de las opciones. No quería nada. Argumentó que Francisco iba a cambiar, que ambos eran capaces de hacer una vida como Dios manda, tener hijos, heredar los campos algodoneros y seguir con el negocio para cumplirle a su padre. Bajo esa esperanza claramente fingida, en el rostro de Mago yo leí otra cosa. Se veía tan cansada, tan rendida, que preferí dejar de insistir y darle solo un espacio de tranquilidad, lo único que podía ofrecerle en ese momento. Permanecí junto a ella e intenté controlar la hoguera que resplandecía desde lo hondo de sí misma.

Abandonamos el café con nuestras tazas intactas sobre la mesa. Afuera la calle estaba repleta de cargamentos de papa, coliflor, zanahoria y otras verduras que emprenderían su diario camino desde las huertas del Pajonal hasta el mercado Juárez. Mago y yo dimos algunos pasos entre el ir y venir de los carros, de las voces de los comerciantes que negociaban los precios de sus mercancías en idioma chino, las dos muy lejanas del movimiento cotidiano de este barrio al que llegamos a conocer tan bien. De pronto Mago se detuvo y permaneció mirando a su alrededor. Supongo que había caído en cuenta de que ese día se marcharía a continuar esa otra vida a la cual se juró no volver nunca. *Pensé que todo iba a terminar bien, que iba a ser un final feliz,* me dijo de repente. Le repetí que nada había terminado y que todavía podía cambiar su decisión, que estábamos juntas en esto. Pero Mago no dijo nada más, solo me miró en silencio y me dio un abrazo, el de despedida, después del cual tuve la certeza de que difícilmente la volvería a ver.

Siempre había tenido algo a qué aferrarme, algo en qué depositar el sentido de mi propia existencia. Estaba consciente de que mi caso era excepcional: había tenido la posibilidad de educarme, de insertarme en el ámbito laboral, y por ello, de poseer autonomía económica. Sabía que gozaba de una libertad inusual para una mujer y que eso también me había hecho fuerte. Las despedidas en mi vida comenzaron antes de que yo tuviera memoria y por eso estaba acostumbrada a desprenderme incluso de lo que llegué a considerar irremplazable. Había aprendido a inventarme una y otra vez, a mantenerme en movimiento para sobrevivir a lo que fuera y adaptarme a cualquiera de las circunstancias. Si algo se terminaba o si las cosas no salían tal como esperaba, siempre había algo nuevo por enmendar, algo en qué creer o por qué luchar. Hasta entonces mis rebeliones me habían mantenido entera, o al menos eso había sido hasta ahora: de pronto parecía que entre mis manos sostenía un jarrón con una cuarteadura y que el agua se salía por todos lados sin que la pudiera contener.

El fin del año estaba cada vez más cerca y el panorama era desolador: aunque ninguna de nosotras lo confesara, la partida de Mago había hecho mella en el ánimo general de Las Admiradoras; yo tenía una audiencia con la directora para hablar "sobre mi situación" en el colegio, y el negocio de Ángela y Beatriz parecía ir de mal en peor. Las prendas se vendían poco y ni siquiera les alcanzaba para recuperar su inversión inicial, lo cual, según sus cálculos, todavía les tomaría varios meses de gastos pero no de ingresos. Como decía Luz, eso no se debía a las prendas en sí, las cuales favorecían el cuerpo y eran de buena calidad, tanto que ella y otras Admiradoras habían comprado varias piezas. El problema era la habitual carestía que nos pegaba a unos más que a otros, y sumada a ella, la especulación generada en la antesala del año electoral, el cual nos mantenía con dudas sobre el rumbo de nuestro futuro económico. En casa el dinero se volvió lo importante, todavía más de lo que ya de por sí era. Cuánto costaban las cosas, cuánto había o no que comprar, si todavía quedaba algún guardadito en la caja de los ahorros. Con una velocidad angustiosa, las hojas del calendario aceleraban el pago de la próxima renta, de otro gasto, de otra factura acumulándose sobre la mesa del comedor. Ángela y yo hacíamos la compra en el mercado Juárez y ahí economizábamos cuanto podíamos. Para ello determinamos una apretada lista de prioridades: los hilos, la comida del diario y los enseres de limpieza. En cambio los libros, las nuevas suelas para los zapatos y el sotol traído de las vinatas de Jimulco, del cual Ángela se bebía una copita para relajarse, no entraban en la lista. Mi tía era muy buena para el regateo. Sabía negociar e intuía el momento preciso para soltar, jalar y finalmente amarrar la oferta más conveniente, y fue gracias a su astucia y a la bondad de las marchantas que pudimos estirar cada peso.

Mientras yo sobrevolaba los nubarrones, las alumnas avanzaban a pasos agigantados y lograban sacarme de mi creciente inquietud. Poco debía decir yo, pues eran ellas quienes ahora proponían los temas de las sesiones: se preguntaban si de verdad existían mujeres como Dolores Jiménez y Muro, Juana Belén Gutiérrez y Elisa Acuña, quienes habían fundado diarios y grupos feministas, y hasta habían sido encarceladas por darle pelea al gobierno de Díaz. Escuchándolas hablar, la pasión que mostraban algunas de ellas me recordaba a la misma que yo revelé durante mis tiempos en la Escuela de Señoritas, cuando empecé a ver el mundo a través de mis propios ojos y a quererle componer las fisuras. En el aire quedaba el futuro, si es que lo había, del movimiento en torno a Bernardo Reyes,

¿aquella carta de apoyo a Porfirio Díaz habría sido solo una táctica política o su renuncia era real? Mi entusiasmo me impedía creer que efectivamente esta ilusión había llegado a su fin pero quizá debía aceptarlo. Entonces el piso en donde me encontraba me pareció inestable, casi invisible. Extrañaba a Mago, así como los viejos tiempos en la Escuela de Señoritas cuando las cosas se resolvían de manera fácil. A lo mejor todo se reducía a una cuestión de añoranza, a mi afán por revivir a los muertos.

Me encaminé a lo largo de esa semana como el preso a la guillotina. Sin nada que perder, dediqué el tiempo a disfrutar de la rutina con Beatriz y del día a día con mis alumnas, apreciaba no solo nuestras sesiones, sino también el estruendoso ruido de las mecanógrafas que hasta había empezado a odiar debido a las amenazas de Villanueva. Con ella sí no tuve piedad. Insistí en pasar el mayor tiempo posible en el aula de maestras, retaba con mi presencia su autoridad en este espacio que ella consideraba exclusivamente suyo. Empecé a impartir mis clases con la puerta abierta sin temor a que pudiera escuchar esos minutos cuando mis alumnas y yo opinábamos y debatíamos. No había nada que esconder. Renuncié a actuar como culpable solo porque otras me definieran como tal. Mi subversión durante esa semana fue directa, frontal, escandalosa, y de igual forma estaba dispuesta a defenderme. Mantendría mi empleo a pesar de las acusaciones en mi contra: propagar ideas reyistas entre las alumnas y generar con ellas conversaciones "moralmente inadecuadas".

A partir de ello armé cuidadosamente mi defensa, y lo hice de la mano de Las Admiradoras de Juárez. Juntas nos dimos a la tarea de idear un plan para convencer a la directora y quizá, por qué no, a la misma Villanueva, de que en un mundo que le negaba todos los derechos a las mujeres, las alumnas bien harían en educarse en todas las esferas, construyeran o no una familia. Sin duda éramos demasiado optimistas al querer convencerlas con tales argumentos, pero en ese momento no tenía más opción que empujar los límites y ser congruente con mi subversión de esa semana. Así, tanto Las Admiradoras como yo coincidimos que para ello había que apelar a las grandes mujeres que, debido a su entendimiento del mundo, lograron transformar la historia de sus países: había que apelar a las heroicas mujeres de la antigua Esparta, a Juana de Arco y a Madame Roland, quien fue acusada de traición por albergar en su salón a los líderes de la Revolución francesa; había que recordarles a Josefa Ortiz de Domínguez y a Leona Vicario, la aristócrata que, tal como lo hizo la Reina Isabel con Cristóbal Colón, donó sus joyas para colaborar con la lucha insurgente y así lograr la independencia de México. Luego de pasar un par de días tramando nuestra propia conspiración, Antonia sacó un aguardiente de la reserva secreta de su difunta madre para terminar esa última noche con un brindis.

—Por Leona y doña Josefa —señaló mientras alzaba hacia mí su tarrito de aguardiente—, para que te saquen del apuro.

—Y por Sor Juana Inés —dijo Beatriz para seguirle el juego.

—Por Matilde Montoya —intervino Luz—, para que no te falte el trabajo.

—Por la Güera Rodríguez —mencionó Susana, con carita coqueta— y por la Carambada.

—Y por Mago —sentencié por último—, de aquí hasta Monterrey.

—¡Por Mago! —dijeron todas alzando sus jarritos, dedicándole la despedida que no había podido ser.

Esa mañana entré al aula de maestras como si llevara puesta una armadura. Confiaba en la eficacia de mi estrategia así como en la importancia de lo que ese día iba a defender. Había llegado algunos minutos antes y el aula se encontraba vacía; las cortinas estaban cerradas, la pizarra limpia, y a lo largo del suelo se percibía un reciente olor a cloro. En mi interior corría un cúmulo de pensamientos que me era difícil contener: estaba en juego mi empleo, mi salario, así como una manera de construir el mundo que me era tan vital como el sustento de todos los días. Villanueva cruzó la puerta del brazo de la directora e inmediatamente supuse que algo habrían hablado antes de su llegada al aula. La directora era una mujer mayor, de carácter amable y pocas palabras, y por ello la plática trivial pasó rápidamente a segundo plano. Sabíamos por qué estábamos reunidas y no había motivo para desgastarnos en cordialidades.

—La señora Villanueva me informa que usted ha hecho propaganda reyista en el interior de la escuela, ¿es cierto eso, señorita Galindo? —me preguntó la directora con tono seco.

No, respondí de manera tajante, y tal como se lo dije a Villanueva, expliqué que en algunas conversaciones había salido a relucir el nombre del general Reyes pero que jamás había empujado a las alumnas a apoyar su candidatura. Luego de eso la directora me cuestionó acerca de mis actividades diarias tanto dentro como fuera de la escuela, en las cuales también incluía las pláticas con las alumnas. En ese punto me preguntó acerca de mi estado civil e incluso de mi "pasado de orfandad", del cual estaba bien enterada. Eso fue suficiente para comprobar que ella y Villanueva habían hablado largo y tendido antes de llegar. ¿Pero qué tenía que ver mi pasado en esta discusión?, me pregunté. ¿Por qué era importante si era soltera, si asistía a mítines, si no tenía hijos? Aunque me sentí desconcertada por estos altivos cuestionamientos, intenté apegarme a mi estrategia previa: defendí las sesiones con las alumnas y destaqué el papel de la escuela en la emancipación de las mujeres, argumenté que solo la educación las libraría de las vejaciones que estaban obligadas a soportar en la vida diaria, que ellas debían ser dueñas de sí mismas. Si bien ambas me escucharon atentamente, poco faltó para que emitieran un bostezo. Mis palabras no las conmovieron ni para bien ni para mal. Entonces hice mención a Madame Roland, a Sor Juana, a la Corregidora de Querétaro, solo para toparme con el mismo muro de indiferencia. Luego de unos segundos de silencio la directora concluyó que agradecía mi entusiasmo, mi arrojo, "mi simpatía" para pronunciar discursos, pero que la decisión estaba tomada.

—Debido a las circunstancias, lamento mucho informarle que está despedida —continuó la directora mirándome a los ojos—. Puede pasar al salón a recoger sus cosas y retirarse. Su reemplazo dará la clase de hoy.

Al abrir la puerta una docena de maestras se agrupaba al pie del aula, deseosas por saber mi futuro. Pasé junto a ellas sin observar el rostro de ninguna, no quise hacerlo. Caminé hacia el que ya era mi antiguo salón de clases sin prestar atención a las miraditas ni a los murmullos a lo largo del pasillo. Me mantuve serena, con la espalda erguida y la mirada alta sin saber si aquello se debía a un sentimiento de orgullo o de derrota. Como si fuera un policía que custodia a su preso, Villanueva se mantuvo junto a mí durante todo el camino para presumir su victoria. Al llegar al salón me dirigí al escritorio ante la mirada atónita de las alumnas. *Me voy,* les anuncié, aunque ellas ya lo sabían. Villanueva se hizo de la vista gorda cuando ellas se acercaron para ayudarme a guardar mis cosas en una caja de cartón y se despidieron de mí con un abrazo, el cual no les negué.

—Me disculpo por haber dicho que era usted una mujer inmoral. Supongo que pasé el límite —señaló Villanueva con su acostumbrada suficiencia—. Para mí la educación de nuestras estudiantes es un asunto muy serio.

—Para mí también —le respondí firme pero sin ganas—. Estoy segura de que más que para usted.

Y antes de que Villanueva pudiera responderme, abandoné la escuela. Lo último que vi antes de salir fueron los ojos de Beatriz observándome desde el salón del segundo piso en donde impartía sus clases. En ese instante comprobé que al igual que Mago, yo también estaba desapareciendo de un día para otro. Me perdí entre el tumulto de la calle Hidalgo, todavía serena y con la mirada alta, pero en el fondo temerosa ante mi futuro incierto.

JUEVES DE CHOCOLATE

—¿Me odias? —pregunté con la lengua hecha casi un nudo.

—¿Por qué te iba a odiar?

—Por equivocarme.

La angustia de mis palabras obligó a mi tía Ángela a detener el paciente movimiento de sus manos que deshilaban los bordes de una camisa. Se me acercó, entrelazó sus dedos con los míos y los apretó como cuando era niña e íbamos a hacer oración.

—No te equivocaste, Hermila. Hiciste lo correcto con esas muchachas, les abriste los ojos.

—Lo sé, pero luego pensé si no fui demasiado lejos, si la directora tendría razón…

—¡No, eso sí que no! ¿Desde cuándo acá te pones tan dudosa, eh?

—Desde que no tenemos para la renta y apenas juntamos para comer.

—Vamos a salir de esta, siempre lo hacemos —me interrumpió—. Usté segura de sus decisiones, mija. Y que esta gente no te haga dudar porque así vendrán muchos.

Aunque Ángela se mantenía optimista yo solo pensaba en qué sería de nosotras en el futuro luego de nuestros recientes descalabros: ella y Beatriz habían renunciado a la venta de ropa, yo estaba desempleada y el mundo se me iba de las manos con la misma velocidad que el dinero. Recorrí los cuatro rumbos de la ciudad en busca de trabajo únicamente para encontrar negativas. Ya fuera como maestra, secretaria, taquígrafa o incluso como empleada en la comercializadora, nunca nada se llegaba a resolver. Había pocas opciones en mi abanico laboral y yo las había agotado todas. ¿Acaso se habría corrido la voz acerca de mi "mala reputación" luego de mi despido? ¿O era esta solo una mala racha, una coincidencia? Viviendo al día como vivíamos, el tiempo era oro y mi tía y yo pendíamos de un hilo mientras este avanzaba. Para nuestra suerte, la solidaridad no se hizo esperar: los vecinos vaciaron sus roperos para que Ángela les remachara cualquier prenda, el carnicero nos cobraba los pedidos a mitad de precio, y Las Admiradoras nos proveían con algún trozo de piloncillo, pan de pulque horneado por ellas mismas, y hasta con unos pesos en efectivo para el alquiler. Sumado a esas ayudas, la compañía de Beatriz me devolvió la fortaleza que tanto necesitaba. A pesar del duro golpe que les supuso cerrar el negocio, tanto ella como mi tía Ángela mantenían la entereza de siempre. Beatriz venía a casa ya no a confeccionar ropa sino para compartir una taza de atole y levantarnos los ánimos la una a la otra. Metidas en mi pequeña habitación, caliente debido a la resolana de la tarde, soñábamos con ganar dinero, comprarnos ropa a la medida, mudarnos a una ciudad donde nadie conociera nuestros nombres. Nos veíamos en Ciudad de México, Buenos Aires, París; Beatriz diseñaría vestidos, pasearíamos en las noches por el Moulin Rouge con una estola de plumas atada al cuello, mientras que yo escribiría mis textos en un pequeño estudio en Montmartre, rodeada por la crema y nata de la intelectualidad parisina. Entonces nos propusimos contender contra todas las Villanueva del planeta, y entre risas, recreábamos largas discusiones en donde siempre resultábamos victoriosas. Evitaba pensar en la escuela cuanto me fuera posible, pero tener noticia de mis alumnas me provocó una agradable sorpresa. Beatriz me contó que algunas de ellas habían fundado un grupo después de clases, en donde se reunían a hablar de literatura, política y de su vida personal, tal como lo hacían conmigo durante las sesiones. Saber que estas jóvenes habían creado su propia desobediencia representó para mí una victoria secreta y a la vez una grata despedida, pues por esos días un inesperado camino se dibujó ante mí.

—¡Te he conseguido trabajo! —me anunció Luz con una sonrisa apenas llegué a la reunión con Las Admiradoras.

Se trataba de una vacante como secretaria de un geógrafo llamado Carlos Patoni, quien poseía fama de sabio naturalista y que una vez al mes visitaba el diario en donde trabajaba Luz, con cuyo editor mantenía largas conversaciones a puerta cerrada. Algunos colaboradores, entre ellos la misma Luz y su marido, aseguraban que durante estos encierros intercambiaban información sobre el movimiento antirreeleccionista que Francisco I. Madero, autor del libro *La sucesión presidencial,* promovía por el país; otros argumentaban que simplemente se enfrascaban en interminables partidas de ajedrez. Aprovechando su más reciente visita, Luz se aproximó a Patoni para preguntarle si acaso necesitaba ayuda con sus investigaciones botánicas.

—Al saber que fuiste tú quien transcribió el discurso del abogado, aceptó de inmediato —me dijo—. Mi editor le regaló una copia y él estaba fascinado.

La escuché un tanto boquiabierta. Jamás pensé que aquel discurso todavía rondara como si tuviera vida propia, así, felizmente comprobé la fuerza que poseían mis palabras, algo de lo cual me enorgullecía. Más allá de eso, el anuncio de Luz me reveló lo que yo buscaba sin ser consciente de ello: me di cuenta de que deseaba alejarme de la enseñanza en escuelas, quería sumergirme en universos nuevos, rearmarme a partir de otra perspectiva.

—Solo te debo advertir… —continuó Luz, frunciendo el ceño—. No sé si estarías dispuesta a irte de la ciudad. Don Carlos está establecido en Durango y necesita a alguien de tiempo completo para levantar sus registros de…

—¡¿Durango?! —la interrumpí antes de que pudiera decir más.

—Tendrías que mudarte —asintió—. Pero la paga es buena y podrías acceder a su biblioteca y a sus archivos cartográficos, que no son poca cosa. Si estás de acuerdo con eso, el trabajo es tuyo.

Las palabras de Luz me hicieron subir y bajar en cuestión de instantes, solo para ver mi porvenir nuevamente en suspenso. La idea de abandonar Torreón me provocaba náuseas y dudaba si debía volver a mi tierra natal luego de años de no poner ahí un pie, mucho menos de extrañarla un ápice. Descifrando cuál sería la dirección que emprendería mi vida, cometí el error de contarle a mi tía Ángela acerca de esta nueva posibilidad. Sin esperar mi decisión, de inmediato comenzó a organizar despedidas, buscar maletas, planear los pormenores de nuestra "próxima mudanza". A diferencia del mar de dudas en el que yo navegaba, para mi tía no había mucho que pensar, y como siempre, tenía razón.

Aunque Carlos Patoni se encontraba de viaje en Ciudad de México y no requería mi presencia inmediata, decidimos abandonar Torreón lo antes posible para ahorrarnos un mes de alquiler. Tanta era nuestra necesidad de economizar que mi tía Ángela envió un telegrama a Durango para narrarle a mi madrina Eugenia una síntesis de nuestra apretada situación y en tan solo un par de días ella respondió que nos recibiría en su casa el tiempo que necesitáramos sin cobrarnos ningún tipo de renta. Con la generosa respuesta de Eugenia, a quien llamaba madrina por una mera costumbre de mi niñez, nuestro destino estaba sellado. El remolino de esos días me mostró lo fácil que se renuncia a lo construido según el vaivén de las circunstancias, que un solo movimiento de la mano es suficiente para desacomodar las piezas, guardar o desechar un libro, un vestido de tela fina, una cobija de años. Todo parece indispensable hasta comprobar que nada lo es. Mientras yo me enfrascaba en estas reflexiones, Ángela se movía rápido: organizaba cajas, vendía muebles, sacudía las sábanas para quitar todo rastro de polilla, y fue a esa velocidad como logramos vaciar nuestro departamento en menos de una semana.

Mi última reunión con Las Admiradoras de Juárez comenzó como cualquier otra, quizás en un intento por ignorar al incómodo fantasma de la despedida que luego de la partida de Mago nos visitaba una vez más. Después de discutir un par de horas, Antonia sacó una nueva botella de aguardiente, también proveniente de la cava de su madre muerta. Entre todas juntaron un par de mesas e iniciamos así una improvisada fiesta de despedida: empezaron a colocar platos, ollas de guisado, unas galletas de nata horneadas por la misma Luz quien, al igual que yo, odiaba cocinar. Beatriz me sorprendió con un suéter tejido para protegerme de los aires frescos de diciembre, y Susana y el resto de las secretarias de Telégrafos me regalaron todo un paquete de hojas, tintas y plumas. Hasta Emilio, el marido de Luz, nos acompañó unos minutos para darme sus buenos deseos en esta nueva etapa de mi vida. Ese día había llegado a la reunión con el propósito de despedirme sin ningún asomo de dramatismo. No quería lágrimas ni palabras sentidas, todo por mi eterna negativa a mostrar mis sentimientos más de la cuenta. Pero verlas a todas reír y beber alrededor de la mesa me hizo entender que me iba, que abandonaba Torreón y también a ellas, quienes fueron mis primeras amigas. Las Admiradoras de Juárez me mantuvieron abrigada, cuidada y querida, me sostuvieron cada vez que el mundo me dio la espalda. Entre tragos prometimos escribir cada quince días, visitarnos en primavera. Yo a todo asentí, incluso cuando Beatriz auguró que algún día nos veríamos en una gran ciudad, tal vez en París o Filadelfia. *Así será*, repetí con escasa convicción, y entendía por primera vez que a partir del día de mañana mi vida sería otra. Al salir no quise mirar atrás. Me aferraba a creer que pronto nos reencontraríamos pero me ganaba más el presentimiento de que quizá no volvería a ver a Las Admiradoras y de que esa era la última vez que pisaba la casa de Luz Vera.

Abandonamos Torreón a inicios de noviembre de 1909, días después de que Bernardo Reyes saliera del puerto de Veracruz con rumbo a Nueva York, y echaba así la última palada de tierra a un futuro encuentro con la silla presidencial. A mí me daba exactamente igual si se hubiera marchado a la Luna o al centro del planeta, de ese tamaño era mi decepción. Al cruzar la ciudad por última vez intenté no pensar más allá de lo que tenía enfrente: un empleo, un par de maletas, un nuevo hogar. Entre nuestro ligero equipaje sobresalía la aparatosa caja de cartón en donde guardaba mi máquina mecanógrafa, la cual cargamos hasta la estación de ferrocarriles. A lo largo del camino mi tía Ángela y yo nos mantuvimos en un silencio apacible, de aceptación a lo que viniera, sin embargo, al intuir la llegada del tren coqueteé con la posibilidad de volver a nuestro departamento, a mis amigas, terminar con esta locura. ¿Pero qué sentido habría en ello? Debía repetirme que este era un final pero también un inicio, y sin más seguridad que esa, emprendimos un nuevo viaje.

Atravesamos la sierra, los matorrales, los bellos bosques de ahuehuete escondidos al margen del río. El cerro del Centinela, cuyo pico parecía llegar al cielo, surgió imponente por la ventana despidiéndonos de Torreón y enfilándonos hacia tierras duranguenses. Apenas días atrás esta zona de Jimulco había adquirido cierta relevancia por la llegada del flamante ferrocarril presidencial, el cual había traído a Porfirio Díaz hasta este paraíso natural rasgado por kilómetros de vías férreas. El tren hizo escala en la región durante el viaje del presidente hacia Ciudad Juárez, y según los rumores, una alfombra se montó desde la salida del ferrocarril hasta la puerta de la llamada "Casa Grande", propiedad de un terrateniente amigo suyo, en donde también se colocó un arco fabricado de pacas de algodón para protegerlo del sol y mostrar así una extravagancia que quizá no disfrutó ni el mismo Adriano cuando salió de Roma para visitar los confines de su imperio.

Aunque el trayecto duró pocas horas, mi regreso a Durango me devolvió a una tierra que a primera vista sentí lejana. La ciudad se me fue revelando con una belleza aún mayor a la que recordaba: sus álamos, su clima agradable, su arquitectura monumental de tintes afrancesados. El hogar de mi madrina Eugenia se ubicaba a unas cuadras del templo de San Agustín y del Instituto de Niñas, no muy lejos del curso del río Tunal, el cual atravesaba la ciudad en dirección a la costa nayarita. Eugenia nos recibió muy guapa, con una sonrisa cálida y la mesa puesta. *Ojalá tengan hambre,* nos anunció, ya que había cocinado medio guajolote y dulce de membrillo para celebrar el reencuentro. Esta bienvenida cumplió el objetivo de hacernos reír, de aligerar nuestra carga. Ella era la mejor amiga de Ángela y a pesar de las distancias se mantenían juntas en las buenas y en las malas, incluso en las peores. Ambas habían crecido en Lerdo y fueron inseparables hasta que tomaron caminos distintos: Eugenia se casó con "mi padrino" Gregorio y se mudó a Durango; mientras Ángela permaneció conmigo. Luego de la muerte de mi padre, Ángela y yo nos trasladamos a la ciudad por unos meses y fueron mis padrinos quienes hicieron más llevaderos aquellos días oscuros. Íbamos a pasear, a contar liebres al Jardín Victoria y a ver algún espectáculo de marionetas en el Teatro Viejo. En ese tiempo mi padrino aún vivía y Eugenia no se vestía siempre de negro, como acostumbraba desde ese día en que le dio sepultura, ni prestaba dinero para generar sus propias ganancias.

Su departamento se ubicaba en una vecindad de dos plantas. A través de la ventana se podía ver la cúpula de la Catedral, el Palacio Municipal y el amplio horizonte enmarcado por el Valle del Guadiana. Había un patio común donde las vecinas se reunían a lavar la ropa rodeadas por un caos de niños, gallinas y unos cuantos perros. No pasaron muchos días cuando empecé a notar que las vecinas nos sacaban la vuelta en el patio y nos barrían con la mirada cada vez que subíamos las escaleras. Sumado a eso, a nuestro paso por la acera o por el largo pasillo en dirección al portón, las cortinas de sus ventanas se recorrían levemente para asomar los ojos y enterarse de cada una de nuestras actividades, que se reducían a ir al mercado o la misa de la tarde. Eso me comprobó que más que curiosidad les provocábamos auténtica sospecha: éramos tres mujeres que vivían juntas, y la verdad no nos iba tan mal. Mi tía Ángela y yo traíamos dos pares de zapatos cada una, ropa bien cuidada y una máquina de escribir que revelaba cultura y educación. Por su parte, Eugenia se las arreglaba como prestamista y vivía tranquilamente gracias a una modesta herencia que mi padrino le dejó al morir y de la cual ella disponía a su gusto. Quizás haya sido precisamente el poseer, atesorar y administrar el motivo de ese recelo hacia nosotras. A mí las habladurías me importaban poco pero Ángela no pensaba lo mismo.

—Nos ven feo, ¿no se te hace? Como si tuviéramos la tiña —me dijo, preocupada—. Y las cosas que han de decir...

—Que digan lo que quieran. Ahora les voy a sacar la lengua pa' que me vean peor —le respondí con ironía.

—Pues si no son enemigas, Hermila. Nomás hace falta que nos conozcan. Como dicen: *Adonde quiera que fueres, haz comunidad.*

—Ajá... ¿y quién dice eso? —preguntó Eugenia.

Ángela no respondió, luego le daba por inventar dichos y achacárselos a otros. Se asomó al patio mientras mi madrina y yo intercambiamos miradas, seguras de que mi tía ya ideaba algún plan para ganarse al vecindario, uno del cual yo no deseaba formar parte. Esos primeros días procuré pasar poco tiempo en casa. Don Carlos Patoni todavía se encontraba de viaje, y mientras esperaba mi inicio de labores me iba a sentar a la plaza hasta que caía la noche, o caminaba rumbo al Cerro de los Remedios para desde ahí contemplar la ciudad como si fuera una maqueta. Tenía la impresión de que en Durango el tiempo transcurría con mayor lentitud aunque seguramente eso se debía a mi alma emberrinchada: me preguntaba sobre qué tema platicarían Las Admiradoras, si Beatriz se habría cortado de nuevo el cabello o si mis alumnas seguían con sus sesiones. Mientras yo me tambaleaba en silencio, Ángela me sostenía no solo a mí sino también a quienes vivían más allá de las paredes de nuestra casa.

A pesar de mi indiferencia y de la timidez de Eugenia, quien por esa razón jamás había hecho amistad con nadie, mi tía se empecinó en crear un vínculo con las vecinas. No hizo ninguna invitación formal, nomás se paseaba de a ratos por el patio diciéndole a quien se encontrara que ahí las "esperábamos" este jueves para conocer la casa y tomarnos una tacita de chocolate. Para su pesar, ese primer jueves no fue nadie, tampoco el segundo. Eugenia y yo pensábamos que con eso Ángela se olvidaría de su idea, sin embargo, insistió. Con la misma sonrisa de siempre, bajó al patio una vez más para hacer las invitaciones y agregó que este chocolate, el cual en realidad había comprado en la estación de Jimulco, se lo habían traído directamente de Oaxaca, la tierra en donde crece el cacao más dulce del planeta. Para ese tercer jueves Ángela se puso un vestido bonito y se arregló el pelo con un broche nacarado. *Para recibir a las visitas,* nos dijo, a lo que mi madrina y yo preferimos callar. Un par de horas después, justo cuando me preparaba para consolarla, tocaron a la puerta. Era una mujer muy pequeña que vivía en la planta baja, siempre cargaba una bebé atada en un rebozo a su espalda, pero esta vez la había dejado con su mamá, según nos confesó, *para relajarse un ratito.* Ángela se lució consintiendo a su visita, a quien hasta le calentó una empanada de chilacayote para acompañar la bebida. Su nombre era Jacinta, apenas hablaba pero escuchaba con mucha atención, seguía atenta el hilo de todo lo que platicábamos, ya que minutos después, Eugenia y yo nos unimos con una tacita. Ángela nos miraba triunfal y la verdad tenía razón: aquel chocolate de Jimulco no le pedía nada al de Oaxaca.

A partir de ese día se instauraron "los jueves de chocolate", como les empezaron a decir: la visita de Jacinta atrajo al resto de las mujeres de la vecindad y todas nos acoplamos a esta nueva costumbre en donde intentábamos hacernos más ligera la vida diaria. Incluso mi madrina empezó a relajarse, a abrirse un poquito, y comprobó que no estaba tan sola como ella creía. A diferencia de Las Admiradoras de Juárez, quienes contaban con educación y se ganaban su propio dinero, las mujeres "de los jueves" no poseían nada: ni educación ni empleo digno ni la más mínima posibilidad de conseguirse uno. Eran en su mayoría analfabetas, sin tiempo, ganas o recursos para aprender otra cosa que no fuera ganarse el pan. Muchas de ellas se dedicaban a lavar ropa ajena, a venderles comida a los mineros en Cerro de Mercado, a emplearse de nanas en las casas ricas o como costureras en las fábricas de textiles, en donde las jornadas de doce horas se pagaban a destajo y se ganaban unos pocos pesos. La vida de la aguja y el hilo eran considerados símbolos de miseria, aunque para vivir, o mal vivir, ellas poseían pocas opciones.

Jacinta nos contó que hacía un par de meses una mujer que vivía junto en un cuartito cercano al patio había muerto dando a luz, y que otra más había caído enferma por respirar el polvo de las telas en la fábrica donde laboraba. Estas mujeres representaban a los desposeídos de quienes nadie hablaba, aquellas que habían sido ignoradas por siglos y siglos. ¿Cómo lograban lidiar con todo? Yo no lo entendía, pero me gustaba verlas divertidas con las ocurrencias de mi tía Ángela y tarareando los corridos que Eugenia entonaba en su vieja guitarra, recién desenterrada luego de pasar diez años en el baúl. A pesar de mi negativa inicial, me sumé a una nueva hermandad, tan igual y tan distinta a la que construí con Las Admiradoras. El inicio de mis labores con don Carlos Patoni me permitió crearme una nueva rutina y gracias a ello adopté a Durango como mi hogar, así descubrí que adondequiera que fuere siempre encontraría un grupo de amigas en quien apoyarme, pues como decía Ángela, *¿quién nos acompañaría si no fuéramos nosotras a nosotras mismas?*

UNA TENSA CALMA

Mi nuevo empleo significó la entrada a un universo fascinante. Cambié la escuela y el encierro de las clases por el descubrimiento y la exploración, lo cual me daría un panorama mucho más amplio del momento en que me encontraba. Quería saber todo, aprender todo. Como secretaria de Carlos Patoni mis tareas eran tan variadas como demandantes: había que archivar, catalogar y registrar de manera metódica los avances diarios de sus investigaciones, las cuales abarcaban desde la flora y fauna de Durango hasta su formación geológica. Trabajábamos en casa del propio don Carlos, en donde había una oficina, un estudio cartográfico y una acogedora residencia para él y su esposa Mercedes, así como una pequeña casa de huéspedes para sus constantes visitas. Entre todo destacaba un jardín botánico compuesto en su mayoría por nopaleras, candelillas, guayules y otras plantas desérticas. El matrimonio Patoni era amable y de temperamento tranquilo, dueño de esa calma que posee la gente entregada al estudio de la naturaleza, quienes hallan placer en la observación del mundo invisible que palpita a su alrededor.

Nuestro primer viaje ocurrió a inicios de diciembre, tiempo de vientos y tolvaneras en el valle. Tenía apenas un par de semanas trabajando para ellos y no entendía a qué se referían con hacer trabajo de campo, pero estaba contenta de averiguarlo y salir de la ciudad. Salimos a las primeras horas del día en un carro que nos condujo a través de ásperos terrenos hacia la Sierra de San Lorenzo, ubicada al oriente del estado. Los rayos del sol de invierno nos mostraron la dureza de las montañas, que se extendían bajo el cielo como una herida punzante. Más que gente, de pronto surgía un coyote o un armadillo cuyo caparazón se fundía entre la amplia tierra de grutas y minas. Había en aquel silencio una tensa calma que no lograba descifrar. Era una zona de violencia y despojo cuyos orígenes se remontaban a épocas virreinales. Tal como me lo advirtió Luz, comprobé que don Carlos Patoni conocía a la perfección estos rincones: él y su amigo Pastor Rouaix, también topógrafo e ingeniero, habían levantado unos años atrás la *Carta del estado de Durango* para delinear por primera vez su apariencia y cada uno de sus límites. En nuestro trayecto don Carlos nos contó sobre la injusta repartición de tierras en esta zona del oriente, en donde solo un puñado de ricos hacendados ostentaba la propiedad de la mayor parte del territorio y dejaban sin nada a los obreros e indígenas que eran sus dueños originales, una situación que se replicaba en todos los rincones de México.

Arribamos a la región de Cuencamé antes del mediodía. Igual que cuando era niña, pronto me vi con tierra bajo las uñas, internándome entre los arbustos a pesar de que el vestido me impedía moverme a mis anchas a través del campo. Aunque me doblaban la edad, don Carlos y doña Mercedes parecían inmunes a las condiciones del tiempo; comparaban números y realizaban notas en sus gruesas libretas de terciopelo rojo, siempre en un silencio tan cálido como reconfortante. Nos encontrábamos en una región donde abundaba el guayule, ese arbusto frondoso con el que se fabricaba el caucho y que era la causa del despojo de tierras por parte de los hacendados, así como de aquella indignación que corría como pólvora. Luego de levantar los registros dimos un paseo por esa parte de Cuencamé, en donde la miseria me dio de frente en la cara: mujeres llenas de hijos que mendigaban pan en las veredas, familias enteras apretujadas en las casas de cuadrilla, trabajadores endeudados a perpetuidad en las tiendas de raya o siendo brutalmente reprimidos a la más mínima sublevación. Gente destinada a la explotación perpetua, desposeída y sin esperanza alguna de poseer. Entonces los nombres de Calixto Contreras y Severino Ceniceros, famosos en estos lugares por sus actos de rebeldía, surgían aquí y allá como un secreto a voces, como un susurro del cual se alimentaba esa creciente resistencia contra la voracidad de los terratenientes. Había que ser ciega para no darse cuenta de que una bestia dormida estaba desperezándose, preparada para atacar de vuelta a su eterno castigador.

Si aquella fuerza se manifestaba en lo profundo de la serranía como un lastimoso grito, en las grandes ciudades de la Comarca Lagunera se propagó a través del "Sufragio efectivo, no reelección" de Francisco I. Madero, quien viajaba de un lado a otro del país creando y fortaleciendo la red de clubes antirreeleccionistas con el propósito de vencer a Porfirio Díaz en las elecciones del próximo año. Entonces cualquier reunión de personas, aun la más íntima, adquirió tintes de conspiración.

Luego de mi desencanto con Bernardo Reyes, mi anexión al maderismo ocurrió de manera más bien precavida, empezando por las circunstancias que me llevaron a él. Acompañé a don Carlos a entregar algunas plantas y raíces a la botica Madrid, bien conocida por regalar medicamentos a los necesitados el último domingo de cada mes. Doña Mercedes me contó que ahí no solo se elaboraban bálsamos y ungüentos, como aún se estilaba en la mayoría de las boticas, sino preparaciones muy exactas, cápsulas, grageas e inyecciones. Antes de llegar, don Carlos me alentó a dar mi punto de vista sobre cualquier asunto que se tratara en la junta. *A Mercedes no le gusta venir… la entiendo, el mundo es así,* mencionó de pasada, ya que cuando quise averiguar más acerca de la junta, cuya existencia desconocía hasta ese momento, un grupo de hombres nos recibió al pie de la botica. Para mi sorpresa, al entrar no nos detuvimos en el mostrador sino que avanzamos hasta llegar a la trastienda, en donde se hallaba un patio rodeado por habitaciones destinadas a la fabricación de fórmulas magistrales y al almacenamiento de materias primas. Así como el grupo que nos acompañó desde la entrada, aquí estaban reunidos una veintena de caballeros de tez clara, ropa costosa y gruesos bigotes bien delineados.

Me empecé a dar cuenta de que Patoni era muy admirado en cualquier lugar donde se parara, incluido este, pues todos le dieron la bienvenida con una ligera reverencia. Miré a mi alrededor en un intento por descifrar el propósito de nuestra visita, pero las pistas eran poco exactas. En un rincón había una mesa en donde se servía whisky y café, y en el lado contrario se alzaba una montaña de sillas que eran descolgadas una a una por los visitantes. Minutos después de nuestro arribo don Carlos y yo nos vimos rodeados por media docena de hombres que a juzgar por sus barbas blancas seguro pasaban los sesenta años. Entre ellos se encontraba el señor Zamacona, dueño y farmacéutico responsable de la botica Madrid, quien me brindó una bienvenida que consideré sincera.

—Carlos me ha contado que fue usted quien transcribió aquel discurso durante el mitin de Torreón. En nombre de todos deseo felicitarla, fue un auténtico acto de valentía —me dijo con una sonrisa amable.

Entonces me enteré de que el discurso no solo pasó a las manos del Partido Democrático y a las de don Carlos, sino también a las de Zamacona y su grupo, quienes lo difundieron por distintas partes de Durango. Estaba halagada por el comentario, aunque este también incrementó mi curiosidad, ¿quiénes eran estos hombres y por qué propagaban material contra el gobierno de Díaz? Durante esos minutos se hizo referencia a la reciente estancia de Madero en Puebla, siempre arropado por los hermanos Serdán y su aguerrida hermana Carmen, así como los rumores de su próxima visita a Sinaloa, datos que me sirvieron para concluir que este lugar albergaba un club antirreeleccionista. Según pude ver eran profesionistas, comerciantes, burócratas y miembros de la élite local. Entre todos los asistentes, yo era la única mujer.

—Disculpe —dijo una voz a mis espaldas. Al voltear me topé con el rostro de un joven con aire aristócrata; sus ojos grandes y grises brillaban sobre el cuello de una levita perfectamente planchada—, ¿usted viene a acomodar las sillas? Este patio es un desastre y nos vendría bien el toque femenino. Quizá poner un mantel más lindo sobre la mesa... seguro usted sabe mejor lo que quiero decir.

Aquellas palabras me habían tomado tan desprevenida que me fue imposible responder. El joven me observaba con una expresión afable, casi sonriente. Entonces comprendí por qué doña Mercedes no simpatizaba con algunos de "los muchachos". Al percibir mi desconcierto, don Carlos se acercó a intervenir.

—Ella es Hermila Galindo —me presentó—. Empezó a colaborar con nosotros la semana pasada; él es Guillermo Lizardi, un joven colega que recién se ha adherido al club.

Guillermo me saludó levantándose el sombrero de manera cortés al tiempo que me dirigía un vistazo de arriba a abajo. Aunque lo tenía a mi lado hablaba sin voltearme a ver, como si yo fuera algo más ahí, minúsculo, algo a lo que no había razón para darle importancia. La reunión tardaría unos minutos en comenzar, los demás asistentes se agrupaban en corrillos para ponerse al día sobre sus actividades. Guillermo permaneció con don Carlos y conmigo, a la espera de algo que diera luz a la asamblea. Se expresaba resaltando sutilmente las labores que él mismo realizaba en el club y hacía gala de sus aportes para mejorar la condición de los empresarios locales que habían sido ninguneados por el régimen de Díaz, el cual favorecía a los inversionistas extranjeros. Cada vez que don Carlos me incluía en la conversación, Guillermo interrumpía ágilmente mis intervenciones y agregaba comentarios a su gusto como para enriquecerlas y asumía que yo no sabía nada de economía, política o historia. Yo me mordía los labios para no provocar ningún disgusto durante mi primera aparición en el club, así que opté por hacerme la desentendida, por sonreír cada vez que Guillermo me ignoraba. Luego de unos minutos, cuando todo indicaba que la reunión comenzaría formalmente, Guillermo esbozó una sonrisa tan amable como la mía, dando por hecho que mi presencia era momentánea y podía poner fin a nuestro encuentro.

—Con su permiso, don Carlos... señorita Herminia.

—Hermila —lo corregí, pero él ya había dado media vuelta y se alejaba por el establecimiento en compañía de sus amigos.

En ese momento el señor Zamacona nos convocó a tomar asiento para dar inicio a la junta. Don Carlos y yo descolgamos un par de sillas y las colocamos en el centro del patio, donde ya se acomodaba el resto de los visitantes en hileras de cinco o seis, una tras otra. Zamacona, quien también era presidente del club según me dijo don Carlos, se sentó detrás de un angosto escritorio ubicado al frente de la pequeña multitud. Gradualmente el murmullo de voces disminuyó hasta desaparecer mientras el aire se llenaba de un olor ácido proveniente del obrador, en donde un par de jóvenes ayudantes preparaba un lote de medicamentos. Sin hacer caso a ese aroma metálico al que quizás él ya estaba acostumbrado, Zamacona dio una apresurada bienvenida y dio la noticia de que según el informe desde la capital, Francisco I. Madero haría una gira más por el país y había que prepararle el camino en su paso por Durango. Cuando el farmacéutico se lanzó a preguntar respecto a las posibles acciones de propaganda, no tardé demasiado en formular mi propuesta: ante la indecisión de los otros asistentes, yo tomé aire, afiné la garganta y salí al ruedo.

—Se me ocurre que las mujeres podrían colaborar —me atreví a decir—. Muchas de mis vecinas trabajan en la fábrica textilera, probablemente aceptarían cooperar con las tareas de difusión.

Aunque el silencio me pareció eterno, bastaron unos segundos para que Guillermo descalificara mis palabras con mostrada autoridad.

—Disculpe, señorita, pero debo decir que su propuesta, aunque generosa, tal vez resulte una empresa casi imposible, empezando porque muchas de esas mujeres probablemente ni siquiera saben leer —mencionó.

—Entiendo y agradezco su postura —respondí casi en tono zalamero—. Sin embargo, si ese fuera el caso, coincidirá conmigo en que para hablar y escuchar no hace falta ser letrado. Tampoco para tener criterio.

—Por supuesto —arremetió Guillermo—. Simplemente no me gustaría que usted se tomara la molestia de organizar una labor tan riesgosa cuando esta no posee la más mínima utilidad.

—¿A qué se refiere exactamente, señor Lizardi? ¿Podría explicarnos? —lo interrumpió Zamacona inesperadamente.

—Me refiero a lo que sabemos todos, que a las mujeres no les interesa la política —respondió él—. Por esa razón dudo que se tomen el tiempo para apoyar una causa que bien pudiera resultarles ajena, y en caso de que lo hicieran, no calculo ningún impacto benéfico para nosotros.

—No creo que sea así —señaló Zamacona, convencido—. En Puebla se han formado dos clubes femeniles y las obreras hacen propaganda en las cigarreras. Han ayudado a dar a conocer el maderismo por ese estado.

—Si están de acuerdo, yo estaría gustosa de emprender una labor similar para impulsar la figura de Madero aquí en Durango —me atreví a proponer.

Zamacona se lo pensó unos breves instantes. Poseía ese tipo de rostro en el que era imposible leer cualquier tipo de respuesta.

—Entonces que así sea —concluyó finalmente—. Le ruego que nos tenga al tanto de cómo progresa ese asunto, señorita Hermila.

Aunque Guillermo y otros más me dirigieron una mirada hostil, no dejé que eso detuviera mi participación en la junta. A esas primeras intervenciones le siguieron otras ante las cuales obtuve más o menos la misma respuesta de silencios y miradas afiladas. Tan sutiles eran sus maneras de intimidarme que en algún momento pensé si acaso era yo quien sacaba las cosas de contexto, pero me detuve antes de comenzar a culparme: esta era yo asestando un golpe a ese infame temor a desagradar. Debido a mis recurrentes participaciones, durante la junta me di de cara contra ese muro de resistencia liderado por Guillermo, aunque también me identifiqué con algunos posibles aliados como el mismo señor Zamacona, quien se despidió de mí tan amable como me recibió. Al salir abordé junto a don Carlos el carro de vuelta a la oficina. Mientras admiraba el paisaje durante el trayecto, aquel cúmulo de voces continuaba reproduciéndose en mi cabeza como si todavía estuviera en el interior de la botica Madrid.

—¿Cómo se sintió en la junta? —me preguntó Patoni de repente. Parecía un tanto apenado.

—Aprendí mucho —respondí a secas.

—Si le pedí que viniera fue debido a que lo consideré parte de su trabajo, e igual creí que bien podría unirse al club por afinidades ideológicas... pero no soy ciego. Si no desea volver a acompañarme, lo entenderé perfectamente.

—Pero sí quiero —le confesé—. Si usted está de acuerdo, no deseo perderme ni una sola de las reuniones.

Don Carlos asintió satisfecho por mi sorpresiva respuesta.

—¿Cree usted que debí haber intervenido más? —preguntó segundos después—. Quizá debí salir en su defensa.

—Es usted muy amable, don Carlos, pero yo puedo defenderme sola —respondí con una franqueza que hasta a mí me resultó imprevisible.

Él sonrió ligeramente y desvió la mirada a la ventana con un movimiento suave.

—Lo sé, eso mismo me dijo Mercedes —concluyó.

El fin de 1909 me devolvió el control sobre las riendas, una sensación de equilibrio y finalmente, de bienestar. Mi salario me permitió colaborar con mi madrina Eugenia en algunas mejoras para su casa y hasta en una discreta fiesta de Año Nuevo. Esa noche no quería ahorrar mi dinero sino gastarlo como me viniera en gana. Acompañé a mi tía y a mi madrina a la misa de la tarde y después dimos un último paseo por la plaza, en donde desfilaban catrines, muchachas emperifolladas y niños con sus mejores trajes de camino a alguna posada. Como yo no me metía a la cocina, ayudé solo con el capital y fue mi tía Ángela quien se lució con la cena: enchiladas de guajillo, asado de puerco, empanadas de durazno y café de olla. La estancia estaba decorada con lama, heno y ramas de pino; en el centro del comedor, mi madrina acomodó estrellas de estaño y las figuritas de barro de un modesto nacimiento. Algunas de las vecinas pasaron a servirse un plato y a convidarnos una botella de Nombre de Dios, aquel mezcal famoso entre los mineros y los peones de las haciendas.

Debido a las fechas recibí un telegrama de Luz con sus buenos deseos en nombre de Las Admiradoras, quienes habían dado la bienvenida a un par de compañeras más y auguraban con optimismo que el siguiente año estaría lleno de conquistas. Me hubiera gustado escribirle a Mago pero no tenía ni idea de cómo encontrarla, quizá ya debía resignarme a no saber de ella. Quién sabe. Esa última noche sobrevolé lo ganado y lo perdido a manera de recuento: felizmente concluí que estaba contenta con este camino, esta gente, y lo más importante, conmigo misma. De pronto las palomas se echaron a volar despavoridas debido a la explosión de fuegos artificiales que inundó el cielo hasta hacer desaparecer los límites del valle con la intensidad de sus destellos. Aunque hasta ahí nos llegaba la música de la orquesta instalada a un costado del atrio de la iglesia para amenizar la fiesta popular, Eugenia se dispuso a entonar algunos corridos con su vieja guitarra.

—*¡Hoy es hasta que el cuerpo aguante!* —señaló mi madrina con una carcajada que hacía mucho no veía en ella.

Y mientras mi tía Ángela, Eugenia y el resto de las vecinas alzaban sus vasos de mezcal, el tañido de las campanas de San Agustín dio la bienvenida a ese imprevisible año de 1910.

LA CHISPA

Tres días me duró el encanto. Tres días de darle vueltas, de ir y venir a través de esa fugaz adicción en la que me costaba reconocerme. ¿De verdad me estaba pasando a mí? Asustada por la intensidad de mi propia emoción, deseaba huir y a la vez zambullirme en esa ola que amenazaba con devorarme. Nunca antes fui tan consciente de las formas, las líneas y los colores como ese día en la estación del ferrocarril. Él poseía un andar firme y sutil, el porte altivo de guerrero maya. Entonces quise absorberlo, aprehenderlo, grabar en mi memoria cada uno de los contornos que dibujaban aquel rostro. Su nombre era Santiago Batún.

El inicio de año me encontró ensimismada en una rutina que dejaba poco espacio para cualquier asunto ajeno a mi crecimiento intelectual. Todo en casa de los Patoni invitaba al estudio y a él me entregué feliz, había encontrado por fin la paz después de meses de incertidumbre. Cuando no estaba ordenando los ficheros o realizando transcripciones para algún proyecto de don Carlos, pasaba horas en la inmensa biblioteca, sumergida en la lectura de los trágicos y filósofos griegos con quienes me reencontré luego de años. Motivada por ese arrebato de conocimiento, desempaqué la máquina mecanógrafa para escribir uno que otro pasaje a título personal, algún pequeño ensayo, ideas sueltas. Las mañanas por lo regular comenzaban en el jardín botánico, donde doña Mercedes y yo llevábamos el estricto cuidado de cada una de las plantas: había que mantenerlas hidratadas, sacar las malas yerbas, procurarles luz o sombra de acuerdo a sus naturales caprichos. A partir de estas actividades ambas construimos un vínculo discreto pero bien afianzado en una intimidad de pocas palabras, inmersas en ese oasis de tranquilidad alejado del convulso exterior, en donde se gestaba una lucha cada vez más definida. Era como si entre esos dos territorios hubiera una línea fronteriza que yo cruzaba con la misma facilidad con la que se atraviesa una puerta.

Tal como sugerí durante la junta con el club, acompañé a Jacinta y a otras vecinas a sus lugares de trabajo para promover el antirreeleccionismo. Aunque pocas imprentas se atrevían a reproducir material contra el gobierno de Díaz, algunas se jugaban el pellejo para proveer a los clubes de panfletos y carteles en su lucha contra la dictadura. En el nuestro, era el mismo señor Zamacona quien se encargaba de recoger el material impreso y almacenarlo como si fueran medicamentos en la botica Madrid, para luego repartirlo entre todos los miembros que, a su vez, lo distribuíamos por diversos puntos del estado. Con mi tanda bien escondida en el fondo del vestido, en mi tiempo libre andaba con las vecinas por la mina del Cerro de Mercado y la fábrica de textiles repartiendo volantes. Si bien estaba orgullosa con mis labores de propaganda, en el club recibí una respuesta más bien irregular: Zamacona y algunos más estaban encantados, pero el resto de los miembros, entre ellos Guillermo, recibió la crónica de mi labor con la misma indiferencia de quien ahuyenta un zancudo.

Mientras yo iba y venía en estos dos extremos que componían mi cotidianidad, don Carlos manifestaba una agitación creciente: andaba por la casa ordenando archivos, cortando a su paso cualquier rama seca, reparando él mismo las imperfecciones de la mampostería. Estaba muy emocionado con la llegada de "la embajada yucateca", aunque eso de "embajada" fuera solo un decir. Era la primera vez que su pequeño grupo de amigos venía de visita a Durango y había que preparar cuidadosamente su hospedaje, las comidas y algunos paseos. Apapacharlos, pues. Noble y hospitalario, él mismo supervisaba todos los detalles aun cuando la estancia de los yucatecos

82

duraría únicamente tres días. A pesar de que doña Mercedes estaba tan contenta como él por la visita, se tomaba las cosas sin tanto esmero. Brindarles la mayor comodidad a sus amigos era una cosa, pero remodelar todos los rincones de la casa e inspeccionar cada falla como lo hacía su marido le parecía una locura. En cuanto a mí, apoyaba a los Patoni en todo lo requerido con diligencia y rigor, todavía con la cabeza llena de plantas, libros y registros botánicos, e incapaz de vislumbrar esa nueva carta que el mazo del destino echaba sobre la mesa.

La estación del ferrocarril de Durango recibía a los viajeros con un esplendor de capital europea. Frente a aquel edificio de influencia francesa, el estilo predilecto de don Porfirio, había una explanada por la cual cruzaban lo mismo aguamieleros y mendigos descalzos, que profesionistas, campesinos y distinguidas familias de la clase alta duranguense. Esa mañana don Carlos y yo nos abrimos paso entre el trajín de los viajantes. El reloj marcaba minutos antes del mediodía, prueba de que la embajada yucateca aún tardaría en llegar.

Ajena a su palpable expectativa, dejé a don Carlos en el andén y paseé por la estación. En los estanquillos, los periódicos destacaban las celebraciones con las que el gobierno había inaugurado oficialmente "el Año del Centenario": mientras *El Imparcial* y otros periódicos oficiales alababan el inicio de la conmemoración de nuestra independencia, publicaciones contrarias al régimen daban cuenta del despilfarro que comenzaban a representar aquellas fiestas. Como rey absoluto, Díaz organizó una gran serenata en el centro de la capital mientras las campanas de los templos repicaban al unísono. Decían que el cielo nocturno se iluminó de colores debido a los fuegos pirotécnicos lanzados desde la Catedral Metropolitana. Para el gobierno de Porfirio Díaz, 1910 sería un año de celebración.

—¿Señorita Hermila?

Su voz surgió a mis espaldas, sacudiéndome con la misma sensación de quien recibe un susurro al oído. Al voltear me encontré con su mano extendida envuelta en una camisa blanca: fue eso lo primero que vi de él, su piel morena bajo la camisa. Nos separaba poco más de un metro de distancia, tal como lo dictaban las costumbres básicas del decoro.

—Santiago Batún —dijo con su mano aún extendida frente a mí.

La luz que se colaba a través del vano del portón me reveló su quijada marcada, sus ojos miel con pinceladas rojas. Cómo sabía mi nombre o qué deseaba de mí parecían preguntas insignificantes ante ese temblor que definitivamente no era provocado por el arribo de los trenes. Me había pasado un par de semanas confrontando a media veintena de antirreeleccionistas, pero frente a Santiago me resultaba imposible conectar palabra: ahí estaba yo, tan desarmada como el pobre candil de seis brazos que colgaba sobre nuestras cabezas. ¿Pero por qué tenía que ser así?

—Hermila Galindo —dije, estrechando su mano con firmeza—. Supongo que es usted amigo de don Carlos Patoni.

—Así es —respondió—. Espero no haber interrumpido su lectura…

—Al contrario —dije, con la mirada puesta en los periódicos—. Con este tipo de lecturas, su interrupción me parece de lo más atinada.

Santiago soltó una risita para darme la razón. No acostumbraba hablar con hombres a nivel personal, sin embargo, me empeñé en actuar con la naturalidad de siempre y cortar de tajo ese nerviosismo que amenazaba con apoderarse de mí. Luego de darle la bienvenida, Santiago se apresuró a detallarme los pormenores de su viaje: dijo que habían llegado en el tren proveniente de Ciudad de México con conexión Campeche-Mérida, que era esta su primera vez en el norte, que se le hacía casi como pisar otro país. Al salir de la estación, don Carlos ya nos esperaba detenido al pie de nuestro vehículo junto a dos mujeres mayores que se presentaron como Cira y Araceli, maestras de primaria y "luchadoras" de Yucatán. Igual que Santiago tenían la piel muy morena, casi dorada. Ambas llevaban vestidos blancos de manta y tocados de flores bordadas en el pelo, que mi tía Ángela hubiera adorado.

Las tierras yucatecas eran tan exóticas para mí como la China imperial o la misma Grecia clásica, y durante el trayecto a la casa de los Patoni escuchaba con fascinación toda palabra salida de la boca de nuestros visitantes, atraída incluso por su suave y entonada forma de hablar. Santiago tenía razón: el norte y el sur éramos casi dos países distintos. Yo estaba sentada en medio de Cira y Araceli, quienes lideraban la conversación y reían por cualquier cosa; Santiago, quien me quedaba enfrente, era tan alto que debía encoger las piernas para acomodarse en el angosto compartimiento, y la punta de sus zapatos cafés chocaba inevitablemente contra los míos debido a las vibraciones del carro. Con timidez aparté mis zapatillas unos centímetros pero bastó una vibración más de las ruedas para sentir otra vez el roce de nuestros zapatos punta con punta, lo cual no me molestó en lo absoluto.

Al llegar, los Patoni dieron a sus invitados un recorrido por la casa. Dejé que ellos se adelantaran y poco a poco los pasos de Santiago aminoraron la marcha hasta llegar junto a mí. Caminamos uno junto al otro, sin prisas, dejé que su sombra me abrigara a través del pasillo igual que una montaña. Él parecía interesado en todo, especialmente en mí. En el jardín me preguntó por las candelillas; en la biblioteca, por mis libros favoritos; en la oficina, por mis actividades concretas como asistente de los Patoni. Aunque tampoco acostumbraba responder a preguntas tan directas, el hecho de hacerlo no solo pareció satisfacer la curiosidad de Santiago, sino también, de manera sutil, empezó a resquebrajar esa barrera de pudor tras la cual me había mantenido guardada.

Como todo lo demás, don Carlos había previsto un magnífico menú de bienvenida: filete de res, sopa de papa y membrillos frescos, todo ello servido en una reluciente vajilla de cobre bruñido traída de Cananea. En el universo mexicano de aquel entonces, Yucatán era un estado de vanguardia: poseía un sólido movimiento feminista y sus habitantes eran de los más alfabetizados y cultos del país. Santiago no era la excepción. A lo largo de la velada noté algunos detalles, como que hacía referencia a *El capital* de Karl

Marx, que estaba comprometido con su gente —hablaba maya desde niño—, y que mostraba interés genuino por las opiniones de las mujeres en la mesa. Nos daba espacio, escuchaba atento lo que no sabía, nos veía a los ojos al hablar. Por otro lado, yo estaba consciente de que las primeras impresiones podían resultar engañosas, tal como le ocurrió a Mago cuando vio a Francisco la primera vez. Sí, conocía esos riesgos, pero en Santiago había otra cosa, una empatía natural, una emoción distinta a la que me provocaba cada encuentro con Guillermo Lizardi, a quien mi cuerpo entero percibía como amenaza. Santiago era diferente y esa primera impresión bastó para confirmar que nunca había conocido a alguien como él... ¿o todas diremos lo mismo?

Luego de la comida, la embajada yucateca procedió a acomodarse en la pequeña casa de huéspedes y yo me dirigí a la biblioteca para terminar unas lecturas, o al menos intentarlo. En mi afán por intelectualizarlo todo, por clasificar y archivar, me reprendía a mí misma por construirme una intriga romántica en apenas unas horas, por la incapacidad de seguir con mis ojos las páginas en el libro.

—¿Y ahora qué tienes? —me preguntó mi tía Ángela esa noche.

Permanecí en silencio. Ni siquiera yo sabía exactamente qué tenía, pero la cabeza me palpitaba como si fuera a explotar. Ángela me tocó las mejillas.

—Estás hirviendo. ¿Te hago un té de lechuga?

—Nomás es cansancio, ahorita se me pasa —le respondí alejando el rostro de sus manos.

Mi tía se acostó junto a mí igual que cuando era niña. Desde ahí escuchábamos los graves ronquidos de Eugenia provenientes de la habitación de al lado. Había algo de adormecedor en su forma de roncar, aunque a lo mejor solo nos acostumbrábamos a oírla todas las noches.

—¿Alguna vez te enamoraste de alguien? —le pregunté.

Ángela se sobresaltó. Jamás se hubiera imaginado que esa pregunta saliera de mí.

—Yo creí que sí, que muchas veces —dijo segundos después—. Pero ahora no sé… —se alzó de hombros—. ¿Tú?

No supe qué decir. Ángela me empezó a hacer cariñito en el cabello para aliviarme el dolor y ambas permanecimos calladas mientras intentábamos conciliar el sueño. Hasta ahora me daba cuenta de que aunque nos contábamos todo, este era un tema del que nunca habíamos hablado.

Entonces yo tenía 24 años. La mayoría de las mujeres de mi edad eran casadas, viudas o abandonadas, eran madres de dos o tres hijos. Me acercaba a ese umbral que mi tía Ángela también cruzó décadas atrás: el desafío a una sociedad que se empeñaría por ubicarme en un lado o en otro, probablemente más como solterona que como soltera. Pocos me lo preguntarían, pero en el fondo solo seguía la dirección de mi propia brújula. Quizás estaba demasiado consciente de la sumisión que se me exigiría en la relación con un hombre y eso me había alejado de toda ilusión romántica. Nunca antes había pronunciado la palabra "enamoramiento" para referirme a mí misma. A lo mejor esa fue la causa de mi fiebre aquella noche.

A la mañana siguiente desperté recuperada, si no por el té de lechuga sí por las breves pero eficientes horas de sueño. Contrario a lo pensado, logré dormir, y al verme al espejo, este me devolvió una buena imagen, la cual alisté aun con más esmero que en un día cualquiera. Tomé prestado el broche nacarado del joyero de Ángela, me perfumé discretamente el cuello con agua de azahar y amarré con mayor presión los listones del vestido alrededor de mi cintura. Eugenia y mi tía Ángela me miraron de reojo pero no dijeron más. Probablemente intuían mis nervios, esa vaga alegría tatuada en mi cara.

Recorrí las calles con lentitud hacia el Palacio Municipal, donde nos reuniríamos para desayunar en un restaurante cercano. Había salido poco antes de la hora pactada y tenía tiempo de sobra para perderme en mis devaneos. Renuncié a darle demasiadas vueltas al asunto, a etiquetar mis emociones como si fueran registros botánicos. Llegué puntual a la plaza, como siempre, y me senté a un costado del Palacio cuidando de no arrugar la tela del vestido con los afilados bordes de la banca. No tuve que esperar mucho, pues los Patoni y la embajada yucateca arribaron apenas minutos después que yo. Mientras caminaban hacia mi dirección, mis ojos se posaron en Santiago, quien vestía una camisa de manta que lo hacía lucir aún más alto y moreno. Al entrar al restaurante se sentó a mi lado aunque yo planeaba mantener distancia entre nosotros. Su atenta mirada sobre mi rostro para escucharme hablar o el fino roce de nuestros codos al agitar los cubiertos parecían contener un lenguaje de cómplices que nadie en la mesa lograría descifrar. Tentando la suerte, alejé mi brazo sobre el mantel solo para reencontrarme segundos después con el brazo de Santiago que reclamaba su lugar junto al mío. Entre aquel juego tan inocente como avasallador todavía fui capaz de dirigir mi atención hacia Araceli y Cira quien, comprendí en ese momento, era la abuela de Santiago. Don Carlos me advirtió que encontraría afinidad con las maestras y durante el desayuno entendí por qué. Desde mediados del siglo XIX las yucatecas eran un ejército de avanzada, las pioneras del feminismo en México. Cira y Araceli nos contaron sus experiencias en aquel paraíso llamado La Siempreviva, una sociedad que fundó la primera escuela pública para niñas e impulsó la educación femenina en el país. Además de estas labores, según dijeron, La Siempreviva también publicaba una revista y estableció un círculo científico y literario en donde participaban mujeres de la comunidad. ¿Cuáles? Aquellas que eran mayoría no solo en la península sino en todos lados: mujeres analfabetas, sin herramientas ni derechos para trabajar, dependientes de un hombre para su sostén y el de sus hijos. Decir que La Siempreviva era una utopía no era una metáfora exagerada sino la más pura verdad.

—Entonces nos hicimos expertas en el arte del engaño —mencionó Araceli con una sonrisa leve—. De que hay maneras de esquivar la censura, hay maneras. En la revista animábamos a las lectoras a enviarnos poemas o ensayos sobre, qué sé yo, virtudes espirituales. Caridad, humildad, cualquier tema. Lo importante era motivarlas a escribir y a verse publicadas...

—La mayoría de las veces bajo seudónimo —intervino Cira—. Les llamábamos "colaboradoras incógnitas", otra manera de sacarle vuelta a la mordaza que nos querían imponer por todos lados.

—Mucha gente nos sigue llamando liberales como si fuera un insulto… si de joven no me importaba, de vieja menos —señaló Araceli encogiéndose de hombros.

—¿A usted le gusta escribir, Hermila? —me preguntó Santiago.

—Sí, al menos eso creo. Siempre he preferido leer pero últimamente me ha dado por escribir algunas cosas.

—¿Como un diario? —me interrogó Cira.

—No exactamente, son solo ideas.

—Si está de acuerdo, me encantaría leer algo suyo —mencionó Santiago.

—Seguro —afirmé apresurando la taza de café a mis labios.

Al ver el silencio que empezaba a instalarse en la mesa, doña Mercedes intervino como buena anfitriona para devolver ritmo a la conversación:

—Y como apunte, la siempreviva es una planta muy aguantadora, crece aun con las heladas y las ponzoñas de la tierra.

—Pues así nosotras —sentenció Cira, divertida—. Ya solo nos conformábamos con que no nos arrancaran las raíces.

Al terminar nos dirigimos a los puntos que podrían resultar más atractivos para nuestros visitantes: el Palacio de Gobierno, el Arzobispado, la Catedral de la Concepción. Las maestras parecían gustosas por conocer cada uno de ellos pero Santiago no pronunció palabra durante el recorrido. Había en su rostro una expresión seria, casi aburrida. Al salir de la Catedral, Cira pidió que nos sentáramos bajo una sombra para descansar porque las rodillas le aguantaban poco.

—¿Qué es ese monte de allá? —preguntó Santiago señalando al horizonte.

—Es nuestro Cerro de Mercado —respondió don Carlos con una sonrisa—. Antes se pensaba que era una mina de oro pero luego se vio que está repleta de hierro, que también es valioso. No por nada es el orgullo de la ciudad.

Santiago escuchó la respuesta con la mirada fija en el cerro, pareció animado por primera vez en el día.

—¿Y como cuánto se hace de camino? —preguntó una vez más.

Apenas le vieron las intenciones, las maestras se negaron al plan. *Nos conformamos con verlo desde aquí*, confesaron. Los Patoni se ofrecieron a llevarlas a casa, y en cuanto a mí, intenté zafarme usando como pretexto los mapas, catálogos y monografías por organizar, pero don Carlos me dijo que si yo estaba de acuerdo el trabajo podía esperar para otro momento.

—¿Le gustaría acompañarme, Hermila? —preguntó Santiago caballerosamente.

Doña Mercedes me lanzó una mirada silenciosa como recordándome que no estaba obligada a acompañar a nuestro visitante, lo cual le agradecía, sin embargo, asentí de forma casi imperceptible: deseaba ir con él.

—Si doña Mercedes y don Carlos lo permiten —confesé—, yo tampoco he ido al Cerro desde que llegué a Durango. Me encantaría visitarlo otra vez.

Y mientras los Patoni y las maestras abordaban el coche, Santiago y yo emprendimos la caminata hacia los límites de la ciudad. Avanzamos con una prudente distancia uno junto al otro, como si nuestros brazos no se hubieran tocado sobre la mesa. Sorpresivamente mis nervios desaparecieron una vez que estuvimos solos, en gran medida gracias a la naturalidad con la que Santiago abordaba cualquier tema.

—¿Consideraría una falta de respeto si enciendo un cigarro? —me preguntó al sostener uno entre sus dientes.

—¿Y si le dijera que sí?

—Si ese fuera el caso, se solucionaría muy fácil. Mire.

Con un movimiento rápido, tomó el cigarro de sus labios, lo escondió en el puño, y al abrirlo, el cigarro había desaparecido, un truco que le había visto ejecutar a un prestidigitador callejero a las afueras del Teatro Herrera en Torreón.

—¡¿Cómo hiciste eso?! —exclamé, buscando el cigarro en el piso.

Santiago alzó los brazos para fingir inocencia.

—¿Ahora nos vamos a hablar de tú? —preguntó.

—¿Puedo?

—Mucha gente lo consideraría una falta de respeto… —mencionó sarcástico.

—Yo no lo consideraría así. Creo que tú tampoco —sentencié.

No dijo nada más. Me ofreció el brazo y continuamos nuestro camino ante la mirada de las personas, quienes observaban curiosos el físico imponente y un tanto extravagante de Santiago que contrastaba con el paisaje anodino de la ciudad. Nosotros avanzábamos ajenos a todo, dispuestos a ignorar la ceñida mordaza del recato para conocernos de una manera más cercana. No podía recordar cuándo había sido la última vez que me relacioné así con un hombre, si acaso algo parecido hubiera tenido lugar en mi vida. Él no tuvo reparos para hacer pregunta tras pregunta, ni yo para contarle sobre mi reciente llegada a Durango, sobre mis ideas acerca de la emancipación femenina, de mi tía Ángela, de mi anexión al maderismo. Santiago no solo escuchaba sino también debatía, profundizaba y cuestionaba, y en todo eso, yo encontré encanto en lo que otros bien hubieran llamado indiscreción.

Cruzamos por los matorrales para acercarnos al cerro todo cuanto pudimos. A nuestro alrededor el suelo lucía árido, pelón y lleno de agujeros debido a los explosivos que se utilizaban para la extracción del hierro. Santiago estaba fascinado, venía de aquí para allá, asomándose para ver a los trabajadores agitar sus barrenas, golpear rocas y acarrear los cestillos con kilos de mineral. Todo lo que no dijo durante nuestro trayecto me lo dijo aquí. Comparaba la explotación de los mineros con la de los trabajadores de henequén en Yucatán y odiaba a Porfirio Díaz más que cualquiera que yo hubiera conocido. Santiago hablaba encendido, con los ojos llenos de furia. Todo en él era fuego. Me contó que tanto él como su abuela Cira venían de la ciudad yucateca de Valladolid, bautizada así en honor a la de España. Los conquistadores habían sometido al oriente maya a través del despojo de tierras y el contagio de enfermedades; su gente, afirmaba Santiago enérgico, se había enfrentado a siglos de cacicazgo, y con la dictadura, a la barbarie contra los obreros. Por eso no tenía deseo de ver iglesias ni los monumentos virreinales: repudiaba aquella explotación que para él era un mecanismo instaurado hacía siglos y que el porfirismo solo había replicado.

De vuelta caminamos bordeando los matorrales; la tarde estaba a punto de caer sobre el Valle del Guadiana. Santiago y yo nos mantuvimos en silencio, sin ganas de decir más. Mientras nos distanciábamos del cerro, entrelazó poco a poco sus dedos con los míos y yo le respondí asiéndome a su mano aterciopelada. Solo entonces distinguí su olor, un olor suave que me recordó a una vainilla que doña Mercedes albergaba en el jardín botánico. Al llegar al Palacio Municipal me propuso acompañarme a casa y yo acepté para alargar el día un poquito más. Cuando doblamos la esquina para internarnos en la calle de la vecindad, rogué no encontrarme con ninguna de las vecinas, no deseaba dar explicación alguna.

—Hasta mañana —dije al pie del portón.

Hasta entonces nuestros dedos se soltaron. Santiago me miró durante unos segundos con una expresión desencajada que yo no me atreví a descifrar. Sus ojos, sus labios ligeramente abiertos, parecían estar más cerca que nunca.

—Hasta mañana —dijo finalmente y dio la media vuelta para alejarse de mí, perdiéndose a través de la calle como si fuera un fantasma.

Crucé el portón y el patio vacío. Subí las escaleras silenciosamente y empujé la puerta del departamento con la ligereza de quien pide por adelantado una disculpa. Mi tía Ángela y mi madrina merendaban en el comedor, ninguna de las dos me volteó a ver. Suspiré tranquila al comprobar que el reloj de la sala marcaba las cinco y media de la tarde y no las seis o las siete como lo temía. También vi la ventana abierta de par en par y la cortina colgada en el sillón como si alguien se hubiera asomado hacia la calle recientemente, lo que no me sorprendió en lo absoluto.

—¿Cómo te fue? —me preguntó Ángela.

—Bien —respondí como si nada—. Fui a un paseo que me encargó don Carlos.

—¿Con el joven que te vino a traer? —dijo mi tía con un tono de ironía o de reproche, quizás una mezcla de ambas.

—Y a estas horas… —apoyó mi madrina en un susurro.

—Lo sé. No vuelve a pasar —reconocí apenada.

—No se trata de eso, Hermila —intervino Ángela de modo tranquilo—. Eres una adulta y tienes tu vida, pero… tú sabes.

—Sí, yo sé.

Y lo sabía: el ojo de la costumbre, de lo moral o lo inmoral, pesaba incluso sobre nosotras, quienes no nos distinguíamos precisamente por nuestro apego a las normas sociales. Entre el cansancio y la sutil reprimenda, di media vuelta hacia mi cuarto cuando mi madrina Eugenia me detuvo:

—¡Pero cuéntanos! ¿Quién es? ¿De dónde salió ese hombre? —me preguntó emocionada.

—¿Es él, verdad? —preguntó Ángela con los codos clavados sobre la mesa.

Ambas me miraban expectantes, sonreían como mis antiguas compañeras de la Escuela de Señoritas cuando nos contábamos algún secreto. Me empecé a reír y volví a mi ánimo anterior. Andaba nerviosa, chistosa, alegre. Ángela preparó un poco más de café y me senté junto a ellas para contarles cada exquisito detalle referente a Santiago Batún, o al menos la mayoría, pues el restante quería guardarlo solo para mí.

Desperté sin saber qué esperar: era el último día de la visita de la embajada yucateca pero decidí olvidarme de que efectivamente habría una despedida a la cual debería hacer frente quisiera o no. Llegué a casa de los Patoni y me reuní con todos en el comedor. Esta vez Santiago me quedaba al otro extremo de la mesa y nos la pasamos intercambiando miradas que esa distancia entre nosotros dotó de una intensidad mayor. Cira y Araceli andaban más platicadoras que nunca, quizá porque era su último día en la ciudad, mostraban la misma indignación que nosotros por los festejos del Año del Centenario, e igual que Santiago, rechazaban el maderismo por "tibio". Con un tono de profeta, las maestras auguraban que pronto llegaría un cambio en el país, de esto estaban convencidas. Mientras ellas y doña Mercedes partieron a una última visita al centro, don Carlos y yo nos quedamos a trabajar. Él se encargó de terminar algunos mapas y monografías y yo de organizar unos documentos que partirían esa misma tarde a Yucatán. Santiago también se quedó en casa y pasó la mañana conmigo en la biblioteca, me ayudó con mis tareas, empeñándose en leer alguno de mis escritos.

—Todavía no son escritos —le recordé a manera de excusa.

Ajeno a mis inseguridades, él insistió y finalmente me atreví a extenderle algunas hojas; en ellas reflexionaba sobre el divorcio de Mago, mi despido de la escuela y la importancia de la educación en la vida de las mujeres. Las manos me temblaban al ver a Santiago devorar cada línea, tan atraído por mis palabras. Era mi primer lector y por ello el acto encerraba una feroz exposición ante la cual preferí esconderme. Desvié los ojos hacia la ventana y escuché cómo las hojas de papel se estremecían entre sus dedos al pasarlas una a una. Tal como aquel día en la estación de trenes, minutos después sentí la cálida presencia de Santiago a mis espaldas, aunque esta vez no se encontraba a un metro de distancia sino mucho más cerca.

—Quiero saber más de ti —me dijo entre tibios susurros.

La línea del decoro se había traspasado una vez más y ninguno de los dos haría algo para evitarlo. Santiago recargó el cuerpo sobre el escritorio de madera y envolvió mi cintura con un tímido movimiento de sus brazos. Anticipando ya la inevitable despedida, observé su rostro con detenimiento, delineando cada facción suya con la punta de mis dedos para asegurarme de llevarlo conmigo. Bien hubiera podido retroceder pero decidí no hacerlo. En su lugar, estiré el cuello y cerré los ojos para dejar que nuestros labios se mezclaran suavemente, temerosa de que, al abrirlos, Santiago desapareciera de la misma forma en que Eurídice se esfumó ante la mirada impaciente de Orfeo.

La partida de la embajada yucateca me reveló una soledad en casa de los Patoni en la que nunca había reparado. El jardín, la biblioteca, cada rincón parecía evidenciarme la ausencia de Santiago, una inquietud que solo fue menguada por el paso del tiempo, con el cual la vida cotidiana retomó su acostumbrada consistencia. Nos escribimos algunas cartas con periodicidad irregular, en donde tanto él como yo evitábamos mencionar el tema de cuándo nos volveríamos a ver, si es que eso alguna vez ocurriría. La llegada de la primavera trajo al jardín agaves, nopales y suculentas cultivadas por doña Mercedes, mientras yo me refugiaba de vuelta en devorar cualquier libro que llegara a mis manos.

En el club se celebró la designación oficial de Francisco I. Madero como candidato del Partido Antirreeleccionista para enfrentar a Porfirio Díaz en las cada vez más próximas elecciones presidenciales. No era difícil simpatizar con Madero, era joven, carismático y decidido a terminar con la tiranía no a través de las armas, sino de un cambio pacífico afianzado en la apertura democrática. Luego de décadas de elecciones amañadas en donde Díaz resultaba siempre ganador, Madero exigía la efectividad del voto y promovía la libertad de expresión. En la prensa había poco espacio para ella pero esta era bien aprovechada por algunas revistas y diarios en donde aparecieron caricaturas, fotos y hasta algunas pinturas al óleo para dar a conocer la figura de Madero, en tanto los clubes animábamos a la gente a votar por él. Gracias a estos esfuerzos el antirreeleccionismo se alzaba como el movimiento más popular del país y la victoria maderista empezaba a augurarse como aplastante, ¿sería posible un cambio de semejantes dimensiones? Todo parecía indicar que sí, que efectivamente nuestros deseos se verían reflejados en las urnas. Entonces mi tiempo se llenó de actividades de propaganda dirigidas por el club, a cuyas reuniones continué asistiendo en compañía de don Carlos. En la botica Madrid era ya bien conocida por mis contundentes participaciones y mi resistencia al antagonismo de Guillermo Lizardi, quien continuó atacando cada una de mis intervenciones con falsa modestia y gallardía.

Fue en los días de junio de 1910, justo cuando Santiago Batún empezaba a borrarse de mi memoria, que recibí una nueva carta proveniente de Mérida, Yucatán. Al abrir el sobre noté que entre las hojas de papel se encontraba una de periódico: ESTALLA LA REVUELTA EN VALLADOLID, decía el encabezado de la nota. Suspiré hondo, temía lo peor. Mis manos temblaban, pero como pude comencé a leer. El periódico narraba que la insurrección de Valladolid había iniciado en plena madrugada con el anuncio del Plan de Dzelkoop, el cual invitaba a la población a levantarse en armas contra el caciquismo respaldado por Porfirio Díaz. Esa misma madrugada se desató un combate en el que murieron algunos soldados y debido a estas bajas, "los rebeldes" tomaron la ciudad. De inmediato el gobierno federal envió a Valladolid un batallón de 600 hombres para acabar con la revuelta, sin embargo, la fiera y valiente insurrección fue doblegada solo tras cuatro días de combate, afirmaba la nota.

No pude más. Aparté los ojos del periódico y me apresuré a abrir la carta. No estaba escrita por Santiago sino por Cira. En ella me contaba que Santiago había logrado escapar de Valladolid luego de pelear durante los cuatro días enteros, había tenido heridas pero en general se encontraba bien. Antes de emprender su camino hacia la selva, en donde se hallaba escondido, Santiago se despidió de su abuela y le pidió que me contara todas estas cosas *por el cariño que existe entre ustedes dos,* especificó Cira, prometiéndome más noticias apenas las tuviera. Abandoné la carta. Me dirigí a la ventana y ahí me mantuve largo tiempo mirando la calle. Tenía poco a qué aferrarme pero mis recuerdos me hicieron sonreír aquel día: Santiago continuaba siendo de fuego, tal como lo comprobé durante su corta estancia en la ciudad.

Aunque el gobierno intentó minimizar lo ocurrido, la insurrección de Valladolid sería la primera de las muchas revueltas armadas que sucederían en México a partir de entonces: 1910 sería todo excepto un año de celebración para el régimen de Porfirio Díaz.

UNA FIESTA SIN INVITACIÓN

Ese jueves de chocolate abrió con los acordes de una canción vieja y triste que solía escucharse en las rancherías. Mi madrina tocaba la guitarra con los ojos entrecerrados en tanto nuestra vecina Jacinta entonaba la melodía como si le rasgara la garganta. Yo las escuchaba en silencio, sentía cómo la melancolía se instalaba en casa igual que una nube. Desde la carta de Cira, en cualquier momento del día me asaltaba la idea, si no la convicción, de que a estas alturas Santiago ya habría sido abatido por las fuerzas federales. Lo imaginaba huyendo de los rifles o sometido a latigazos en lo profundo de la selva húmeda, incluso un destino peor. La mente es enemiga cruel si se le da la oportunidad y en mi caso se convirtió en un verdugo constante. Envié un telegrama a Yucatán el mismo día que tuve noticia de la revuelta en Valladolid pero no recibía respuesta, así, no quedaba más que esperar. Igual que otras veces, en medio de esa agonía encontré refugio en las mujeres a mi alrededor. No quise abrumarlas con esas trágicas conjeturas que ya mucho me agobiaban, y me bastaba con escucharlas para hallar un poco de paz en mi interior.

Entre las coplas de la guitarra, Jacinta dijo que eso del amor era un lujo: para ello primero había que asegurar el sustento, la casa, el vestido y luego entraba lo demás, tal como el postre llega solo cuando se tiene satisfecha la tripa. Ese nunca había sido su caso, aseguraba, pues con su niña no tenía tiempo para nada más, tampoco ganas. Desde que nació, su hija lo era todo. A veces la cuidaba alguna de las vecinas y de un tiempo para acá mi tía Ángela o mi madrina se hacían cargo de la pequeña mientras Jacinta iba a vender comida a los mineros o a realizar labores domésticas en una residencia al sur de la ciudad, todo de entrada por salida. Según nos contó, la niña tuvo su origen en un "cortejo cada vez más empeñado" del que fuera su patrón cuando trabajaba como costurera de planta en una casa de tejidos. Jacinta resistió sus insistentes "embates" todo cuanto pudo pero luego simplemente empezaron a frecuentarse dentro y fuera del trabajo, cosa bastante confusa para la misma Jacinta, quien no sabía cómo sentirse ante una situación que su cuerpo repelía y disfrutaba al mismo tiempo. En ocasiones la invadía la culpa y se reprochaba a sí misma mantener la relación; en otras quería creer que lo suyo era un sentimiento sincero, ya que a veces él la trataba con dulzura. Sin embargo, al poco tiempo las cosas tomaron su consistencia real: el asunto concluyó cuando Jacinta quedó embarazada y el patrón se negó a casarse con ella, alegó que era una mujer socialmente inferior y que no se haría cargo del futuro bebé. Ella no se dejó amedrentar. Jacinta no creía en las autoridades pero recurrió al único que, pensó, podría ayudarla: el cura de la parroquia, quien la conocía desde niña y la hacía muchacha de bien. No se salvó de la regañiza, pero entre ambos lograron convencer al patrón de darle una modesta indemnización con la condición de que ella no lo volviera a molestar con ningún asunto relacionado con su futura cría. Jacinta tomó el dinero y se prometió dos cosas: que jamás volvería a trabajar de planta para nadie, ni volvería a pisar su pueblo maldito. Por eso las cosas del romance le parecían puros cuentos. Si hubiera amor, afirmaba, ese sería otra cosa y no aquello que se daba a la fuerza y la dejaba a una más pobre, abrumada y sola. Según su experiencia lo importante era trabajar y estar atenta a esos calaveras que nomás andan "conquistando" a la fuerza, llenándola a una de palabras bonitas y promesas falsas. Cuando terminó su relato todas permanecimos sumidas en nuestros pensamientos, cada una dándole vuelta a sus vivencias en tanto mi madrina Eugenia rasgaba distraídamente las cuerdas de la guitarra.

Ese jueves la velada se alargó hasta altas horas de la noche. Mi tía Ángela preparó varias rondas de chocolate y las vecinas cooperaron con una semita y los restos de una botella para echarle piquete a sus tazas. Aunque su cálida compañía logró el cometido de apaciguarme, a los pocos minutos de nuevo me descubrí pensando en Santiago, turbada al imaginarme los posibles peligros por los que estaría atravesando. Era extraño comprobar cómo la violencia se colaba por las fisuras de la vida privada y amenazaba con poner fin a esa cotidianidad que tendíamos a dar como algo seguro. Y mientras nosotras permanecíamos en casa definiendo el amor, o eso que llamaban amor, afuera los hombres se disputaban el futuro de la patria.

Si bien los clubes femeninos surgían en diversas ciudades del país, eran los hombres los únicos que legislaban, votaban y gobernaban. Entre esos grupos se tenía noticia del club Ortiz de Domínguez en Puebla y de Las hijas de Cuauhtémoc en Ciudad de México, quienes, al igual que yo, apoyaban activamente la campaña de Francisco I. Madero. Meses antes, la corta visita del Apóstol de la Democracia a Durango confirmó la confianza que miles depositábamos en él para construir un México nuevo. Madero se adueñó de la Alameda central e insistió en que para llegar al poder los hombres debían votar. Al escucharlo en aquel mitin, de él admiré su deseo de reformar al país y de otorgarle valor al voto, el cual hasta entonces era una moneda barata que Díaz usaba a su disposición. Como ya había sucedido y sucedería por todas las ciudades en donde el Apóstol pusiera un pie, la policía interrumpió el mitin y nos dispersó a base de caballazos, amenazas y puntapiés. "Sufragio efectivo, no reelección" fueron las palabras con las que Madero finalizó su discurso, al tiempo que los asistentes corrimos en estampida hacia los cuatro puntos de la ciudad.

Antes de continuar su gira, Madero hizo una rápida visita a casa de los Patoni para convivir con los miembros del club y sus esposas, quienes no solo estaban curiosos por conocer al que quizá sería el próximo presidente de México, sino también ansiosos de comprobar la existencia de esa aura de misterio construida alrededor de él.

Los rumores decían que Madero comía únicamente vegetales, se curaba con plantas, y según doña Mercedes, era entusiasta de las reuniones espiritistas y de hablar con los muertos. Cuando estreché su mano lo que vi ante mí fue a un hombre amable y de expresión apacible, un hombre que inspiraba a seguir su valiosa causa y cuyo poder parecía suficiente para derrotar al porfirismo en las urnas. Una hora después Madero había partido de casa de los Patoni y aún nos sentíamos entusiasmados por su visita, especialmente yo. No podía dejar de repetirle a mis compañeros que debíamos unirnos para motivar el voto y transformar al país en una verdadera democracia, y mientras lo hacía, experimentaba algo cercano a una revelación. En el punto más alto de mi emoción desbordada, Guillermo Lizardi alejó la copa de sus labios y dirigió hacia mí sus altivos ojos verdes.

—Debo decir que admiro su ardor, Hermila.

—Se lo agradezco, Guillermo —respondí ingenua.

—Sin embargo, también admito que hay algo que me intriga. Perdonará mi impertinencia, pero… usted no tiene derecho a votar —me enjaretó de golpe—. Honestamente, no entiendo esa emoción suya, todo ese alboroto. ¿Por qué le importa tanto?

Guillermo y el amigo que lo acompañaba me miraban fijamente, esperaban una respuesta. Visto desde de su perspectiva, mis actividades con el club antirreeleccionista no tenían razón de ser. Quizá debí decirles que sin Díaz en el poder se abriría la puerta para luchar por los derechos de los sectores más desfavorecidos, entre los que se encontraban las mujeres, y que eso era motivo suficiente para justificar —pues siempre debía justificarme— cualquiera de mis actividades en favor de Madero. Pero me quedé en blanco. Ellos continuaron conversando y yo, presa de la frustración, me alejé al otro extremo de la estancia.

—¿Estás bien? —me preguntó doña Mercedes, quien se reunió conmigo segundos después—. Lo vi todo.

—Bien, solo me agarró desprevenida. Ahora que pienso todo lo que le pude haber dicho, hasta coraje me da.

—Así pasa, es cuestión de estar abusada con "los compañeros". No te preocupes, a mí también me da coraje que no se la hayas regresado a ese bravucón.

Ambas empezamos a reír. Solo doña Mercedes supo de mi ligero traspié esa tarde, aunque a decir verdad, me bastaba con saberlo yo misma. Solía culparme cada que, por una u otra razón, me ganaban los nervios a la hora de responder a esta clase de argumentos y a esa clase de hombres, que ostentaban el poder con la seguridad de pasarle por encima a cualquiera. Por fortuna había asuntos más importantes a los cuales dar mi atención. Si bien la visita de Madero a Durango nos llenó de fuerzas renovadas, pronto fue evidente que subestimábamos el aparato gubernamental creado por Díaz, una maquinaria poderosa también diseñada para pasarle por encima a cualquiera.

El mensaje llegó a la oficina de don Carlos a través de un joven recadero de la botica Madrid: el club nos convocaba con carácter de urgente, no decía más. Así, los Patoni y yo cruzamos la ciudad pasada la medianoche. En el interior del carro nadie mencionaba una palabra, temerosos incluso del más leve murmullo de nuestra voz. El escrutinio de las autoridades se endureció luego de la concentración maderista en la Alameda y por ello esta noche no debíamos menospreciar cualquier medida de precaución. Don Carlos observaba furtivamente a través de la ventana, intentaba dominar el movimiento nervioso de su mano sobre el asiento. Afuera la calle yacía solitaria y quieta excepto por el trote de nuestro propio caballo, el cual avanzaba al ras del camino para rehuir la luz de los faroles. Más precavida que nunca, doña Mercedes le indicó al cochero seguir las calles aledañas al cauce del río. Aunque no sabíamos el motivo de la junta, era obvio que bajo aquel críptico mensaje se escondía un torbellino mucho mayor.

El carro se detuvo en la esquina de la botica Madrid. En lugar de entrar por el mostrador como siempre lo hacíamos, al bajar del vehículo nos apresuramos a través de un callejón adyacente al establecimiento y accedimos por la trastienda. En el patio ya se encontraban reunidos la mayoría de los miembros del club con un rostro que revelaba la misma incertidumbre que el nuestro. Salvo por un par de veladoras puestas cuidadosamente en cada extremo del patio, permanecimos sumidos en una oscuridad intensa. El horario nocturno dotaba a la reunión de un ambiente informal. Cada quien acomodó su silla de manera desordenada, algunos fumaban y otros especulaban entre susurros intentando descifrar el motivo de nuestra visita. El señor Zamacona llegó minutos después, estaba pálido y con el cabello húmedo de sudor. Su áspero rostro había adquirido la suavidad de quien se rinde ante el giro de lo inevitable, al trágico desenlace que empieza a entreverse bajo las circunstancias. Don Carlos lo asistió con una silla y un trago de jerez que encontró en la bodega de los medicamentos, donde también se almacenaba el material de propaganda. Luego de beberse la copa de un solo trago, Zamacona se dirigió finalmente a nosotros y los murmullos se fueron apagando hasta desaparecer.

—Madero ha sido encarcelado —nos dijo conmovido al tiempo que una nueva ola de murmullos se levantaba a su alrededor.

Explicó que la noticia llegó esa misma tarde desde el club antirreeleccionista de Monterrey. Un día antes Madero había sido arrestado y llevado a la penitenciaría por proferir insultos contra las autoridades y promover la rebelión, según la versión oficial. El gobierno mostraba mano firme ante cualquier oposición pero esto rozaba los límites del descaro. A menos de dos semanas de las elecciones presidenciales, en el aire empezaba a reconocerse el viejo y conocido fantasma del fraude. Apenas nos informó lo ocurrido, Zamacona procedió a determinar las actividades del club a partir de este duro revés y la respuesta fue contundente: bajar la guardia no era una opción. Estábamos dispuestos a continuar impulsando el voto antirreeleccionista y dar a conocer el injusto encarcelamiento de Francisco I. Madero. Tomaríamos nuestras precauciones, trazaríamos nuevas rutas, redoblaríamos los esfuerzos para procurar nuestra seguridad, al menos cuanto nos fuera posible. Esa noche abandonamos la botica Madrid a las primeras horas de la madrugada. Salimos en grupos de dos o tres, siempre por la trastienda. A algunos nos esperaban nuestros respectivos carros y otros se marcharon a pie con el argumento de que así era más fácil sortear el asedio de la policía, el cual solo empeoraría a partir de entonces.

En casa procuré hablar lo mínimo acerca de mis actividades con los Patoni y sobre todo con el club. *A ojos ciegos, oídos sordos*, decía mi tía Ángela, quien no cuestionaba mis salidas nocturnas y únicamente se limitaba a darme la bendición cada vez que atravesaba la puerta. La verdad, no era para menos. Los seguidores del Partido Antirreeleccionista abarrotaban las cárceles en diversas ciudades del país mientras un gran número de periódicos independientes eran clausurados. Los periodistas opositores al gobierno se jugaban la vida en cada publicación y corrían el riesgo de ser enviados a lugares tan infames como la cárcel de Belén, adonde iban a dar aquellos con ideas contrarias al régimen porfirista: Ricardo Flores Magón, fundador de *El Hijo del Ahuizote* y *Regeneración*, así como sus compañeras Elisa Acuña y Juana Belén Gutiérrez fueron algunos de los tantos opositores recluidos en *las bartolinas*, ese lugar dentro de la misma cárcel cuya oscuridad, narraba el propio Flores Magón, era comparable solo con la de una tumba. Consciente de estos peligros, el señor Zamacona determinó la suspensión de las juntas hasta pasadas las elecciones. A partir de ese día la botica Madrid funcionó solo como almacén del material de propaganda y continuó ofreciendo sus servicios al público con absoluta normalidad. Aunque contábamos con un gran número de volantes para repartir, el cierre forzado de las imprentas nos obligaba a economizar su uso.

Armados con parte de dicho material y por indicaciones del club, los Patoni y yo cruzamos la sierra con dirección al oriente del estado. Esta vez llevábamos todo tipo de propaganda contra la dictadura así como la transcripción de una carta escrita por Madero desde la penitenciaría de Monterrey, en la cual animaba a sus simpatizantes a no dejarse intimidar por el gobierno y salir a votar; un cargamento que bien podría equipararse a llevar dinamita pura. Antes de partir acomodamos cuidadosamente el material con el fin de trasladarlo a través de la sierra. No solo la capital del estado sino todo el territorio duranguense estaba resguardado por la policía, quien tenía órdenes de frenar cualquier conspiración opositora y de paso comprobar los rumores de una posible revuelta en la región. Entonces intercalamos los volantes entre las páginas de una docena de libros de Botánica y Biología que a su vez guardamos en dos cajas en cuya parte superior podían verse los cuadernos rojos con dibujos y notas referentes a las investigaciones de los Patoni. Doña Mercedes dobló en cuatro partes la transcripción de la carta escrita por Madero y la atoró entre la tela de su corsé. Bien nos decía Zamacona que en esos momentos las mujeres éramos ideales para trasladar mensajes e información secreta, ¿qué tan probable era desconfiar del "ángel del hogar"? ¿Acaso esa criatura tierna, poco avisada y tan ajena a los asuntos políticos podría ser parte de una conspiración? Muchos jurarían que no, o al menos lo pensarían dos veces antes de considerarlo, y debido a ello, cada vez más clubes otorgaban a las mujeres cargos de mensajeras y propagandistas.

Ese día yo veía federales por todos lados. Las manos me temblaban cada que encontraba la más mínima anomalía en el paisaje, ya fuera un venado muerto o un árbol que de lejos parecía sostener un rifle, sin embargo, luego comprendí que mi agitación se debía solamente a mis incontrolables nervios. La sierra nos recibió con un amanecer brillante que borró en mí todo rastro de tensión. A los pocos minutos de viaje, don Carlos, doña Mercedes y yo nos encontramos conversando en torno al cuidado del jardín botánico y de otras cuestiones domésticas que casi habíamos olvidado debido a los acontecimientos recientes. Inmersos nuevamente en ese mundo apacible y rodeados de pura serranía, no nos percatamos de que a nuestras espaldas se acercaban tres gendarmes a caballo.

—Carlos… —susurró doña Mercedes.

Al voltear nos dimos cuenta de que uno de ellos, sin duda el comandante, agitaba la mano en el aire para ordenar que nos detuviéramos. Don Carlos redujo levemente la marcha del carro hasta que este se detuvo en seco. Lo último que escuché fue el leve susurro de su voz rogándonos que mantuviéramos la calma, que estaríamos bien. Los gendarmes también se detuvieron frente a nosotros. Los dos más jóvenes se mantuvieron a cierta distancia con una expresión agria y compungida, mientras que el comandante se bajó de su caballo y se acercó cuanto pudo. Permanecí helada ante su paso firme, sus hombros rectos y esa sonrisa que igual podía ser amigable o maliciosa. Como la mayoría de los policías, este me era indescifrable.

—Buenas, patrón. ¿A dónde se dirigen? —le preguntó a don Carlos.

—A Cuencamé. Somos estudiosos de las plantas, ya ve que hace bonito tiempo para ir al campo...

—Sí, muy bonito —afirmó el comandante con los ojos clavados en nosotras.

Aunque su broma, pues lo había dicho con ese tono, sonaba más a amenaza, doña Mercedes y yo nos limitamos a sonreír como agradeciendo el "halago".

—¿Pueden bajarse, patrón? Inspección de rutina.

—¿Es necesario? Le confieso que traemos muchísima prisa...

—Muchachos —ordenó él, y los jóvenes bajaron prestos de sus animales.

Como todo un caballero, uno de los gendarmes nos brindó su mano para bajar del vehículo. Doña Mercedes y yo nos acomodamos el vestido, fingimos calma mientras él y su compañero se internaban en nuestro carro. Detenidos al ras del camino, los Patoni y yo escuchábamos el ir y venir de sus pasos apretados por el compartimento, el movimiento de las cajas llenas de libros así como de una canasta con pan, dulces y algunas frutas. Subí discretamente los ojos hacia don Carlos, quien ofreció al comandante un cigarro de mezcla americana mientras mencionaba las altas temperaturas en el valle durante esta época del año. A nuestro alrededor solo había kilómetros de sierra recóndita y solitaria. Había escuchado demasiadas historias que explicaban mi miedo a ser violada, fusilada, o abandonada sobre una piedra caliente, y en el mejor de los casos, conducida a la gendarmería por alborotadora. Para mi pesar, en ese momento noté que doña Mercedes mantenía las manos apretadas sobre el corsé para esconder la afilada forma de las hojas de papel bajo la tela. No quería ni imaginarme qué ocurriría si la transcripción de la carta de Madero caía en el piso. No quería ni respirar.

—¿Le puedo tomar un dulce, patroncita? —preguntó uno de los gendarmes desde adentro del coche.

—Los que guste, mijo —dijo doña Mercedes con una naturalidad que me admiró—. Son de leche quemada.

Los jóvenes gendarmes bajaron del carro unos minutos después.

—No hay nada, mi comandante —afirmó uno de ellos.

—¿Seguro? —preguntó el sargento, mientras esparcía el humo de su cigarro por el aire.

—Seguro, mi comandante —sentenció el otro joven.

Los Patoni y yo intercambiamos una mirada imperceptible, sorprendidos de nuestra suerte o de la ingenuidad de los gendarmes, quienes volvieron a su caballo sosteniendo los dulces de leche. El sargento le pidió a don Carlos un último cigarro *para el camino*, y él y sus compañeros desaparecieron sigilosamente entre los recovecos de la serranía. El resto del viaje transcurrió en un profundo silencio con el que dejamos escapar la tensión acumulada durante nuestro peculiar encuentro. En Cuencamé nos reunimos con el contacto de Zamacona e hicimos entrega del material correspondiente. En efecto, hacía un día agradable para ir al campo pero una vez que concluimos con nuestro cometido, de inmediato emprendimos el regreso a la ciudad para viajar a plena luz del día. Tristemente éramos presas de un temor desconocido con el cual tal vez debíamos aprender a vivir, o al menos eso indicaban los últimos sucesos.

Al asistir con mi madrina y mi tía Ángela a la misa dominical, mis plegarias se encaminaron a la vida de Santiago, la victoria de Madero, al bienestar de mi familia. La última reunión del club se llevó a cabo con discreción extrema. En circunstancias diferentes hubiéramos celebrado la culminación de la campaña maderista con una fiesta en la botica Madrid, pero debido a la situación y a ese miedo que nos invadía a todos solo se organizó un pequeño brindis en casa de los Patoni. Con Madero todavía preso en Monterrey, había en el aire una atmósfera más parecida a la de un velorio. Doña Mercedes y otras esposas de los miembros del club susurraban que, según cálculos del partido, un total de 5 000 antirreeleccionistas habían sido encarcelados en todo México, por lo que dudaban si esta noche había algo que celebrar. Ante las caras largas, don Carlos interrumpió la reunión para recordarnos que nada estaba decidido: había que confiar en los votantes, en que efectivamente el pueblo apoyaba la causa maderista. *¡Viva Madero!,* gritó con su entusiasmo de siempre. Fue Guillermo Lizardi quien convocó a brindar por la campaña que todos juntos realizamos en el estado. *Salud,* dijimos alzando nuestras respectivas copas. Nadie se atrevió a mencionarlo pero ya nos preparábamos para afrontar cualquier escenario, incluso uno peor que este.

El domingo de elecciones Jacinta acudió a nuestra casa como si fuera jueves. Volvió con ganas de cantar rancheras y compartir una copita, lo cual agradecí. No había bebido en meses pero ese día decidí tomarme un vaso entero de aguardiente. Había esperado este momento desde niña, desde esos tiempos en que mi tía Ángela me leía el periódico. A pesar de lo ocurrido, era emocionante saber que Porfirio Díaz estaba a punto de irse, o al menos así lo quería creer. Al igual que don Carlos, confiaba en que las cosas cambiarían y quizá Madero ganaría las elecciones. Sí, quizás en los siguientes días la vida sería otra.

Tan expectante como yo, mi madrina Eugenia abrió la ventana para darle paso al aire y observar desde ahí a los hombres que se dirigían a las urnas para emitir su voto. Algunos avanzaban seguros y decididos, otros más bien temerosos o indiferentes al peso de su decisión. Igual que el amor, el sufragio era otro lujo al que nosotras no podíamos acceder.

—Pero no fuera para pagar impuestos o llevarte al juzgado porque ahí sí todos iguales, ¿no? —dijo mi tía Ángela dándole un leve sorbo a su aguardiente al tiempo que Jacinta, un tanto ojerosa, arrullaba a su niña en brazos.

Rara vez veía a una mujer sin hacer nada: trabajaban, administraban, enseñaban y aprendían, laboraban lo mismo en fábricas que en escuelas o periódicos. Si había niños, tal vez no hubiera padre pero seguramente sí una mujer proveedora quien no se hizo la desentendida para dejar a una criatura a su suerte. Éramos mujeres que con nuestro sueldo o con cualquier dinero que pudiéramos conseguir manteníamos hogares enteros. Nos llamaban débiles, ineptas y "menos entendidas", pero Jacinta trabajaba tanto o más que cualquier hombre, Luz Vera poseía la inteligencia para dirigir un periódico y mi tía Ángela organizaba como si fuera un gran estadista. Aun con pocos derechos, sosteniéndonos con lo que podíamos y no con lo que deseábamos, en la práctica las mujeres desempeñábamos un papel fundamental en el funcionamiento del día a día. ¿Por qué las leyes no lo reflejaban? ¿Por qué estábamos fuera de las decisiones? ¿Por qué nos callaban si nosotras también éramos parte del país? En mi corazón estaba segura de que éramos dignas de un porvenir más luminoso que aquel al cual nos enfrentábamos, que, si bien poseíamos las aptitudes para valernos por nosotras mismas, nada cambiaría si la ley no nos permitía tomar nuestras propias decisiones: las mujeres debíamos votar.

Desvié los ojos de la ventana. Mi tía Ángela, Eugenia y Jacinta miraban absortas hacia la calle como un grupo de jovencitas que de lejos admiraba el camino rumbo a una fiesta para la cual ninguna de ellas había recibido invitación. Más que nunca deseé una mejor suerte para todas las mujeres.

LOS VIDRIOS ROTOS

Apenas crucé el portón de la vecindad, me encontré con una mañana como cualquiera en Durango, al menos a simple vista: ahí estaba el tranvía que recorría la ciudad desde las primeras horas, el afilador de cuchillos en su ronda matutina por el mercado, mujeres que apresuraban el paso de sus hijos para llegar a la escuela, y hasta grupos de comerciantes cruzando las puertas del Banco Mercantil. A la distancia se alcanzaba a escuchar el eco de una detonación proveniente de la mina, la cual inició sus operaciones con la puntualidad de siempre. Pero en aquella repetición cotidiana era evidente que algo no encajaba. Al avanzar sobre la acera noté que el estanquillo de la esquina, donde mi madrina compraba su periódico y sus cigarros, estaba cerrado; que los voceros brillaban por su ausencia y que los transeúntes pasaban a mi lado hablando en susurros, como si nadie quisiera dar cuenta de las elecciones celebradas el día anterior. La decisión sobre quién sería el próximo presidente de México estaba en el aire y no había más que esperar los resultados.

En casa de los Patoni, don Carlos había salido desde temprano para reunirse con Zamacona, y yo inicié el día en el jardín junto a doña Mercedes; era la primera vez en semanas que le dedicábamos a las plantas más de unos pocos minutos. Arrancamos las malas yerbas que amenazaban con infectar a una familia de cactus y cambiamos de lugar una candelilla triste por falta de sol. Con un poco de tiempo a mi disposición, pasé parte de la mañana en la biblioteca. Mis pasos me condujeron a los estantes con la ilusión de darle alguna claridad a mi pensamiento, pero me fue imposible. Me mantuve indecisa sobre leer tal o cuál libro e incluso cuando me senté detrás de la máquina mecanógrafa, en vez de escribir, mis dedos jugaban con el golpeteo de las teclas. Solo en ese momento cayó sobre mí un cansancio del que no había sido consciente hasta entonces, cuando recargué la cabeza sobre la máquina y cerré los ojos. No sé cuánto tiempo dormí. De pronto a mis oídos llegó el fino tintineo de la campanilla de la entrada a la casa y los pasos rápidos de doña Mercedes aproximándose por el pasillo hasta detenerse al pie de la biblioteca. Abrí los ojos al sentir su presencia tímida a mis espaldas, temerosa de abordarme.

—Perdón... —dije desperezándome—, no puedo creer que me dormí.

Doña Mercedes me miró con expresión grave, la cual intentó ocultar bajo una sonrisa que a leguas me resultó fingida.

—Llegó esto —me dijo.

Frente a mí extendió un sobre con remitente de Yucatán. Doña Mercedes y yo nos miramos a los ojos durante unos breves instantes. Sin decir más, salió de la biblioteca y cerró la puerta tras de sí. Una vez sola, respiré hondo. No estaba segura si tenía fuerzas para confrontar aquella misiva, a decir verdad, no deseaba ni tocarla, tenía miedo de todo. Al abrirla, por un momento se me hizo ver la letra alargada, fina y apretada del puño de Santiago, pero en su lugar me topé con un telegrama mecanografiado, frío y conciso firmado con la rúbrica de Cira. *Fusilaron a todos los dirigentes de la revuelta de Valladolid. Santiago fue capturado en Motul. Esperamos que siga con vida.* Y eso fue todo. Permanecí mirando la hoja por un buen rato. Sus manos, sus ojos, su piel morena bajo la camisa. La imagen viva de Santiago apareció ante mí y luego se difuminó como en un sueño. Cuando finalmente salí de la biblioteca, doña Mercedes me recibió con un abrazo y me alentó a marcharme temprano a casa, en donde desahogué el pecho en compañía de mi tía Ángela. A lo largo de mi vida ella me había brindado fuerza y aliento pero esta vez ni sus cariñosas palabras lograron reconfortarme. Esa tarde me encerré en el dormitorio dispuesta a no saber más. Quería romperlo todo, tirar la ciudad y el país.

Al día siguiente pesaba sobre mí un desánimo evidente a pesar de mi intención de ocultarlo. Aunque doña Mercedes insistió en que lo mejor sería ausentarme un par de días, decidí presentarme a trabajar para distraerme con los pendientes del diario en vez de quedarme en casa a hacer mayor mi coraje y preocupación. Pero las malas noticias no dejaron de llegar. En su reunión con Zamacona, don Carlos se enteró de que Madero continuaba preso y había sido trasladado a la penitenciaría de San Luis Potosí. Debido a esa noticia, el club convocó a una nueva junta en la botica Madrid. Don Carlos se mostró reacio cuando doña Mercedes y yo señalamos que estábamos dispuestas a acompañarlo porque era claro que el encuentro podría resultar peligroso. Nosotras nos mantuvimos firmes en nuestra petición y ni siquiera la advertencia de don Carlos fue suficiente para reconsiderarla. Al menos para mí, cualquier riesgo era preferible a quedarme con ese terrible malestar que me colmaba toda.

Tal como en otras ocasiones, los Patoni y yo arribamos a la botica casi a la medianoche. Descendimos de nuestro vehículo y nos encaminamos entre la penumbra hacia la parte trasera del establecimiento. Tocamos el portón por varios minutos esperando a que Zamacona u otro de los miembros del club acudiera a abrirnos, pero pronto nos dimos cuenta de que la botica estaba vacía. En ese momento Guillermo y un par de amigos suyos se acercaron, venían por la acera y se reunieron con nosotros. Todos estábamos desconcertados, Zamacona jamás había faltado a uno solo de estos compromisos y debido a ello, el misterio de su ausencia parecía revelarse ante nuestros ojos. Rehuyendo a la tenue luz de las farolas, avanzamos hasta llegar a la fachada, en donde la puerta estaba abierta de par en par. El silencio era atroz.

—¡Zamacona! —gritó don Carlos al pie de la puerta.

Al no conseguir respuesta, se apresuró para internarse en la botica y nosotros detrás de él. Apenas di un paso, noté que el mostrador estaba hecho trizas y que el cristal de las vidrieras tapizaba el piso. Las pomadas, las inyecciones, los ungüentos y los dulces de miel, todo estaba pisoteado y revuelto. El sonido del agua al derramarse

por el piso nos mostró las llaves abiertas, las ventanas rotas y los cal-
deros abollados a golpe de martillo. Había algo metódico en aquel
caos: quien lo hubiera hecho deseaba dejar muy claro su poder. Desconcertados por aquel desorden, nos encaminamos a la trastienda.
En el patio se mezclaba el olor del ácido con el de las flores de lavan-
da que la misma doña Mercedes plantó en una jardinera contigua al
obrador, en donde estaban destrozados los matraces y los embudos.
Entonces nos dimos cuenta de que las cajas llenas de material de
propaganda habían desaparecido, así como valiosas materias primas
y el cofre de madera en donde Zamacona guardaba sus ganancias. Ni
él ni sus ayudantes se encontraban por ningún lado.

Temerosos por el paradero de nuestro compañero, nos apresuramos hacia su casa sin pensar en el riesgo que corríamos especialmente a esas horas de la madrugada. Al llegar descubrimos que
las luces de su hogar estaban encendidas y entre las cortinas se
vislumbraba el movimiento de un par de siluetas. Doña Mercedes
fue quien se animó a tocar la puerta: la señora Zamacona se asomó sigilosamente y al reconocer a los Patoni y soltó un suspiro largo.
Nos contó que la policía irrumpió en su casa cuando su marido se
preparaba para salir a la junta del club. Los gendarmes le informaron
que antes habían inspeccionado la botica y que habían encontrado
documentos relacionados con injurias al presidente Díaz y con el delito de promover la rebelión. Por ello también procedieron a catear
su domicilio, a voltear su casa de la misma forma en que lo hicieron
en la botica Madrid. La señora Zamacona nos contó que durante el
cateo ella temió por sus dos hijas, quienes se encontraban en una
habitación separada de la suya. Cada pisoteada seca de los policías le
helaba la sangre y solo volvió a respirar al ver a las niñas ilesas, pero
ni siquiera sus súplicas pudieron evitar que a su esposo se lo llevaran
detenido luego de largos minutos de tensión.

Abandonamos la casa en plena madrugada. Debido a lo ocurrido
Guillermo sugirió evitar contacto entre nosotros los siguientes días
pero yo no estaba de acuerdo. Para mí había llegado el momento de
intensificar nuestras actividades: convocar una reunión de urgencia

en el club, quizás hacer mítines e irrumpir en la comisaría para lograr la liberación de Zamacona esta misma noche. Tanto Guillermo como los Patoni me miraron con expresión de derrota, argumentaron que el panorama que estábamos por enfrentar sería peor a partir de ese día y por ello debíamos medir con paciencia cada uno de nuestros movimientos. Dolorosamente, supe que tenían razón.

Días después, el Colegio Electoral anunció los resultados de las elecciones presidenciales de 1910: con el 99% de los votos a favor y solo 1% en contra, Porfirio Díaz se alzó con la victoria y otra vez se convertía en presidente de México. El país estaba enmudecido. El Partido Antirreeleccionista solicitó la anulación de las elecciones pero la Cámara de Diputados ratificó el triunfo de Díaz sin importarle ninguna de las pruebas que indicaban un posible fraude electoral. Entonces todo comenzó: otros miembros del club fueron detenidos y los que no, entre ellos Guillermo Lizardi, abandonaron la ciudad con rumbo a Monterrey, Saltillo e incluso los Estados Unidos. Zamacona permanecía en la comisaría sin fecha de salida, pues como decían algunos: *conspirador detenido, conspirador sentenciado*. Tras estos acontecimientos don Carlos dejó su entusiasmo habitual. Se mostraba nervioso y taciturno, asomándose continuamente a la ventana con temor de encontrar a algún gendarme listo para catear su casa. Con la presidencia en la bolsa, Díaz liberó a Madero y se enfocó en continuar las celebraciones del Centenario de la Independencia: daba banquetes e inauguraba escuelas, obras públicas y hasta un manicomio, en tanto que afuera más y más gente mostraba su descontento con el resultado electoral. La lucha armada empezó a ser un secreto a voces.

En esos tiempos convulsos el trabajo parecía ser lo único que le daba normalidad a la vida. Mi tía Ángela reanudó sus tareas en la confección y compostura de prendas, y por iniciativa de Jacinta, comenzó a dar clases de bordado a las vecinas durante los jueves de chocolate con el fin de que cada una pudiera ganarse un dinero extra empezando por la misma Ángela, quien cobraba la clase por cooperación voluntaria. Las redadas contra los maderistas hacían difícil salir de la ciudad para hacer trabajo de campo y mis tareas con los Patoni se enfocaron exclusivamente a la investigación, al tiempo que don Carlos trabajaba en el estudio para calmar su inquietud creciente. Escribí varios telegramas a Mérida con el fin de saber cualquier cosa acerca de Santiago pero como tantas veces, no había recibido ningún otro telegrama por parte de Cira; la enorme distancia entre Durango y Yucatán sumada a las circunstancias recientes hacían difícil la comunicación entre nosotras. Junto a su esposa, doña Mercedes y yo acudimos a la comisaría para llevarle alimentos al señor Zamacona a sabiendas de que no se estilaba darle abrigo ni sustento a los detenidos, sobre todo a aquellos que "atentaban" contra el régimen. Apenas nos presentamos nos negaron la entrada con amenazas e injurias, advirtiéndonos que no por ser mujeres estábamos libres de correr la misma suerte de nuestro amigo.

En ese preciso momento en el que todo a mi alrededor colapsaba, decidí hacer lo que mejor sabía: continué educándome, junté las piezas que me dieran la llave para construir el mundo donde deseaba vivir. Hice un enorme esfuerzo por enfocar mi pensamiento en Emilia Pardo Bazán, en la feminista Alejandra Kollontai y sobre todo en Clara Zetkin, la teórica alemana que luchaba por los derechos de las mujeres y en especial por su derecho al voto, el cual ya vislumbraba como indispensable. Desempolvé la máquina mecanógrafa para realizar notas sobre mis lecturas así como para plasmar las ideas que surgían en mi interior. Escribir siempre fue una manera de organizar mi pensamiento, de descubrir y darle orden a mi visión del mundo. La lucha armada que venía gestándose me pareció el único camino en un escenario donde todas las opciones estaban agotadas, sin embargo, entendí que en esa lucha mi arma serían las palabras, las cuales me habían acompañado y me acompañarían por más inestables que fueran los tiempos. Esa era mi única seguridad.

En Durango la celebración del Centenario de la Independencia pasó casi desapercibida. Ese 15 de septiembre de 1910 solo unos pocos se congregaron en la plaza a oír el discurso conmemorativo de las autoridades, y ni los deslucidos cohetes que explotaron desde las puertas del Palacio de Gobierno lograron animar las calles oscuras y vacías, en donde apenas transitaba uno que otro arriero que apresuraba el paso de sus mulas. Incluso el repicar de las campanas de la iglesia, supuestamente festivo, sonaba tan fúnebre como un canto de cisne. En la capital se llevó a cabo un pomposo desfile así como una distinguida recepción en Palacio Nacional, pero como otras veces, el lujo y la plácida ostentación nos resultaban lejanos. Esa noche la ciudad me pareció la de siempre y a la vez enteramente otra. Más que fiesta, el suspenso de aquel día parecía augurar la caída del dictador: para bien o para mal las cosas jamás volverían a ser como antes.

LA REBELDÍA

El manuscrito llegó en el interior de una muñeca que viajaba entre los brazos de una niña. Según don Carlos, la pequeña y su madre, de nombre María Peltre, se trasladaron desde Estados Unidos con el único propósito de introducir a México El Plan de San Luis escrito por Francisco I. Madero. Don Carlos decía que este se encontraba exiliado en Texas y que fue la misma María Peltre quien no solo lo hospedó en su casa, sino que valientemente se comprometió a hacerla *de correo* y así llevar a cabo la peligrosa travesía. A partir de entonces los "correos" maderistas difundieron el documento por diferentes puntos de la república y con ello el movimiento rebelde comenzó a organizarse de manera concreta: Madero invitaba a la población a levantarse en armas contra el gobierno de Porfirio Díaz el día 20 de noviembre.

Bajo esta consigna la casa de los Patoni se convirtió en un centro de acopio de carabinas, pistolas y parque traídos en su mayoría desde Estados Unidos por los dichosos correos. La práctica se volvió más y más recurrente en varias ciudades del país como fue el caso de Puebla, donde los hermanos Serdán, Aquiles, Máximo y Carmen, lideraban la insurrección. Los miembros de nuestro club que no habían sido encarcelados o habían huido del estado nos ayudaron a organizar la entrada y salida de estos peculiares cargamentos. En mi caso la presencia de las armas me fue particularmente difícil. Eran toscas, frías y peligrosas, aunque pronto comprendí que el uso de estas era el resultado de vivir por más de treinta años bajo un régimen opresivo que no había sido posible vencer de otra manera. Todo lo ocurrido

117

en los últimos meses, desde la captura de Santiago y la revuelta en Valladolid hasta la detención del señor Zamacona, me confirmaba que la rebeldía se alzaba como el único camino posible. Este era el límite, y una vez que lo reflexioné así me fue más fácil integrarme a la nueva etapa de la rebelión.

Durante esos días admiré más que nunca el temple de los Patoni para sobrellevar la presión de las circunstancias. No era que don Carlos hubiera dejado atrás su temor a ser apresado, o que doña Mercedes no pensara en la posibilidad de perder su hogar durante algún cateo, esa sombra nos rondaba a cada minuto, pero nuestras convicciones eran más fuertes, tanto que don Carlos y yo regresamos a nuestros viajes por la sierra para dar a conocer el Plan de San Luis, y doña Mercedes se dio a la tarea de impartir clases de primeros auxilios a las esposas de los miembros del club con el propósito de prepararlas para la lucha que se venía.

Fue precisamente a mediados de noviembre, pocos días antes de la cita del 20, que recibimos una inesperada visita. Eugenia se había ido a la cama desde hacía un par de horas y mi tía Ángela y yo limpiábamos la cocina cuando golpearon a la puerta. El solo crujir de la madera provocó que ambas claváramos los ojos la una en la otra. Eran golpes duros, casi desesperados. Con los ojos fijos sobre el rostro de mi tía, me pasó por la cabeza que si esa irrupción se debía a un cateo policíaco nada ni nadie podría impedirles la entrada. Tomé una bocanada de aire y avancé ante la mirada impávida de Ángela al tiempo que un segundo golpe, corto pero más fuerte que el anterior, azotó la vieja puerta. La mano me temblaba ligeramente al sentir el picaporte entre mis dedos, pero al fin abrí: Beatriz se hallaba en medio del pasillo sosteniendo una valija. No la reconocí de inmediato, tuve que verla por varios segundos para comprobar que debajo de esa cara roja y amoratada efectivamente se encontraba ella y no otra mujer.

—¿Puedo pasar? —me preguntó con la voz entrecortada, y al hacerlo, un par de lágrimas se mezclaron con un hilo de sangre seca que le corría desde la frente.

Parecía rota. El pelo desarreglado, la ropa raída, el moretón a punto de explotar. Intentó sonreír pero en vez de eso en su rostro se dibujó una mueca rara. Se echó a mis brazos y a los pocos segundos me descubrí llorando con ella.

—¿Qué te pasó? ¿Quién te hizo esto? —pregunté.

—No quiero hablar —respondió con un murmullo ahogado.

No presioné más. Cerré la puerta y la conduje entre mis brazos al interior de la casa. Mi tía Ángela corrió al dormitorio y regresó cargando un ungüento de árnica para bajar la hinchazón del hematoma. Un repentino pavor me inundó solo de imaginar lo que Beatriz debió haber pasado; la idea de alguien haciéndole daño me rompía el corazón. Había dejado de llorar pero las lágrimas volvieron cuando mi tía Ángela empezó a curarle el rostro, a desprenderle la sangre seca con un retazo de algodón empapado.

En la cocina puse a calentar sobre el fogón el pocillo del café y las últimas empanadas que mi madrina había preparado para la cena. Cuando Beatriz estuvo más tranquila le llevé un plato al comedor, en donde nos reveló lo ocurrido a cuentagotas. Dijo que la noche anterior dos hombres la interceptaron en un callejón contiguo a la escuela donde solíamos trabajar. Nunca había sentido algo parecido a ese contacto crudo contra su piel, ese refugio suyo que vislumbró perdido apenas sintió el primer golpe. Los hombres amenazaron con matarla si la volvían a ver por Torreón y ella les tomó la palabra, pues según recalcó, no se andaban con rodeos. Amaneció en la calle y por un instante creyó que estaba muerta, tenía las piernas engarrotadas por el frío e inspeccionó su cuerpo a tientas para comprobar que no le faltaba nada. En la pensión donde vivía le anunció a la casera que no volvería más, y pocos minutos después se dirigió a la estación de trenes cargando su única valija. No se despidió de nadie, ni siquiera de Las Admiradoras; tampoco le dio tiempo de presentar su renuncia formal a la escuela, solo quería huir. No me atreví a preguntar por qué no consideró levantar una denuncia en la comisaría, si acaso esos hombres tenían algo en su contra o por qué estaba tan segura de que cumplirían sus amenazas. Cualquier atisbo de duda hubiera sido cruel e inadecuado: lo único importante era que Beatriz estaba a mi lado, viva y de una sola pieza, lo demás eran solo detalles.

A pesar de nuestras voces en el comedor y el tintineo de trastes sobre la mesa, mi madrina Eugenia durmió plácidamente toda la noche y fue hasta la mañana siguiente que le explicamos lo ocurrido con Beatriz. Al principio no le cayó en gracia tan repentina irrupción en su hogar, pero al verla tan maltrecha aceptó hospedarla el tiempo que fuera necesario, una decisión impensable hacía algunos meses cuando no le abría la puerta ni a sus propias vecinas. Mi tía y yo nos comprometimos a cubrir todos los gastos adicionales que pudiera generar su estancia así como alojarla en nuestro dormitorio, para lo cual Ángela le pidió prestado a Jacinta un catre viejo al que bien pudimos convertir en una cama muy decente. Durante esa semana Beatriz fue recuperándose de poquito a poco. El primer día se mantuvo meditabunda, hacía un claro esfuerzo por acompañarnos en el comedor o a tomar el aire frente a la ventana. Doña Mercedes me regaló un ramito de pasiflora para relajarle los nervios, así como un trozo de sábila que ayudó a aliviar la hinchazón de su rostro, el cual ya empezaba a retomar su frescura habitual. Igual que su semblante, su ánimo pareció mejorar con el trajín diario de nuestra casa, en donde mi madrina tocaba la guitarra después de la merienda y mi tía Ángela impartía sus clases de bordado a las vecinas, todo ello distrajo a Beatriz de esa aflicción de la cual no nos reveló ni un detalle más.

El día 19 de noviembre abandoné la casa después del desayuno y me dirigí hacia el trabajo sintiendo como si algo en mí se deshojara a cada paso. Durante el trayecto admiré la ciudad de la misma manera en que lo hice cuando volví de Torreón para reencontrarme con ella hacía ya poco más de un año. Me pareció tan magnífica como en esa ocasión pero también triste y solitaria, quizá debido a esa sensación de pérdida que volvía a inundarme. En casa de los Patoni me topé con un silencio poco común. Me encaminé hacia el estudio de don Carlos esmerándome en no hacer ningún ruido exagerado, presa de la inseguridad constante a la que todavía no me acostumbraba.

Al cruzar la puerta lo vi a él y a doña Mercedes guardando papeles, mapas y documentos en un pequeño baúl. En cuanto notó mi presencia, don Carlos se apresuró a extenderme un telegrama enviado desde Puebla, el cual informaba que la sangre había empezado a correr antes de lo previsto: la casa de la familia Serdán había sido tiroteada por una veintena de policías y se presumía la muerte de dos de los hermanos, Máximo y Aquiles, ambos importantes líderes del movimiento maderista; un ataque con el que el gobierno de Díaz asestaba un duro golpe a las aspiraciones revolucionarias. Al terminar de leer el telegrama doña Mercedes se detuvo frente a mí y me miró con una sonrisa dulce en un intento de amortiguar el impacto de lo que estaba por anunciarme.

—Hemos decidido partir a Estados Unidos —dijo—. Luego de lo que pasó en Puebla creemos que ya no es seguro permanecer aquí. Seguiremos apoyando la causa desde el exterior, al menos por un tiempo.

No contesté nada. Apenas asentí, resignada ya ante este y cualquier otro giro que el destino me presentara a partir de este momento.

—¿Alguna vez has ido a Ciudad de México? —me preguntó doña Mercedes repentinamente.

—Jamás —respondí, confundida por su pregunta.

—Mercedes y yo pensamos que al igual que nosotros, usted corre el riesgo de ser detenida aquí en Durango y por esa razón la instamos a dirigirse a la capital —intervino don Carlos—. Confiamos en que ahí estará más segura, y honradamente, es en México en donde se mueve todo. Hemos hablado con unos compañeros que saben de usted y nos han confirmado que con gusto la recibirán. Están al tanto de la transcripción que hizo de aquel discurso en Torreón así como de todas sus actividades con el club antirreeleccionista. Ellos le brindarán los medios para establecerse en la ciudad, de eso no debe tener cuidado.

—¿Qué opinas, Hermila? —me preguntó doña Mercedes—. ¿Te gustaría ir?

—Sí —respondí más segura que nunca—. Me encantaría.

A partir de ese momento lo único que debía hacer era actuar rápido. Acordé con los Patoni que mi tía Ángela y yo nos apresuraríamos para emprender el viaje lo antes posible, y en los siguientes días ellos darían aviso de nuestra llegada a sus contactos en Ciudad de México. Entonces mi presentimiento de hacía unas horas había sido el correcto: estaba despidiéndome de Durango una vez más, encarrilándome a esa vida itinerante que siempre me jalaba por más empeño que pusiera en escapar de ella.

En casa Ángela pizcaba frijoles sobre la mesa del comedor. Tenía la ventana abierta y a través de ella entraba una suave corriente de aire que le mecía el cabello. Su cándida expresión contrastaba enormemente con la tosquedad de mis pasos, yo avancé por la estancia como embriagada por ese cúmulo de emociones revolviéndose en mi interior.

—¿Y ahora qué te preocupa, mija? —me preguntó.

—Tenemos que hablar, ¿en dónde están Beatriz y mi madrina?

—Subieron a tender ropa a la azotea, aprovechando el sol.

Recorrí la silla y me senté frente a ella. Ángela detuvo su labor para poner los ojos sobre mi rostro, en donde indudablemente leía mi agitación.

—Los Patoni se van a Estados Unidos y me han invitado a mudarme a la capital…

—¿Cómo que a la capital?

—A Ciudad de México. Unos contactos suyos me conseguirán trabajo y nos ayudarán a acomodarnos. Vamos a estar bien.

Mi tía me miró largamente e internó mis manos dentro de la jícara de frijoles, un remedio que usaba desde que yo era niña con el fin de aliviarme la tensión. Esbozó una sonrisa clara y bonita como lo hacía siempre que intentaba consolarme.

—Esta vez te vas a ir tú sola, Hermila —respondió firme—. La capital no es para mí.

—Si es así —dije—, entonces le diré a don Carlos que he cambiado de parecer. Nos quedaremos en Durango, ya conseguiré un nuevo empleo…

—¿Y perder la oportunidad de irte a México? Esas cosas no se presentan todos los días, mija, menos para nosotras.

—¿Pero y tú? ¿Qué vas a hacer?

—Lo de siempre, coser, cocinar, estar con las muchachas. ¿Te dije que Jacinta ya sabe escribir su nombre y el de su niña? No quiero dejarla, y menos con la enseñanza a medias; tampoco a tu madrina, ya ves que hasta el humor le cambió por el simple hecho de estar acompañada.

—¿Y lo que se viene? Tú sabes lo que está pasando, lo que pasará mañana.

—Conflictos ha habido desde que tengo memoria. Una sobrevive, encuentra la manera —respondió tranquilamente.

—No creo que vaya a ser como otras veces, tía. Creo que será más complicado...

—Pues tampoco creo que sea tan difícil. Además, bien sabes que si te quedas, al rato la que se va detenida vas a ser tú. Eres tú la que se tiene que ir, no yo.

Aparté mis manos de la jícara para sostenerme la cabeza, la cual de pronto me parecía tan pesada como si fuera a quebrarse. Jamás me hubiera esperado esa respuesta suya, y en el fondo, tampoco deseaba separarme de ese eterno pilar sin el cual no concebía la vida, al menos no hasta ahora.

—No sufras la oportunidad, mija. Gózala.

—Pero no quiero irme sin ti —confesé.

—¿Y qué quieres? ¿Llevarme siempre a rastras como si fuera un costal de leña? No, jamás he querido eso para ninguna de las dos. Eres fuerte, inteligente, vas a hacerlo bien adonde vayas... y en tu caso, estoy segura de que eso será muy lejos.

Alcé la mirada: mi tía me observaba con los ojos llenos de lágrimas pero con el rostro sonriente, feliz por ese viaje que estaba a punto de emprender. Ángela me había enseñado a ser yo misma, me había animado a tomar riesgos y hacerle cara a cualquier circunstancia por imposible que pareciera, incluso la de separarme de ella. En solo unas cuantas horas las dos comenzaríamos una vida nueva y a enfrentar un panorama tan duro como imprevisible, pero esta vez lo haríamos separadas.

El 20 de noviembre inició la revolución convocada en el Plan de San Luis, y México despertó con la noticia de la insurrección: surgieron asaltos y levantamientos en muchos estados mientras Francisco I. Madero, incapaz de cruzar la frontera, permanecía en Estados Unidos para dirigir desde ahí la lucha armada. En un santiamén la llamada paz porfiriana llegó a su fin para dar paso a las detonaciones de los rifles que se volvieron parte de nuestro día a día. Entonces escuchamos por primera vez los nombres de Pancho Villa, Pascual Orozco y Venustiano Carranza, cuya poderosa tropa se distinguía al enfrentar combativamente a las fuerzas federales y amenazaba los cimientos que suponíamos inamovibles del régimen porfirista. Algunos miembros del gabinete intentaron dar un paso atrás ante la ola de sublevación pero Díaz, necio ante estos acontecimientos, protestó de nuevo como presidente de México en un afán por conservar el poder con las mismas uñas.

Los Patoni partieron a Estados Unidos pocos días después de la cita del 20, abandonaron su casa sin fecha de regreso. Algunos miembros del club extrajeron las armas de su propiedad para distribuirlas por el estado, en tanto que el jardín botánico, la biblioteca y el estudio quedarían a cargo de una buena amiga suya que solo se pasaría ocasionalmente para regar las plantas y sacudir los muebles, mientras esa construcción siempre tan viva se convertía en una auténtica reliquia en desuso. Antes de marcharse don Carlos me dio instrucciones sobre qué hacer una vez que pisara Ciudad de México: me entregó un nombre, una dirección y una fecha exacta en la que había de presentarme, con lo cual estaba lista para dejar de nueva cuenta mi tierra natal.

Durante nuestros tiempos en la escuela Beatriz y yo soñábamos con irnos a una ciudad grande, lejana, donde nadie nos conociera. Esa mañana ese sueño se cumplió: Beatriz tomó su única valija y juntas nos dirigimos a la estación de ferrocarriles para emprender el largo viaje a Ciudad de México. Antes de irnos me hizo prometerle que jamás le preguntaría nada acerca del ataque que sufrió en Torreón, ni le cuestionaría sus amistades ni la juzgaría por lo que otros dijeran de ella. *Te lo prometo,* le respondí mientras apretujábamos zapatos, ropa y algunos papeles dentro de nuestros respectivos equipajes. Entre todo también guardé mi inseparable máquina mecanógrafa, esa valiosa pertenencia que me permitía sobrevivir en cualquier lado. Mi madrina Eugenia nos despidió en casa, igual que Jacinta y el resto de las vecinas de los jueves, quienes nos dijeron adiós desde el patio o asomadas detrás de sus ventanas, sorprendidas de vernos partir hacia la ciudad de los palacios, la cual solo conocíamos de oídas y cuyo encanto no podíamos ni imaginar.

Esa mañana de diciembre una discreta neblina cubría la estación. Ni siquiera el estallido revolucionario había detenido los viajes, las despedidas, la melodía del cilindrero que se propagaba melancólica por la explanada. Un estremecimiento me recorrió el cuerpo al escuchar la marcha del ferrocarril acercándose al andén con exacta puntualidad. Lo último que vi a través de la ventanilla fue la figura de mi tía Ángela agitando la mano detrás de la baranda de hierro, en donde permaneció hasta que nuestro tren se perdió a la distancia.

Beatriz cayó dormida minutos después de abandonar la estación pero yo me mantuve despierta, invadida por una calma inusual: ese miedo constante de las últimas semanas quedaba eclipsado por mi emoción de encontrarme con Ciudad de México, en donde las posibilidades parecían infinitas. Siempre había estado en desacuerdo con el mundo a mi alrededor, no me gustaba; había aprendido que para hacer cambios debía incomodar, alzar la voz, apropiarme de los espacios hasta hacerme un lugar en donde no existía ninguno, y proponer nuevos caminos aun si eso significaba escandalizar. El movimiento que se fraguaba en el país me confirmó que ser rebelde era la única vía posible. Y yo estaba dispuesta a entregar mi vida a ello.

PARTE II

AUTOCONCIENCIA

SEÑORITA EN LA CIUDAD

Desde nuestra ventana el cielo parecía fragmentado, invadido por sombras y juegos geométricos compuestos por los hilos del tendedero, del telégrafo y las columnas de los edificios. Finalmente comprobaba lo que escuché de niña y permaneció grabado en mi memoria: las altas construcciones en Ciudad de México eclipsaban el mismo cielo bajo su faz. Había cambiado la amplitud de la Comarca Lagunera por los apretados vericuetos del Valle del Anáhuac, y con todo, estaba feliz de encontrarme en el ojo de aquel laberinto, me preguntaba si esa misma admiración fue la que invadió a Bernal Díaz del Castillo cuando sus ojos descubrieron por primera vez la mágica Tenochtitlán.

Beatriz y yo recibimos el año de 1911 instaladas en una habitación angosta de pisos de madera y techos altos ubicada cerca de Indianilla, un barrio poblado por oficinistas, trabajadores del tranvía y burócratas. Teníamos dos catres, un fogón y una palangana para asearnos, la cual había que llenar de agua hasta cinco veces al día. Entendí cuánto había dependido de mi tía Ángela durante toda mi vida, pues hasta ese momento supe del funcionamiento de un hogar: aprendí a lidiar con cada uno de sus mecanismos más esenciales como comprar los alimentos del diario, abastecer el fogón, tender la ropa. Por primera vez debía preocuparme por hacer la comida y debido a la poca pericia que tanto Beatriz como yo mostrábamos en la cocina, nos adaptamos a comer "como en la capital": pronto le agarramos el gusto a los chilaquiles, a las gorditas y a las garnachas. No era común ver a dos mujeres viviendo solas así como así, por gusto, pero la gran ciudad nos ofrecía mayor discreción de la que poseíamos en nuestra tierra. La enorme cantidad de habitantes e historias reducían el escrutinio al mínimo, ya que solo en nuestro edificio había norteños como nosotras, así como gente proveniente de Guerrero, de Oaxaca y de la costa de Veracruz. Era como tener un mapa del país frente a mis ojos. El edificio se encontraba cerca de la Calzada de la Piedad y de la colonia Obrera, e igual que otras zonas populares como la Peralvillo y la Valle Gómez, nuestro barrio se distinguía por el caos. El agua escaseaba, la basura se acumulaba en las esquinas y el hedor a agua estancada se pegaba en la nariz. Las habitaciones de la propiedad eran pequeñas y contaban con poca ventilación pero eso no era impedimento para que en ellas se concentraran familias enteras, hacinadas en ese espacio reducido cuya disposición sumaba un agravante de tensión al ya de por sí complicado paisaje. El griterío, las peleas y las trompadas flotaban en el aire del vecindario. Rápidamente Beatriz y yo nos ganamos fama de "viejas argüenderas" por intervenir en esas frecuentes discusiones e impedir que algún marido borracho golpeara a *su* mujer solo porque a ella se le habían pasado de tueste los frijoles.

Fue Genaro García, un joven arquitecto amigo de los Patoni, quien nos recibió amablemente a nuestra llegada de Durango y nos condujo al edificio de Indianilla, el cual se acoplaba a nuestro apretado presupuesto y nos conectaba fácilmente con el centro de la ciudad. Lo primero que hice apenas nos acomodamos fue enviarle un telegrama a mi tía Ángela. Le conté acerca de los pormenores del viaje y de ese primer vistazo a la Catedral Metropolitana y al imponente Palacio Nacional. La extrañaba, sobre todo esas primeras noches en que permanecía insomne, sintiéndome lejos y vulnerable ante ese mundo nuevo en el que me encontraba.

La capital era maravillosa pero había que estar siempre alerta pues no permitía ni un solo descuido. No sin mucho esfuerzo aprendí a moverme entre sus intrincadas calles, a distinguir sus edificios y ahuyentar a los borrachos y "malvivientes" que insistían en sacarme una moneda. Los vendedores se aprovecharon de mi ingenuidad de recién llegada y un par de veces lograron aumentarme el precio del pan o de la carne sin que me diera cuenta, pero luego me acostumbré a imponerme, a negociar y a defender lo mío.

Ángela me respondió un par de semanas después, confirmó así que la enorme distancia haría poco frecuente la comunicación entre nosotras. Según me contó en su carta, ella y mi madrina Eugenia estaban bien, se reunían con las demás mujeres sin falta cada jueves. Continuaba enseñándoles a leer tanto a Jacinta como al resto de las vecinas y con eso se entretenía y se ganaba unos buenos pesos. Además de esta carta mi tía anexaba una más guardada dentro del mismo sobre, una segunda misiva proveniente de Mérida, Yucatán. Tuve que acomodarme en la silla para resistir el sobresalto que me provocó reencontrarme con esa letra alargada y fina sobre el papel: Santiago Batún estaba vivo. Me decía que estaba junto a su abuela Cira, ya fuera de la cárcel gracias al motín con el que obtuvo la liberación. No mencionaba ningún detalle acerca de sus días de encierro en Motul pero a diferencia de sus otras cartas, en donde se mostraba parco y un tanto frío en cuanto a sus sentimientos, esta vez me confesaba que mi recuerdo lo había ayudado a sobrepasar los sufrimientos en prisión.

Esa tarde salí a caminar a solas sin rumbo fijo. Por unos segundos me pasó por la cabeza tomar el próximo tren a Mérida y envolver a Santiago entre mis brazos como esa única vez que estuvimos juntos. En su carta él mismo me extendía una invitación para ir a visitarlo, ¿pero de verdad estaba dispuesta a abandonar mi hogar y a mi querida amiga solo para reunirme con un hombre? No, eso no lo haría. Instalada recientemente en Ciudad de México no poseía el tiempo ni los recursos para emprender el viaje. Mis ahorros estaban casi agotados y no me veía empeñando mi amada máquina mecanógrafa en el Monte de Piedad solo para embarcarme en aquella travesía a Mérida. *Ya habrá tiempo de reencontrarnos*, le respondí, segura de que si Santiago era el hombre que yo creía, apoyaría mi decisión: cualquiera que fuera su respuesta, me dije, no había nada que perder. Días después recibí un telegrama suyo, corto y conciso: *Ya habrá tiempo para nosotros,* me decía cariñosamente, con la promesa de que siempre estaría dispuesto a recibirme con los brazos abiertos en el momento que fuera. Entonces no me había equivocado: Santiago era el hombre para mí.

Poco tardé en darme cuenta de que, a diferencia de Durango, Coahuila y otras regiones del país, aquí la revolución maderista se veía lejana o no se veía en lo absoluto. A inicios de 1911 Carranza había viajado a Texas para reunirse con Madero y apoyar la revolución, mientras el gobierno se mantenía silencioso ante el avance de las tropas de Pascual Orozco y Pancho Villa por el territorio nacional; sin embargo, para la gran mayoría de los capitalinos aquellos combates y levantamientos eran cosa de periódicos, de balazos que resonaban a la distancia. No podía creer cómo un día escondí armas y arriesgué el pellejo para difundir el maderismo por los confines de Durango, y al otro paseaba tranquilamente entre los turistas y las bicicletas francesas que circulaban por el majestuoso Paseo de la Reforma. Incluso cuando Genaro me invitó a una junta del club antirreeleccionista al cual pertenecía, me di cuenta de que sus reuniones eran muy espaciadas —solo ocurrían una vez al mes— y sus actividades giraban más en torno a la lectura de noticias para dar cuenta del acontecer en el campo de batalla que a realizar actividades concretas que colaboraran con la rebelión.

Tal como me dijeron don Carlos y doña Mercedes, en el club de la capital me dieron un cálido recibimiento y me llenaron de halagos por mis actividades previas en favor del movimiento revolucionario. Decidí que a partir de ese momento me presentaría a todas las juntas sin importar cuán esporádicas fueran especialmente porque, a diferencia del club maderista en Durango, este contaba con algunas mujeres entre sus filas y su sola presencia me entusiasmó: continuábamos ganando espacios y decidí colaborar junto a mis compañeras en esa modesta pero firme representación.

Aunque de manera general Ciudad de México parecía no entender del todo la importancia del movimiento maderista, afuera de los changarros se armaban improvisadas tertulias en donde albañiles, comerciantes y jóvenes estudiantes se preguntaban si acaso Madero lograría doblegar a Porfirio Díaz, o si ese tal Pancho Villa sería tan fiero como se empezaba a rumorar; conversaciones que poseían el mismo tono ligero y emocionante que los capitalinos usaban para describir las audaces proezas del famoso matador Rodolfo Gaona o comentar las virtuosas hazañas del aviador Manuel Lebrija. Aun en este contexto hice todo lo que pude para mantenerme atenta al avance de la lucha armada. Mis pocos ahorros me impedían comprar libros pero bien me alcanzaban para adquirir dos o tres veces por semana el periódico maderista *Nueva Era,* así como el *Vésper,* el diario que Juana Belén Gutiérrez, antigua magonista, volvía a editar luego de cinco años de no ver la luz debido a la represión del gobierno de Díaz.

Para mi fortuna, justo cuando mis ahorros estaban por llegar a su fin, conseguí empleo como profesora de taquigrafía en el Internado Nacional de Estudios Preparatorios y Mercantiles, una escuela en donde todos los estudiantes eran hombres. Por su parte, Beatriz se sumó al equipo de una modista ubicada en el barrio de Santa María la Ribera aunque, como no le pagaban mucho, también empezó a dar clases particulares de mecanografía. Con dinero en la bolsa ambas empezamos a vivir la ciudad de otra manera, disfrutábamos de ese lujo llamado "tiempo libre". Andábamos de aquí para allá, conocíamos y probábamos todo. Rondábamos por la avenida Cinco de Mayo para mirar las bellísimas vidrieras del Palacio de Hierro y del Puerto de Liverpool, también por la Lagunilla con el fin de comprar telas y enseres domésticos que tanta falta nos hacían en casa, y disfrutábamos del simple hecho de tomarnos un helado y ver a la gente pasar desde las bancas de la Alameda. Visitamos las ricas chocolaterías y las pastelerías del centro, e incluso nos atrevimos a conocer un par de pulquerías, las cuales recibían ese famoso pulque de Apan que gracias al ferrocarril todos los días colmaba los paladares de Ciudad de México. Jamás había conocido una libertad como aquella que experimenté durante esos días, tan rara y embriagante.

Genaro nos visitaba de vez en cuando y varias veces se unió a nuestros paseos haciéndola de "cronista urbano" como él mismo afirmaba en tono poético, aunque yo sospechaba que su presencia se debía a su obvio deseo de estar cerca de Beatriz, a quien contemplaba embelesado sin que ella le prestara la más mínima atención. Poco nos hablaba de su entorno, pero Genaro tenía pinta de joven acomodado, vestía finos sombreros de ala ancha y alguna vez comentó que poseía un despacho propio, lo cual afirmó con la marcada intención de resaltar ante Beatriz sus grandes dotes de pretendiente.

Durante esos paseos comprendimos que la Ciudad de los Palacios era también la ciudad de los contrastes. Lejos del desorden que imperaba en nuestro barrio, estaban la Colonia de los Arquitectos, la Nueva Francia y otros fraccionamientos habitados por ricos empresarios, profesionistas y extranjeros; lugares limpios, elegantes y sobre todo modernos, que para algunos remitían a las bellas avenidas de París. Ahí sí que se dejaba ver el "orden y progreso" de Díaz, su gusto por *la belle époque*. En los alrededores de las mansiones de Chapultepec las mujeres ricas andaban a la última de la moda francesa, ataviadas con guantes y faldas entalladas, mientras los caballeros portaban sombreros de bombín y zapatos de charol, lejos de los huaraches, rebozos y prendas de manta tan comunes en la mayoría de los capitalinos. Al igual que en las haciendas de Durango y probablemente de todo el país, constaté que en Ciudad de México también existían dos mundos distintos que jamás se mezclaban: en uno estaban los de arriba y en el otro, los de abajo.

La primavera de 1911 llegó con buenas noticias: luego de meses en el exilio, Francisco I. Madero volvía a México para ponerse al frente de la insurrección que empezaba a extenderse victoriosamente por el centro del país, en donde estados como Puebla, Tlaxcala y Morelos se levantaban en armas contra las fuerzas federales. Debido a la escalada maderista y en un intento por frenar la rebelión, Porfirio Díaz aceptó la renuncia de prácticamente todo su gabinete con el fin de cumplir con las exigencias de los revolucionarios. Gracias a las páginas de la prensa también me enteré de que al otro lado del mundo la socialista alemana Clara Zetkin nombró el 8 de marzo de aquel año como el Día de la Mujer; mientras las mujeres argentinas avanzaban en la lucha de sus derechos luego del Congreso Feminista celebrado en Buenos Aires con la flamante presencia de la científica Marie Curie. Aunque en Ciudad de México la revolución no alcanzaba el mismo auge que en el resto del país, pronto descubriría que en ella se encontraban otras voces que acompañarían mi lucha, no la maderista, sino esa otra que buscaba la participación política de las mujeres. Esta vez ellas serían mis más grandes aliadas.

UNA NUEVA AMIGA

El casero insistía en que le debíamos dinero. Un par de veces argumentó que habíamos pagado menos de lo acordado, e incluso dudó si no le habríamos quedado a deber algunos pesos de una renta anterior. Indagando con los vecinos me di cuenta de que si bien todos coincidían en que el casero era un hombre arisco y mal encarado, a ninguno de ellos les hacía reclamos de este tipo, solo a nosotras. Debíamos estar atentas a sus constantes descuidos y me acostumbré a pasar largos ratos debatiendo con él sobre las supuestas omisiones en el pago de la renta o sobre algún otro motivo doméstico, ya que él también aprovechaba para externar sus dudas sobre si Beatriz y yo teníamos la capacidad de mantener un hogar. Nosotras no dimos nuestro brazo a torcer: impedimos que nos sacara un solo céntimo de más y le aseguramos que no nos atrasaríamos con el pago del alquiler ni descuidaríamos la habitación arrendada, pues ambas éramos "muchachas de bien, responsables y muy trabajadoras".

A través de estas discusiones cotidianas la capital me ayudó a forjar un carácter más duro para sobrellevar los embates y escoger mis batallas. Cuando el vecindario se habituó a nuestra presencia, algunos sobrepasaron el límite de nuestra privacidad sintiéndose con el derecho de invadirnos con toda clase de preguntas: que dónde estaba el esposo; que cómo era posible que nuestros padres nos hubieran dado permiso de venirnos a la gran ciudad; que si no nos daba pena que alguien fuera a pensar mal de que viviéramos nomás las dos; a todo lo cual nosotras limitábamos las respuestas o no dábamos ninguna, ¿acaso debíamos explicar cada una de nuestras

136

decisiones? No es que no hubiera otras mujeres "solas", pero eran más jóvenes o viudas o abandonadas y con hijos, eran madres. Entonces Beatriz y yo veníamos a ser una *rara avis*. Muchos nos consideraban "solteronas", mujeres que a su entender no debían salir de casa sino quedarse ahí esperando detrás de la cortina, desdibujadas. Las "solteronas" como nosotras, que trabajaban a diario y lucían felices, no abundaban. En el fondo sabíamos que esos comentarios únicamente replicaban la cantaleta interminable de que la mujer debía estar confinada en el hogar con su familia y que otra manera distinta de vivir era un contradiós.

En el internado me desenvolví bajo los mismos términos que lo hacía en el vecindario, incluso más rígidos. Era la primera vez que trabajaba con un alumnado conformado exclusivamente por hombres y noté que a diferencia de mis alumnas de Torreón, estos jóvenes poseían una confianza natural que bien podría desafiar mi autoridad si yo no ponía trabas para impedirlo. No les costaba trabajo expresar sus ideas y debatían sin que yo diera pauta para ello. Aunque eran educados y se dedicaban diligentemente a las tareas que yo dispusiera, desde el inicio supe que ante ellos debía mostrar una fortaleza ejemplar, pues no estaban acostumbrados a tener una mujer como maestra. Les hablaba poco, siempre con firmeza, e impuse límites muy claros respecto a mi clase: no permitía ninguna impuntualidad, y fuera de esos cinco minutos que otorgaba al inicio para que se acomodaran en sus lugares, les prohibí todo tipo de charla, risa o distracción. Fuera de mí, de la maestra de aritmética y de una enfermera, el resto del cuerpo docente y del personal administrativo eran hombres y con ellos también marqué límites. Nuestra relación era respetuosa aunque superficial, nada más que "buenos días" al entrar y "hasta mañana" al salir, sin dar pie a ninguna interacción mayor. Mi entrada a ese mundo enteramente masculino fue algo que decidí tomar con precaución, siempre bajo mis reglas. Al parecer, Beatriz pensaba de manera similar.

—¿Qué opinas de Genaro? —me preguntó una noche.

—¿Respecto a qué?

—Pues si te simpatiza, si te agrada su presencia…

Estábamos sentadas frente a la tabla empotrada en la pared que servía como mesa tanto para comer, coser, escribir y poner las medias a secar. Lo único que nos alumbraba era la tenue luz de un quinqué que utilizábamos cuando faltaba la luz eléctrica en el edificio, la cual llegaba a la zona de manera intermitente. Entre la penumbra Beatriz aguzaba la vista para dar las últimas puntadas a una blusa cuyo diseño estaba inspirado en las prendas de manufactura europea exhibidas en el Puerto de Liverpool; lo hacía tan bien que cualquiera hubiera dicho que era una auténtica blusa importada de Londres.

—Por supuesto que me agrada Genaro, ha sido un buen amigo —le respondí sincera—. Aunque no creo que sea yo quien le agrade…

—No empieces —dijo sin quitar los ojos de la aguja—. Tú también le agradas.

—Pero no de la manera en que le agradas tú —mencioné con una sonrisa.

Beatriz abandonó su costura y dirigió su mirada hacia mí.

—Lo sé, y por eso no quisiera que pensara que él me interesa de la misma forma. Me invitó a una tertulia con unos amigos suyos y no le he respondido la invitación.

—Pues si no quieres ir solo tienes que decírselo. Sé clara, él debe entender.

—Yo sé, yo sé… pero también he pensado que sería divertido conocer otra gente, salir de noche. Me pidió que te invitara también, si no te dije antes fue porque ni siquiera yo estaba segura de querer ir.

—¿A qué clase de tertulia se refiere? —pregunté curiosa.

—No lo sé, pero intuyo que será una reunión muy discreta, seguramente durará apenas un par de horas —afirmó Beatriz con aire despreocupado.

—Si es así… tal vez sea divertido salir un rato —concluí, emocionada por la posibilidad de vivir una experiencia distinta en la gran ciudad.

Beatriz alzó la blusa frente a mí estirando las mangas para mostrármela en todo su esplendor. Aun bajo la suave luz del quinqué, el bordado fino resaltaba sobre la tela como gotas de cristal.

—Sabía que ibas a decir que sí. Hasta te hice una blusa.

El siguiente sábado Genaro nos recogió en la puerta de nuestro hogar. Me causaba gracia su nerviosismo al encontrarse con Beatriz, a quien le extendió un ramillete de claveles apenas la tuvo enfrente. Yo vestía mi blusa recién confeccionada y llevaba el cabello recogido con un chongo en la nuca, y ella lucía un vestido entallado y unos guantes coquetos también diseñados por ella misma. Abordamos el tranvía rumbo a la calle de Plateros, el punto de reunión obligado en Ciudad de México: el *boulevard* —como a muchos les gustaba llamarle— era el lugar para ver y dejarse ver. Había cafeterías, joyerías y restaurantes para admirar el paso de la gente bajo las luces del alumbrado público que tanto beneficiaban la vida nocturna de la capital. Las familias acaudaladas asistían al cine o a ver un drama en el Teatro Hidalgo mientras los menos privilegiados se conformaban con caminar y ver las vidrieras de los almacenes sin siquiera soñar con comprar alguna de sus mercancías. Esa noche nuestros pasos por el boulevard nos condujeron a las afueras del exclusivo Jockey Club y del antiguo Teatro Nacional, entonces en reconstrucción, para finalmente guiarnos a través de la Colonia de los Arquitectos, en donde los cables que cruzaban el cielo no eran del telégrafo sino de las novedosas líneas telefónicas. Alcancé a ver una tienda de marcos y pinturas, una cafetería y una fábrica de cerveza que llenaba la calle con un ácido olor a cebada; la colonia poseía un indudable aire bohemio. Ante nosotros surgió una casona bellísima, con escalinatas de piedra y líneas curvas que se extendían por la fachada como si fueran alas de mariposa o pétalos de flores.

Adentro de la casa, el humo del cigarro y el olor a whisky impregnaban el ambiente; afuera, en el suntuoso jardín, un grupo de personas fumaba hierba bajo la sombra de un frondoso pirul. Había hombres con smoking, un par de parejas bailaban entre risas, mujeres con extravagantes vestidos de gasa; supuse que éramos un poco más de treinta personas, todas hablaban en voz alta, sosteniendo copas y cigarros largos. En el centro del salón un grupo de músicos entonaba un vals que sonaba a cristal fino, tan distinto a los espectáculos musicales que llegué a presenciar en el teatro de Torreón o a las bandas que tocaban en el atrio de San Agustín durante la fiesta de la Candelaria. Un amigo de Genaro, también arquitecto, me invitó a bailar y yo acepté aunque jamás había aprendido a hacerlo. Para ser mi primera vez no lo hice tan mal: me mantuve con la espalda erguida, elegante, apoyando el brazo suavemente sobre el de mi compañero. Entre un giro y otro perdí de vista a Beatriz solo para reencontrarla minutos después en el otro extremo del salón, charlando con una mujer rubia que llevaba muchas joyas en el cuello.

Sin dejar de bailar, el amigo de Genaro me explicó que entre los presentes se encontraban poetas, pintores y actrices teatrales; que los músicos eran egresados del Conservatorio Nacional y acostumbraban amenizar estas fiestas que se llevaban a cabo gracias al patrocinio de damas de sociedad como la señorita Bárbara, la nueva amiga de Beatriz. Nunca imaginé que existiera un mundo como este en el corazón del país ni en ninguna otra parte, donde probé una pizca de la fascinante sensación de vivir rodeada de lujos y sin preocupaciones. Allá, a kilómetros de distancia, los revolucionarios encabezados por Madero, Orozco y Villa tomaban Ciudad Juárez, en tanto que Porfirio Díaz sorpresivamente dejaba ver la posibilidad de retirarse del poder. Y mientras eso pasaba, yo me encontraba ahí, en esa isla encantada lejos de la turbulencia; flotaba entre música, lámparas y bonitas ventanas de estilo *art nouveau*. Aquí la Revolución no existía.

Luego de bailar un par de piezas más tuve que sentarme. Entre las vueltas del vals y los traguitos de whisky empecé a sentir un intenso mareo; el consumo de alcohol era altísimo en todo el país, pero sobre todo en Ciudad de México. A mi alrededor se encontraban Genaro y sus amigos, todos artistas de la Academia de San Carlos. Empezaron a hablar de viajes a Niza y de domingos en el lago de Xochimilco, de las tendencias pictóricas europeas; y con particular deleite daban cuenta de los casamientos, deslices y cotilleos de su círculo de amistades. Busqué a Beatriz con la mirada pero vi que todavía platicaba con la señorita Bárbara y preferí no interrumpirlas. Genaro volteaba a verlas de reojo. Su rostro reflejaba la desilusión de saber que esta noche se le escapaba la oportunidad de pasar tiempo con ella. El amigo de Genaro, el mismo con quien había bailado minutos antes, insistía en que saliéramos al jardín los dos solos para platicar, lo cual me incomodó muchísimo. Deseaba permanecer sentada pero me levanté con el pretexto de ir al tocador únicamente para quitármelo de encima.

Atravesé el salón abriéndome paso entre la gente que había llegado sin que yo me diera cuenta, la casa estaba a reventar. Me detuve en el marco de la puerta solo para ver de cerca a los músicos, quienes continuaban tocando con ejecución perfecta. El piano, los violines y el fresco aire proveniente del jardín lograron aliviarme el mareo. Entonces una joven sacó un cigarro de un bonito estuche de cuero y me ofreció uno. *No, gracias,* le dije. Estaba a mi lado, miraba a los músicos igual que yo. Llevaba un sombrero vistoso que contrastaba con su ropa sencilla. Sus ojos grandes y redondos brillaban bajo unas cejas pobladas que le daban a su rostro un aire áspero.

—Me llamo Hermila —le dije.

—Elena Torres —respondió sin voltearme a ver.

Su fría respuesta me hizo sospechar que tal vez sería altiva y orgullosa, pero minutos después de presentarnos me sorprendí de lo fácil que fluyó la conversación entre nosotras. Me contó que había llegado a la fiesta con un par de amigos suyos, "bohemios irremediables", que partieron rumbo a una cantina en el barrio de Santa Julia. Como las mujeres teníamos prohibida la entrada a esos tugurios, Elena decidió quedarse en la fiesta para disfrutar de la música un rato más. No temía permanecer en esta casona en donde no conocía a nadie ni tampoco internarse por las callejuelas hasta llegar a su hogar ubicado en la colonia Obrera. Me contó que venía de Guanajuato y poseía estudios de mecanografía y contabilidad. Antes

141

de su arribo a la capital trabajaba como cajera para una compañía americana y al mismo tiempo asistía a clases nocturnas con el objetivo de hacer carrera en el magisterio, ya que pronto ingresaría a la Escuela Normal.

—Supongo que soy una muchacha pobre que ha tenido siempre que trabajar —afirmó contundente.

De inmediato me identifiqué con su sinceridad porque estudiar y trabajar era algo que yo también me vi obligada a hacer desde muy joven. Quizás éramos más parecidas de lo que había pensado al principio.

El amigo de Genaro, insistente en sus pretensiones, se plantó frente a nosotras por unos minutos pero se alejó al ver que no obtendría nada de mí. Elena y yo estábamos tan entretenidas la una con la otra que no necesitábamos más compañía, menos la de ese calavera que a leguas deseaba mucho más que otra pieza de vals o una mera plática. Había conocido gente interesante pero Elena era quien más me había sorprendido gratamente de primera impresión: criticaba el matrimonio y detestaba que el mundo nos redujera a las mujeres a simples objetos decorativos; que la maternidad, la juventud y la belleza se consideraran nuestros únicos atributos.

—¿Qué crees que vaya a pasar? —le pregunté mientras ella encendía un nuevo cigarro.

—Lo más sensato sería que Díaz presentara su renuncia como él mismo acaba de decir, pero dudo que eso pase.

—Aunque pienso igual que tú, debo decir que le tengo fe a Madero. Confío en que si llega al poder las mujeres podremos decidir algo más que las compras en el mercado… ¿lo has considerado? —me animé a preguntar.

—¿Qué cosa?

—El voto para las mujeres.

—Por supuesto que lo he considerado —respondió—. Las estadounidenses, las inglesas, muchas mujeres alrededor del mundo luchan por la misma causa. ¡El voto es el camino para salir de este atolladero!

Tan extasiadas estábamos con nuestra plática que nos servimos otro whisky para celebrar este primer encuentro. No era poca cosa confluir en nuestras ideas. Compartir con Elena una visión tan radical del mundo me parecía invaluable, bastaba abrir las páginas de los diarios para constatar la gran división que existía aun entre las mismas mujeres respecto a estos temas: algunas alzaban la voz para exigir derechos y empujar nuestra participación ya fuera en las artes, la ciencia, la política o el comercio; mientras otras calificaban como peligrosas esas posturas que proponían la igualdad entre los sexos. De manera general, quienes se oponían al sufragio femenino lo hacían por la misma razón: por el miedo a alterar el orden establecido entre hombres y mujeres, entre masculino y femenino; por el temor de que los hombres pudieran perder su apabullante fuerza y virilidad, y nosotras, nuestra delicada y dependiente femineidad. Para evitar "esa catástrofe" se determinaba que las mujeres no debíamos interferir en ningún espacio de la vida pública, mucho menos votar. Esa noche junto a Elena me sentí más fuerte y segura de mis valores e ideas: desde ese momento supe que en ella había ganado algo más que una aliada, había encontrado una nueva amiga.

Minutos antes de la medianoche Genaro se ofreció a llevarnos a casa. Parecía que la fiesta bien podría alargarse hasta el día siguiente pero Beatriz, Elena y yo, cansadas, aceptamos su propuesta. Afuera estaban reunidos varios carros que cobraban 50 centavos "la dejada" y abordamos el primero que tuvimos enfrente. Aunque él fue quien salió con la idea de escoltarnos hasta nuestros respectivos hogares, en el trayecto Genaro se mostró serio, casi ofendido. No nos dirigió la palabra a ninguna, mucho menos a Beatriz, quien se había perdido la noche entera con Bárbara y no paraba de hablar maravillas de ella, de sus viajes, su cultura y su tremendo armario. Nuestros rostros parecían distorsionados por la luz de las farolas que se colaba por la ventanilla, así como por los resabios del alcohol, el cual auguraba una resaca épica. Primero nos detuvimos para dejar a Elena y después nos dirigimos rumbo a Indianilla. Al bajar del carro Beatriz y yo insistimos en pagar el viaje pero Genaro se negó a recibir ni una sola moneda; solo agitó la mano levemente y el carro se perdió entre la noche oscura.

Al siguiente día el augurio se cumplió: la cabeza me iba a estallar. Beatriz y yo salimos a comprar una pieza de cabeza de cordero asada apenas escuchamos que el pregón de *¡Cabezas calientes!* empezó a retumbar por la calle. Al menos la velada nos había dejado dos buenas amigas y no solo aquella resaca que nos impidió movernos de la cama el resto del domingo.

EL TEMBLOR

El tumulto comenzó en las escaleras. Las voces corrieron hacia la azotea y a las habitaciones contiguas seguidas de pasos, murmullos y la corredera de niños. Era temprano. Beatriz calentaba los frijoles del desayuno mientras yo me preparaba para salir al internado a dar mi clase. Al principio no hicimos caso al alboroto. Apenas la noche anterior un vecino pasado de copas se había puesto a lanzar balazos a las tres de la madrugada y solo se detuvo cuando entre varios lograron arrebatarle la pistola, así que ya estábamos acostumbradas a los desmanes. Nos sentamos a la mesa y de pronto un estrepitoso puñetazo sonó contra la puerta, tan duro que hizo temblar el pocillo del café. Me levanté hecha una furia ante la mirada impasible de Beatriz, quien poseía mucha más paciencia que yo. Estaba lista para plantarle cara al responsable de tal irrupción pero al abrir descubrí que se trataba de un joven vecino que corría y golpeaba puertas al tiempo que gritaba con singular alegría: *¡Díaz se va, Díaz se va!* Beatriz y yo nos miramos brevemente, e incrédulas, nos apresuramos a la ventana: la gente corría y se arremolinaba en círculos a lo largo de la calle, sostenía periódicos e impedía el paso de las berlinas.

Salí del edificio y me dirigí al estanquillo de la esquina. Con las prisas no había sacado el monedero ni tampoco las llaves; solo entonces también me di cuenta de que avanzaba sola porque Beatriz permaneció en la ventana para observar el espectáculo desde arriba. Aceleré el paso por la acera, en donde desde temprano ya se habían instalado el vendedor de café y un viejo que se paseaba todas las mañanas ofreciendo bizcochos. Al cruzar la calle mis pies trastabillaron debido a una mancha de aceite que algún tranvía dejó a su paso, pero ni eso logró frenarme. Tenía que comprobar aquella noticia. Una pequeña multitud ya se reunía en torno a los periódicos, tan inmóvil que apenas pestañearon cuando avancé hasta llegar al mostrador. Entonces era cierto: "Hoy renunciará el general Díaz", anunciaba en primera plana el *Diario del Hogar*, informaba que el secretario de Relaciones Exteriores Francisco León de la Barra sería nombrado presidente interino. Leí esas palabras una y otra vez como si quisiera asegurarme de que no desaparecerían apenas diera media vuelta.

A mi mente llegaron don Carlos y doña Mercedes Patoni, el señor Zamacona y los miembros del club, todos aquellos que habían puesto su corazón en la revolución encabezada por Francisco I. Madero. Recordé las noches cuando mi tía Ángela y yo leíamos juntas el periódico y nos indignábamos con la violencia de ese sistema inquebrantable que esta mañana se había roto. Muchos dirían que Díaz era un hombre viejo y enfermo y que su círculo de poder estaba disminuido, lo cual era verdad, pero más verdad era que el pueblo se había levantado contra el tirano y lo había vencido. Al llegar al internado, los muchachos y yo sostuvimos una larga plática acerca del triunfo de la revolución y de los pormenores de la noticia. Contagiados por el entusiasmo general, dejamos de lado la barrera con la que inicié mi relación con ellos y pudimos dialogar como hacía mucho no lo hacía frente a un grupo. Estaba tan contenta que incluso los dejé salir diez minutos antes.

La renuncia oficial se llevó a cabo al día siguiente. Porfirio Díaz dimitió como presidente de la República ante el Congreso, y el gobierno de León de la Barra convocó elecciones para el próximo mes de noviembre. La dictadura porfirista había gobernado México durante más de treinta años pero solo bastaron seis meses de rebelión para derrocarla; el maderismo lo había logrado y la entrada del "Apóstol de la democracia" a la capital empezaba a antojarse como una celebración absoluta. No sorprendió que Porfirio Díaz y su familia partieran al exilio precisamente rumbo a

París, de donde no volvería jamás. A partir de ese momento la vida adquirió una consistencia distinta: los tranvías y los ferrocarriles continuaron circulando a través del país a su acostumbrado ritmo, los mercados y las escuelas no descansaron ni un solo día, y los teatros, los bancos y los restaurantes mantuvieron sus actividades sin interrupción, pero el ánimo era diferente. Se afianzaba la esperanza de que viviríamos en una nación más justa y democrática. Era un poco desconcertante que Madero hubiera cedido el poder a León de la Barra en lugar de declararse presidente de México una vez consumado el triunfo de la revolución. Sin embargo, contrario a lo que muchos pensábamos, Madero prefirió esperar y postularse como candidato en las elecciones, de esa manera reafirmó así sus altos ideales democráticos y su deseo de hacer una transición pacífica en el país.

Una semana después de la renuncia de Díaz, Elena fue a buscarme a la casa. Desde la fiesta a la que fuimos con Genaro se pasaba de vez en cuando, ya fuera para invitarme un café o pedirme una opinión acerca de algún escrito suyo. Me confesó que había empezado a escribir desde hacía unos años siempre bajo los seudónimos de Julieta y la Guanajuatense, y hasta había conseguido difundir sus textos en modestas publicaciones tanto de Ciudad de México como de su tierra natal. Decía que experimentaba placer en despotricar contra el gobierno en aquellas páginas, en "aventar la piedra y esconder la mano", pero que luego pensaba que se sentiría todavía mejor si pudiera ver su propio nombre impreso en el papel, gritar su identidad a los cuatro vientos. Ese día Elena no vino para hablar de sus escritos. Cruzó la habitación con confianza excesiva y se dejó caer en un viejo taburete que Beatriz había forrado con una tela acolchada y que gracias a ello daba la pinta de mueble fino.

—Necesito tu firma —me dijo apenas tomó asiento.

Sacó un fajo de hojas y sin esperar mi respuesta, me extendió una pluma.

—¿Cómo que mi firma?

—Es para Las Amigas —respondió con un guiño de ojo—. Estoy ayudando a la colecta.

Bajé la mirada y me topé con un par de hojas cubiertas por rúbricas y nombres escritos con distintos tipos de letra, todos ellos de mujeres.

—Si es para ellas… —respondí al tomar la pluma entre mis dedos.

Elena me miró complacida. Apenas terminé de firmar, tomó cuidadosamente las hojas y las devolvió a su portafolio de la misma forma en la que se guarda una reliquia.

—Mañana a medio día va a haber relajo en la Santa Julia… por si te animas —me dijo antes de salir de la casa.

A medida que la conocía, Elena me impresionaba cada vez más: era tan buena lectora como escritora, mostraba particular interés por la educación de los niños pequeños aunque juraba que jamás se convertiría en madre, y siempre tenía cosas interesantes por hacer. Asistía al teatro con frecuencia, se mantenía al tanto de los clubes femeniles de la capital y visitaba la Biblioteca Nacional en su horario nocturno, pues el día se le iba entre sus estudios en la Normal y su empleo de maestra en un colegio privado. Fue gracias a ella que me enteré de las actividades que la organización Las Amigas del Pueblo realizaba en Ciudad de México. Luego de la renuncia de Díaz estas se movieron rápido. Ya no luchaban por la victoria de la revolución maderista sino por un nuevo objetivo: conseguir que las mexicanas votáramos en las próximas elecciones. Para ello Las Amigas se habían dispuesto a recolectar firmas en apoyo al sufragio femenino y posteriormente hacérselas llegar al presidente interino León de la Barra; su petición no podía ir más en serio.

A la mañana siguiente salí del internado y me dirigí al barrio de Santa Julia, famoso por sus verdes huertos y sus crecientes asentamientos populares, así como por haber sido la casa de ese escurridizo ladrón llamado el Tigre, capturado en una letrina bajo condiciones que sonrojarían a cualquiera. Esperé a Beatriz en una mercería cerca de Tacuba y de ahí nos encaminamos hacia el punto en donde Las Amigas del Pueblo habían convocado el mitin: una explanada bordeada por nopaleras, un mercado y otros negocios de ese barrio que se consideraba parte de las afueras de la ciudad. La verdad no sabía qué esperar. Imaginaba que apenas una veintena de asistentes harían acto de presencia pero al llegar comprobé cuán equivocada estaba, pues las mujeres reunidas ya sobrepasaban el ciento e iban sumándose cada vez más. A lo lejos pude distinguir a Elena moviéndose a sus anchas entre la concurrencia, saludaba y repartía volantes; era una conspiradora natural. Las mujeres en la capital me parecían más alborotadoras, más seguras; en la explanada se reunían en grupos, hablaban en voz alta, ondeaban al aire el estandarte de Las Amigas del Pueblo y otras más sostenían pancartas en donde se leían leyendas en apoyo al sufragio femenino. Desde esos primeros momentos disfruté verme rodeada de mujeres y comprobar que no estaba sola, que muchas pensaban como yo.

La lucha por el voto femenino en México no era nueva. En 1821 un grupo de mujeres de Zacatecas exigió participar en la toma de decisiones luego de su enorme aportación a la lucha independentista; y más tarde, en 1856, casi un centenar de mujeres acudió al Congreso Constituyente para pedir derechos políticos en la nueva constitución. Sobra decir que sus peticiones fueron ignoradas y que de su lucha se supo muy poco. La reciente victoria de la revolución de noviembre dejaba en claro que las mujeres sí participábamos activamente en la vida pública y por ello queríamos creer que esta vez lograríamos cambiar las cosas a nuestro favor. Había que resaltar que la constitución que regía el país actualmente, la de 1857, no nos otorgaba el voto a las mujeres aunque tampoco nos los prohibía. Y como diría mi tía Ángela, *el que calla, otorga*. Desgraciadamente no todos pensaban igual. En Santa Julia hubo quienes secundaron nuestra causa y otros que expresaron su apoyo a la educación femenina pero no al sufragio, pues dar a las mujeres derecho a decidir en los asuntos públicos del país les parecía una amenaza al orden social establecido: su argumento era que el voto "violentaba" su rol ineludible de esposa y madre y su dedicación a las tareas del hogar. Por esta razón mucha gente confrontó a las asistentes para debatir con ellas y hubo quienes se atrevieron a lanzar gritos, improperios y cubetadas de agua fría. Además de su rechazo al voto, a mí me daba la impresión de que su coraje se debía a ver a tantas mujeres juntas, de vernos tejiendo redes, siendo amigas. No por nada la amistad femenina suele generar sospechas: *Mujeres juntas ni difuntas* era un dicho conocido, pues tal vez preferían vernos solas y tristes, compitiendo entre nosotras para manejarnos a su antojo. Aunque el rechazo de algunos habitantes de Santa Julia fue frontal y agresivo, resultó insignificante comparado con la violencia exhibida por la propia autoridad.

A las dos de la tarde en punto las organizadoras del mitin subieron a una jardinera que sirvió de tarima. Resaltaron el papel de las mujeres en la victoria maderista, y luego el gran anuncio: se había reunido la asombrosa cantidad de mil firmas en apoyo al sufragio femenino y pronto se las harían llegar a León de la Barra para impulsar nuestra participación en las próximas elecciones presidenciales. Elena sonrió triunfal entre la oleada de aplausos y chiflidos que se desataron por las cuatro esquinas de la explanada, sin embargo, fue en ese preciso momento cuando los gendarmes interrumpieron al más puro estilo porfirista. Nada de maneras suaves. Hubo empujones, jaloneos, algunas patadas. ¿De verdad les parecía tan peligroso nuestro deseo de elegir? Entre aquel caos lo último que logré ver fue a Elena ir apresuradamente hacia la improvisada tarima mientras Beatriz y yo echábamos a correr por las intrincadas calles de Santa Julia, en donde otras mujeres se dispersaban para salvarse de la policía.

Lo que parecía ser una tarde esperanzadora terminó en tragedia: en los días siguientes corrió la noticia de que "los desmanes" ocurridos en Santa Julia habían dejado un saldo de nueve muertos y varias personas detenidas. Elena nos contó que corrió a esconderse en la nopalera adjunta a la explanada y solo así logró salvarse de los gendarmes; dijo que antes intentó rescatar el documento con las mil firmas pero el tumulto le impidió llegar a la jardinera. Ni ella ni

Las Amigas del Pueblo consiguieron salvarlas. Tristemente aquellas firmas por las que tanto habían trabajado se perdieron para siempre. Elena estaba devastada, y en cuanto a mí, me era claro que esa opresión demostraba que el porfirismo sobrevivía aun sin el mismo Porfirio: su partida era solo la primera pieza de un complejo sistema que aún habría que derribar.

Aquella madrugada del 7 de junio no podía dormir. En unas horas Francisco I. Madero llegaría a Ciudad de México luego del triunfo de la revolución y Elena y yo nos uniríamos a la muchedumbre en el Zócalo para recibirlo. Esa noche la habitación que compartía con Beatriz parecía más calurosa que nunca incluso con la ventana entreabierta, por donde no se colaba ni la más ligera brisa de aire. Habrán sido las cuatro de la mañana cuando casi por accidente noté que los cables del telégrafo se mecían delicadamente entre la profunda oscuridad del cielo. Como si fuera un rumor, el súbito ladrido de los perros empezó a propagarse a lo largo de la calle mientras en la azotea unas gallinas recorrían su corral entre cacareos. Algo no cuadraba. De pronto, al levantarme hacia la ventana noté que el edificio frente al nuestro se balanceaba como si fuera de goma y amenazaba con derrumbarse.

—¡Está temblando! —grité.

Me volví para despertar a Beatriz pero entonces aquel terrible movimiento surgió bajo mis pies como si un agujero fuera a abrirse hasta el centro de la tierra. Los gritos de los vecinos, el crujido de puertas y el chasquido de los hilos del tendedero golpeando entre sí provocaron que Beatriz abriera los ojos, desconcertada al verse en medio de aquel oceánico vaivén. Como pude llegué hasta su cama y me dejé caer junto a ella, segura de que íbamos a morir bajo aquella construcción que parecía a punto de resquebrajarse. Nativa de Durango, en donde es tan rara la actividad sísmica, esta era la primera vez en toda mi vida que me encontraba en un temblor, y sin darme cuenta de ello mis labios susurraron plegarias a todo el santoral. Apenas la tierra dejó de moverse nos apresuramos a salir del edificio, en donde intercambiamos palabras de aliento con los vecinos para bajarnos el susto. En el barrio no hubo ningún derrumbe ni daño que lamentar pero en otras colonias se cayeron varias construcciones, se interrumpió el servicio de energía eléctrica e incluso se presentó uno que otro incendio, según informaría el recién fundado Servicio Meteorológico Nacional.

Esa misma mañana Francisco I. Madero hizo su entrada triunfal a Ciudad de México acompañado de una caravana antirreeleccionista: la capital lo recibió cálida, festiva, con banderas de verde, blanco y rojo que ondeaban sus colores por las ventanas y con decenas de miles de personas que abarrotaban las calles hasta llegar a Palacio Nacional. Lo ocurrido esa madrugada en la capital no fue nada comparado con el arribo del próximo presidente de México, del héroe que nos había librado de tres décadas de dictadura porfiriana. *El día que Madero llegó a la ciudad hasta tembló la tierra...* se diría a partir de entonces, aunque para nuestra sorpresa, ese sería solo uno de muchos temblores más.

EL DESEO

En noviembre de 1911 México tuvo por primera vez elecciones libres y democráticas, y Francisco I. Madero venció en las urnas con una abrumadora mayoría de votos masculinos, pues de nueva cuenta las mujeres nos quedamos sin participar en la fiesta electoral debido a que nadie mostró interés ante nuestras demandas. Aun así celebré la victoria junto a Genaro y los miembros del club, el cual ese día bautizamos como Club Abraham González en honor al maderista chihuahuense. A partir de ese momento las actividades estarían encaminadas a apoyar al presidente en su lucha por estabilizar el país, ya que los porfiristas golpeaban al nuevo régimen por todos lados, especialmente por medio del sector militar y la implacable prensa ligada a Díaz, la cual despotricaba contra Madero y lo atacaba por "chaparro", espiritista y dizque masón.

Beatriz estaba cada vez más alejada de la política y disfrutaba de las mieles de la vida bohemia en la capital y de las interminables fiestas en donde Bárbara y sus amigos se reunían para contarse las novedades de su extravagante círculo de conocidos. "Bárbara esto, Bárbara aquello…" era lo único que la escuchaba decir. Andaban juntas para todos lados, se paseaban del brazo a lo largo de la avenida Reforma siempre emperifolladas en botines, sombreros y alegres trajes. Los rumores rodeaban siempre su íntima amistad excepto para Genaro, quien ya fuera por ingenuidad, desidia o falta de imaginación prefirió cerrar los ojos ante la cercanía entre ambas y no renunciaba a ganarse su corazón. Se pasaba por la casa continuamente ya sin esconder sus pretensiones de conquista: le llevaba flores, chocolates, le compraba telas finas del Puerto de Liverpool y le extendía invitaciones para cenar que ella rechazaba sin compasión. Me daba pena saber que Genaro nunca sería correspondido pero me negué a hacer otra cosa más que escucharlo y permanecer callada: entre amigas, comprendí, la discreción era la mayor muestra de lealtad.

A inicios de 1912 empecé a combinar mis actividades en el internado con mi nuevo empleo como taquimecanógrafa en la oficina del general Eduardo Hay, el cual obtuve gracias a la intervención de los miembros del club. Transcribía documentos, ordenaba archivos y redactaba telegramas según las órdenes del general, quien era un hombre amable y campechano pero que a la hora de trabajar no permitía ni el más pequeño descuido. Además de sus regios modales y su andar marcial, lo que más me llamó la atención de él cuando lo conocí fue ese estático ojo de vidrio detrás de sus espejuelos. Él mismo me contó que ese ojo lo había perdido en una batalla contra los federales de Díaz en Casas Grandes, Chihuahua, pues así de grande había sido y era su compromiso con la causa maderista. Por ello exaltaba abiertamente al nuevo gobierno y durante largos minutos me contaba, orgulloso, detalles acerca de sus planes para reformar al país. Sin duda este era el empleo más importante que había tenido hasta el momento y me sentía honrada de colaborar junto a un hombre de tan altos ideales como él, quien además pertenecía al círculo cercano del mismísimo Francisco I. Madero. *¡Estoy a solo unos pasos del presidente de la república!*, le telegrafié a mi tía Ángela al finalizar mi primera jornada laboral.

Como otras veces, "maestra y mecanógrafa" parecía ser mi único destino, pero a decir verdad no podía quejarme: ganaba buen dinero, disfrutaba de mi trabajo y, aunque apretada, aquella rutina me dejaba tiempo de sobra para hacer lo mío. Si a Beatriz no le veía ni el polvo, con Elena andaba de arriba a abajo: íbamos al teatro, me acompañaba a las reuniones del club y me contagió el gusto de pasar las noches en la Biblioteca Nacional. Me reconocí como una mujer independiente tanto en lo social como lo económico y eso, sumado al triunfo del maderismo, me otorgó una sensación de poder que deseaba no abandonar nunca. Abrí los brazos a lo que la vida me ofrecía sin miedo ni remordimiento y soñaba con que en el futuro bien podría costearme un viaje o hacerme de una propiedad para mí y mi tía Ángela, ¿por qué no? Sin embargo, esto pronto pasó a segundo plano: empecé a cuestionar mis expectativas venideras y lo que hasta ese momento deseé para mi porvenir.

Desde que me había instalado en la capital Santiago y yo no habíamos dejado de escribirnos. A esa primera misiva en la que narraba su liberación de la cárcel siguieron más cartas y telegramas en donde intercambiábamos dulces galanteos y compartíamos los eventos diarios: entonces me enteré de que Santiago desempeñaba tareas de contabilidad en un diario local de Mérida, al tiempo que le ayudaba a su abuela Cira a administrar una escuela que había fundado junto con otras maestras de la comunidad. Esta comunicación se convirtió en mi más preciado secreto, en un río de felicidad en medio del ajetreo de mi ocupada vida. Al redactar notas para el general, al secar los trastes mientras calentaba el café o leía un libro, me encontraba con las palabras de su última carta resonando en mi interior como una melodía apacible. No lograba descifrar hacía dónde nos dirigíamos hasta que recibí un telegrama en donde indicaba la fecha de su arribo a Ciudad de México, y sellaba así ese encuentro que el destino tanto se había empeñado en demorar. Las noches siguientes me costó dormir debido al temor de no reconocer su rostro cuando lo tuviera enfrente, o peor aún, verlo solo para descubrir que no igualaríamos la cálida cercanía de nuestras cartas. Pero apenas diez días después de su mensaje, todos esos temores se disiparon.

La llegada de Santiago a la capital coincidió con el inicio de la primavera, cuando los árboles de capulín se poblaron de flores blancas. Esa mañana lo recibí recién salida del salón de peinados y ataviada con un sobrio vestido que compré en una boutique de Plateros. Avancé a través de la estación a paso lento, buscándolo con la misma urgencia que seguramente invadió a Ulises en su regreso a Ítaca: Santiago aguardaba al final del andén, recargado en la baranda como si hubiera permanecido esperándome toda la vida. No estaba segura de cómo recibirlo, así que seguí caminando, temblorosa, mientras sentía cómo su presencia iba habitándome a cada paso. "Bienvenido" quise decir, pero las palabras permanecieron en mi boca. Apenas me tuvo enfrente, Santiago me tomó de la cintura y me dio un beso tibio, húmedo y largo, y yo me sumergía entre sus brazos como una hoja arrastrada por el viento.

Se hospedó en un hotel cercano a la colonia Roma. Durante su estancia me iba a recoger al internado o a la oficina del general para alargar el día cuanto podíamos: andábamos por la Alameda, el boulevard y el cinematógrafo; cerrábamos el día en alguna fonda de Santa María o de la Cinco de Mayo. Me era extraño conocerlo sin prisas, percibir cada pequeño y encantador rasgo de él. Santiago disfrutaba el pan dulce, el café amargo y establecía fácilmente conversaciones con desconocidos, sobre todo para discutir los resultados de las peleas de box que tanto le gustaban. Era ordenado y planificaba cuidadosamente su día aunque también le venían divertidos impulsos, como una noche que, entre la música de un organillero, me tomó de la mano para bailar un vals frente al Reloj chino durante un paseo por la colonia Juárez. Si bien el contacto diario nos permitió conocernos de forma más íntima, reconocía que para mí no era fácil bajar la guardia por completo. En mi corazón rechazaba los apretados moldes en los cuales la sociedad nos insertaba a las mujeres, pero confieso que en la práctica me era difícil escapar de ellos. En el fondo disfrutaba la imagen que me devolvía el espejo, me gustaban mis ojos, mi silueta y el color de mi cabello, no así mi edad. Me parecía triste cómo un proceso tan natural como el envejecer conllevara para las mujeres una sensación parecida a la vergüenza. ¿Acaso mis veintiséis años eran demasiados? Algunos alzaban las cejas al conocer la escandalosa cifra, más cuando se enteraban sobre mi estado civil. Sin embargo, mi intimidad con Santiago me empujaba a mostrarme tal cual era y una noche, a pesar de mí, surgió aquella cuestión que tanto me incomodaba.

—Hay algo que no me has dicho… —mencionó al salir de una cafetería cerca del centro.

—Te he contado todo de mí. ¿Acaso quieres saber más?

—En nuestro caso, sí. Nuestra relación está creciendo y me parece natural conocerte, saber cada detalle de ti, ¿te parece indiscreto?

—En lo absoluto —respondí—. Pregúntame lo que quieras.

—¿Cuántos años tienes, Hermila?

—Tengo veinte —mentí.

—Eres más joven de lo que creía.

—Supongo que es porque desde muy chica he trabajado, quizás eso te cambia el semblante —volví a mentir.

Santiago no dijo nada más. Tomó mi mano y colocó sobre ella sus labios tibios para finiquitar ese tema incómodo que no deseaba volver a tocar nunca.

Elena bromeaba con que no me veía tan contenta desde la renuncia de Porfirio Díaz. Pensó que "esas cosas románticas" no me importaban y se sorprendió al verme llegar del brazo de Santiago, de ver cómo nos hablábamos al oído como un par de recién casados. Él era educado, atento y liberal; tanto Beatriz como Elena y Genaro le dieron el visto bueno. A decir verdad yo tampoco me reconocía del todo. El viaje de Yucatán a Ciudad de México era largo y costoso, y Santiago había realizado la travesía únicamente para verme. Su interés me había tomado desprevenida y solo entonces consideré que quizás esto era más que algo pasajero. No sabía exactamente qué pero sin duda él lo había pensado mucho más que yo. El día que nos despedimos en el andén fue muy claro al respecto: me confesó que deseaba pasar conmigo todo el tiempo que nos fuera posible. Como si se tratara de un abogado, me propuso los términos para venir a visitarme con cierta regularidad, una vez cada mes o mes y medio según la disponibilidad que le ofrecieran sus labores en Mérida. Acepté su propuesta aunque sin esperar demasiado. Confiaba en él pero también conocía un sinfín de historias de hombres que prometían cosas que jamás cumplían, y por ello, nuestro último día juntos significó para mí una moneda echada al aire.

La partida de Santiago me hizo comprender lo fácil que una se acostumbra a las compañías, al calor de una mano. Por suerte mis múltiples ocupaciones lograron regresarme a la rutina, en especial las labores en la oficina del general Hay, en donde circulaba información importante relacionada con el nuevo gobierno. Gracias a ello comprobé las honestas intenciones de Madero para reformar al país: creó el Departamento de Trabajo e impulsó la Primera Convención de la Industria Textil para regular el desafortunado trabajo en las fábricas textileras, las cuales dependían de la mano de obra femenina. El general me contó que Madero estaba consciente de las labores que las mujeres habíamos prestado a su revolución —a lo largo de los años se había reunido con algunos clubes femeninos— y le interesaba abrirnos camino en la nueva vida democrática del país, lo cual estaría dispuesto a hacer apenas terminara de atender los problemas que enfrentaba su gobierno, que no eran pocos: Emiliano Zapata, el Caudillo del Sur, se levantó en armas contra él aun cuando llegó a ser de sus grandes aliados en la rebelión contra Díaz. De acuerdo con el Plan de San Luis firmado por Madero, los zapatistas exigían la devolución de las tierras que las haciendas les habían arrebatado y consideraban que el presidente no les había cumplido tal promesa con la prontitud requerida. En un intento por conciliar a la nación, Madero se apoyaba en políticos y militares del antiguo régimen porfirista y eso había hecho mella en la confianza que Zapata alguna vez le profesó. Como decía el general Hay, al presidente le valía andarse con cuidado, pues era una cándida oveja en tierra de lobos.

Por esos días Elena y yo asistimos a un par de reuniones de Las Amigas del Pueblo y ahí confirmé lo divididas que estaban las opiniones respecto al gobierno en turno, tanto así, que luego del mitin en Santa Julia la lucha por el sufragio femenino quedó en pausa debido a todo lo que se suscitaba en el país. Había quienes apoyaban al presidente y quienes se manifestaban en su contra; las mujeres no fuimos la excepción. Las Amigas del Pueblo exhortaban a tenerle paciencia a Madero y darle tiempo para cumplir lo prometido en el Plan de San Luis; sin embargo, la célebre fundadora del club

Las Hijas de Cuauhtémoc, Dolores Jiménez y Muro, así como Paulina Maraver y otras influyentes profesoras se unieron al zapatismo y, según los rumores, hasta habían intervenido en la redacción del Plan de Ayala promulgado por el Caudillo del Sur.

Cuando no esperaba nada, Santiago Batún volvió a la capital una segunda vez, así como una tercera y una cuarta. Se convirtió en costumbre que a su llegada me trajera algún regalo: dulces de coco, libros de poesía, una blusa bordada por su abuela Cira. Nuestro cortejo no era convencional pero era apropiado para nosotros. Además de los paseos que tomábamos después de mis horarios laborales, sus visitas nos permitieron avanzar hacia territorios antes inexplorados: aquellos meses de 1912 los pasé explorando el amor junto a Santiago, traduje sus formas y medidas, interpreté una danza nueva y dulce como el revoloteo de los pájaros. Junto a él comprobaba que todo lo que sabía hasta entonces eran puros cuentos: descubrí que el deseo sexual también habita dentro de las mujeres y aquella sensación me embriagó de vida.

Durante mis días en la Escuela para Señoritas, tenía mis doce o trece años, muchas de mis compañeras contaban que sus madres les prohibían abrir los ojos a la hora de bañarse o cambiarse la ropa para evitar que vieran su propio cuerpo desnudo, incluso varias de ellas abandonaron los estudios una vez que empezaron la menstruación. La única ocasión que mi padre me vio platicando con un muchacho me dejó de hablar una semana y le encomendó a mi tía Ángela que me llevara con una monja a rezar el rosario completo. Pero ¿de verdad las mujeres debíamos avergonzarnos de nuestra fisionomía, de nuestras funciones naturales? ¿Qué de peligroso había en nuestros cuerpos y deseos? Más que nunca me negué a considerar que la sexualidad fuera solo una simple cuestión reproductiva, aun si por eso me pudieran tachar de inmoral o de ligera. Nunca se juzgaba igual a hombres y mujeres: para ellos las miradas siempre serán de admiración, para nosotras de castigo. La gente nos observaba con suspicacia cuando Santiago y yo entrábamos o salíamos juntos del hotel de la Roma, pero me determiné a ignorar cualquier juicio que los demás pudieran hacer de mí. Me negaba a otorgar ni una pizca de felicidad a cambio de complacer a unos cuantos. Estaba feliz, extasiada por esa fuente de placer que en ese momento parecía inagotable.

—Te mentí… —le dije a Santiago durante una de aquellas noches—. No tengo veinte años; tengo veintiséis.

—Igual que yo —me respondió adormilado.

—¿Entonces me quieres aunque sea vieja?

—No eres vieja… —contestó con un suspiro—, pero seguro te voy a querer cuando lo seas.

Eché mi brazo sobre su pecho desnudo y me acurruqué en ese huequito cálido de su cuello moreno. Yo también empezaba a imaginar la vida entera a su lado.

UN OSCURO PRESENTIMIENTO

Rendida a los brazos de Santiago, pasaba el tiempo leyendo los sonetos de Sor Juana, los poemas románticos de Manuel Gutiérrez Nájera, descubriendo esas afirmaciones en las que Buda comparaba el instinto sexual con un aguijón, con una llama. *Quien te viera...* me decía Beatriz entre risas cuando me encontraba tarareando alguna canción en la azotea o revoloteando distraída por la habitación. Durante sus visitas Santiago se hospedaba siempre en el mismo hotel de la Roma, aunque también pasaba tiempo en nuestro hogar, metido en la cocina mientras Beatriz dibujaba sus patrones sobre la mesa y yo calificaba los exámenes de mis alumnos. A diferencia de nosotras, él era un excelente cocinero: preparaba conservas dulces, tamales de hoja de plátano y un arroz esponjoso y perfecto. Fue su abuela Cira quien le enseñó a prepararse su comida, a remendarse los pantalones y a reparar muebles. Su paso por la cárcel también había hecho de Santiago un hombre hogareño, pero de eso no hablaba. Lo ocurrido durante aquellos oscuros días en prisión era una herida impenetrable que yo no me atrevía siquiera a rozar. Desde nuestro reencuentro las pocas veces que daba su opinión acerca de cualquier tema político lo hacía de manera breve, como si este fuera un asunto lejano y no aquella urgencia que ardía en su interior cuando lo conocí. Esa fibra rebelde había muerto en él durante su estancia en Motul de una forma que me resultaba inexplicable.

Mi tía Ángela no se sorprendió de nuestra relación. Tampoco ahondó acerca de nuestros encuentros, pero me recalcaba que

161

cualquier cosa que sumara a mi felicidad también lo hacía a la suya. Ella misma tenía otros asuntos por los cuales preocuparse, ya que en el norte los enfrentamientos armados no habían parado luego de la victoria maderista y hasta adquirieron un renovado ímpetu. Además de Emiliano Zapata, a Madero se le había volteado quien fuera su más importante general durante su lucha contra Díaz, Pascual Orozco. Orozco combatía en tierras duranguenses contra Pancho Villa y las tropas federales capitaneadas por el general Victoriano Huerta, exitoso militar que en tiempos de don Porfirio reprimió sanguinariamente a los yaquis y a los mayas. Ángela me contaba que imploraba a la providencia para que los balazos no llegaran a la plaza de Durango y decía que mi madrina Eugenia incluso había mandado tapiar las ventanas y a colocar cerrojos en las puertas. Le insistí en que vinieran conmigo a Ciudad de México pero ella se negó rotundamente: *Usté ocúpese en sus asuntos, mija, que yo no me muevo ni aunque en Durango lluevan balas* fue su contestación.

Por esos días el general Hay también estaba preocupado.

—¿Has tenido esa sensación de que traes muchas hormigas colgadas al cuerpo y no te las puedes quitar? Así me siento yo, solo que en vez de hormigas son como alacranes —me comentó un día.

En la oficina celebramos su reciente nombramiento como diputado federal con un discreto brindis pero ni eso pareció calmarlo. Al festejo de esa tarde acudió el abogado y periodista Luis Cabrera, quien al igual que el general acababa de ser electo diputado. Era un hombre simpático con quien desde el inicio hice buenas migas: provenía de una familia humilde de Puebla, le gustaba la literatura y hablaba náhuatl con fluidez. Escribió múltiples artículos contra Porfirio Díaz y había publicado una carta al presidente Madero en donde lanzó una frase que se hizo célebre: *Un cirujano tiene ante todo el deber de no cerrar la herida antes de haber limpiado la gangrena,* como una crítica a los elementos porfiristas que el presidente había decidido conservar dentro de su gobierno. Luis desconfiaba de la violencia que se desataba por el país. Más que los levantamientos de Zapata y Orozco, sospechaba de la lealtad de Victoriano Huerta y del ejército federal así como de las rebeliones de Félix Díaz, llamado "el sobrino de su tío", y de Bernardo Reyes, alguna vez tan querido por mí, quien había vuelto al país para dificultar más el panorama.

—Hay algo pútrido en el aire —me confesó Luis en tono sombrío, una idea que sin duda albergaba también el general Hay aunque él no la expresara con igual precisión.

Si bien era cierto que el país navegaba sobre aguas turbulentas, el presidente Madero continuaba cosechando triunfos y fue así como los mexicanos conocimos libertades que antes ni soñábamos. Con un Congreso en su mayoría maderista, el presidente otorgó libertad de expresión a la prensa, realizó mejoras en el plano educativo y agrario y estableció jornadas laborales de diez horas. Las fiestas patrias de aquel año en la capital se celebraron con su singular alegría a pesar de los levantamientos armados: en las plazas se instalaron ferias, juegos de lotería y competencias de palo encebado, en donde la aguerrida Beatriz se animó a participar y así desafiar las burlas de los asistentes. Me enorgullecí de verla subir y subir hasta el tope de aquel palo de más de dos metros de longitud para dejar en completo silencio a todos los que se atrevieron a decir que, por ser mujer, el único palo que ella conocía era el de la escoba. Entre la algarabía de las fechas, el 16 de septiembre Madero lanzó un emotivo mensaje al Congreso y declaró que la libertad solo florecería en México bajo la protección de la ley. A pesar de sus buenas intenciones, la prensa seguía sin darle tregua a "Panchito", como le llamaban despectivamente, y fuera del *Diario del Hogar* la mayoría de las publicaciones se ensañaron con él y alimentaban un clima de desconfianza en torno a su presidencia.

Luego del nombramiento del general mis labores en la oficina aumentaron y también mi sueldo. La mejora económica nos permitió a Beatriz y a mí abandonar la Indianilla para instalarnos en una linda vivienda de la colonia Guerrero, rodeada de billares, cines y salones de baile, en la cual, como decía Genaro en tono bromista, habitaban "los clasemedieros decentes". La comunicación de los tranvías que circulaban por ahí nos facilitaba los traslados tanto a la oficina del general como al estudio en donde trabajaba Beatriz, y mucho más importante, a la residencia de Bárbara. Recién llegadas a nuestro nuevo hogar Beatriz y yo invitamos a Genaro e hicimos una pequeña cena en honor a Elena, quien había aprobado su examen como profesora normalista. Platicamos animadamente hasta altas horas de la noche aunque Beatriz estaba decepcionada debido a que Bárbara jamás la venía a visitar. *Ni que se le fueran a pegar las pulgas*, sentenció, dolida por los desplantes de la refinada Bárbara y ese capricho suyo de no bajar de la San Rafael ni por equivocación.

Santiago seguía respetando su palabra y por esos días volvió a Ciudad de México. Sin embargo, esta vez llegó con una actitud distinta. Verme acoplada en la nueva vivienda de la Guerrero pareció sorprenderlo y no de manera grata. Esa fue la primera ocasión en que noté su cansancio, quizás esa fuera la razón por la que se había demorado en volver. La distancia era cada vez más evidente y amenazaba el paraíso encantado que habíamos construido. Ninguno se animaba a sacar el tema a colación hasta que por fin me atreví a poner las cosas en orden. Esa noche al salir del teatro, Santiago se comportaba distante, sin su calidez habitual.

—¿Qué te pasa? —le pregunté.

—Estoy seguro de que lo sabes —respondió él sin titubear.

—Jamás te impuse nada, los dos sabíamos que sería difícil.

—No es de imponer, Hermila, sino de querer.

—¿Y tú qué quieres?

—Quiero estar contigo y pensé que lo mismo querrías tú —señaló mirándome a la cara—. Por eso me sorprende que tengas un nuevo hogar sin incluirme en tus planes…

—¿Acaso tenía que preguntarte? ¿Que pedirte permiso? —arremetí.

—Bien sabes que esos argumentos nunca han tenido lugar entre nosotros. Pero así como te quiero a ti, quiero a mi tierra y eso es lo que te he venido a decir. Me he hecho de un pequeño terreno a las afueras de Motul, que también es tuyo si así lo deseas.

Entonces ese viejo fuego en sus ojos resurgió cuando me dijo que ya había tenido suficiente de armas y conflictos. Me explicó que había renunciado definitivamente a la política y que deseaba una vida de campo: quería dedicarse a la siembra, a la cría de animales, a formar un hogar conmigo. No mencionó la palabra matrimonio, pero sí que deseaba tener hijos y un compromiso duradero. Santiago hablaba con decisión, seguro de sus palabras pero al mismo tiempo me observaba con serenidad infinita. Bajo las últimas luces del atardecer, sentí que el destino se abría una vez más ante mí e inesperadamente me empujaba a elegir un nuevo camino. Si alguna vez sentí amor por alguien, fue ese día a las afueras del teatro.

—Así que ya te dije mi parecer, ¿qué quieres tú, Hermila? —preguntó finalmente, tan resuelto como el filo de una espada.

—Quiero irme contigo —respondí segundos después, convencida por esa mirada dulce que me impidió pensar en otra cosa que no fuera el deseo de hacerlo feliz y de ser feliz a su lado.

No le mencioné mis planes a nadie. En la oficina del general mandaba telegramas y mecanografiaba pilas de documentos, en el internado daba mis clases cada mañana y respiraba ya el cálido aire de las tierras de Motul. Jamás había tenido oportunidad de tocar siquiera una pala pero entonces creí que la vida apacible del campo yucateco me daría las herramientas para emprender cualquier actividad, que mi amor vencería todo obstáculo. Santiago dejó Ciudad de México con la seguridad de que aquella despedida sería la última, pues prometí reunirme con él en Motul a fines de febrero. Mientras tanto él trabajaría el terreno y ahorraría cada peso que le entrara a la bolsa, por lo cual suspendería sus visitas a la capital. La próxima vez que nos viéramos sería cuando yo lo alcanzara para estar juntos, tras un último viaje para mí sin boleto de regreso.

La semana previa a la Nochebuena llegaron Luis y otros diputados a la oficina del general, quienes se habían dado cita para conversar

sobre la supervivencia del gobierno maderista. Yo me mantenía atenta a la mecanógrafa sobre mi escritorio pero desde el salón de juntas
alcanzaba a escuchar aquel desesperado rumor de voces. Fue así
como me enteré de que la preocupación del general se había convertido en una sospecha concreta: él y los demás diputados aquella
tarde aseguraban que los militares ya orquestaban un plan para derrocar a Madero, y la sola amenaza de la contrarrevolución hizo que
las festividades decembrinas me parecieran más bien lúgubres.

La noche de Navidad Beatriz y yo cenamos como en los viejos
tiempos, sin Bárbaras ni Santiagos ni Elenas, solo ella y yo. El único
regalo que recibimos fue también el más bello de todos los posibles:
un moderno fonógrafo con un disco del tenor Enrico Caruso. Con
este obsequio Bárbara buscaba congraciarse con Beatriz pero
ella estaba demasiado resentida como para disculparla así como
así. Esa noche me asomé a la ventana deseosa de ver a los niños pedir posada y repartir colaciones, pero para mi sorpresa en la colonia
Guerrero reinaba una calma espectral: tuve la extraña sensación de
que sobre el oscuro cielo de la capital empezaba a dibujarse un presagio, uno que ya se vislumbraba maldito.

DIEZ TRÁGICOS DÍAS

Inicié el año de 1913 con una serie de preparativos para abandonar Ciudad de México. Di aviso de mi partida al internado y convenimos que a fines de febrero concluiría mi contrato de maestra, lo mismo que mi empleo como secretaria en la oficina del general Hay. No tenía muchas pertenencias y seguramente viajaría a Yucatán solo con un par de valijas, lo cual me aliviaba. Resueltos estos compromisos ya nada más me quedaba hablar con Beatriz para sellar el rumbo de mi destino a cal y canto. Era yo quien se encargaba de administrar los recibos y pagos en nuestro hogar para prevenir cualquier "malentendido" respecto a las cuentas, como ya nos había ocurrido con el casero de Indianilla. *Papelito habla,* le recordaba siempre a Beatriz. Sin mi contribución mensual le sería difícil pagar la renta sola y me apenaba provocarle tal desajuste, y precisamente por eso no debía postergar más aquella conversación. Una noche después de cenar por fin le anuncié que me marchaba a Motul para iniciar una nueva vida. Beatriz me miró con perplejidad mientras sostenía una taza de café; lo económico no pareció ser su mayor preocupación.

—¿Motul? ¿Y qué vas a hacer allá? —cuestionó sin tapujos.

—Pues vivir, estar con Santiago…

—¿Encerrada en una casa?

—Por supuesto que no —afirmé contundente—. Él administra una escuela en donde podré laborar como maestra y entre los dos vamos a levantar una tierra de la que se hizo propietario.

—¿Y desde cuándo te interesa eso de criar vacas y burros? —preguntó con disimulada ironía.

—Siempre me gustó el trabajo de campo, pero nunca tuve la oportunidad...

Beatriz dio un sorbo a su café y clavó sus ojos penetrantes sobre mí.

—¿Y ahora qué? —inquirí al sentir el peso de su mirada.

—Nada... nomás que te veía muy contenta en la capital, paseándote, ganando tu dinero. Pero como dicen, cada quien tiene su manera de matar pulgas —remató encogiéndose de hombros—. ¿Van a casarse?

—No lo hemos hablado... pero sí, supongo que nos casaremos. A mí me gustaría —admití, sorprendida de mi propia declaración.

—Pues si es eso lo que quieres... —señaló poco convencida—. Felicidades, Hermila.

—Gracias —respondí con una sonrisa a medias.

Un silencio incómodo se posó entre nosotras como una nube; nos despedimos con un "buenas noches" muy tibio. Sobre la almohada el eco de los cuestionamientos de Beatriz resonó en mí igual que un estruendo fugaz: ¿en verdad deseaba abandonar mi vida en Ciudad de México para irme a las lejanas tierras yucatecas?

Con un pie fuera de la capital, durante esos días de enero mis actividades aumentaron: recibí mi certificado de telegrafista firmado por el propio presidente de la República, asistí puntualmente a las reuniones del club Abraham González, al que cada vez se sumaban más mujeres y continué atendiendo mis labores en la oficina del general Hay, donde la tensión era tan punzante como un cuchillo deslizándose sobre una ventana. Mientras yo redactaba pilas de documentos, telegramas y cables, el general parecía incapaz de concentrarse en sus ocupaciones diarias. Aseguraba que el golpe contra el presidente Madero podría suceder en cualquier momento y veía conspiradores por todos lados: desconfiaba del recadero, del niño que venía a bolearle los zapatos y hasta de la anciana que se encargaba de limpiar la oficina. Si no hubiera sabido de antemano mi afiliación maderista seguro habría dudado también de mi lealtad. *En estos días hasta las paredes tienen oídos*, susurró una tarde, cuando lo encontré frente a la ventana de su despacho como si fuera un búho. Luego de sus reuniones decembrinas él y otros diputados, entre ellos Luis Cabrera, se entrevistaron con el presidente para convencerlo de radicalizar su política pero nada obtuvieron de aquella reunión. Según el general, hasta Pancho Villa y Venustiano Carranza, gobernador de Coahuila, le advirtieron a Madero sobre el movimiento militar que estaba tramándose para derrocarlo, pero él siguió firme —si no es que terco— en optar por una política conciliadora y pacífica. Parecía no creer del todo los rumores y rehuía a actuar con la mano dura de nuestro antiguo dictador. A pesar de las advertencias, a fines de enero la oportunidad de actuar se había perdido.

La mañana de ese domingo 9 de febrero Beatriz y yo despertamos con el rugido de los cañones. Corrimos a la ventana pero lo único que logramos ver fue el destello de las armas explotando en la lejanía, difuminado aquí y allá. Un intenso griterío anunciaba "¡Refriega en Palacio Nacional!" e inundaba la calle como hilo de pólvora. Todavía sin comprender la magnitud y el peligro de lo que sucedía, abandonamos la casa y emprendimos una caminata por la colonia Guerrero. Descubrimos con estupor que el paseo dominical por la Alameda y el típico desayuno en la Cinco de Mayo habían sucumbido bajo aquel insólito cuadro de pesadilla. En plena avenida Reforma nos topamos con caballos que galopaban sin jinete mientras hombres con rifles corrían en estampida hacia la Ciudadela. Gente con cara de espanto afirmaba haber visto docenas de muertos frente a la Catedral Metropolitana y a un grupo de sublevados que al grito de "¡Vivan Félix Díaz y Bernardo Reyes!" se enfrentaron a las tropas federales leales a Madero. La sospecha albergada por el general Hay se cumplía como un oráculo siniestro: el golpe para derrocar al presidente había iniciado esa misma mañana. Al ver lo que ocurría Beatriz y yo salimos disparadas de regreso como almas que lleva el diablo y pasamos el resto del día enclaustradas en nuestro hogar, inmóviles frente al horizonte de la ciudad en llamas. Tan solo un día antes, pensé melancólica, había telegrafiado a Santiago para recordarle que en un mes estaríamos juntos.

Al día siguiente la ciudad despertó con un silencio atroz. Los periódicos confirmaban que la revuelta había sido encabezada por Félix Díaz y Bernardo Reyes quien, pudiendo convertirse en presidente de la República, murió a las puertas de Palacio Nacional como personaje de tragedia griega. Alguna vez ajena a los conflictos de la revolución maderista, Ciudad de México se paralizó debido a esa violencia que nos arrebataba la tranquilidad como ladrón de noche. Los negocios estaban cerrados, la gente había desaparecido de las calles y se había interrumpido la circulación de carruajes y tranvías. En Palacio Nacional estaban aquellos leales al presidente Madero, en la Ciudadela los sublevados comandados por Félix Díaz, y entre ambas trincheras volaban balas y cañones que de cuando en cuando golpeaban edificios, negocios y residencias privadas. El fuego cruzado me hacía imposible llegar a la oficina del general o al internado, así como encontrar una estación de Telégrafos para escribirle a Santiago y a mi tía Ángela.

Al ver que no paraban los enfrentamientos, los siguientes días me empecé a preguntar si la ciudad no se caería a pedazos. Cerca del Teatro Nacional las enfermeras de la Cruz Blanca y la Cruz Roja atendían a los heridos pero no se daban abasto; a media semana los muertos ya se contaban por centenares. Debido a la interrupción de la energía eléctrica, al caer la noche permanecíamos a la luz de las velas intentando adivinar cuál sería el desenlace de ese drama funesto. En el silencio nocturno, el incesante traqueteo de las ametralladoras aún retumbaba en mis oídos sin dejarme dormir. Invadida por el horror, me mantenía con la esperanza de que si Francisco I. Madero había derrotado a Porfirio Díaz, también lograría vencer a los sublevados.

Mientras eso sucedía afuera, al interior de nuestra casa Beatriz y yo devorábamos libros, platicábamos con los vecinos o hacíamos el quehacer. Retomé mis labores de escritura, las cuales posponía una y otra vez debido a la falta de tiempo, y Beatriz empezó a confeccionar su pieza más ambiciosa hasta entonces: un vestido nupcial para mí.

—Iba a ser una sorpresa —me confesó mientras extraía de la cajonera un rollo de muselina, una tira de encaje con flores bordadas y metros de tul blanco.

—¡Si ni siquiera he recibido una propuesta de matrimonio! —admití boquiabierta al ver su anticipación.

—Pero la recibirás. ¿O acaso Santiago cree que va a tener todo de a gratis? No creo que sea del tipo… tampoco tú. Como dices, *papelito habla* —respondió Beatriz con un guiño que logró sacarme la primera sonrisa en días.

Así, nos enfrascamos en aquella tarea que nos ayudó a no entregarnos a la locura, a hallar un tipo de normalidad cuando esta había desaparecido por completo. Mientras realizaba bocetos y me tomaba las medidas, Beatriz me confesó que se había alejado de Bárbara, pues su marido —de quien se encontraba "separada"— armó un escándalo al enterarse de su amistad. Bárbara le había jurado que no permitiría que él interviniera entre ellas pero Beatriz estaba muy herida al darse cuenta de que había sido lo contrario. *Si no la vuelvo a ver tampoco será una gran pérdida…* me confesó tan campante, y aunque no se lo debatí, sabía que esa afirmación no era cierta: Beatriz permanecía atenta cuando algún vecino mencionaba lo que ocurría por la colonia de los Arquitectos, los rumbos de Bárbara, y se pasaba largas horas escuchando aquel disco de Caruso que le había regalado en Navidad. Por más que lo deseáramos, durante esos días no supimos de ella ni de nadie. Temía que Santiago pensara que yo misma estaba muerta pero las comunicaciones aún no se habían reanudado, tampoco la circulación de los periódicos, así que nos resignamos a no saber o a saber lo poco que los vecinos, como juglares, contaban al pie de las banquetas, en las escaleras, en las interminables colas para comprar pan o café, pues al final de la semana la comida empezó a escasear. Lo único que se mantenía eran las ráfagas interminables. Un olor nauseabundo recorría la Ciudad de los Palacios debido a las pilas de cadáveres insepultos que se acumulaban en las avenidas. Me esforcé por conservar mi esperanza en la victoria maderista pero esta, tristemente, me fue abandonando aun contra mi voluntad.

El siguiente domingo, al cumplirse una semana del inicio de los combates, asistí a misa. No sé muy bien por qué acudí a la iglesia, ya que no me paraba en una desde que estaba en Durango, solo puedo decir que necesitaba un poco de paz y pensé que ahí podía encontrarla. Esa mañana Beatriz y yo salimos de casa con cierta tranquilidad, las balaceras se detuvieron debido a un armisticio que únicamente duraría hasta la tarde. Así como nosotras, muchos aprovecharon ya fuera para ir al médico, buscarse algún alimento, o simplemente tomar el aire. Entre el canto de los acólitos y el arrullador susurro de las avemarías, dentro de la parroquia se colaban los cuchicheos que daban noticia del alza de precios que nos tenía malcomiendo, así como de los casi nulos avances de las tropas federales comandadas por Victoriano Huerta. Entonces recordé la desconfianza que Luis tanto le profesaba a ese mentado Huerta y no entendí por qué Madero confiaría en él durante un momento tan crítico como este. Temerosa, rogué al cielo porque aquello fuera un chisme y nada más.

A las dos de la tarde de ese domingo la balacera se reanudó y no paró hasta el miércoles 19, fecha en que se cumplieron diez días de enfrentamientos: la batalla terminó tan intempestivamente como había llegado. Los capitalinos celebramos con lágrimas el fin de la pesadilla aunque en las calles el panorama era desolador. No había más que derrumbes, paredes agujereadas, manchas de sangre sobre el pavimento que la gente intentaba borrar con agua y jabón. Al caminar por la ciudad me invadió una náusea tan terrible como no había sentido antes. Los árboles del Zócalo estaban caídos y la puerta del Palacio Nacional yacía destrozada debido al bombardeo. Al recorrer la colonia Juárez vi que el Reloj chino, donde alguna vez Santiago y yo bailamos felices un vals improvisado, se había convertido en un montón de escombros; que la casa del presidente Madero y el edificio del periódico *Nueva Era* habían sucumbido ante las llamas. En el aire todavía flotaba una ceniza fina, casi mortuoria. Tristemente algunos coreaban "¡Viva Félix Díaz!" en pleno Zócalo capitalino, lo cual me desconcertó. Nadie conocía el desenlace de la batalla, si Madero había vencido a los sublevados o si por el contrario, estos habían derrocado al presidente elegido por la voluntad popular.

Con todo y el fin de las balas, en la capital permanecimos en el limbo. No había periódicos ni tampoco tranvías, seguíamos sin enviar o recibir cartas y el rumbo del país era un misterio. Acudí donde el general Hay deseosa de tener noticias suyas pero la oficina se encontraba abandonada y con las puertas bajo doble llave. El temor de que los combates se reanudaran repentinamente continuó y nos mantuvo en el hogar y sin saber de nuestros seres queridos. Beatriz pasaba las tardes cosiendo mi vestido nupcial, el cual iba muy adelantado debido a la veloz ansiedad con la que sus dedos atravesaban la tela con la aguja. Me daba pena confesarlo pero en el fondo la prenda me había dejado de interesar. Como todo lo demás, el futuro junto a Santiago carecía de sentido ante el desencanto de lo que vivíamos. Para nuestra desgracia, todavía nos aguardaba un último revés.

Unos pocos periódicos, claramente antimaderistas, reanudaron sus operaciones únicamente para publicar una de las noticias más tristes que leí jamás: tras solo 15 meses en el poder, el presidente Francisco I. Madero había muerto junto al vicepresidente José María Pino Suárez en su camino a Lecumberri, adonde ambos eran conducidos en calidad de presos. La redacción era parca y no ofrecía detalles sobre sus muertes ni sobre las causas de su supuesta detención, sin embargo, difundía con particular beneplácito el nombramiento del general Victoriano Huerta como presidente interino de México. Me alejé del quiosco con el pecho duro, ahogado por la impotencia de comprobar lo que los periódicos callaban: como Judas, Huerta traicionó a Madero y con ello había sentenciado el rumbo de México.

Luego de esa mañana negra la ciudad volvió a revelarse como la conocíamos. Los negocios, los transportes, el ir y venir de la gente retomaron poco a poco su acostumbrado orden a pesar de la incertidumbre que nos rodeaba. A punto de terminar ese infausto mes de febrero, Beatriz dio las últimas puntadas al vestido blanco: era sobrio y bellísimo, de cuello alto, mangas drapeadas y un fino velo que caía sobre mis hombros con la delicadeza de un hilo de agua.

—¿Te gusta? —me preguntó conmovida.

Asentí silenciosamente, pues las palabras no salían de mis labios: nunca Yucatán me pareció más lejano que durante esos minutos frente al espejo, cuando me miré a mí misma como si fuera otra.

—¿Qué pasa? —me preguntó.

—No lo sé… —respondí con un murmullo.

Beatriz me abrazó para apaciguarme. Lloraba, igual que yo.

Esa misma tarde volví a la oficina del general Hay y al fin lo encontré: estaba sano y salvo, pero pálido y ojeroso detrás de su escritorio de caoba.

—Se los quebraron como delincuentes —fue lo primero que me dijo apenas crucé la puerta.

Tenía los dientes apretados, la voz le temblaba. Lo ocurrido, según me contó, comprobaba que Victoriano Huerta siempre había estado confabulado con Félix Díaz y Bernardo Reyes, que el embajador de Estados Unidos habría sido su gran cómplice, que entre ellos finiquitaron el golpe que acabó con la vida del presidente. Ambos permanecimos en silencio por unos segundos, embriagados de dolor por el vuelco terrible de los acontecimientos. El general estaba decidido a continuar sus labores como diputado con el fin de enfrentar al régimen golpista desde su curul, y le prometí que desde ese momento me ponía a su disposición para colaborar en ese propósito.

—¿Pero no te vas a ir a Yucatán? —me preguntó confundido.

—No por ahora —respondí, ya desempolvando la máquina mecanógrafa que yacía abandonada sobre mi escritorio.

EL CHACAL

Una vez me enfermé de espanto. La noche caía sobre nuestro hogar en Villa de Juárez y de pronto, a través de la ventana vi una extraña figura que se abría paso bajo el cielo plagado de estrellas: un chacal de pelo tieso y afiladas fauces que se irguió en dos patas ante mis ojos de niña. Desvié la mirada para librarme de él pero fue inútil. Cuando me atreví a voltear, el animal se había arrastrado entre las tinieblas hasta detenerse al pie de la casa. Ávido de sangre, soltó un aullido desgarrador como advirtiéndome que había llegado para tragarme entera.

Su existencia me fue revelada por un fogonero sonorense proveniente de un pueblo cercano al valle del Yaqui. Mi tía Ángela le remachaba los pantalones mientras él me contaba historias sobre aquella criatura que vagaba por el monte y rondaba los panteones para desenterrar a los niños muertos. *Te hace daño nomás mirarlo*, señalaba. Yo lo escuchaba fascinada aunque también escéptica, al menos hasta que el animal apareció frente a mi ventana.

Esa noche ardía en fiebre. Mi tía Ángela me colocaba compresas de agua fría sobre la cabeza, temerosa de que moriría como tantos niños que por ese entonces sucumbían ante la tuberculosis, el empacho o algún mal en los pulmones. Cuando me recuperé, intentó convencerme de que todo había sido un delirio provocado por la calentura pero yo no lo creí. Durante mucho tiempo pensé que aquel horrible chacal había venido a devorarme. No volví a pensar en él ni sentí un miedo semejante sino hasta que apareció otra criatura igual de abominable.

El asesinato de Madero hizo resurgir la revolución. El gobierno usurpador de Victoriano Huerta —a quien apodaron el Chacal— combatía en el sur a Emiliano Zapata, y en el norte a Pancho Villa y a Venustiano Carranza, quien a fines de marzo de 1913 ya había organizado un poderoso ejército para restituir el orden constitucional. En el Plan de Guadalupe, Carranza desconocía a Huerta como presidente y llamaba a los mexicanos a levantar nuevamente las armas. Pronto los combates se multiplicaron por el país y esta vez serían mucho más sangrientos de lo que fueron durante la revolución que logró tumbar a Porfirio Díaz. Como en ese entonces, de la noche a la mañana nadie tenía asegurado el techo, el sustento ni la vida.

Fui afortunada de continuar trabajando en la oficina del general, así como en el internado, en donde la negociación no fue fácil. Me retracté respecto a mi renuncia y los directivos acordaron devolverme mi empleo como maestra con la condición de hacerme una rebaja salarial, lo cual acepté con tal de continuar. La Decena Trágica, como ya empezaban a llamar a aquellos diez días de febrero, había bastado para poner de cabeza al país y de paso doblar el rumbo de mi destino. Lo único que sabía era que en ese momento mi lugar estaba en Ciudad de México y así se lo escribí a Santiago en un telegrama. Temía que este repentino cambio de planes provocara un distanciamiento entre nosotros o, peor aún, el fin de un futuro juntos, sin embargo, dentro de mí se agitaba un violento ardor que solo se extinguiría al restablecerse la libertad que Huerta nos había arrebatado. Determinada a agotar hasta el último destello de esperanza en el cumplimiento de ese fin, guardé el vestido de novia en el ropero, junto a las valijas y toda ilusión matrimonial, dispuesta a vivir a salto de mata y entregarme, nuevamente, a la revolución.

Mi reencuentro con Elena ocurrió en una cafetería cercana a la Biblioteca Nacional. Nos abrazamos entre lágrimas, aliviadas de vernos en una sola pieza. A diferencia de todos en la ciudad, ella lucía radiante. Ni siquiera en los tiempos difíciles se le cerraba el mundo, pues durante la Decena organizó con valentía espartana una brigada para otorgar primeros auxilios a los heridos de la Ciudadela y, según me dijo, hasta realizó una colecta de alimentos en favor de las personas necesitadas. Esa misma tarde ambas acudimos al club Abraham González, en donde las actividades se reanudaron con más fuerza que nunca. Acordamos por unanimidad que Genaro sería nuestro presidente y este se comprometió a buscar recursos para financiar la impresión de folletos, volantes y pintas. A partir de entonces en el club recibíamos noticias del Ejército Constitucionalista y de su Primer Jefe, Venustiano Carranza, en cuyos hombros pusimos la dura empresa de revertir la desgracia nacional. El régimen huertista emprendió una lucha feroz contra los seguidores de Carranza desde el inicio, y a decir verdad, contra cualquier opositor. En la Cámara los diputados trabajaban a pesar de esta amenaza. El general Hay y otros legisladores usaron su tiempo en tribuna para condenar el magnicidio de Madero, y aunque sus protestas los ponían en la mira del régimen usurpador, ellos continuaron con su disidencia con valentía notoria.

Era difícil no volverse loca en esos días. No sabía de Santiago ni de mi tía Ángela ni de nada más que no fuera lo que tuviera en frente. La prensa mercenaria, la única que circulaba abiertamente, publicaba las felicitaciones que la élite y los altos jefes militares le dedicaban a Huerta "por su triunfo", para así convencernos de que su gobierno contaba con la aprobación general. La mordaza cubrió Ciudad de México con un velo de ignorancia. De no haber sido por mi cercanía con el general y con el club ni siquiera me hubiera enterado del surgimiento de la rebelión carrancista, tal como la mayor parte de los capitalinos. El estallido de la revolución fue conocido solo a *sotto voce* gracias a los viajeros que lograban llegar a la capital y a los propagandistas que con su valiente pluma redactaban manifiestos sobre los avances de la lucha armada. La información era un privilegio, y mis allegados y yo pertenecíamos a esos pocos que tenían acceso a ella.

El encierro y la incertidumbre fueron una constante desde los primeros meses de terror huertista. Se impuso toque de queda en las noches, los precios aumentaron y los asesinatos, desapariciones y encarcelamientos se volvieron el pan de cada día. A diferencia del resto de la población, las clases altas parecían celebrar esa regresión a los tiempos dorados del porfiriato, se paseaban por el Café de Tacuba y lucían sus joyas de Cartier. En la sastrería donde trabajaba Beatriz las ventas habían aumentado y Bárbara, de vuelta en su vida luego de alejarse definitivamente del esposo, estaba por dar un picnic en Chapultepec para celebrar su nueva independencia. Mientras los de arriba disfrutaban, las clases menos acomodadas pagábamos los platos rotos. La militarización se volvió obligatoria y la libertad se arriesgaba con nomás poner un pie en la calle. De la *leva* nadie se salvaba: los hombres eran "levantados" de buenas a primeras para engrosar las filas del ejército huertista; la cantina, la escuela y hasta la iglesia se convirtieron en lugares de alto riesgo, y por ello las madres incluso ocultaban a sus hijos bajo las camas. El rigor de esas medidas empezó a propagar la antipatía hacia Huerta por todo el territorio nacional.

Tras meses de intranquilidad por fin recibí noticias de mi tía Ángela. Me contaba que los revolucionarios habían tomado la plaza de Durango y que junto a las vecinas había salido a recibir a las tropas con piquetitos de mezcal. "¡Arriba Carranza!", firmaba con orgullo. De Santiago no sabía nada. Luego de tres cartas enviadas la espera me llenaba de dudas: si no las había recibido, si estaba molesto o, peor, si algo grave le habría pasado.

A mediados de 1913 el país entero era zona de guerra y todos peligraban. Si no por la leva, los hombres se lanzaban a la bola y partían para unirse por su propio pie al ejército de Carranza, al de Zapata o al de Villa. Muchas mujeres siguieron a sus queridos a los campos de batalla pero la mayoría se quedó a sostener sus hogares. Nuestra intrusión en la vida pública se debió más a la fuerza de las circunstancias que por verdadera voluntad política de los hombres que controlaban los destinos de la nación. Mientras la revolución vaciaba ciudades y pueblos, nosotras aprendimos a estar "solas".

Las mujeres salieron a las calles a vender comida, a emplearse en oficinas, a ponerse delante de los negocios familiares y ocupar los lugares que los hombres dejaban vacíos. En pocos meses a nadie le importaba que Beatriz y yo viviéramos juntas, pues cada quien tenía que preocuparse por su propia supervivencia. La revolución lo cambiaba todo y no había otra más que dejarse ir.

En esos tiempos convulsos me fue más claro que nunca cuánto necesitaban las mujeres bastarse a sí mismas, pues debido a la falta de empleo o educación, muchas se vendían en las calles por un pedazo de pan para alimentar a los suyos... y por supuesto, siempre había algún infame dispuesto a comprarlas. Al ver las amarguras y vejaciones que tantas debían soportar, dentro de mí se encendía la urgencia de levantar la voz para que las mujeres supieran que se les tenía sujetas, aprisionadas; que comprendieran su derecho a la vida, al trabajo y a la justa retribución, que tuvieran muy claro que podían llegar lejos solo con su propia fuerza.

En el internado temía por mis alumnos. Semana a semana alguien desaparecía de clase como si se tratara de un macabro juego de azar, y quien se ausentaba una vez no regresaba nunca. Los maestros no corríamos mejor suerte. Algunas compañeras de Elena, también normalistas, fueron enviadas al frente para ayudar con los servicios de enfermería mientras las autoridades del internado no se cansaban de repetirnos que cualquier "agitador" sería despedido. Aunque vivíamos al filo de la navaja, durante ese tiempo no perdí la oportunidad de propagar la lucha constitucionalista entre mis estudiantes sin importarme las consecuencias que aquello pudiera traerme. Con el estallido de la guerra algunos se volvieron taciturnos pero en mí surgió una energía renovada.

Elena se convirtió en mi cómplice durante las arriesgadas labores que realicé en favor de la causa constitucionalista. Ni las lluvias ni los lodazales nos impedían asistir puntualmente a las juntas del club que, por precaución, se llevaban a cabo en lugares distintos y uno más alejado que el otro. Recorrimos desde Tacubaya y la Cuauhtémoc, hasta Coyoacán y Xochimilco. De todos los miembros fuimos nosotras quienes nos envalentonamos a buscar imprentas que se atrevieran a editar copias del Plan de Guadalupe y luego distribuirlo para dar a conocer a Carranza entre las mismas piedras. Cómo recordé mis días en Durango cuando con los Patoni viajábamos por la sierra para realizar las mismas acciones en favor de Madero; quién diría que más pronto que tarde nos encontraríamos a merced de un nuevo dictador. Mientras la ciudad dormía, Elena y yo aprovechábamos para pegar pintas en las paredes de la colonia Guerrero, y rogábamos que la oscuridad nos protegiera del acecho de los policías. Gracias a estas acciones y a las de otros clubes el movimiento revolucionario comenzó a popularizarse por todos lados.

Una tarde caminaba por la calzada. Había pasado el día en la imprenta y apresuré el paso para evitar que la noche me cayera encima. Entre mis manos llevaba un centenar de copias del Plan de Guadalupe escondidas dentro de una carpeta del internado con la cual pretendía disimular ese contenido que bien podría costarme una detención. Cuando llegué al portón de la casa las luces de la tarde se habían desvanecido en el cielo. Inserté la llave en la cerradura pero en ese preciso momento una silueta larga me cubrió entre la profusa oscuridad.

—¡Qué fácil te resulta abandonarlo todo!

Volví la mirada hacia atrás: Santiago me observaba con inusual despecho. Había esperado por mí toda la tarde con solo una gabardina colgada en el hombro. Sus resentidas palabras comparaban sus visitas a la capital con lo que él consideraba mi actual desinterés en él, en nosotros; dolido por ese telegrama con el cual yo había puesto fin a la promesa que nos habíamos hecho. Por unos segundos no supe cómo responder a sus reclamos. Entonces le pregunté si él consideraría mudarse a Ciudad de México pero no tomó en cuenta esa posibilidad, menos si ya había pasado los últimos meses alzando ese hogar en Motul que supuestamente compartiríamos. Con un movimiento tan firme como sutil me arrebató la carpeta de las manos: de ella extrajo las copias del Plan de Guadalupe así como algunos manifiestos contra Huerta.

—Ahora confirmo cuáles son tus prioridades —susurró con ojos tristes.

Empezamos a caminar sin sentido, dimos vueltas entre los billares y tugurios de la Guerrero por donde circulaban soldados ebrios que jugaban con sus pistolas para alardear de su poder. Le dije a Santiago que quizá debíamos permanecer en casa por las constantes rondas de la leva pero él se negó sin voltear a verme. Más que indignado, comprendí, estaba herido. Intenté explicarle, retenerlo, hacerlo entrar en razón, pero me detuve. Entre las calles solitarias, todavía destrozadas luego de la Decena, descubrí que Santiago estaba en lo cierto: quien debía entrar en razón era yo. Él escogía construir un hogar, una familia, una vida apacible y ajena a las convulsiones de la revolución; pero yo no escogía lo mismo incluso si durante meses me hubiera dicho a mí misma que sí solo por permanecer con el hombre que amaba. Era tiempo de ser honesta con él y conmigo. No deseaba una vida conyugal y quizá no lo haría nunca. Sosteniendo la carpeta entre mis brazos, reconocí que mi corazón ardía en otro lugar: en mis pláticas con Elena, en las tareas del club y la lucha por la emancipación de las mujeres, la cual en medio de la gesta revolucionaria era tan urgente como siempre. Era ahí adonde iban a parar mi tiempo, entrega y esfuerzos; tal como decía Santiago, me di cuenta de que mis prioridades eran otras.

—Tienes razón —me disculpé, anunciando mi decisión de terminar el compromiso definitivamente.

Las ruinas de la ciudad se extendían entre nosotros como el vestigio de un paraíso roto. Santiago suspiró y dejó escapar una sonrisa, la última que vi de él. No supe cuándo volvería a Mérida o en dónde estaba hospedado, no dijo más. Solo me acompañó de vuelta a casa y yo lo dejé ir y miré cómo su alta figura se perdía por la calle hasta desaparecer.

Aunque fue mi decisión y estaba segura de ella, la ruptura me provocó una honda melancolía. Pasé una semana sin ganas de salir de la cama, y guiar mis pasos a la oficina del general o continuar mis clases en el internado requería de toda mi voluntad. Por fortuna, mis amigas me sostuvieron en esos días tan complicados.

—Las mujeres como nosotras no se pueden dar el lujo de caer en las tristezas, no tienen tiempo —me dijo Beatriz para subirme los ánimos y convencerme de seguir adelante.

Aunque duras, sus palabras contenían sabiduría infinita: no podía ni quería paralizarme de tristeza, sobre todo porque los tiempos me exigían lo contrario. A mediados de julio, el general Hay renunció al Congreso, ya que esa ilusión de combatir a los huertistas desde su curul había sido en vano: al usurpador, me dijo, solo se le podría derrotar con las armas y por eso se marchaba al norte para sumarse al ejército constitucionalista.

La pérdida de mi empleo con el general, sumada a la repentina crisis económica y al dolor de las ausencias, amenazaba con afectar mi ánimo. Para mi suerte, durante esos duros meses el club se convirtió en el refugio ideal. La rama no se movía del árbol sin el permiso de Huerta pero nos las arreglamos para continuar la rebelión. Genaro consiguió una buena cantidad de dinero y hasta Beatriz convenció a Bárbara de colaborar con el financiamiento de nuestras actividades. Los altos impuestos y la violencia desatada hicieron que cada vez más mexicanos simpatizaran con la revolución, incluso algunos miembros de las clases altas. Para empujar la lucha femenina, durante las juntas no solo colaboré con la propaganda constitucionalista sino que empecé a compartir mis ideas con las demás compañeras reunidas en el club: una vez más la revolución ponía al descubierto que las mujeres participábamos igual que los hombres, que nosotras también éramos miembros de esta sociedad y contribuíamos en ella, que teníamos derecho a ser ciudadanas. Parecía una obviedad pelear por nuestro reconocimiento como parte de la sociedad pero en ese entonces hasta la existencia debía pelearse. Tal como señalaba la filósofa rusa Alejandra Kollontai, mi nueva heroína, ya no se trataba de seguir alimentando ese rancio debate sobre la superioridad de un sexo sobre otro o sobre el peso de sus cerebros para determinar su inteligencia. Para mí, la igualdad entre mujeres y hombres ya no era un asunto de apreciación sino uno de estricta justicia. Como me era costumbre, aquellas ideas representaban una bomba radical hasta para los miembros más liberales de nuestro club. Alzaban las cejas, se acomodaban en sus asientos con incomodidad sin saber exactamente cómo catalogar mis palabras.

—¿Acaso eres feminista, Hermila? —me cuestionó uno de ellos.

Lo pensé por unos segundos. Jamás había tenido que contestar a esa pregunta con tal contundencia. Solo la palabra era considerada peligrosa, absurda, violenta, nociva para la sociedad. Estaba consciente de que asumirme como feminista podría ganarme múltiples enemistades…

—Sí, lo soy —respondí finalmente, tan segura como pocas veces lo había estado.

Cuando parecía que ya se había visto todo, a fines de 1913 Victoriano Huerta demostró ser más sangriento que Calígula: encarceló y aprehendió a una centena de diputados y disolvió ambas Cámaras legislativas. El asesinato de los valientes senadores Serapio Rendón y Belisario Domínguez, cuyo cadáver fue hallado con signos de tortura, desafiaron toda práctica opresiva. Ante tal horror, las elecciones presidenciales fueron una broma: Huerta se alzó como presidente de México y la revolución estaba lejos de terminar. Mientras el régimen usurpador parecía imponerse, Pancho Villa y su recién armada División del Norte se adueñaron de Torreón y Ciudad Juárez con deslumbrantes victorias. Según mi tía Ángela, en Durango ya lo querían como a un santo, y en el sur y centro del país su heroica figura empezaba ya a tomar matices míticos. Era de Villa de quien esperábamos el milagro: quizá no era tan imposible vencer al Chacal.

LA PROPUESTA

Me reencontré con Mago en una chocolatería de Plateros. Fue una de las casualidades más afortunadas de mi vida, ella iba a comprar regalos para sus dos hijos y yo a distraerme con las vitrinas repletas de flores, chocolates y golosinas. A nuestro alrededor se paseaban oficiales del ejército huertista del brazo de sus esposas, quienes se pavoneaban arrogantes aunque sobre ellos pesara el estigma de traidores. De primera vista Mago me pareció irreconocible, lucía embarnecida y mayor. Bajo su sombrero yacía una expresión cansada y triste que, no obstante, desapareció apenas nuestras miradas se encontraron: en ese instante una cándida luz se asomó en sus ojos y ambas nos fundimos en un abrazo largo, presas de una súbita alegría. Propuso que fuéramos a desayunar pero le confesé que no llevaba un peso conmigo. A inicios de 1914 mi sueldo en el internado me impedía gastar en otra cosa que no fueran mis necesidades básicas, las cuales se reducían a renta, alimento y transporte.

—Yo te invito, así como tú me invitabas los cafés en el Pajonal —me dijo con una sonrisa en donde resurgió la Mago que conocí en Las Admiradoras de Juárez, de pronto tan optimista y llena de vida.

En el restaurante me contó que había regresado a Torreón para ayudar a su padre en el negocio de la algodonera, la cual casi pierden por culpa de Francisco, el marido de Mago, quien se reveló como un verdadero inútil. Era holgazán, despilfarrador y desentendido hasta de sus propios hijos, pues debido a sus farras apenas los veía. Tanta era su incompetencia que el papá de Mago finalmente accedió a que ella tomara las riendas del negocio familiar.

—Antes no quería que ninguna mujer se involucrara en asuntos de dinero pero no le quedó de otra... tuvimos que estar casi en la ruina para que me dejara hacer —mencionó ella encogiéndose de hombros.

Aun con la Revolución, Mago había sacado la algodonera a flote y durante ese año de huertismo hasta tuvo algunas ganancias, pocas, pero al menos no fueron las constantes pérdidas que se suscitaron durante los años en que Francisco estuvo al mando. A decir verdad, él no era más que un lastre en su vida. No se dirigían la palabra, se veían solo en eventos sociales y la misma Mago le daba una mensualidad con tal de tenerlo lejos. No se divorciarían, pues el papá de Mago, igual que hacía años, prefería vivir una mentira antes de que todos supieran que una hija suya había caído en la desdicha. Por otro lado, sus niños eran divinos. Dos varoncitos guapos, graciosos y con hoyuelos en las mejillas.

—Son una hermosura pero, como todos los niños, también pueden ser muy demandantes —señaló en voz baja para que nadie más que yo la escuchara.

A pesar de que había ganado unos cuantos kilos desde que nacieron, sentía que sus vástagos se la habían chupado; la maternidad no le daba ninguna tregua.

—Y pensar que no se acaba nunca... —susurró con una risita nerviosa.

Me contó también que Las Admiradoras de Juárez ya no se reunían pero que de vez en cuando se veía con Antonia y Luz, quien colaboraba con un semanario en donde publicaba una columna feminista.

Cuando Mago me preguntó qué había sido de mí en estos años, le hablé de mis paseos por los rincones de la capital, de la fiesta en la que me había emborrachado y de las tareas con el club. Ella me escuchó encantada, divertida de enterarse acerca de mis aventuras con Elena, de los esfuerzos que Beatriz y yo debíamos hacer para mantener nuestro hogar; curiosa de saber qué era eso de estar con un hombre como Santiago, cómo había sido besarlo, acariciarlo, sentir esa clase de placer.

—¿Lo extrañas?

—Solo a veces… —admití—. Era un buen hombre pero no queríamos las mismas cosas.

—Jamás hubiera imaginado una vida campirana para ti… ¡Si no sabes ni encender el fogón, Hermila!

Ambas soltamos una carcajada hasta que, repentinamente, la sonrisa se borró del rostro de Mago. Mi vida y mis decisiones le eran un tesoro exótico e inaccesible.

—Luego me pongo a pensar qué hubiera pasado de seguir con la idea del divorcio —mencionó con la mirada perdida en un rincón del restaurante—. A lo mejor me hubiera animado a trabajar, a estudiar algo. Simplemente nunca pensé que podía escoger otra cosa más que aquello que me dijeron. Quizás eso le ocurra a la mayoría de las mujeres: a lo largo de la vida nos llenan de cargas que no se acaban nunca… pero tú no. A ti te veo libre, contenta.

—Tú también mereces ser feliz, Mago —le dije con un nudo en la garganta.

Pero ella no respondió. Me apretó la mano con una sonrisa leve y después ordenó la cuenta. La acompañé a la estación de trenes, pues partiría a Torreón esa misma tarde. Intercambiamos datos de contacto y nos despedimos bajo la promesa de escribirnos siempre que nuestras actividades lo permitieran. Mientras la figura de Mago se alejaba por el andén pude notar que nuestro breve encuentro le había cambiado completamente el semblante: supongo que las amigas nos mejoramos unas a otras.

Entre el caos de esos días también había momentos de estabilidad, un falso espejo detrás del cual el país se desgajaba: el gobierno de Huerta enviaba más y más batallones para combatir a los constitucionalistas y sobre todo al temerario Pancho Villa, cuyas deslumbrantes maniobras militares doblegaban a sus huestes como moscas. La lucha de las mujeres por sus derechos políticos continuó en pausa debido a las intransigencias del régimen usurpador, pero no así su papel activo en el conflicto armado. Todas las facciones nos incorporaron a sus filas, lo mismo para hacerla de enfermeras y propagandistas, que de espías y soldaderas. Entre las noticias que narraban las atrocidades de los batallones huertistas en el sur de México, en donde quemaban y saqueaban pueblos enteros, se resaltaba la presencia de las coronelas y capitanas en los ejércitos de Emiliano Zapata; y en el norte, la valentía de las enfermeras que curaban a los heridos de las filas carrancistas; mujeres que trasgredían el orden establecido al cambiar la tranquilidad del hogar por el fusil en la mano.

Para abril de 1914 las cosas se pusieron color de hormiga para el régimen de Victoriano Huerta: la guerra contra las facciones revolucionarias más la reciente invasión de Estados Unidos al puerto de Veracruz ponían en entredicho su futuro en el poder. Para darle el tiro de gracia, los clubes en distintos rincones de México ya no nos limitábamos a repartir material impreso sino también a impartir conferencias y lanzar proclamas por las plazas públicas de la ciudad. Había que admitir que durante el gobierno de Porfirio Díaz se había hecho un gran esfuerzo por educar al país pero quedaba mucho por hacer: la mayoría de la población mexicana era todavía analfabeta y la voz de los propagandistas resultaba indispensable para despertar el apoyo al movimiento armado. Además de mi inclinación por el Primer Jefe, yo apoyaba otra causa. Ya no tenía miedo de definirlo con todas sus letras, mi lucha era abiertamente feminista y esa bandera la enarbolaba a través de los discursos que pregonaban por las calles de la capital, todos ellos nacidos de mi puño y letra. En la mañana daba clases en el internado y en las tardes componía largos textos que leía en voz alta con el fin de sentir el ritmo de las palabras, pulir mis ideas, articular el discurso. Beatriz bromeaba que de tanto escucharme, se los aprendía incluso mejor que yo.

Los miembros del club seguían sin entender mi afán de realizar cuestiones femeninas durante mis arengas, pero quien no entendía su negativa a aceptarlo era yo: si las mujeres peleaban al pie del cañón igual que los hombres, ¿por qué no sería importante hablar de su libertad, sus derechos y su educación? ¿Qué pasaría con nosotras después del movimiento armado? ¿Por qué las mujeres estaban condenadas a vivir una vida llena de tristezas solo porque no tenían otra opción más que aguantar? ¿Por qué Mago no podía divorciarse? ¿Por qué, por qué? Lo que para mí era una obviedad, para varios de mis compañeros resultaba incomprensible e irrelevante. A mis espaldas me llamaban argüendera, amargada, enojona y hasta histérica, pero sus palabras infantiles se me resbalaban como una cucharada de manteca sobre el sartén caliente. El insulto tenía el objetivo de silenciarme y eso no lo permitiría. No pocas veces mantuve acaloradas discusiones con mis compañeros acerca de la importancia de incluir a las mujeres en nuestros discursos y como siempre, eso me ganó sutiles llamadas de atención.

—Como presidente del club, debo decir que las cuestiones feministas son un tanto… no sé, difíciles de comprender —me dijo Genaro luego de una de estas discusiones.

—¿Me pides que me abstenga de hablar acerca de ello? ¿Y luego qué, vas a decirme qué puedo o no decir?

—No me refiero a eso… —señaló poco convencido—. Solo quiero recalcar que los muchachos hacen su mayor esfuerzo por comprenderte, no te riñen con mala intención…

—Claro, los muchachos nunca hacen nada con mala intención —respondí irónica—, solo "respetan" su naturaleza…

—Si te hace sentir tranquila, también hablaré con ellos para que moderen el tono de sus palabras. Lo importante es que no te enojes, Hermila.

—¡Dale con eso! ¿Y si estoy enojada qué? ¿No lo estarías tú? —le grité al pobre Genaro, quien finalmente me dio la razón y se alejó de mí casi corriendo.

A pesar de las tensiones entre Villa y Carranza las fuerzas revolucionarias se apoderaron de Saltillo, Tampico y Torreón. En junio parecía que Huerta ya daba patadas de ahogado pero su terquedad lo dirigió a un último descalabro: la sangrienta batalla en Zacatecas contra Pancho Villa y su División del Norte; un encuentro tan épico como debió haber sido Troya, y durante el cual Villa se coronó como un estratega militar tan magnífico como Héctor. A partir de entonces los huertistas comenzaron a perder plazas igual que fichas de dominó: bajo las órdenes de Carranza, las fuerzas del general Álvaro Obregón se abrían paso por Guaymas, Culiacán y Guadalajara en su marcha hacia la capital del país. Debilitado por la invasión de Estados Unidos y cada vez más arrinconado por los rebeldes, Victoriano Huerta se fue como los rateros: de noche. Renunció a la presidencia y partió a Alemania junto con Aureliano Blanquet, uno de los infames orquestadores del Cuartelazo. Mientras la jauría huertista huía en desbandada, el 13 de agosto el general Obregón firmó los Tratados de Teoloyucan: pactó la disolución del ejército y de la armada federales así como la ocupación pacífica de Ciudad de México por parte de los constitucionalistas.

En mis pocos años en la capital había visto pasar dos presidentes y un traidor; viví la entrada triunfal de Madero y ya me preparaba para presenciar otra que prometía ser igual de emotiva. La revolución había llegado a su fin. Días después de la huida de Huerta, Elena y yo asistimos a una celebración en casa de Genaro. Los miembros del club estaban reunidos en el salón, cuyos rincones derrochaban un ánimo plácido y festivo. Platicaba con Elena y otras compañeras cuando Genaro me pidió reunirme con él a solas; la expresión en su rostro era indescifrable. Nos detuvimos al pie de su oficina y orgulloso, me anunció que nuestro club sería uno de los encargados de recibir al mismísimo Venustiano Carranza en su entrada a Ciudad de México.

—He estado platicando con los miembros y acordamos que seas tú quien se encargue de dar el discurso de bienvenida —propuso conmovido.

No dije nada, no pude. Estaba francamente sorprendida. La oportunidad de estar cara a cara con Carranza era emocionante pero jamás creí que tuviera posibilidad de ser elegida para tan monumental empresa. Sostenía una cálida amistad con buena parte del club, no obstante, también continuaba en interminables pleitos con aquellos que criticaban mis "desatinadas intervenciones feministas". Debido

189

a esta frontal antipatía, que Genaro avalara mi nombramiento fue una agradable y temeraria movida política, lo cual le agradecí.

—Todos coincidimos en que eres nuestra mejor oradora —me confesó con una sonrisa.

—¿Y "ellos" también coinciden? —dije en voz baja, refiriéndome a mis opositores dentro del club—. Pensé que me odiaban…

—Lo hacen y no tienen reparo en admitirlo. Ellos estuvieron en desacuerdo con tu elección pero cuentas con mi apoyo y con el de otros miembros, en especial de las mujeres —afirmó Genaro contundente.

Volví la mirada de vuelta al salón: Elena y el resto de las compañeras me observaban entre risitas mientras sostenían copas de vino, galletas y tazas de té. Solo hasta ese momento supe que ya estaban al tanto de la propuesta de Genaro pero lo habían ocultado para no anticiparme la bonita sorpresa. Elena alzó su copa y la dirigió hacia mí. Su rostro, siempre duro, en ese momento pareció ocultar una lágrima. Nunca en mi vida me sentí tan preparada. Incluso frente a mis opositores, quienes quiera que fueran, contaba con mis queridas amigas y esa era la única fortaleza que necesitaba. Genaro me miraba impaciente, esperaba mi respuesta.

—Así que todo depende de ti —mencionó—. ¿Qué opinas, Hermila? ¿Estás lista para darle la bienvenida a Venustiano Carranza?

LA ENTRADA TRIUNFAL

No había mucho tiempo para prepararme, pero apenas acepté la invitación de Genaro las ideas me empezaron a fluir impetuosamente. En mi corazón leía un nuevo mensaje para el cual yo era la emisaria indicada: de Villa admiraba la bravura y la inteligencia militar; de Zapata, el arraigo a la tierra y ese hondo sentido de justicia; pero de Carranza enaltecía su riguroso apego a la Constitución y su amor por la legalidad, razón por la cual con ninguno de los caudillos simpatizaba tanto como con él. Esta sería la única vez que tendría frente a mí al Primer Jefe y, aun con el tiempo encima, me propuse componer un discurso en donde hubiera espacio para todo aquello que mi alma deseaba expresar.

En general, la crisis del huertismo nos había sobrepasado y nos aferrábamos a los trabajos y a lo poco que teníamos, pues la carestía no terminaba: escaseaban el pan, el pulque, el dinero y hasta la gobernabilidad. Por si eso fuera poco, Veracruz continuaba invadida por los estadounidenses y al otro lado del mundo el asesinato del príncipe Francisco Fernando de Austria había alebrestado a las potencias europeas; México era un rompecabezas al que había que rearmar en medio de un inmenso caos. Sin embargo, esa mañana de agosto de 1914 flotaba una sensación de júbilo en la capital del país: luego de la pesadilla del huertismo estábamos listos para recibir al victorioso Ejército Constitucionalista y dar el primer paso a la reconstrucción nacional.

El primero en llegar fue el general Álvaro Obregón. Altivo, norteño y desbarbado, de buen ver. Cruzó la ciudad acompañado de su poderosa armada compuesta por generales, jefes y oficiales ataviados con sombreros de fieltro a la manera de los vaqueros tejanos; así como de una numerosa tropa de hombres que aunque exhaustos y con los labios resecos, sonreían alegres a su paso. Entre todos ellos quienes más llamaron la atención de los capitalinos fueron los imponentes yaquis: altos y de piel rojiza, célebres por su carácter aguerrido y valiente; los yaquis avanzaban sosteniendo cerbatanas y lanzaban gritos que se entrelazaban con el ritmo de sus tambores. Se decía que Obregón jamás había sufrido una derrota y parte de ese invencible poderío se lo debía a ellos.

Venustiano Carranza llegó cinco días después. Inició su marcha desde Tlalnepantla y atravesó Reforma rumbo a las puertas de Palacio Nacional. Genaro, Elena y varias compañeras del club Abraham González contemplábamos con emoción aquel espectáculo; la felicidad erizaba la piel. Como nosotros, cientos de miles abarrotaron las calles para atestiguar ese recorrido triunfal: las casas estaban decoradas con banderas que ondeaban al viento; familias enteras se apretujaban en las ventanas para arrojarle serpentinas, confeti y alegres flores. La ciudad se llenó de fiesta como no se había visto y quizá no se volvería a ver. Montado en un corcel negro, Venustiano Carranza bien parecía la misma estampa de Alejandro Magno al apoderarse del imperio persa, sin embargo, él era mucho más viejo de lo que Alejandro nunca fue. De lejos resaltaban su barba larga y canosa, su sombrero tejano y sus pequeñas gafas. Ni siquiera a la distancia resultaba pequeño; su figura alta y robusta era apabullante. Con él cabalgaban varios de sus generales, entre los cuales felizmente distinguí al general Hay. Atrás avanzaba su Estado Mayor y una tropa todavía más nutrida de la que había marchado junto al mismo Obregón días atrás. Solo hasta ese momento me di cuenta de que estaba a punto de enfrentarme a aquel derroche viril, tan poderoso como una tempestad.

Esa tarde se ofreció un banquete para celebrar la llegada de los constitucionalistas, seguido de un evento en donde se darían los discursos de bienvenida, incluido el mío. En uno de los patios de Palacio Nacional nos agrupamos el club Abraham González y otros clubes de la capital, así como varios periodistas y maestras que habían colaborado en la caída del régimen usurpador. Aquí y allá, en las conversaciones se resaltaba la gran ausencia de la tarde: ¿en dónde estaba Pancho Villa? Todos anhelábamos conocer al popular general cuyas victorias habían sido decisivas para derrotar a Huerta, pero ni una palabra se había mencionado de él y solo la llegada del mismo Carranza apagó los cuchicheos en el patio. Se apareció junto a su Estado Mayor e inmediatamente tomó asiento detrás de una mesa de manteles largos. Tenerlo a tan solo pocos centímetros era en sí una experiencia. Desde ese primer momento noté su andar firme aunque pausado, su silenciosa calidez al saludar a quienes nos encontrábamos a su alrededor; ese rostro severo y a la vez impasible que contrastaba con su figura de hierro.

Resaltó que terminada la lucha armada había llegado la hora de establecer la justicia y la igualdad, de instaurar el equilibrio en el país. Sus palabras eran sentidas, poderosas, auguraban el inicio de los cambios sociales que tanto nos hacían falta. Escuchándolo, volteé a ver discretamente adonde se encontraba Elena, a ella también le brillaron los ojos incluso si rehuía de todo sentimentalismo. ¿Había posibilidad de que las mujeres gozáramos de esa igualdad de la que hablaba Carranza? Su triunfo prometía grandes avances en la lucha por nuestros derechos políticos y ese era el sentir que albergaba esa tarde, cuando a pesar de mis nervios debí hacer acopio de una fuerza que ni siquiera yo estaba segura de poseer.

Llegó mi turno de hablar y di un paso al frente. Solo entonces el general Hay notó mi presencia e inclinó su cabeza amistosamente a manera de saludo. Junto a él, don Venustiano permanecía impenetrable y sereno, como si no trajera encima casi dos años de campaña militar. Abrí mi discurso presentándome como quien era:

—Mi nombre es Hermila Galindo, soy una mujer mexicana, trabajadora, nacida de cuna humilde pero con la fortuna de contar con una educación… —lo cual, subrayé, era un privilegio enorme para mi sexo. Ahí estaba yo: hablándole al victorioso jefe de la revolución en medio de un silencio que me hizo sentir tan expuesta—. Con entusiasmo y devoción ferviente me sumo a los altos ideales que representan su noble causa, y por esa razón, con humildad le pido aquello que anhela el país entero, que no es otra cosa más que justicia para el campesino, para el huérfano, para el pobre y el obrero, en definitiva, para los oprimidos, entre los que nos encontramos también las mujeres. Por todos ellos alzo mi voz y lo saludo a usted, señor Carranza.

Atisbé sobre mi hombro la atenta mirada de don Venustiano detrás de sus lentejuelos oscuros, me escuchaba con particular atención cuando lo insté a cruzar la misma senda que alguna vez transitó Benito Juárez, quien insistió en reformar al país a través de la legalidad y defendió con especial autoridad nuestra soberanía.

—En la eternidad inconmensurable de los tiempos, los pueblos han vivido en la esclavitud y la degradación, debido a su ignorancia, pero ha bastado que un hombre haya lanzado el conjuro mágico de su palabra sobre las masas ignaras para que en los pechos germine el aliento y en los corazones el bálsamo consolador de la esperanza… —mencioné, al recordar que así lo habían probado Bolívar, Alejandro y el mismo Juárez. Por ello, y corriendo el riesgo de sonar impertinente, invité al Primer Jefe a continuar los pasos del Benemérito, pues ese era el único camino para salvar a la Patria; que emulara su firmeza, su vocación de estadista para conocer los anhelos de un pueblo sediento de justicia; le pedí todo esto con vehemencia, con la ilusión de que mis palabras no se le olvidaran nunca—. ¡Salve, pues, señor Carranza! —dije por fin, y sentí cómo mis manos temblaban con desbordada alegría.

Apenas terminé, él se levantó de su silla y su alargada figura pareció atravesar el patio entero. Los aplausos del resto de los asistentes siguieron el choque de sus pesadas palmas. Estaba gratamente complacido, y yo con él.

Al concluir el evento, el general Hay se acercó para dirigirme un saludo pero no estaba solo. A su lado se encontraba el mismo Carranza, quien me felicitó por la contundencia de mi discurso y en especial por las referencias a Juárez a quien, según confesó, admiraba profundamente. No pude evitar sonrojarme luego de que el general mencionara que me había desempeñado como su secretaria siempre con diligencia, capacidad y entrega; resaltó mi larga afiliación maderista y mi compromiso con él durante los días posteriores a la Decena Trágica. Mientras lo hacía, Carranza escuchaba en silencio.

—¿Y en qué labora actualmente? —me preguntó luego de unos segundos.

—Me dedico a la docencia, señor —respondí nerviosa—. Soy maestra en el Internado de Estudios Mercantiles.

—Hermila es una señorita muy trabajadora —resaltó el general Hay con un orgullo que me conmovió.

—¿Señorita? —inquirió Carranza.

—Señorita —afirmé contundente.

Don Venustiano asintió con un movimiento lento, como todo en él. En ese instante aproveché para presentarle a Genaro y a Elena y resaltar todas las tareas que habíamos realizado en el club a favor de su causa. Al escucharnos, una sonrisa se dibujó en su rostro: contrario a lo que podía pensarse, el austero caudillo sabía sonreír y también escuchar. Se despidió de cada uno de nosotros con un firme apretón de manos sin hacer distinción entre hombres y mujeres, un gesto que me pareció congruente con lo que, a mi juicio, debían ser los ideales revolucionarios. Estaba a punto de irse cuando se detuvo. Permaneció varios segundos con los ojos fijos en el suelo, cavilaba con ese suave movimiento que luego anticiparía tan bien. A Carranza casi se le había olvidado hacerme el ofrecimiento más grande de mi vida.

Acepté su propuesta de convertirme en su secretaria particular. Me encargaría de su correspondencia, de la redacción de sus documentos, de la coordinación de su agenda y de sus juntas; trabajaría palmo a palmo con el Primer Jefe del Ejército Constitucionalista. Luego del evento en Palacio, Elena y yo anduvimos por la Alameda mientras la tarde se extinguía sobre nosotras. No había mujeres en los Congresos, ni en los municipios, jamás habíamos acudido a las urnas ni contábamos con la oportunidad de figurar en las boletas. Por ello mi nuevo empleo, en apariencia pequeño, significaba algo: una cercanía con el poder y tal vez, una posibilidad. Sentada en una banca, Elena suspiró hondo y encendió un cigarro.

—¿Crees que vale la pena? —le pregunté cuando por unos segundos, esa incómoda sombra de la inseguridad me envolvió una vez más luego de ese día de ensueño.

—¿Qué cosa?

—Esto que hacemos...

—Por supuesto que vale la pena, y si no fuera así, yo lo haría de todas formas; estoy segura de que tú también. Rompería todo con tal de no volver a lidiar con más Díaz ni Huertas ni con medio mundo ordenando mi vida solo porque soy mujer. No sé qué podría ser más importante que la vida misma... —sentenció, melancólica.

Me confesó que desde chiquita había sido así.

—Mi mamá decía blanco y yo negro; para todo yo preguntaba el por qué y por esa razón me lavaron la boca con vinagre más de una vez. Temía abandonar Guanajuato nomás por el miedo de que me fueran a desaparecer en el camino, pero preferí arriesgarme que continuar llevando esa vida de silencios. Sea cual sea la situación, prefiero estar aquí contigo que resignarme a vivir como si fuera un objeto al que hay que acomodar. Todo vale la pena, Hermila.

Me quedé sin habla. Elena hablaba de todo excepto de ella, y hasta ese momento su pasado me era casi un misterio. Había escogido el momento perfecto para reafirmar nuestra confianza y nuestra amistad.

—Cualquier cosa que pase, yo te quiero conmigo —le confesé.

—Como si me lo tuvieras que decir —respondió exhalando una nube de humo en medio de la noche.

Mi entrada al espacio público sería por la puerta grande. Ya le había telegrafiado a mi tía Ángela para avisarle que empezaría a trabajar junto a don Venustiano y estaba lista para presentarme cada mañana en Palacio Nacional, pero esa ilusión de esfumó en el instante en que se resolvió el misterio sobre la ausencia de Pancho Villa: la Convención, primero situada en Ciudad de México y luego en Aguascalientes, tuvo como propósito unificar las posturas de las distintas facciones revolucionarias pero al final evidenció sus profundas diferencias. Ni Villa ni Zapata aceptaban el liderazgo de Carranza y este deseaba restablecer el orden constitucional únicamente por la vía de su Plan de Guadalupe, el cual lo declaraba como presidente interino. Creímos que la lucha armada había terminado con la derrota de Victoriano Huerta pero aquella esperanza se difuminó cuando finalmente la Convención de Aguascalientes desconoció la autoridad del Primer Jefe, y este, a su vez, rechazó las decisiones de los convencionistas. La revolución continuaba, y por azares del destino yo estaba junto a uno de los hombres más importantes del país.

¡VÁMONOS CON CARRANZA!

Después del encuentro en Palacio Nacional pasaron días sin tener noticias sobre mi nuevo puesto. Estaba a punto de renunciar a la ilusión de trabajar junto al Primer Jefe cuando recibí un telegrama de su oficina que confirmaba mis actividades como su secretaria particular, aunque para mi sorpresa estas no iniciarían en Ciudad de México. Con Villa y Zapata pisándole los talones, Carranza decidió salir rumbo a Veracruz e instaurar ahí su gobierno. La inesperada noticia no removió mi decisión siquiera un ápice. No sabía si me iba a Veracruz por dos semanas o diez años pero nuevamente obedecí el rumbo que marcaba mi vida itinerante. Hacía apenas unos meses planeaba vivir en Motul al lado de Santiago, lejos de la vida política en la que comenzaba a involucrarme, y el destino ahora ponía frente a mí otro viaje, la opción de comenzar de nuevo pero esta vez sola. Un ciclo se cerraba y otro se abría; yo estaba segura de que eso sería lo mejor para terminar de sanar mis sentimientos. Tomé lo poco que tenía y lo apretujé en la valija de siempre, esa que utilicé cuando mi tía Ángela y yo emprendimos nuestra primera mudanza hacía más de quince años. Como en otras ocasiones Beatriz se mostró comprensiva ante mis planes. Su empleo en la sastrería pendía de un hilo debido al creciente escándalo que su "vida privada" provocaba entre las clientas, pero me dijo que ya vería qué hacer. Ella también necesitaba un cambio y mi partida la empujaba a tomar decisiones contundentes.

—Tal vez yo también abandone la ciudad... —confesó reflexiva, y como siempre, sin mostrar gran preocupación.

En el internado aceptaron mi renuncia en los mejores términos. Los directivos que apoyaban a Huerta se habían marchado semanas atrás y el nuevo comité, simpatizante de Carranza, estaba tan impresionado con mi nuevo puesto que hasta hizo un brindis en mi honor para resaltar "mi compromiso patrio".

Esa mañana de noviembre de 1914 Elena y Beatriz me despidieron en la estación de San Lázaro. Cargaba mi valija y mi máquina mecanógrafa, mi otra fiel compañera. A nuestra llegada al andén me di cuenta de que yo no era la única mujer que se marchaba siguiendo los pasos del gobierno constitucionalista. Enfermeras, soldaderas y maestras abordaban los trenes carrancistas que partían hacia el puerto jarocho. Emocionada como estaba, tampoco podía esconder la tristeza que me provocaba desprenderme de Elena y de Beatriz, quienes habían sido un hogar para mí durante mi estancia en la capital. Me esperaba un futuro brillante pero era inútil fingir que nuestra separación no me sofocaba. Abracé a mis queridas amigas y, temerosa de arrepentirme por esta decisión, abordé el vagón sin mirar atrás, e imaginé cómo sus rostros se borraban a la distancia mientras el tren se alejaba con dirección al sur. A mis espaldas dejaba el mundo de Ciudad de México para sumergirme en otro desconocido, lejano y, al parecer, masculino.

Nunca había visto el mar. Era más oscuro e inmenso de lo que había imaginado. Nacida y criada en rancherías, rodeada siempre por montes, polvo y piedras, aquel paisaje marino a través de la ventana me pareció una fantasía. Al descender del tren lo primero que noté fue esa salada brisa que se mezclaba con el aroma proveniente de los asoleaderos de café. La ciudad apareció bellísima desde los primeros minutos: sus portales, sus baluartes y su glorioso Edificio de Correos; el malecón amenizado por el ritmo de las jaranas y resguardado bajo el imponente fuerte de San Juan de Ulúa, conocido por albergar a los presos políticos durante el mandato de Díaz. Veracruz poseía un aire cosmopolita, herencia del antes famoso "orden y progreso", y a través de sus calles se paseaba una refinada oligarquía local que gozaba las mieles de la ciudad moderna. Entre sus victorias, don Venustiano ya podía anotarse la pacífica expulsión de los estadounidenses que invadieron Veracruz por casi un año, la última de las muchas invasiones que el puerto sufrió desde su fundación por Hernán Cortés.

A mi llegada me acomodaron en una casa porfiriana cuyos dueños huyeron al enterarse del arribo de los carrancistas a la ciudad, la cual fue rápidamente acondicionada para albergar a maestras provenientes de todas partes del país. Contaba con tres baños compartidos, media docena de habitaciones, un patio poblado por árboles tropicales y una fuente para llenar las palanganas, así como con un comedor que en el pasado sirvió a aquella familia acomodada y ahora a más de una veintena de maestras patrocinadas por el régimen constitucionalista que venían con el objetivo de trabajar en las escuelas de la región.

Tan solo un día después me presenté a trabajar al edificio de Faros, una bonita construcción frente al malecón en donde Carranza instaló sus oficinas como "Encargado del Poder Ejecutivo". Al entrar, vi los pasillos invadidos por un ir y venir de soldados que cargaban cajas de archivos traídos directamente desde la capital. En medio de aquel oceánico vaivén estaba el Primer Jefe, lo único que no se movía en el interior del edificio. Cuando llegué él estaba observando la habitación, admirando sus techos altos y disfrutando la delicada brisa que se colaba por las ventanas. Me recibió con una sonrisa leve, apenas perceptible pero profundamente familiar.

—Bienvenida a Veracruz, señorita Hermila —dijo Carranza con voz serena.

—A sus órdenes, señor presidente.

Mi lugar, según me indicó, estaría al pie de su oficina, detrás de un amplio escritorio blanco en donde procedí a colocar mi máquina mecanógrafa. Pasé horas revisando un sinfín de papeles que habrían de clasificarse y distribuirse a lo largo del edificio. Este era el montaje de un gobierno entero, el de Venustiano Carranza, a quien yo apoyaba aunque por esos días no fuera el único que ostentaba el poder en México. Luego de la ruptura, la Convención de Aguascalientes nombró a Eulalio González como presidente interino y a Pancho Villa como Jefe del Ejército Convencionista, el cual, apoyado por Emiliano Zapata, se encontraba en franca guerra contra el gobierno de Carranza. Con la encarnizada disputa entre las facciones era inevitable preguntarse si la revolución alguna vez llegaría a su fin.

Ese primer día don Venustiano se mantuvo infatigable: revisaba documentos, daba instrucciones, hablaba con gente. Solo paró hasta bien entrada la tarde, cuando se retiró a comer y luego a tomar la siesta, la cual —como después comprobé— era su más arraigada costumbre. A partir de entonces mis labores empezarían a las siete de la mañana. Siempre había algo por hacer y me di cuenta de que debía mantener orden en todo, especialmente en lo que concernía a las audiencias. El desfile de funcionarios públicos por la oficina comenzaba desde temprano: todos los días Carranza se reunía con el jefe de su Estado Mayor, con el encargado de Gobernación y el de Guerra, quien le daba cuenta de los avances en su lucha contra el gobierno convencionista. Fue así como me enteré de que si bien las fuerzas carrancistas dominaban todo el sureste, Tamaulipas y Veracruz, Villa y Zapata controlaban el resto del país, y por esa razón el panorama nos era más bien adverso. Pero don Venustiano no se desalentaba, parecía inamovible ante cualquier adversidad. Las cocineras del edificio de Faros, con quienes empecé a hacer buenas migas, decían que esa fortaleza les provocaba más miedo que admiración.

—¿No se ha fijado que ni su esposa ni sus dos hijas lo vienen a ver? Las mantiene en Coahuila, y por lo visto ellas también lo quieren lejos… por algo será —cuchicheaban con un dejo de burla.

Aunque crueles, reconocía que sus palabras tenían algo de verdad. La vida personal de don Venustiano era un misterio. Me encargaba de su correspondencia y fuera de los telegramas relacionados con sus ejércitos, durante mis primeras dos semanas no tuve noticias de su vida conyugal; de quien sí hablaba era de su hermano Jesús. Era un hombre sumamente discreto pero entre audiencia y audiencia, una que otra vez se le escapó decir que su hermano bien hubiera disfrutado esa música de jarana típica del puerto, y por lo regular empezaba sus oraciones con un *es como le decía a Jesús...,* lo cual me daba una vaga idea de sus afectos. Lo que sí me quedaba claro era que al igual que yo, Carranza manifestaba un gran amor hacia la Historia. Antes de iniciar las audiencias del día se reunía conmigo para repasar su agenda y una mañana pareció gratamente sorprendido al darse cuenta de lo bien que me defendía en esos asuntos: él me habló de la Revolución francesa y de los girondinos, y yo sobre mi admiración por Madame Roland; él mencionó que se encontraba releyendo a Homero, yo le recomendé los poemas de Safo; él exaltó las memorias de Maximiliano y yo le recordé a la malentendida Carlota, la primera mujer gobernante de México aunque esperaba, le confesé, que no fuera la última. Don Venustiano desvió su atención de la agenda y volteó a verme:

—¿Realmente ve usted a una mujer gobernando este país?

—¿Y por qué no? —me atreví a sugerir—. Las mujeres no han sido indiferentes al movimiento revolucionario, han demostrado su interés en la política y su capacidad para ejercerla. Partiendo de eso, la posibilidad no suena tan descabellada.

A diferencia de lo que solía ocurrirme en esta clase de conversaciones, mis comentarios no lo escandalizaron: Carranza no era del todo ajeno a la lucha femenina —o al menos eso me daba a entender su sosegada reacción—, así como a la inclusión de mujeres en la agenda constitucionalista ya fuera como enfermeras, propagandistas o profesoras, tal era el caso de mis compañeras en la residencia. Quería creer que teníamos en común más de lo que parecía a simple vista, no solo ese gusto por la Historia que ambos disfrutamos compartir esa mañana.

Una de las sorpresas más gratas que tuve en Veracruz fue reencontrarme con el abogado Luis Cabrera, quien al igual que el general Hay, acompañó al Primer Jefe desde su campaña contra los huertistas. Entonces Luis fungía como secretario de Hacienda en el gabinete carrancista y sus opiniones, siempre brillantes, influían en todas las decisiones del nuevo régimen, como pronto me di cuenta. Una mañana de noviembre Carranza citó en su despacho a su gabinete completo y me pidió tomar notas durante la audiencia que estaba por tener lugar. Había mandado colocar una mesa alargada al centro de su oficina y fue alrededor de ella en donde se sentaron sus hombres más allegados, todos vestidos con polainas, cazadoras y camisas rígidas a pesar del intenso calor del puerto. Estaban ahí Luis y el general Hay pero también rostros nuevos a los que empezaba a acostumbrarme, como Pastor Rouaix, gran amigo de mi querido señor Patoni; el afamado político Isidro Fabela, encargado de la Secretaría de Relaciones Exteriores; y el secretario de Educación Pública Félix Palavicini, a quien Huerta mandó encarcelar durante su tétrica redada contra los diputados. El general Obregón fue el último en llegar, estaba al mando de los ejércitos constitucionalistas que enfrentaban a las fuerzas de la Convención y debido a estas tareas era la primera vez que se presentaba en Veracruz. Tenerlo tan cerca me erizó el pellejo. Obregón se veía impecable, con el bigote recto y el cabello engominado. Atravesó el despacho en silencio y tomó asiento con la autoridad de quien está consciente de su poder, y el suyo era enorme. Don Venustiano se sentó en la cabecera y yo ligeramente detrás de él para no perderme ni una de las palabras que habría de transcribir en la mecanógrafa.

—Hoy es el día en que comienza la revolución social... —nos anunció con aires de triunfo para dar inicio a aquella junta.

Como muchos, él comprendía que el mal de la patria yacía en sus raíces y había que hacer una renovación profunda para curarla. No bastaba con cambiar al jefe del Ejecutivo para transformar el país, los Díaz y los Huertas no lo eran todo; México necesitaba cirugía mayor. Por ello había organizado aquella audiencia, para informarle a su gabinete que haría adiciones a su Plan de Guadalupe, y que en ellas se establecería algo importante: la formulación de leyes que tradujeran los más hondos ideales de la revolución y dieran satisfacción a las necesidades económicas, sociales y políticas del país.

El gran objetivo, sentenció Carranza, era garantizar "la igualdad de los mexicanos entre sí".

Al escuchar esas palabras la emoción me pegó de golpe, tanto, que mis dedos se detuvieron por unos segundos sobre la mecanógrafa, solo unos segundos, pues las propuestas del gabinete empezaron a llover y yo no podía perderme ni una coma. Estos coincidieron en que era urgente dar paso a lo importante: crear leyes agrarias, restituir las tierras, mejorar la condición de la clase proletaria, revisar el código penal y comercial y regular las leyes referentes a la explotación minera, petrolera y de todos los recursos naturales. Definitivamente el país sería otro... y el mismo, pues entre esa ola de propuestas nadie, en ninguna de sus intervenciones, mencionó a las mujeres, ¿acaso "la igualdad entre los mexicanos entre sí" nos excluiría otra vez?

—La revolución social será a través de leyes, que es la única arma duradera... —recalcó el Primer Jefe en un tono que me sonó tan cierto como profético.

Él y su gabinete intercambiaron miradas de orgullo. Concluyeron que expedirían dichas leyes, modificaciones y reformas ahí en Veracruz, y con ello estaban a punto de emprender una de las empresas más ambiciosas en la historia del país.

—Si nadie tiene nada más que decir... —señaló Carranza recorriendo su silla unos centímetros.

Miré hacia la ventana: aquel diálogo se había alargado durante horas y la tarde cayó sobre el puerto sin que me diera cuenta. Luis, Obregón, Palavicini y el resto del gabinete susurraban entre sí, cansados, dispuestos a concluir la sesión con una velocidad que ante mis ansiosos ojos percibieron como frenética. Las mujeres quedamos fuera de sus planes. De nuevo se me presentaba el eterno dilema entre callar o hablar, entre complacer o incomodar. A diferencia de ellos, a mí no me convenía el orden establecido y por eso era la persona a quien le correspondía ser la piedra en el zapato incluso a mi pesar.

—Señor presidente... —mencioné.

—¿Sí, señorita Hermila?

—Disculpe pero, en mi humilde opinión, me parece que podrían revisarse también otras cuestiones.

—¿Cuáles cuestiones?

—Pues… como usted bien sabe, la revolución lo está cambian-
do todo…

—Ya lo ha cambiado y lo cambiará —completó don Venustiano
con orgullo.

—Por supuesto —continué—. Y en tiempos de paz hubiera sido
impensable ver a las mujeres arriesgar su vida como lo han hecho
durante estos años: ellas apoyaron fielmente a Madero y de igual forma lo han seguido a usted. Por esa razón me parece que su situación
bien podría tomarse en cuenta… señor presidente.

—¿A qué situación se refiere? Sea específica —respondió con
ese tono directo que resultaba tosco a quien no conociera sus maneras.

Los ojos del gabinete entero se posaron sobre mí. Me había
mantenido en silencio y de la nada irrumpía con esa polémica intervención.

—Pienso que las mujeres le han dado todo a la revolución —continué—, incluso al tener pocas oportunidades han salido del hogar
para ganarse el sustento de sus familias, han peleado en los campos
de batalla y sacrificado esposos, hermanos e hijos. Pero si me permite recalcarlo, a pesar de su compromiso patrio siguen sujetas a la
esclavitud, a ser propiedad de un hombre. No es ningún secreto que
quienes han perdido todo se ven imposibilitadas a formar una nueva
familia, divorciarse o elegir con quién desean estar…

—¿Está usted casada? —me cuestionó el secretario Palavicini.

—No lo estoy, pero no me ha hecho falta como para saber que
la ley de divorcio en el actual Código Civil condena a las mujeres a la
degradación y la tristeza —confesé.

—Es cierto —apoyó Palavicini con una firmeza que me tomó
desprevenida—. Francia y Estados Unidos ya les permiten a las mujeres divorciadas casarse en segundas nupcias.

—Si en Francia lo hacen... —secundó una voz que no alcancé a distinguir.

—La revolución le ha quitado mucho a las mexicanas —concluí—. Brindarles la oportunidad de rearmar su vida según sus propios intereses y deseos es una cuestión de justicia social y, en mi humilde parecer, una muestra definitiva de esa igualdad que honrosamente usted desea instaurar... señor presidente.

Pocas veces había sentido un silencio tan frío como el que se instaló en la mesa cuando di por finalizada aquella intervención. El general Obregón, bien conocido por su postura anticlerical, me regaló una sonrisa pícara mientras el resto del gabinete permaneció en actitud reflexiva. Con la autoridad que ostentaba, el Primer Jefe rompió el hielo con un suspiro e inmediatamente desvió su mirada a Luis.

—Hermila tiene razón —sentenció mi querido amigo—. Como bien sabemos, las mujeres prestan un gran servicio y valdría la pena revisar el Código Civil.

Carranza se quedó pensativo por unos largos minutos durante los cuales me mantuve inmóvil detrás de mi mecanógrafa. Finalmente alzó los ojos hacia mí con un movimiento lento y ordenó:

—Agregue en la minuta que se realizará una revisión al Código Civil y se harán modificaciones a la ley de divorcio. ¿Se encargan de eso, Luis... Palavicini?

—Por supuesto, señor presidente —afirmaron ambos al unísono.

—¿Puede apoyarlos, Hermila? Habrá mucho que transcribir y necesitarán una secretaria —dijo don Venustiano dirigiéndome nuevamente su atención.

—A sus órdenes, señor presidente —respondí, secretamente orgullosa porque la distinguida mesa hubiera tomado en cuenta mi opinión.

A partir de ese día nos pusimos a trabajar arduamente. En la mañana desempeñaba mis labores con don Venustiano y en la tarde me sumaba a la creación de las leyes, modificaciones y disposiciones que el gobierno constitucionalista deseaba expedir. Gracias a Luis y al secretario Palavicini aprendí cuán delicado, minucioso y fascinante es el proceso de la redacción legislativa. Aunque por esos días la prioridad era la Ley Agraria, ambos supervisaban todo lo referente a la creación de la nueva Ley del Divorcio, en cuya formulación me fue permitido exponer mis ideas.

Entonces el gobierno constitucionalista me pareció una utopía emocionante, cargada de ideas, de gente brillante y comprometida en su deseo por transformar al país. En sus telegramas mi tía Ángela me contaba que con gusto presumía con las vecinas mi flamante trabajo junto al Primer Jefe de la revolución aunque eso solo pudiera hacerlo por debajo del agua, pues las huestes de la Convención dominaban el norte de México y sus preferencias por Carranza bien podían costarle la vida. "Me encantaría gritar en medio de la plaza lo que haces y con quién, pero en una de esas mi osadía me lleva al paredón", me escribió una vez. De todos modos me juraba que se enorgullecía de mí, como yo también me enorgullecía de mí misma.

DE MÁRTIRES Y HÉROES

Luego de semanas de intenso trabajo, don Venustiano escogió precisamente la Navidad de 1914 para lanzar la publicación de la Ley de Divorcio. Esta finalizaba con la idea del matrimonio definitivo y gracias a ella las mujeres podrían casarse en segundas nupcias. Había que entender, y entenderlo muy bien, que esto no era algo menor: aunque muchos no fueran conscientes de lo que significaba, esta ley nos reconocía como sujetos separados del hombre; en el fondo señalaba que ya no éramos las niñas eternas a merced del patriarca sino mujeres con voluntades y deseos reconocidos ante la ley: las mujeres éramos nuestras y al fin había un papel que lo señalaba.

Fue una jugada inteligente expedirla justo durante las fiestas decembrinas, pues eso atenuó la polémica a su alrededor e incluso logró disimular las voces eclesiásticas que de inmediato la tacharon de infernal. Por otro lado, pocos se atrevían a contradecir al Primer Jefe y hubo quienes calificaron la medida de progresista y avanzada. Para mí representaba la más alta reforma social que podía operar en las sociedades modernas, era nuestro primer paso a la igualdad. La misma tarde de su publicación corrí por todo Veracruz hasta llegar al Edificio de Correos y enviarle a Mago un mensaje urgente hasta Torreón:

Querida amiga:

Te escribo desde el majestuoso puerto de Veracruz y espero que esta misiva te encuentre con bien y disfrutando de las fiestas a pesar de las duras pruebas que nos exige la revolución. ¡Cómo te he recordado durante las últimas semanas! Cómo he echado de menos nuestros felices días junto a Las Admiradoras de Juárez, cuya compañía tantas veces nos alegró el espíritu y nos impulsó a desafiar este mundo que nos juzga duramente solo por el hecho de haber nacido mujeres. En mi caso, comprendo que estas experiencias han guiado mi vida por intrincados caminos hasta el lugar en donde me encuentro ahora: trabajando junto al Primer Jefe del Ejército Constitucionalista, Venustiano Carranza, en cuya lucha he depositado mi fe para construir un mundo mejor para nosotras. Este día la causa feminista, a la cual me he propuesto representar, ha obtenido una importante victoria y no puedo pensar en nadie con quien desee celebrarla más que contigo. En este sobre encontrarás una copia de la nueva Ley de Divorcio expedida por el Primer Jefe; así sabrás a lo que me refiero. La vida es un regalo breve y en mi corazón sé que las mujeres debemos vivirla con dignidad. La última vez que coincidimos en aquella chocolatería de Ciudad de México me confesaste que albergabas la duda respecto a qué hubiera sido de ti de haber seguido con tu plan de divorcio años atrás, y felizmente te digo que puedes ya abandonar esas conjeturas. A partir de hoy eres libre de ponerle fin a tu matrimonio con Francisco y buscarte algo mejor si así lo prefieres, pues es a ti y solo a ti a quien le corresponde definir el rumbo de tu destino.

Feliz Navidad,
HERMILA

Los chismes en el gobierno de Veracruz corrían como pólvora y, aunque no llevara mi nombre, era bien sabida mi participación en la Ley de Divorcio, tanto para bien como para mal. Entonces me fue claro que había ganado dos cosas: la desconfianza de quienes envidiaban mi lugar privilegiado junto a Carranza y mi posible injerencia en asuntos públicos; y el respeto de pocos pero importantes miembros del gabinete que me animaron a participar en el gran proyecto constitucionalista.

—¿Qué se siente colaborar en la transformación al país, Hermila Galindo? —me comentó Luis mientras bebíamos café en un restaurante ubicado en la plazuela frente al edificio de Faros.

Elogió nuestro trabajo juntos y me confesó cuánto extrañaba a su familia, a quien no había visto desde hacía largos meses debido a que su labor como revolucionario le requería grandes sacrificios, como a todos. Palavicini también me expresó lo contento que estaba con mi desempeño; además de ser el encargado de Educación Pública dirigía *El Pueblo*, el periódico oficial del constitucionalismo editado en Veracruz y en donde, resaltó orgulloso, una mujer se encargaba de la sección literaria.

—Estaríamos encantados de que colaborara con nosotros, una opinión suya sería invaluable… —me propuso una tarde con tono casi solemne.

Acepté. Jamás había tenido la oportunidad de colaborar en ningún periódico y la publicación de la Ley de Divorcio me había llenado de una confianza emocionante. Meses atrás quizá la inseguridad me hubiera invadido ante la oportunidad de ser leída por un gran público pero no en ese momento. Estaba encantada por compartir mis ideas con los demás.

Durante semanas me había dedicado exclusivamente a mi trabajo y no había tenido oportunidad de convivir con mis compañeras de la residencia hasta una noche en que improvisamos una modesta celebración aprovechando las fiestas de fin de año. A lo largo de la velada me di cuenta de que todas compartíamos una historia similar: en su mayoría éramos solteras o madres solteras, suficientemente privilegiadas por contar con una educación pero no tanto como para permitirnos evadir el trabajo al menos un día de nuestras vidas; todas renunciamos a ser lo que se esperaba de nosotras y creíamos que el triunfo del constitucionalismo haría efectivas las demandas de justicia social que exigía el país, entre ellas, la obtención de derechos políticos para las mujeres.

Me daba alegría ver que el casamiento o la profesión religiosa ya no se consideraban el único porvenir de la mujer, que el hogar o el convento podrían ser el fin para algunas si ellas así lo deseaban, pero que la sociedad ya no los señalaba como los únicos puertos en donde teníamos forzosamente que atracar. Contrario a lo que señalaban los antagonistas del feminismo, el mundo seguía de pie a pesar de ello, no habían disminuido las familias felices ni aumentado los prostíbulos como falsamente profetizaban. Sabía que apenas habíamos dado los primeros pasos hacia la reivindicación femenina y quedaba todavía mucho por hacer, sin embargo, las mujeres demostrábamos nuevamente que podíamos bastarnos a nosotras mismas.

Mis compañeras eran un ejemplo de ello, pero ninguna encarnaba mejor esa independencia que Dolores, una profesora normalista de carácter afable que había llegado recientemente a la residencia y poseía una larga carrera política: esa noche nos contó que luego de la Decena Trágica fundó un club feminista que se reunía semanalmente en el Panteón Francés para realizar acciones en favor de Carranza y, al mismo tiempo, llevarle flores a Madero; que planeaba juntas secretas en su propio domicilio e incluso perdió su trabajo como profesora debido a la represión durante la dictadura huertista.

—Lo que me queda claro es que ellos no te regalan nada —nos confesó durante la cena—. No importa si jalan del mismo lado. En mi experiencia, ellos siempre te verán como una intrusa en su territorio y mientras más éxito tienes, se pone todavía más canijo. En esto de la política hay que hacerle caso al Evangelio: una debe ser astuta como serpiente e inofensiva como paloma.

El festejo en la residencia terminó a altas horas de la noche pero no por eso me permití ausentarme del trabajo al día siguiente. Cuando llegué al edificio de Faros don Venustiano se encontraba ya en su despacho, erguido sobre su sillón mientras leía atentamente unos documentos. No dejaba de sorprenderme la sobriedad que desplegaba en todo lo que hacía, incluso en la mesa comía poco a pesar de ser un hombre extraordinariamente activo, y en los banquetes probaba los vinos solo por cortesía, pues no gustaba del licor ni tenía el hábito de fumar. Esa ecuanimidad era una de las características que más admiraba en él y no podía imaginarlo de otra manera: ante mis ojos Carranza era una roca inquebrantable.

Como todos los días, antes de repasar la agenda me dirigí a mi escritorio para revisar la correspondencia del Primer Jefe. Eran en su mayoría felicitaciones navideñas por parte de generales, hacendados, maestros; noticias del avance de nuestras tropas por el país y una pila de notas de lo que Luis llamaba "el desfile desesperante de ambiciones, chismes e intrigas" que llegaban a diario y que Carranza atendía con paciencia envidiable. Pero una carta sobresalía entre toda esa montaña, un sobre arrugado sin información alguna sobre la identidad del emisor y en donde solo se leía *Oaxaca*. Lo abrí e inmediatamente un estremecimiento me atravesó el cuerpo. Corrí de vuelta al despacho de Carranza, todavía insegura sobre cómo decir lo que, dolorosamente, debía comunicarle de manera apremiante.

—Señor... tiene que leer esto —mencioné sin atreverme a decir más.

Le extendí la hoja y en ese momento el rostro de don Venustiano se petrificó: la misiva le hacía saber que el general Santibáñez, quien alguna vez formó parte de las filas carrancistas, había tomado como prisionero a su hermano Jesús Carranza y que este sería puesto en libertad si el Primer Jefe les entregaba armas, cartuchos y medio millón de pesos. Junto a Jesús se encontraban capturados su hijo Abelardo y todo su Estado Mayor.

—Mande llamar a Cabrera, dígale que es urgente —me ordenó.

Permaneció encerrado en su despacho mientras yo cancelaba todos los compromisos y suspendía la revisión de la agenda, sin embargo, para mi sorpresa don Venustiano reprendió mis decisiones. Apenas terminó su reunión con Luis me hizo reprogramar las audiencias que había cancelado y aunque tarde, revisamos la agenda como lo hacíamos a diario. Al día siguiente envió a Oaxaca una respuesta contundente: no cedería ante las amenazas de Santibáñez, pues ya encontraría otra manera de salvar la vida de su hermano Jesús. Dicho esto, a las dos de la tarde se retiró a su residencia para comer y tomar su acostumbrada siesta.

La rutina permaneció inalterable a pesar de su tragedia personal y así transcurrió la semana. Don Venustiano se entrevistaba con gente seis o siete horas al día, estaba en comunicación con sus generales, coordinaba tareas militares y continuaba planeando la gran reforma del país. Entonces ordenó una movilización de rescate pero esta tenía múltiples dificultades para dar con el paradero exacto de su hermano y sus acompañantes. A cada vibración del telégrafo me sobresaltaba un mal presentimiento, pero él permanecía impasible, sin desesperarse nunca.

En medio de ese suspenso terrible recibimos una extraordinaria noticia: las fuerzas constitucionalistas comandadas por el general Obregón le habían arrebatado la ciudad de Puebla a los zapatistas y se anotaban una gran victoria sobre el dominio de la Convención. Don Venustiano, sin embargo, se mostró satisfecho y nada más. No era de los hombres que abandonaban las labores diarias para celebrar los triunfos ni tampoco se permitía ser doblegado por los vendavales. Lo miraba enfrascado en sus labores cotidianas y me preguntaba qué se movería en su interior durante aquellos momentos de incertidumbre; cómo no se resquebrajaba cuando todos en el edificio de Faros sabíamos lo unido que era a su querido hermano, cuya situación continuaba siendo peligrosa.

Al poco tiempo Santibáñez respondió a su negativa con brutalidad: asesinó al Estado Mayor y a todos los militares que acompañaban a Jesús y juraba que este sería el próximo en morir de no cumplirse sus peticiones. El Primer Jefe leyó en silencio aquel telegrama proveniente de Oaxaca mientras se peinaba la barba con los dedos de la mano izquierda, tal como hacía siempre que cavilaba sobre algún asunto. Detrás de él, Luis y yo permanecíamos expectantes de lo que seguiría ante el macabro giro de los acontecimientos. Su respuesta no tardó en llegar: *Mi deber como Primer Jefe me obliga a no transar con bandidos, eso sin importar los sacrificios personales y las amarguras que tenga que sufrir,* determinó Carranza con firmeza. Luis y yo intercambiamos miradas, petrificados al escuchar la sentencia definitiva.

La exitosa toma de Puebla y la expedición de la Ley Agraria marcaron los primeros días de ese año de 1915, cuando sucedió lo que ya se vislumbraba como inevitable: Jesús Carranza y su hijo Abelardo fueron fusilados por Santibáñez en una inhóspita ranchería oaxaqueña y se había dado inicio a la búsqueda de sus cuerpos. Don Venustiano recibió la noticia sin pestañear, postrado frente al ventanal de su oficina en donde pasó largo rato en tranquila contemplación. Luego de atender hasta la última de las audiencias, se dispuso a abandonar el despacho a las dos de la tarde en punto como lo hacía siempre.

—Hasta mañana, señorita Hermila —dijo aquel gran hombre que, solo entonces comprendí, era ecuánime mas no inconmovible.

MI PROPIA VOZ

El cuerpo de Jesús Carranza llegó a Veracruz una fría mañana de febrero. Pese a los días de tensión, el Primer Jefe recibió los restos de su querido hermano como lo hacía todo: con paciencia y quietud. En el velatorio me mantuve atenta a lo que pudiera necesitar pero él no bebió ni un vaso de agua mientras le daba la bienvenida a la multitud de militares, maestras y miembros del gabinete que acudieron a darle el pésame. Algunos me parecieron sinceros, otros más interesados en dar un paso en su carrera política, pero aquella desconfianza que yo sentí no minaba en don Venustiano, quien recibía a todos de buena gana. Estaba decidido a transformar a la nación incluso sobre sí mismo y su tragedia personal. La revolución no daba tregua ni para guardar luto. Las batallas se recrudecieron y las victorias y derrotas se sucedían rápidamente. Como me contaba Beatriz en su correspondencia, muchas ciudades corrían el riesgo de desquiciarse: "Amaneces zapatista, almuerzas constitucionalista, meriendas villista…", me escribía preocupada. Sin embargo, la balanza empezaría a inclinarse a nuestro favor. Mientras Eulalio Gutiérrez, el presidente de México nombrado por la Convención, huía al extranjero, Carranza afianzaba su poder y había nombrado al puerto de Veracruz como la capital del país y celebraba la racha triunfal de los ejércitos liderados por Obregón y el general Pablo González, los cuales tenían a los convencionistas entre la espada y la pared.

Al tiempo que don Venustiano volvía su atención a esos asuntos, yo tenía mucho que escribir. Palavicini me reiteró la invitación a colaborar con *El Pueblo*, pues el gobierno carrancista tenía una fe inquebrantable en el poder de la propaganda y para ello convocaba diversas plumas: afuera de los campos de batalla se disputaba otra contienda, la ideológica, y esa había que ganarla dando a conocer las leyes expedidas por el Primer Jefe, difundir su programa social y divulgar la opinión de sus militantes, como era mi caso. Entregada a este propósito, dediqué mis tardes a la escritura periodística. Me inspiré en las amigas que me acompañaron a lo largo de los años, en mi tía Ángela, en mis compañeras de la residencia, en los autores que descubrí en la casa de los Patoni o con Elena durante nuestras visitas a la Biblioteca Nacional. Este sería un pedacito de mí y por esa razón quería ser muy sincera a la hora de escribir lo que consideraba mi carta de presentación en el periódico. Deseaba dejar claro los temas que me importaban, la causa que defendía. "Esta es mi voz y esto es lo que opino del mundo", gritaba aquel papel cuando terminé de mecanografiar la última palabra de ese texto que se imprimiría en rotativa.

Yo misma entregué el artículo en las manos del secretario Palavicini, mi primer lector, quien trasladaba sus ojos con rapidez por el papel mientras sus finas cejas iban arqueándose disimuladamente. La oficina de *El Pueblo* se encontraba en uno de los pisos más bellos e iluminados del edificio de Faros. El sitio emanaba una cierta aura romántica: los escritores, las mecanógrafas, el olor a tinta recién salido de la imprenta, y a la cabeza de todo, este hombre de rostro enjuto cuya discreción, a primera vista, poco encajaba con aquella fuerza que debió desplegar cuando se enfrentó al poder de Victoriano Huerta.

—¿Está segura de que es esto lo que desea publicar? —me preguntó sin quitar los ojos del papel.

—¿Considera que está mal escrito?

—En absoluto. La escritura es cuidada y fluida, la felicito por eso.

—Le agradezco, secretario. Y si es así, estoy todavía más segura de su publicación.

Palavicini asintió levemente. Metió las hojas en una fina carpeta que guardó en uno de los cajones de su escritorio.

—Le agradezco su compromiso con la causa constitucionalista, señorita Galindo —afirmó, todavía sin voltearme a ver—. Mañana a primera hora enviaré su texto a la imprenta y verá la luz el domingo próximo.

Le agradecí sus atenciones y salí de la oficina con el pecho henchido, llena de esa satisfacción que solo llega con el exitoso cumplimiento del trabajo. Tal como lo anunció Palavicini, mi artículo se publicó la semana siguiente. Lo titulé "La mujer como colaboradora de la vida pública" y en él hice una declaración feminista. Afirmé que las mujeres poseemos las mismas cualidades del hombre, como la inteligencia, la voluntad y el sentimiento, y señalé que por ello teníamos derecho a aspirar a una vida mejor. A aquellos que sostenían que la mujer debía estar siempre sujeta al predominio del hombre, les respondí con la siguiente pregunta: *¿Cómo puede juzgarse la inferioridad intelectual de la mujer y su capacidad para inmiscuirse en la vida política, si hasta la fecha los campos de la intelectualidad y de la política le han sido vedados?* Tal vez haya sido esa interrogante la que había incomodado a Palavicini, o quizás esa polémica conclusión en donde sentencié que, en compensación de las actividades que las mujeres habíamos realizado a lo largo de la lucha armada, los revolucionarios estaban obligados a darnos las facilidades para desarrollar nuestras aptitudes con el fin de que nosotras siguiéramos colaborando con la reconstrucción nacional.

Ese domingo me desperté con el barullo de mis compañeras en la residencia, quienes sostenían ejemplares de *El Pueblo* y leían mi artículo en voz alta. Qué bonito se leía mi nombre en primera plana: *Hermila Galindo.*

—"Mucho se ha escrito acerca de la capacidad intelectual de la mujer para tomar parte en la vida pública y acerca de su igualdad e inferioridad con respecto al hombre…" —me citó una de las profesoras durante el desayuno.

Dolores la interrumpió y continuó la lectura:

—"…y después de que grandes filósofos como Stuart Mill han aducido argumentos tan contundentes como los que contiene su libro titulado *La esclavitud femenina*, confieso humildemente que nada nuevo puedo agregar a este respecto".

—¡Bien dicho, Hermila! —aplaudió otra profesora.

—Ya era hora de que alguien les dijera a los revolucionarios que luego de todo este relajo, también nosotras nos merecemos un trozo del pastel —sentenció Dolores.

La emotiva reacción de mis compañeras, sumada a la emoción de verme publicada por primera vez, me hizo ser plenamente consciente de mi posición. Tenía el privilegio de influir en las mujeres a mi alrededor y, a partir de ese día, me propuse cumplir con el compromiso moral que por voluntad propia había adquirido con las de mi sexo.

Por esos días la residencia se inundó con un ajetreo inusual que pronto se convirtió en costumbre: un gran número de mis compañeras hizo maletas rumbo a pueblos, ranchos y ciudades para fundar escuelas, combatir el analfabetismo —que seguía siendo enorme en el país— y dar a conocer el programa constitucionalista por todo Veracruz con el fin de legitimar la figura de Carranza por encima del gobierno de la Convención; unas partieron hacia distintos estados de la república mientras otras permanecieron en el puerto para trabajar en escuelas locales. Como secretario de Educación, Palavicini se dio a la tarea de organizar al profesorado, les aseguró salario, viáticos y una agenda de trabajo. De esta manera, la residencia porfiriana se despoblaba un día y volvía a llenarse al siguiente, muestra contundente del intenso movimiento que nos exigían nuestras actividades.

Una mañana después de revisar la agenda, el Primer Jefe me pidió unos minutos. Me informó que había leído con beneplácito mi artículo y debido a su publicación me propuso una encomienda muy especial: compartir mis ideas de viva voz con las mujeres en un congreso magisterial que tendría lugar en el puerto de Veracruz.

—Será un honor colaborar con su causa, señor presidente —acepté con emoción.

—El honor es nuestro, señorita Hermila —respondió él—. Es invaluable contar en nuestras filas con una voz tan comprometida y elocuente como la suya... sería un pecado esconderla detrás de la máquina mecanógrafa.

Con su respaldo, a los pocos días impartí una conferencia titulada "La reivindicación de la mujer mexicana", con la cual pretendía profundizar en algunas ideas que había plasmado en mi artículo. El sugerente título atrajo a un buen número de asistentes al foro, compuesto en su mayoría por profesoras y jóvenes normalistas. Jamás había contado con un espacio como ese para expresarme ni había sentido tantos ojos sobre mí, sin embargo, esa tarde me sentí como pez en el agua. Si en el papel mis palabras me dotaron de una desconocida confianza, expresarlas en voz alta me inundó con una combatividad casi efervescente. Destaqué el liderazgo de Carranza, quien había hecho posible ese encuentro, para después lanzarme de lleno a cuestionar la subordinación femenina, la cual para mí resultaba ya intolerable.

Mi intervención en el congreso magisterial me ganó aplausos no solo de las asistentes sino también de don Venustiano, quien se dio cuenta de lo beneficioso que podría ser el apoyo femenino para el triunfo del constitucionalismo. Con el objetivo de impulsarlo, a los pocos días me encomendó dictar otra conferencia en Tlacotalpan, una bella ciudad al sur del estado en donde compartí mis ideas feministas con las asistentes. Justo cuando abandoné la tribuna me interceptaron dos mujeres. Ambas eran de tez morena y de rasgos agradables, probablemente rondarían la treintena al igual que yo. La más alta fue quien tomó la palabra. Dijo que había leído mi artículo en *El Pueblo* y que sintió una afinidad inmediata con mi discurso.

—Mi nombre es Salomé Carranza y esta es mi hermana María de Jesús. El Carranza es casualidad, no vaya a creer... —mencionó con una risita—. Así como usted, nosotras hemos organizado a un grupito de compañeras para hacer política.

—Con todo respeto, ya estamos cansadas de que nos estén agarrando la pata por todos lados... Coincidimos en que es hora de cambiar las cosas —sentenció María de Jesús con tono firme.

Nuestra plática se extendió hasta el atardecer, hora en que mi carro saldría de vuelta a la ciudad de Veracruz. Las hermanas Carranza poseían una vasta cultura y un espíritu aguerrido que utilizaban para el bien de su comunidad, aunque no todos lo vieran así. Según me contaron ese día, sus ideas les habían costado varios pleitos en Tlacotalpan así como un sinfín de amenazas por su "capricho" de alebrestar a las mujeres. En especial acusaban a Salomé de llenarles la cabeza con esa idea de zafarse de la tutela de los hombres, del marido y del cura de la iglesia que las mantenía en cintura. Los pleitos parecían ponerlas en riesgo pero a ellas no se les veía muy preocupadas, por el contrario, se los tomaban hasta con ironía.

—Gajes de la vocación —sentenció Salomé, con quien quedé de escribirnos para evaluar la posibilidad de colaborar juntas.

Con la alegría de haber ganado una nueva amistad, regresé a la ciudad de Veracruz dispuesta a reintegrarme por completo a mi habitual rutina en el edificio de Faros pero don Venustiano me hizo una propuesta más: me invitó a cruzar los límites del estado para dar conferencias en el sureste del país y entrevistarme con el recién nombrado gobernador de Yucatán, el general Salvador Alvarado. Segura de mi compromiso con don Venustiano, pero especialmente con la causa feminista, me dispuse a abandonar por unos días mis labores como secretaria para hablarles a las mujeres.

Mi travesía me condujo a Tabasco, en donde fui recibida por un grupo de profesoras y mujeres de la localidad. Antes de impartir la conferencia tuve oportunidad de compartir con ellas durante un desayuno que ofrecieron con motivo de mi llegada. Estábamos reunidas en una escuela donde un grupo de niños jugaba "a la revolución" persiguiéndose a través del patio con palos y piedras que sostenían a manera de fusiles. Una de las profesoras me pidió disculpas por "el humilde banquete de esa mañana", el cual consistía en café con piloncillo y racimos de plátanos, lo único que abundaba por esas tierras en medio de la creciente escasez.

—No hay nada que disculpar, agradezco sus atenciones —respondí conmovida.

La situación de las tabasqueñas no era muy diferente a la que el resto de las mujeres enfrentábamos por aquel entonces. Con la violencia desatada como nunca, el miedo a los raptos y a las violaciones las tenían encerradas bajo puertas tapiadas con travesaños de piedra y gruesas vigas; y la carestía incluso las obligaba a rogar por comida para saciar las bocas de su prole. Como a todas, se les limitaba a la maternidad y a las tareas domésticas, se castigaba su soltería así como cualquier muestra de independencia. Si bien durante mi visita muchas expresaron el deseo de liberarse de sus cónyuges o ganarse la vida por cuenta propia, otras dudaban sobre si aquello era apropiado debido a que el párroco local tachaba de "alimañas dañinas" a quienes se rebelaban de esa manera. No las culpaba por pensar así, el clero ejercía un estricto control sobre las mexicanas y poseía gran influencia en sus actividades. Si a la gran mayoría de ellas no se les daba la oportunidad de tener educación ni empleo, si se las sometía a la perpetua voluntad del padre o del marido, ¿no era comprensible que muchas cayeran rendidas a los designios de la Iglesia?

Motivada por esta charla, durante la conferencia animé a las tabasqueñas a renunciar a la tutela clerical, a liberarse de los prejuicios sociales y convencerlas de que la mujer no había nacido solo para remendar calcetines y atender el cocido. Deseaba, pues, que ellas mismas reconocieran nuestras capacidades…

—Apenas ni hemos dado el primer paso en el camino de la reivindicación de la mujer. Apenas si se ha conseguido, y ¡a qué precio!, el que esta pueda bastarse a sí misma en la existencia. No hemos hecho otra cosa, hasta ahora, sino decir a la mujer: tienes el derecho de defenderte, sin extraña ayuda; tienes la potestad de poder guiarte, sin ajena mano que te conduzca por el sendero; mentira que sea necesidad que te apoyes en un brazo varonil para no ser vencida en la eterna brega; te puedes bastar a ti misma; prueba a hacerlo,

221

y serás convencida… pero ¡quedan tantas cosas que hacer!, ¡aún hay tantos prejuicios que destruir!, ¡restan aún tantas costumbres que desterrar!

A mi paso por Tabasco las mujeres me recibieron con calidez, me compartían sus opiniones e incluso debatían aquellas ideas en las que no concordábamos, lo cual me hizo constatar que solo necesitábamos una tribuna y un poco de compañía para dejar a nuestras voces volar en libertad. En mis posteriores discursos hablé sobre la represión que habíamos sufrido a lo largo de la historia así como de otros temas que escandalizaron a más de una, entre ellos, la sexualidad. Me provocaban una enorme indignación aquellas ideas que impedían a las mujeres conocer su propia anatomía y hasta negaban la existencia de su deseo: *El instinto sexual no tiene iguales consecuencias para el hombre que para la mujer. En tanto la mujer puede quedar marcada, el hombre es considerado "un calavera" agradable. Mientras las mujeres pueden quedar embarazadas, los hombres fundan orfanatorios y casas de cuna, como artificioso expediente para eludir sus responsabilidades,* mencioné alguna vez frente a una audiencia perpleja ante mis explosivas palabras.

Adonde quiera que iba alentaba a las asistentes a crear hermandades iguales a las que tanto habían avivado mi propio intelecto y mi corazón: estaba segura de que solo unidas lograríamos las reformas necesarias para transformar nuestra condición social. Me fui de Tabasco con la convicción de que aquellas sociedades que se habían fundado durante mi estancia, como la Dolores Correa Zapata en el poblado de San Juan Bautista, prosperarían y se multiplicarían por toda la entidad. Me ilusionaba pensar que si este ímpetu se extendía por el país, la lucha femenina podría lograr grandes avances en un futuro no muy lejano.

Mi siguiente destino fue Campeche, la espléndida ciudad amurallada que alguna vez resguardó a sus habitantes de los terribles piratas europeos. Ahí fui recibida por el profesorado del estado, entre quienes se encontraban las cultas damas que componían una asociación feminista llamada Josefa de la Fuente y Valle. Tal como me había ocurrido hasta entonces, estas mujeres me dieron una cariñosa bienvenida y compartieron conmigo lo poco que tenían; incluso me obsequiaron una suntuosa comida a pesar de que los precios de los alimentos, en especial el del maíz, habían aumentado de forma exorbitante. No sé si se debió a su agradable compañía, a la deliciosa comida o al cálido vaivén del mar bajo el atardecer que durante el convivio me invadió un profundo sentimiento de calma. De pronto recordé los rostros que me acompañaron durante mi recorrido, las conversaciones, la amabilidad de todas las mujeres que conocí en cada uno de esos lugares. Por primera vez comprendí que era parte de algo más grande que yo. No estaba sola en esta batalla, y esa fugaz convicción cobijó mi alma con una paz infinita.

—¿Se siente bien, Hermila? —me preguntó una de las señoritas de la asociación.

Iba a responder pero me di cuenta de que las palabras se quedaron atoradas en mi garganta. Simplemente enmudecí. Sin que yo lo pudiera evitar, de mis ojos brotó un caudal de lágrimas cuyo origen no supe descifrar con exactitud. *Las grandes emociones son mudas*, sentenció alguna vez el inmortal Víctor Hugo, y esa tarde, acompañada por una nueva hermandad, comprendí que tenía razón.

YUCATÁN

En medio del viaje continué tejiendo redes. Intercambiaba una intensa correspondencia con mis amigas: con Elena y Beatriz en Ciudad de México, con Salomé Carranza en Tlacotalpan, con algunas compañeras de la residencia instaladas en diversas ciudades de la república. Divulgaba mis ideas utilizando todos los medios a mi alcance, comencé a manejar la palabra en la tribuna y la pluma en la prensa. La escritura se convirtió en la más placentera de mis rutinas. Mi última intervención en *El Pueblo*, donde aún colaboraba, instaba a los hombres a arrepentirse por los anatemas que lanzaban a las revolucionarias —cuya valiente labor menospreciaban— y afirmaba que siempre levantaría mi voz en favor de las mujeres. Si hubo una Eva en el Paraíso, hubo una María en Nazareth; si han existido las Helenas y Cleopatras, el mundo ha admirado a las Juanas de Arco y a las Isabeles de Castilla, concluí, e imaginé cómo se habrían alzado las cejas en el rostro de Palavicini al leer esa última sentencia. Cada artículo que le enviaba por correo me dejaba la sensación de no haber escrito lo suficiente: expresarme se volvió una adicción.

Partí de Campeche en una embarcación que me llevaría hasta la encantadora península para cumplir la más importante de las encomiendas solicitadas por el Primer Jefe: entrevistarme con el nuevo gobernador de Yucatán, Salvador Alvarado. Al atravesar las aguas del Golfo de México una oleada de emociones me atravesó al recordar que no hacía mucho tiempo estaba dispuesta a renunciar a todo con tal de instalarme en esas tierras y unir mi vida a la de Santiago. Qué lejano me pareció ese deseo, esa mujer. Mientras la embarcación se aproximaba a tierra firme, el país de los mayas me recibió más verde y brillante que ningún lugar visto por mis ojos.

De acuerdo al itinerario, antes de dirigirme a Mérida hice una parada en Motul para encontrarme con las mujeres locales. Ahí fui recibida por la Liga Feminista Campesina cuyas integrantes me contaron que esos eran los territorios de la Monja Roja, Elvia Carrillo Puerto, fundadora de dicha liga y famosa por exigir los derechos de las mujeres. Luego de enviudar, Elvia se declaraba a sí misma emancipada y viajaba por el estado alfabetizando a las mujeres mayas e instruyéndolas en temas de higiene y control de natalidad, lo cual dejaba ver una actitud francamente rebelde que con seguridad escandalizaba a las conciencias rancias. Quise conocerla pero las mujeres de la liga me dijeron que Elvia había partido hacia la espesura de la selva y quién sabe cuándo volvería.

—Desde chiquita se le veía siempre así, rondando los caminos, corriendo junto a su hermano Felipe. Ambos tienen los ojos de fuego —afirmaron con ese halo de misticismo que envuelve a los líderes natos; Elvia Carrillo Puerto pertenecía a esa cepa.

Durante la visita a Motul las yucatecas no me defraudaron: conocía la labor feminista iniciada en la entidad por la profesora liberal Rita Cetina a fines del siglo anterior y me era claro que para muchas mujeres este pensamiento formaba parte de su vida cotidiana. Sin embargo, este universo liberado era solo una mínima parte. Dejé Motul para trasladarme a las ciudades de Progreso y Espitia, y me di cuenta de que la mayoría de las mujeres en el estado vivían matándose en los campos de henequén por míseros salarios; que otras pasaban sus días enclaustradas en el hogar o deseaban casarse para que alguien las mantuviera, pues esa era su única opción de progreso. Igual que en todo México el fiero control de la sociedad, especialmente por parte de la Iglesia, las colocaba en eterna sumisión e ignorancia... y a cuántas de ellas no vi ceder a estos crueles designios. Desde entonces la exigencia de emancipación política, social y clerical se convirtió en un asunto crucial para mí: *En la actualidad se procura en la mujer el desarrollo de lo que se llama vida del corazón y del alma, mientras se descuida y omite el desarrollo de su razón. El resultado es una hipertrofia de vida intelectual y espiritual, lo que la hace más accesible a todas las creencias religiosas; su cabeza ofrece un terreno fecundo a todas las charlatanerías religiosas y de otro género, y es materia dispuesta para cualquier tipo de reacciones.*

Mientras sumaba aliadas, había mujeres que se iban de mis conferencias debido a la incomodidad que les provocaban mis ataques al clero o las alusiones a la sexualidad. En el mejor de los casos mis ideas les resultaban demasiado vanguardistas, en el peor, ofensivas y absurdas. En la efervescencia de unirnos había que reconocer que las mujeres teníamos posturas distintas sobre cómo mejorar nuestra precaria condición.

A mi llegada a Mérida fui recibida personalmente por el gobernador Salvador Alvarado, un sinaloense que portaba el grueso bigote que tanto distinguía a los constitucionalistas, aunque pronto descubriría cuánto sobresalía él entre todos ellos y entre cualquier otro hombre que hubiera conocido jamás. Carranza lo designó recientemente gobernador de Yucatán y desde ese momento, me confesó, se propuso honrar las tres causas que le eran tan importantes: la constitucionalista, la anticlerical, y para mi más completo asombro, la feminista. ¿De verdad él y yo tendríamos tanto en común? A pesar de las ocupaciones que le exigía su posición, Alvarado se tomó la tarde para darme un recorrido por el centro de la ciudad y hablarme acerca de sus ambiciosas propuestas. Era un hombre de avanzada. Partidario de la educación femenina, le preocupaba la explotación de las trabajadoras sexuales, las empleadas domésticas y las obreras de las plantas de henequén. Deseaba luchar por aquellas mujeres que no le importaban a nadie, menos a esa sociedad yucateca conservadora que, siguiendo las costumbres del porfiriato, mantenía sus riquezas con base en el despojo y la explotación.

—Considero un error social seguir educando a las mujeres para un mundo que ya no existe... —afirmó Alvarado durante nuestro paseo.

—¿A qué se refiere con eso? —le pregunté.

—A que seguimos habituando a la mujer a que, como en la antigüedad, permanezca recluida en el hogar y solo salga para asistir a bailes y fiestas religiosas; eso ya no puede ser. El constitucionalismo está impulsando una nueva sociedad y en ella las mujeres deben desempeñar un papel activo.

Su opinión me dejó helada. Jamás había escuchado a un hombre expresarse como él, ni siquiera los políticos más progresistas con quienes me había tocado coincidir.

—Mientras más lo pienso —prosiguió—, más confirmo cuán necesario es que la mujer cuente con un estado jurídico que la honre y con una educación que le permita vivir con independencia.

Alvarado estaba convencido de que las mujeres debíamos participar en la reconstrucción de México y que eso solo sería posible cuando se nos otorgaran derechos. Tan maravilloso me pareció el gobernador que una parte de mí se mostró escéptica; probablemente sus palabras se debieran a un afán momentáneo por congraciarse conmigo, pero no fue así. Tenía pocos meses en el poder y ya había realizado cambios extraordinarios en Yucatán y lo había hecho como se debe: promulgando leyes y disposiciones. Alvarado promulgó una ley que concedió libertad para las trabajadoras domésticas —casi esclavizadas por aquel entonces—, la cual establecía horas máximas de jornada así como salarios mínimos; y prohibió los burdeles con el fin de liberar a las trabajadoras sexuales. También fundaba escuelas rurales por el estado e incluso se había reunido con la Monja Roja para colaborar juntos en la dignificación de la mujer yucateca. En el general encontré el aliado que la causa feminista en México necesitaba: su designación me demostraba que el constitucionalismo se había dado a la tarea de otorgarle la igualdad a las mexicanas y por ello abracé la causa todavía con más fervor.

Durante la conferencia en Mérida recalqué mi apoyo a Venustiano Carranza así como al gobernador Salvador Alvarado. Era el fin de mi gira por el sureste y me despedía de Yucatán con la certeza de que transformar nuestra situación no representaba una utopía.

Conmovida de verme rodeada por tan grande número de mujeres, esa tarde recordé las sabias palabras de la filósofa rusa Alejandra Kollontai: la Mujer Moderna, señalaba, no sería solo "resonancia, instrumento, complemento del marido"; sino una mujer que "ha dejado de ser reflejo del hombre" para ser ella misma. Con una emoción que me hizo casi temblar, afirmé que el todavía llamado "sexo débil" debía lograr un alto ideal de libertad y progreso que, poniendo a la mujer al nivel del hombre, la comprenda no solo nominalmente en la misma ilustración y justicia, sino que le otorgue los mismos derechos y las mismas prerrogativas que se le conceden al "sexo fuerte". Para mí, la igualdad entre mujeres y hombres debía ser imprescindible en todos los planos. Debido el estallido revolucionario la lucha por el sufragio femenino en México esperaba aguas más tranquilas para resurgir y pronto habría espacio para hacerlo. La demanda por la ciudadanía política no podía esperar más: había llegado el momento de poner manos a la obra.

A mi regreso a Veracruz me enteré de que mis compañeras de la residencia continuaban viajando, incluso más lejos que yo: Dolores se encontraba en Boston como parte de las misiones al extranjero organizadas por el gobierno del Primer Jefe, mientras el resto de las profesoras se dirigieron a Nueva York, Filadelfia y Washington. El apoyo que el constitucionalismo nos brindaba a las mujeres me infundó un ímpetu renovado pero a la vez una apremiante necesidad por explorar territorios nuevos.

Una tarde acudí a la oficina del secretario Palavicini para entregarle mi más reciente escrito. Entonces ya me era imposible ignorar esa sensación de que mis ambiciones eran demasiado grandes y aquel espacio, que amablemente me otorgaban en *El Pueblo*, demasiado pequeño para todo lo que necesitaba expresar.

—Le agradezco de nuevo su colaboración, señorita Galindo —señaló luego de hacer una rápida revisión al texto, como siempre.

Me dirigí a la puerta dispuesta a abandonar aquella oficina pero me detuve.

—¿Le puedo hacer una pregunta? —señalé.

—Por supuesto —respondió Palavicini.

—¿Qué tan difícil es fundar una revista?

PARTE III
EMPODERAMIENTO

MUJER MODERNA

Decía mi tía Ángela que *Cada camino tiene su destino*; el mío lo construí sin más herramientas que el tintero y la pluma. El sueño de fundar mi propia revista había nacido de mis primeras experiencias como lectora, de cuando mi tía me narraba las noticias antes de dormir y del momento en el que descubrí la poesía de Sor Juana, quien encontró en la escritura una vía para rebelarse a la estricta sociedad de su tiempo. Con cuánta avidez atesoré durante mi adolescencia aquellas publicaciones que me abrieron los ojos a la opresión a mi alrededor: los números de la extinta revista femenina *Violetas del Anáhuac*, y del periódico *Regeneración* fundado por los Hermanos Flores Magón, el cual, luego de detener sus operaciones, estaba listo para reimprimirse.

A mis 29 años me hallaba en un sitio privilegiado. Mi cercanía con el gobierno de Carranza, su impulso a la prensa y su simpatía por las mujeres hicieron de esa mera ilusión una realidad. Con el visto bueno de Luis y de Palavicini, para arrancar mi propia revista solo necesitaba el apoyo del Primer Jefe, el cual hubiera dado por sentado de no haber sido por cierto incidente que se presentó uno de esos días, el primero de los muchos que vendrían a partir de entonces.

Como buen político, Carranza se daba tiempo para convivir con la oligarquía local y mantener sus simpatías, como lo fue en el caso de los Linares, próspero matrimonio dedicado al comercio cafetalero. Durante estas audiencias acostumbraba mantenerme a unos metros de él, con la mirada baja, en silencio como una sombra.

Después de narrar los amargos sinsabores por los que había pasado la industria del café a lo largo de la revolución, y a pesar de eso jurar su apoyo "al próximo presidente de México, don Venustiano Carranza", el matrimonio Linares trasladó la conversación a otros temas igual de preocupantes que las pérdidas sufridas por su negocio. Con una tacita de café pegada a los labios, la señora Linares mencionó con gravedad:

—Lo realmente trágico es el bienestar de las familias en este país. Vivimos en una auténtica degradación, eso no se puede negar. Esa engañosa idea de igualdad está terminando con la felicidad y paz en los hogares. Poco les importan a las mujeres el orden, el recato, los quehaceres. Las casas se han convertido en cuevas invivibles... y mucho me temo que esto no va a terminar ahí.

—Son días de abominación pura —la secundó su marido con la mirada clavada en Carranza, quien se limitó a asentir con pesadez.

—La libertad pareciera ser el único ideal de las señoritas, especialmente de las estudiadas. Es una lástima que el acceso a la educación les haya llenado la cabeza de quimeras —continuó la señora Linares.

—Como bien dicen: *Las mujeres que ostentan demasiados conocimientos ven pisoteados sus encantos* —afirmó su marido con autoridad dictatorial.

—¿Y de qué sirven los encantos si se nos quita la voz y se nos prohíbe participar en toda actividad *solo por haber nacido en un género que no elegimos*? —señalé, impulsada por el coraje.

Aunque no me atreví a voltear, pude sentir cómo don Venustiano se sobresaltaba sobre su sillón mientras el señor Linares, siempre atento a su esposa, se metía un paste a la boca para rehuir al atolladero. La señora Linares me miró con una expresión compasiva, falsa a todas luces, y se apresuró a responder:

—Entiendo claramente de dónde proviene su razonamiento. Me temo que hay quienes confunden el término "independencia" con el de "soledad" y "rechazo"; quienes no conocen la felicidad de poseer una familia tienden a simpatizar con esta clase de ideas que, con

234

frecuencia, mentalidades similares a la suya suelen catalogar como avanzadas. La soledad siempre nos predispone al autoengaño. Se llama supervivencia —afirmó aferrándose orgullosa al brazo de su marido como si este fuera un anillo de diamantes.

Don Venustiano detuvo en seco —y con elegancia— el ritmo de nuestra naciente discusión. Prometió atender las necesidades de la industria cafetalera con tan fino tacto que los Linares dieron por escuchadas sus quejas y procedieron a salir del despacho. Una vez que estuvimos solos me hizo una dura llamada de atención: admiraba mi compromiso con la causa feminista pero reprendió mi intervención durante la audiencia. Los Linares eran nuestros aliados y había que tratarlos con respeto. A los pocos días me enteré de que estos habían enviado una airada carta a Carranza para "llamar su atención sobre los polémicos comentarios de su ya no tan joven secretaria, quien representa la causa constitucionalista y debiera ser la viva imagen de la gracia, la servilidad y la discreción". No hablamos más sobre el asunto pero este me sirvió para recordar el rechazo que mis ideas solían acarrear entre ciertos sectores. Después de lo sucedido tuve la certeza de que don Venustiano declinaría su apoyo a mi proyecto de publicación y, sin embargo, una vez más apostó por mí. No solo me brindó su consentimiento para la fundación de mi revista, sino también facilitó los gastos de imprenta y los recursos para editar los primeros ejemplares.

Una vez asegurado el capital me comuniqué con las únicas personas que deseé tener junto a mí en esta aventurada empresa: las amigas, compañeras y correligionarias que había acumulado hasta entonces. Con previa experiencia periodística, Elena se mostró emocionada ante la propuesta de colaborar conmigo y prometió enviarme un artículo tan pronto como le fuera posible; lo mismo me aseguró Salomé Carranza, a quien no dudé en invitar. Beatriz, quien jamás había escrito de manera formal, me sugirió redactar una pequeña pieza sobre moda, su tema favorito, lo cual me pareció una idea maravillosa. Por el momento no contaba con una oficina pero estaba lista para trabajar desde mi escritorio en Veracruz; el correo, el telégrafo y el entusiasmo de mi pequeño equipo me eran suficientes. Luego de mucho cavilar bauticé a la publicación con el nombre de *Mujer Moderna*, el cual remitía a las palabras de la erudita rusa Alejandra Kollentai. Igual que ella, nosotras apostábamos por un nuevo ideal femenino: la mujer independiente e informada, dueña de sí misma y con intereses propios. Como su directora, definí que nuestra publicación sería constitucionalista, anticlerical y sobre todo feminista. A partir de la propuesta de Beatriz determiné que en nuestras páginas incluiríamos temas de otra índole, como salud, literatura, belleza y cocina, así como noticias de actualidad, lo cual seguramente interesaría a nuestro futuro público debido a los convulsos tiempos en que vivíamos.

México y el mundo entero atravesaban por una vorágine de cambios que marcaban el inicio y el fin de una era: la guerra devastaba Europa y anticipaba un nuevo orden mundial, Porfirio Díaz había muerto en París y las fuerzas de Venustiano Carranza continuaban su avasallador dominio sobre las huestes de la Convención, proeza en donde resaltaba la actuación del general Pablo González, quien había conquistado la capital del país mientras el general Obregón se recuperaba de un penoso accidente en el que había perdido el brazo derecho. No conocía a González pero admiraba sus conquistas militares y su obediencia al Primer Jefe, por lo que decidí publicar una breve nota sobre él en la revista.

Durante las siguientes semanas fui recibiendo los artículos de mis compañeras: llegaron de Ciudad de México, de Tlacotalpan, incluso de Tabasco y Yucatán. En las mañanas realizaba mi labor junto a don Venustiano y el resto del día me enfrascaba en la lectura, escritura y corrección de textos, armando cariñosamente cada página de la futura publicación aun si ello me obligaba a pasar la noche en vela. Hubo quienes firmaron sus escritos con su nombre; otras optaron por utilizar un seudónimo por miedo a ser señaladas. La francesa Olympe de Gouges, autora de la *Declaración de los derechos de la mujer y de la ciudadana,* pagó su rebelión con la guillotina y más de un siglo después las mujeres todavía teníamos miedo de expresar libremente nuestras opiniones. Tiempo más tarde confirmé que nuestro atrevimiento valdría la pena. Siempre valdría la pena.

El primer número de *Mujer Moderna* vio la luz el 16 de septiembre de 1915. Veracruz se preparaba para festejar un aniversario más de la Independencia de México mientras yo me mordía las uñas a la espera de que nuestra revista empezara a circular por las calles. Consideré como una sólida muestra de compañerismo que Salomé se presentara en el puerto para acompañarme en ese día tan especial, el cual celebramos a nuestra manera. Entramos a una fonda cercana al malecón, ordenamos dos tazas de café y nos dispusimos a leer ese perfecto cuadernillo. En sus primeras páginas declaré que el objetivo de *Mujer Moderna* era *defender los derechos de la mujer mexicana, su emancipación y engrandecer sus santas misiones, no solo en el hogar sino en sus deberes con la Patria.* Bajo el título de "¡Laboremos!", en la editorial lancé un optimista saludo a nuestras lectoras y algunos lectores curiosos, así como una pregunta con la que me proponía invitar a la reflexión: *Si la mujer es la compañera del hombre y su igual, no hay motivo plausible para que la abandonemos a la hora de decidir la suerte definitiva o temporal de la Patria. ¿Con qué derecho nos quejaremos de los resultados mañana, si hoy no hacemos nada de nuestra parte?* Sabía que mi afirmación acerca de la igualdad entre hombres y mujeres me ganaría no pocos opositores pero ya no me interesaba provocar unanimidad. A través de estas páginas estaba lista para iniciar el diálogo, la discusión y el debate; deseaba romper esa impenetrable coraza que por siglos nos habían impuesto a las mujeres con el fin de silenciarnos.

—¿Sabes qué tuve que hacer para escaparme de mi casa? —mencionó Salomé en tono juguetón—. Le dije a mi papá que pasaría el día en la parroquia de Tlacotalpan ayudando con la fiesta de hoy. Cuando se entere de que no me vieron ni la sombra…

—¿De verdad no sabe que te interesa la política?

NO ME CERRARÁN LOS LABIOS

—Claro que sabe, nomás que prefiere voltearse para otro lado. Le da vergüenza. Todavía tiene la esperanza de que llegue el hombre que me salve y se case conmigo como Dios manda. Jura que María y yo no saldremos de la casa si no es vestidas de blanco. *Pues aquí me vas a amortajar porque lo que yo necesito es un empleo, no un marido*, le respondo siempre.

—Trabajo ya tienes —afirmé tajante—. No puedo pagarte gran cosa y tampoco sé cómo financiaremos los siguientes números, pero te propongo que continúes colaborando conmigo. ¿Te gustaría?

—¡Por supuesto! —asintió con una sonrisa jovial—. Solo prométeme que harás todo lo posible por asegurar el futuro de la revista.

—Habrá que sacar fondos hasta de las piedras, pero así será.

Ese primer mes nos contentamos con mantenernos a flote. Los recursos otorgados por don Venustiano se extinguían con rapidez y cada nuevo número de *Mujer Moderna* se sentía como si fuera el último. La angustia que me provocaba nuestro apretado presupuesto se mezclaba con la emoción de emprender el proyecto de mis sueños junto a Salomé, quien se convirtió en la cómplice perfecta en mis andanzas editoriales. Ella tenía planes de promover la escuela laica e inspirar a nuestro público con artículos que resaltaran la figura de mujeres como Matilde Montoya, la primera mexicana que ostentó el título en Medicina, y Josefa Murillo, la talentosa poetisa oriunda de Tlacotalpan, como ella. Con Salomé compartía el deseo de indagar en diversas experiencias femeninas, de hablar sobre el papel de la mujer en el campo, en la guerra, en el ideal político. Las mujeres nos habíamos abierto nuevos caminos en los últimos cinco años y nuestra tarea era comunicárselo a las lectoras. Con esta consigna, repartí ejemplares de *Mujer Moderna* entre mis compañeras de la residencia y enviaré otros más a varias ciudades de Veracruz, Tabasco, Campeche y Yucatán, en donde le dirigí un ejemplar al gobernador Alvarado. Este me agradeció con una larga carta en donde además de felicitarme por la publicación, mencionó que ya tenía planes para dar voz a las mujeres y que me los comunicaría más tarde. Estaba convencido de que la participación del "elemento femenino" era indispensable para crear la nueva sociedad que nacería de la revolución.

Con la balanza inclinada a su favor, a fines de 1915 Carranza marchó del puerto de Veracruz con rumbo al norte del país mientras el Edificio de Faros se preparaba para una nueva mudanza: la de la despedida. La capital permanecía ocupada por las fuerzas comandadas por Pablo González y todo indicaba que, más pronto que tarde, el constitucionalismo se instalaría en el corazón del país. Antes de partir Carranza me dio la orden de esperar sus indicaciones para definir mi siguiente paso.

Sin su presencia mi rutina sufrió un cambio radical. Me presentaba en la oficina para organizar archivos y empaquetar documentos con miras al traslado que se avecinaba mientras continuaba coordinando junto a Salomé la edición de *Mujer Moderna,* una tarea difícil debido a nuestros apretados fondos.

La correspondencia que llegaba al Edificio de Faros se redujo considerablemente y por esa razón, una mañana me sorprendí al toparme con una peculiar carta. La firmaba el mismísimo general Pablo González y no estaba dirigida al Primer Jefe, sino a mí. Al abrirla encontré un generoso donativo monetario para la revista y una nota escrita por puño y letra del general. Me agradecía el artículo que escribí sobre él y recalcaba que la admiración que yo le profesaba en mi texto era mutua. Al cerrar el sobre me reconfortó saber que por cada señora Linares, el camino de mi destino se poblaba de múltiples e inesperados aliados. Quién sabe qué me depararía el futuro durante los siguientes meses pero de una cosa estaba segura: la promesa que le hice a Salomé no fue en vano.

LA OTRA REVOLUCIÓN

Entonces empezó otra revolución, la nuestra. En noviembre de 1915 el gobernador Salvador Alvarado lanzó una convocatoria sin precedentes en México. Invitaba a las mujeres a participar en el Primer Congreso Feminista, un espacio en donde serían libres de expresarse sobre cuestiones referentes a su educación, a su situación laboral e incluso a sus derechos políticos. El arrojo del gobernador tomó por sorpresa a muchos excepto a mí, pues a través de nuestra nutrida correspondencia intercambié con él diversas propuestas para empujar la reivindicación de las mujeres. Carranza continuaba su viaje por la república y se había establecido temporalmente en Querétaro. Desde allá me dio licencia para ausentarme del Edificio de Faros con miras de presentarme en el Congreso, el cual volvía a recalcar el compromiso del constitucionalismo con las mujeres. Entre mis conocidas la convocatoria provocó una efervescencia alentadora. Elena me anunció su llegada a Veracruz para embarcarnos juntas rumbo a Yucatán e igual que ella, Salomé y algunas profesoras de la residencia empezaron a hacer preparativos con tal de asistir a la singular cita, en donde por invitación del gobernador yo sería una de las oradoras.

Por esos días un tema en particular acaparaba las conversaciones de los círculos feministas alrededor del mundo: el sufragio. En estas discusiones palpitaba todavía la voz de las pioneras, aquellas mujeres que habían puesto el dedo en la llaga. Medio siglo atrás, la peruano-francesa Flora Tristán impulsó con ardor la lucha obrera

240

y también por esos tiempos se celebró la reunión de Seneca Falls, Nueva York, donde un grupo de mujeres declaró que "la imposibilidad de sufragar las condenaba a estar impedidas de ciudadanía, y el matrimonio las convertía en muertas civiles". Las estadounidenses reivindicaban no solo su derecho al voto sino también a la propiedad y, en el caso de las mujeres negras, a la libertad y a su inclusión en las luchas feministas, compuestas en su gran mayoría por mujeres blancas. Si bien en Alemania los socialdemócratas propusieron otorgar el sufragio a las mujeres durante el Congreso de Erfurt en 1891, hasta entonces pocos habían considerado su propuesta: en Nueva Zelanda y Australia el voto femenino se había instaurado en 1893 y 1902 respectivamente; en algunos lugares de Estados Unidos las mujeres participaban en elecciones municipales; y en Argentina, la activista Julieta Lanteri había logrado emitir su voto en 1911 aprovechándose de una laguna legal. Victorias que surgían aquí y allá pero no terminaban de ser suficientes. En Europa la Gran Guerra había puesto en pausa los movimientos feministas, no obstante, antes del estallido del conflicto bélico las combativas inglesas encabezadas por Emmeline Pankhurst rompían vidrios, se sometían a huelgas de hambre, soportaban detenciones y encarcelamientos con tal de ver cumplida su petición: voto para las mujeres. Mientras unos tachaban esas luchas de ridículas, producto de la insistencia de mujeres locas, afeadas por su obsesión de igualarse a los hombres, para mí Pankhurst y compañía eran una inspiración.

En México no nos quedábamos atrás: distintos grupos de mujeres habían exigido la ciudadanía desde la consumación de la independencia y esa demanda se mantuvo viva en ciertos círculos hasta manifestarse en aquella petición que le hicimos al presidente interino León de la Barra. Ya no más. Con el dominio evidente de Carranza sobre Zapata y Villa, un nuevo proceso democrático se vislumbraba cercano y el debate volvía a abrirse. ¿Las mexicanas lograríamos obtener el derecho al voto? ¿Lo deseábamos? ¿Teníamos la capacidad de ejercerlo? Tristemente, la simple idea de una mujer que acude a las urnas no tenía siquiera cabida en el imaginario nacional. *Las mujeres mexicanas no buscamos, por ahora, el sufragio… por el momento estamos interesadas en la educación*, había declarado la profesora María Martínez, enviada por Carranza a Estados Unidos, al diario *The Boston Evening Transcript*, y muchas voces se manifestaban en ese tenor. El deseo de impulsar el debate me llevó a planear la cobertura del Congreso Feminista en *Mujer Moderna*, especialmente en lo que se refería al sufragio. A diferencia de sus detractores yo estaba segura de que era momento de apoderarnos de ese derecho. Y sabía que no era la única.

Elena llegó a Veracruz en enero de 1916, unos días antes del inicio del Congreso. Llevaba el cabello corto a la europea y un vestido oscuro, lucía radiante. Compartimos el desayuno en una fonda cercana al malecón y lo alargamos hasta el atardecer debido a todo lo que no nos habíamos podido decir en persona durante meses de correspondencia. Con las aguas del Atlántico como escenario, Elena me confesó lo que ella, al igual que yo, vivía en carne propia: la intolerancia que pesaba sobre la vida de mujeres como nosotras, solteras y comprometidas con nuestro empleo y quehacer intelectual, poseedoras de un espíritu rebelde que nos llevaba a pensar de manera distinta. Hablamos acerca de lo extenuante que era siempre justificar nuestras decisiones, plantarnos frente a los ataques; ahondamos en esos momentos en los que el cansancio ante los interminables cuestionamientos nos orillaba a fingir una sonrisa, un silencio, un malentendido.

—Ahora más que nunca me es más claro que socialmente la mujer no existe sino en el matrimonio; pareciera que no somos más que un ornamento. Entre la violencia de algunos hombres y el carácter cándido y tímido de algunas mujeres, quienes se aferran a no desagradar ni ser mal vistas, el panorama que enfrentamos me parece desolador. No sabes cuánta falta me hacía verte, comprobar que no me encuentro sola, que no estoy equivocada… —reflexionó con aire melancólico.

Ansiábamos compartir estas experiencias relativas a nuestra "inédita femineidad" con las mujeres del Congreso Feminista, sin embargo, un revés modificaría los anhelados planes. El día de nuestro embarco a Mérida desperté ardiendo en fiebre. Mi garganta estaba cerrada como un puño y un cansancio como el que no había sentido desde niña me hizo imposible poner un pie fuera de la cama. Elena permaneció a mi lado mientras Salomé, recién llegada de Tlacotalpan, atravesó las calles de Veracruz rumbo a la botica. Un par de horas después, un médico fue a visitarme. Determinó que padecía una gripe severa, posiblemente causada por mi intensa actividad física, razón por la cual me instó a guardar reposo. Al oírlo, renegué. Intenté minimizar sus palabras con tal de partir a esa cita impostergable, pero el hombre no se anduvo por las ramas: mi condición era delicada y el viaje podría desencadenarme una neumonía. La ilusión de asistir al Congreso Feminista se desvanecía ante mis ojos sin que yo pudiera controlar la tiritera. Era inútil. A todas luces mi delicada salud me obligaba a delegar. Según lo planeado, esa tarde Elena y Salomé se embarcaron hacia tierras yucatecas y llevaron consigo la ponencia que con tanta emoción escribí para el encuentro. Mis palabras serían leídas, pero sin mí.

Pocas veces me había visto obligada a guardar descanso. Mi pensamiento ocioso añoraba estar en Mérida, en Querétaro o en el Edificio de Faros, dondequiera excepto en esa habitación. A pesar de mis evasivas, mis compañeras de la residencia me cocinaban caldos de pollo, hacían turnos para cuidarme y, cual enfermeras, me suministraban vino de San Germán, un efectivo tónico en el tratamiento de los resfriados. Gracias a sus amables atenciones al cabo de pocos días la gripe empezó a ceder. Fueron contados los periódicos que hicieron mención del Congreso Feminista y no fue sino días después, cuando este llegó a su fin, que me enteré de lo ocurrido.

Desde Mérida Salomé me envió una narración de los pormenores del evento, en donde alrededor de seiscientas mujeres se dieron cita en el Teatro Peón Contreras, famoso por su bella arquitectura con tintes rococó. Jamás se había visto por esos lares una audiencia como aquella: secretarias, profesoras, amas de casa y señoronas yucatecas engalanadas con huipiles de colores. Luego de la ceremonia inaugural, amenizada con bebidas refrescantes y música de guitarra, llegó el turno de las oradoras. Todas buscaban la reivindicación de la mujer aunque las diferencias sobre cómo alcanzarla se evidenciaron de inmediato: las moderadas exaltaban su rol de madres y esposas y consideraban la educación como la única vía emancipatoria; mientras las llamadas "feministas radicales" —con quienes se me identificó— utilizaron la tribuna para manifestarse abiertamente contra el clero, demandaban educación, trabajo y la obtención de nuestros derechos políticos. Tal como ocurría en diversas partes del mundo, el voto fue el tema que despertó los más acalorados debates durante el Congreso. Elvia Carrillo Puerto, la Monja Roja, lo exigió con fervor; mi querida Elena se alzó en favor de la igualdad política y varias de las asistentes plantearon la posibilidad de incorporar a las mujeres en las elecciones municipales "para empezar", una idea con la que yo misma coincidía. No obstante, la otra mitad de las presentes se pronunció en contra de esa y de cualquier otra posibilidad, pues consideraba que el "sexo débil" carecía de experiencia para acudir a las urnas. De todo lo narrado por Salomé agradecí la transcripción de lo dicho por la congresista yucateca Francisca Ascanio, quien resumió muy bien lo absurdo de esos argumentos: *No es necesaria la experiencia previa para entrar a las luchas sufragistas, porque nunca la experiencia puede ser previa y porque la práctica precisamente se adquiere en la lucha.*

Aunque dejé bien claro mi apoyo al sufragio, el discurso que escribí para el evento no se refería a este tema. En su lugar me propuse hablar de algo más profundo, algo tan vedado e íntimo que sin duda permeaba toda la experiencia femenina: quería hablar del cuerpo de las mujeres, de sus deseos, de su sexualidad, de cómo el cruel control de la sociedad sobre nosotras alcanzaba nuestros más íntimos recovecos.

Salomé me contó que tanto ella como Elena hubieran leído gustosas mi ponencia pero que fue el señor César González, del Departamento de Educación, a quien se le encomendó esta tarea. Debo decir que durante un momento lamenté la apretada situación que ese pobre hombre debió pasar frente a aquella tribuna.

Bajo el título de "La mujer del porvenir", en mi ponencia afirmé la existencia del instinto sexual femenino y declaré que este *impera de tal suerte en la mujer y con tan irresistibles resortes, que ningún artificio hipócrita es capaz de destruir, modificar o refrenar...* Mis palabras desafiaban lo aprendido desde la escuela, en donde a las mujeres se nos enseñaba que el pudor, el recato y la inocencia eran las virtudes femeninas más apreciables. Mientras menos supiera una, mejor. Para mí ese pudor estaba mal entendido y no era más que un impedimento que atrofiaba la razón de las mujeres, que las hacía campo fértil a las mojigaterías así como presas fáciles a todo tipo de conquistas. *Los casos de pasiones inexplicables, las princesas que corrían la suerte de artistas trashumantes, las vírgenes de aristocrático abolengo que abandonaban su patria, hogar, familia, religión, sociedad, pasado, presente y porvenir por caer en brazos de quienes las cautivaban sin importar su condición social. Aventureros o místicos, millonarios o bandidos, titanes o funámbulos,* resalté, argumentando que el instinto sexual siempre ha sido aplaudido en los hombres y castigado en las mujeres. Defendí los grandes beneficios que traería la educación en esta materia e incluso sugerí la posibilidad de controlar la natalidad. Mi atrevimiento puso el dedo en la llaga: lo privado sí era un asunto público y aquella afirmación provocó innumerables desmayos.

¡Los trapos sucios se lavan en casa!, habría gritado una de las tantas asistentes que salieron del teatro con el fin de proteger sus inocentes oídos. Muchas se indignaron pero otras más defendieron mi ponencia y animaron al orador a continuar con su lectura, pues se armó tal zafarrancho que mis palabras corrieron el riesgo de ser silenciadas. *Fue una auténtica marabunta,* concluyó Salomé, quien ya afinaba los detalles de la crónica del Congreso Feminista para las páginas de *Mujer Moderna.* Cuánto agradecí contar con su colaboración y, en los días siguientes, con su amistad y con la del resto de mis aliadas: no tenía idea de cuán duro sería el castigo contra mí ni

alcanzaba a vislumbrar esa ola que comenzó a alzarse a partir de mi polémica intervención en Yucatán. Como yo misma había mencionado en mi discurso: *Según San Gregorio, la verdad debe decirse aunque sea origen de escándalo*, y yo lo obedecería hasta el final.

SIN MEDIAS TINTAS

Me llamaron de todo: ignorante, hombruna, inmoral. Las "buenas conciencias", siempre prestas al juicio, determinaron que mis opiniones en el Congreso de Mérida atentaban contra el orden social, la familia y la femineidad. Para colmo, la petición de incluir a las mujeres en las elecciones municipales fue rechazada bajo el argumento de que el "sexo débil" carecía de educación. El voto no lograba consenso ni entre las mismas mujeres, ¿cómo lo conseguiría entre los hombres, quienes eran los dueños del poder? Estaba equivocada al suponer que el gobernador Alvarado nos respaldaría. Su indecisión respecto a este tema terminó por derrumbar todas mis expectativas, quizá demasiado altas para el sentir general. *La cuestión del sufragio puede llamarse la cuestión batallona del feminismo. Hay muchos hombres de buena voluntad que parecen simpatizar con el movimiento feminista; hay muchas mujeres de entendimiento que parecen dispuestas a interesarse en la lucha por las reivindicaciones femeninas, y unos y otras se asustan como de algo inconveniente y antifemenino cuando se habla del derecho al voto,* reflexioné. Según Salomé, pronto se publicaría una compilación con todos los discursos presentados en el Congreso y yo la esperaba con ansias: deseaba ver qué tanto se había discutido, qué expresaban las demás oradoras, por qué mis palabras provocaron tal revuelo. ¿De verdad mi pensamiento era tan distinto al de estas mujeres? Si en algún momento mi vida había necesitado un giro, no cabía duda de que era este.

El paso de Carranza por Querétaro fue breve. La ciudad vio surgir la chispa de la independencia nacional así como el nacimiento de la Constitución de 1857, razón por la cual su temporada en Querétaro, aunque corta, resultó simbólica: Carranza demostraba que continuaría firme en la expedición de leyes, decretos y, tal como él mismo sentenció, de la "última Constitución" que México necesitaba. Con Zapata y Villa contra las cuerdas, y las fuerzas del general Pablo González afianzadas en la capital, aquel propósito se enfilaba hacia dichoso puerto: el Palacio Nacional. Al llamado de Carranza me despedí del Edificio de Faros y de mis compañeras de la residencia y abordé el tren que me conduciría de vuelta adonde había comenzado esta aventura.

A mi regreso Ciudad de México ya no era la misma. El paso de las distintas facciones dejó tras de sí pobreza, delincuencia y un caos sin precedentes. Sorprendía la cantidad de oficinas y talleres con las marquesinas cerradas, las grandes residencias balaceadas, las aceras destruidas. Los pobres lo perdieron todo; los ricos se resguardaban de "La banda del automóvil gris", famosa por el atraco a residencias y secuestros, un novedoso crimen jamás visto en tiempos de don Porfirio. El paisaje urbano también se modificó durante mi ausencia: los carruajes tirados por caballos dieron paso al creciente número de vehículos motorizados; las pulquerías, las cantinas y los cabarets se multiplicaron como nunca. Con todo, los capitalinos continuaban divirtiéndose. Los teatros se llenaban con zarzuelas y revistas en donde se presentaban populares cantantes de cuplé y triples como Mimí Derba, Esperanza Iris y la popular española María Conesa.

La fiebre del espectáculo ayudó a que Beatriz saliera avante en medio de los devaneos de la lucha armada. Cuán grande era nuestra amistad que todo ese tiempo distanciadas se convirtió en nada nomás nos encontramos en la estación de San Lázaro. Beatriz me recibió con un abrazo cálido, vestía un elegante conjunto que resaltaba su glamurosa figura, tan distinta ya de esa joven que se escondía bajo centímetros de tela para pasar desapercibida por las calles de Torreón. Aún ocupaba nuestro viejo departamento en la Guerrero, donde me acogió sin objeción alguna, aunque todo lo demás era nuevo en su vida. De Bárbara ni se acordaba, tampoco de su humilde empleo como costurera pues se había colocado como diseñadora de vestuario en el Teatro Principal, en donde se exhibían proyecciones de cine, así como una variada cartelera de magos, cómicos y cantantes.

—Sé que para ti es incomprensible, pero si los hubieras visto tú tampoco querrías a los *carranclanes* —señaló el día de nuestro reencuentro—. Tan emperifollados, haciendo desmanes en las cantinas con el pecho atiborrado de cananas. El general Pablo González era el peor.

—No creo que lo haya sido… —mencioné, incrédula sobre las supuestas andanzas de mi benefactor.

—¡Pero si lo hubieras visto! Dándose la gran vida mientras afuera la gente se moría de hambre, de tifo o a punta de pistola. ¿Sabes que las malas lenguas lo involucran con los del automóvil gris? Dizque por eso no agarraban a los muy méndigos. Me alegra que Carranza ya esté aquí, al general le hace falta un escarmiento.

Hablaba Beatriz con el pie sobre el motor de la máquina de coser, ambas sentadas entre escenografías y montículos de telas tras las bambalinas del Principal. Yo la escuchaba apesadumbrada. Lo ocurrido en el Congreso Feminista aún me perseguía por más que deseara evitarlo.

—¡Ya no le des más vueltas, Hermila! Que digan lo que quieran —dijo Beatriz, adivinando mi pesar.

—Ya lo han dicho… y de qué forma —respondí.

—¿Y qué esperabas? El que siembra vientos, recoge tempestades.

—En eso tienes razón —admití—. Mi discurso era una carta arriesgada y aun así, jamás vi venir una respuesta tan desfavorable. Pensé que llegaríamos a acuerdos, que ganaría aliadas y no detractoras.

—Hace no mucho tiempo la misma Conesa enfrentó a un grupo de señoras que solicitaba regresarla en el próximo barco a España.

La llamaron inmoral, igual que a ti. La diferencia es que ella se defendió hasta con los dientes.

—¿Y qué pasó cuando lo hizo? ¿La llamaron argüendera, llorona, histérica...?

—Quizá. O quizá no. Estas señoras argumentaban que la Conesa llevaba puesto un collar robado, de ahí el pleito —señaló alzando los hombros—. A lo mejor mi referencia no es adecuada. El punto es que si ella se defendió, tú con mayor razón deberías hacerlo.

—Los chismes de la farándula y los conflictos en la arena política son cosas distintas. A diferencia de María Conesa, yo laboro junto a Carranza, dirijo una revista, tengo contacto con gobernadores, secretarios y grupos de mujeres que me han depositado su confianza. Lo mío no es cualquier cosa, estoy con quienes dirigen los destinos de este país. Si la nueva constitución que tanto anuncia don Venustiano se convierte en realidad, debo ser estratégica para tener una mínima injerencia en ella —afirmé soberbia—. Hay mucho en juego como para hacer las aguas más grandes... En fin, no espero que entiendas la posición en la que me encuentro...

—Me sorprende que lo digas. Con todo lo que he pasado, puedes dar por seguro que te entiendo más de lo que crees —sentenció Beatriz con una risita implacable.

Solo hasta ese momento me di cuenta de lo insensible que había sido. Durante la conversación había olvidado quién era mi amiga, cuánto había sufrido por el solo hecho de ser quien la sociedad le había prohibido que fuera. Apenada, me levanté del taburete en donde me encontraba y me detuve frente a su máquina de coser.

—Perdóname. Estoy segura de que tú me entiendes mejor que nadie, especialmente en esta circunstancia. Eres una amiga maravillosa y no te mereces nada de lo que te han hecho, nada de lo que te han dicho...

—Tú tampoco —respondió visiblemente conmovida—, pero el mundo es así. Y conociéndote, no sé qué esperas para armar un tifón.

Tenía razón, no obstante, en el fondo aún me debatía sobre cómo proceder respecto a mis críticas. Tal vez lo mejor era enterrar el asunto y dejar que las cosas siguieran su cauce, como terminé por decidir.

A los pocos días de mi llegada a la ciudad, Venustiano Carranza tomó posesión de Palacio Nacional, y con él, la maquinaria de su gobierno. Esa fue la primera vez que vi en persona a Pablo González. No cruzamos palabra pero ambos nos saludamos con una sonrisa, la mía cargada de agradecimiento por sus donativos a *Mujer Moderna*. ¿Debía confiar en él a pesar de las habladurías? El general Obregón parecía tenerlo bien medido. A su encuentro ambos se saludaron como dos grandes amigos, un gesto inofensivo que no hizo más que resaltar su bien conocida rivalidad: si Obregón combatía a los villistas en el norte, González hacía lo propio con los zapatistas en el sur, ambos con resultados sobresalientes. Ese primer día Carranza se encerró en su despacho con el polémico general González en una reunión privada a la que ni yo fui requerida. Supuse que le pediría cuentas acerca de los rumores pues, conociendo la discreción de don Venustiano, estos no le habrían provocado ninguna gracia. Desde el inicio la afluencia de secretarios, generales, diputados y todo tipo de funcionarios parecía imparable, mayor que en Veracruz. No fueron pocas las veces que con muchos de ellos mantuve amenas pláticas e intercambié puntos de vista acerca de la situación con los zapatistas en Morelos o sobre el desarrollo de la guerra en Europa, asunto del cual me mantenía bien informada. Entonces ya no era solo "la simpática secretaria de don Venustiano Carranza" sino "la señorita Hermila Galindo".

Unos días después me encontré con Elena. No nos veíamos desde Veracruz, justo antes de su partida a Mérida. Emprendimos la caminata hacia una fonda ubicada en la calle de Plateros, rebautizada como Madero por Pancho Villa en su paso por la capital. Ordenamos un par de cafés, gaseosas y piezas de pan dulce. Una vez en la mesa le conté las novedades: mi regreso a la ciudad, el reencuentro con Beatriz, mis paseos por la galería Iturbide durante mis inusuales ratos libres en Palacio. Elena me escuchaba en silencio. Ninguna había sacado a colación lo ocurrido en Mérida hasta que de pronto tomó su bolso y de él extrajo un cuadernillo de pasta dura.

—No sabía cómo decírtelo. Lo recibí hoy en la mañana —dijo extendiéndolo hacia mí.

Se trataba del compilado de todos los discursos presentados en el Congreso Feminista. Apenas lo tuve entre mis manos, recorrí minuciosamente sus páginas una y otra vez. No tardé en darme cuenta de que mi discurso se había omitido de aquel cuaderno y que mi nombre no figuraba en la lista de participantes. Había sido eliminada.

—Estoy tan indignada como tú —me alentó Elena en un vano intento por reconfortarme—. Muchas congresistas insistieron en que la supuesta "inmoralidad" de tu discurso era motivo suficiente para no incluirlo en la publicación. Escuché sus amenazas cuando todavía me encontraba en Mérida pero jamás pensé que se atreverían a cumplirlas. Sé cuánto significaba para ti... de verdad lo lamento, Hermila.

No dije más, no sabía qué. Intenté darle un sorbo a mi taza de café pero se me estancó en la garganta. La destrucción de mi trabajo dejaba ver que algunas esferas aún funcionaban a la manera de las espantosas leyes inquisitoriales aun en pleno siglo xx. Beatriz tenía razón: debía renunciar a andarme con medias tintas.

En el siguiente número de *Mujer Moderna* dediqué varias páginas para responder a mis detractoras: *¿Inmoral mi trabajo? ¿Y en qué estriba su inmoralidad?... ¿Inmoral mi trabajo porque no cuadra con reglas tradicionales de conducta, que no se ha querido rectificar ni comprobar, porque rechaza toda imputación, ya sea en nombre del Estado o del dogma, porque reclama mucha luz para alumbrar a la mujer y la hace conocer sus altos destinos, porque pide una gran fuerza de voluntad para realizar su emancipación, a través de grandes obstáculos y venciendo dificultades enormes, porque, en una palabra, pide para la mujer completa libertad, es decir, la misma concedida al hombre para moverse sin trabas en el desarrollo de su personalidad?,* escribí, para dejar en claro que mi trabajo no era inmoral, sino incomprendido. Cuán sanadora resultaba la ira bien encauzada: en un abrir y cerrar de ojos, dejé atrás toda vacilación y volví a enfocarme en lo importante.

Con mis modestos ahorros alquilé una oficina para *Mujer Moderna*, la primera desde su fundación: se trataba de un estudio ubicado en un viejo edificio por cuyas ventanas alcanzaba a verse ondear la bandera de Palacio Nacional. Las manchas de humedad invadían las agrietadas paredes, el piso rechinaba y de la cocina emanaba un dudoso olor quizás atribuido a la falta de uso, sin embargo, jamás realicé mejor inversión. Contar con nuestro propio espacio facilitó todo: empezamos a armar juntas, a trabajar conforme a nuestros tiempos, a decorar a nuestro antojo. Beatriz se encargaría de cubrir *Teatro y Espectáculos*, Elena y yo *Política* y *Actualidad;* entre las tres daríamos seguimiento a los escritos de las colaboradoras que ya podrían ser remitidos a esta dirección. A partir de entonces no hubo límites para nuestras páginas. En las siguientes semanas alentamos a nuestras lectoras a visitar museos, a cultivarse con música y literatura, dimos la receta del pan de nata e incluimos un extravagante apartado al que titulamos "Predicciones astrológicas". Mi derecho a expresarme era mi más valiosa posesión: si por ello me condenaban, que así fuera.

OTRAS LATITUDES

—Enhorabuena, señorita Hermila —me felicitó don Venustiano. Vestía el chaquetón de gabardina que utilizaba en ocasiones importantes.

Caminé a través de ese rincón de Palacio Nacional sintiendo sobre mí el cálido cobijo de los vítores y los halagos. Entre mis manos sostenía el diploma en donde se leía mi nombre junto a la firma de Carranza. Uno a uno, fueron llamados los demás colaboradores que, como a mí, se les reconoció con una "Mención de Honor" gracias a nuestra lealtad al constitucionalismo en su paso por Veracruz. A dos años de mi adhesión seguía abrazando la causa con todo el fervor de mis entrañas. Don Venustiano aprovechó para insistir en su idea de reformar la Constitución, lo cual suscitó respuestas irregulares al interior del recinto. Algunos lo ovacionaron con júbilo, otros con clara indiferencia; yo intercambié miradas con Luis Cabrera, quien sabía cuánto me emocionaba aquella posibilidad, en donde bien podría haber cabida para las demandas de las mujeres, especialmente en lo referente al voto y la ciudadanía.

Apenas concluyó la entrega de diplomas se ofreció un desayuno en donde se dio cita la alta cúpula del gobierno carrancista: además de Luis, estaban Palavicini, Pastor Rouaix y Roque Estrada, así como otros fieles miembros del gabinete de don Venustiano; los generales Álvaro Obregón y Pablo González, pero también Hill, Diéguez, Calles y Treviño, cuya presencia era poco frecuente por Palacio. Se degustaron cafés con leche, huevos tibios, copitas de whisky y pan traído de El Globo. A lo largo de la mañana empezaron a distinguirse dos bandos entre los mandos militares: de un lado estaba el de Obregón; del otro, el de González. Ambos pelearon bajo las órdenes del Primer Jefe desde su cruzada contra Victoriano Huerta, pero en este momento en que la lucha armada parecía a punto de llegar a su fin, me preguntaba si sus lealtades seguían arraigadas. Ese día noté que el general Obregón marcó una abierta distancia con don Venustiano: le extendió un saludo cortante y a diferencia de ocasiones anteriores, desayunó en exclusiva compañía de sus generales más cercanos. Luis no simpatizaba con ninguno, pues exhibía una desconfianza natural en la milicia, tal como lo sentía Palavicini y otros miembros del gabinete. No me quedaba duda de que entre los muros de Palacio Nacional se evidenciaba una maraña de rivalidades digna de la pluma de Shakespeare.

Degusté el desayuno junto a don Venustiano y en el transcurso tuve oportunidad de intercambiar una que otra palabra con el general González, quien amablemente me felicitó por mi reconocimiento. En ese momento atisbé sobre mi hombro y me percaté de que Obregón nos observaba sigilosamente desde su mesa. Ni siquiera la pérdida de su brazo lo había desprovisto de su intimidante seguridad. Sonriente, alcé mi taza de café hacia su dirección y él me respondió con el mismo gesto; en ese juego de poder yo también debía ser cauta con mis cartas. Carranza sorteaba el asunto de manera similar aunque con mayor maestría. Entre sus dos terratenientes procedía de la misma forma con la que encaraba la Gran Guerra en Europa: con estricta prudencia y neutralidad.

A mediados de 1916 las encarnizadas luchas entre Alemania y el Imperio austrohúngaro contra las fuerzas aliadas encabezadas por Francia, Rusia y el Reino Unido sacudían Europa de formas inimaginables. Los periódicos registraban con estupor los millones de muertos así como el uso de un gas tan sofisticado como letal. Meses atrás, en mayo de 1915, el ataque del submarino alemán que provocó el hundimiento del transatlántico *Lusitania* habría supuesto la entrada de los Estados Unidos a la Gran Guerra pero el presidente

Woodrow Wilson se negó a ello. Aunque la mayoría de los pasajeros de esta embarcación —propiedad del imperio británico— eran ciudadanos estadounidenses, Wilson se mantuvo al margen y lo mismo hizo el gobierno mexicano encabezado por Carranza, quien optó por una política de no intervención. Aunque tensas, especialmente luego del desembarco en Veracruz, las relaciones entre México y Estados Unidos parecían dar señales de reconciliación… pero entonces el asalto villista a la pequeña ciudad de Columbus frenó aquellos modestos avances. Villa provocó saqueos, incendios, robó bancos e incluso dejó varios muertos; un acto que a todas luces constituía una represalia hacia los Estados Unidos y al reconocimiento que este país le había otorgado al gobierno de don Venustiano.

La respuesta del otro lado de la frontera llegó pronto. Las fuerzas estadounidenses del general Pershing cruzaron hacia Chihuahua con el pretexto de aprehender a Villa en un acto que a todas luces era una flagrante intervención. Mientras el indomable rebelde burlaba a sus perseguidores, Carranza encaraba la crisis con pulso de cirujano. Lamentó lo ocurrido en Columbus al tiempo que expresó su total desacuerdo con la entrada de sus tropas al territorio mexicano. En la delicada tarea de exigir el retiro inmediato de la expedición punitiva encabezada por el general Pershing, se dispuso a propagar su clamor de justicia por el mundo, específicamente por Latinoamérica.

A pesar de que no había mujeres que encabezaran labores diplomáticas, Carranza decidió encomendarme una visita a Cuba debido a mi demostrada lealtad y a mi adhesión a sus propósitos, pues al igual que él, me pronunciaba a favor de que todos los países debían respetar mutua y escrupulosamente sus leyes, sus instituciones y su soberanía. Fue en medio de este incendio que me embarqué por el Atlántico para cruzar por primera vez los límites de mi propio país y lo hacía precisamente para refrendarlos. A las primeras luces del amanecer, el silencio del océano cedió ante un lejano repiqueteo de campanas que se intensificó mientras nos acercábamos a la costa habanera, en donde fui recibida por un grupo de funcionarios locales.

Ninguno de ellos disimuló su sorpresa al descubrir que era yo la representante del gobierno carrancista. Como todos los asuntos públicos, la diplomacia era cosa de hombres.

La misma noche de mi llegada asistí a un coctel celebrado por el gobierno cubano. Un grupo de músicos amenizaba la velada con trompetas y guitarras; las mesas estaban decoradas con tocados tropicales y los meseros cruzaban el salón con charolas de comida.

El dominio que Estados Unidos ostentaba sobre la isla hacía de La Habana un activo centro comercial en donde confluía gente de todo el mundo. Tuve la fortuna de compartir la mesa con algunas representantes del Partido Nacional Feminista cubano, así como con una periodista española, Sofía Casanova, que pronto partiría a París para cubrir la Gran Guerra —otra actividad inusual para una mujer—, y con la esposa de un diplomático colombiano, una joven de nombre Eloísa Pinzón. Salvo las militantes del Partido, éramos desconocidas unas de otras y un silencio incómodo se posó en la mesa. No obstante, animadas en gran medida por los tragos de ron que los meseros no pararon de servir, a lo largo de la noche aquel mutismo inicial dio paso a un fluido intercambio de experiencias. Para mi sorpresa, todas ahí nos asumíamos feministas y cada vez fue más claro que nos diferenciaban nuestras latitudes, pero compartíamos las mismas luchas. En España, por ejemplo, según nos contó la culta periodista con cierta ironía, a las mujeres también se les tachaba de inmorales a la hora de abordar determinados temas o pronunciar ciertas palabras, como *sufragio*, *proyecto de ley,* y hasta *Real decreto*; lo cual nos provocó risas. La educación, el divorcio y el voto eran igual motivo de debate en nuestros respectivos países, y a partir de esta letanía de quejas la conversación se prolongó hasta el amanecer. Ya desde esas horas empecé a presentir la segunda resaca de mi vida pero bien había valido la pena. Cuando nos dimos cuenta los músicos se habían ido, solo un par de mesas permanecían ocupadas con uno que otro diplomático testarudo, y el marido de Eloísa, el agradable profesor Pinzón, luchaba por no caer rendido ante el sueño, un detalle decisivo para dar por concluida la "velada".

En la agradable compañía de estas mujeres visité durante los siguientes días lo que había que ver en La Habana: el Paseo de Martí, el Centro Gallego y el Parque Central, entre cuyas palmeras se asomaba un cielo de palomas. Absorbí de aquella tierra cada vista, cada sabor, cada aliento de brisa fresca. Incluso me tomé la extravagancia de narrarle a mi tía Ángela algunas reflexiones surgidas de mi aventura diplomática. *Cuando era niña nunca creí que pondría un pie fuera de nuestro rancho en Villa de Juárez, ahora Cuba me parece el primer paso para conocer el mundo entero...* le confesé en una carta que envié a Durango.

Mi primera conferencia se llevó a cabo en un popular teatro de la ciudad. Mi posición como diplomática me dictaba transitar por el camino de la concordia, la unión y la mesura, siempre siguiendo la política de Carranza en materia internacional: señalé que todos los países eran iguales y que por ello no había razón para violar su soberanía; recalqué que ninguna nación debía intervenir por ninguna forma ni motivo en los asuntos interiores de otra, que todos debían someterse —sin excepciones— al principio universal de la no intervención. La inevitable referencia a la ocupación que en ese momento establecía Estados Unidos sobre territorio mexicano fue causa de incomodidad para varios de los asistentes: ¿quién se creía ese tal Carranza para sublevarse de manera tan pública ante los designios yanquis? ¿Acaso México no estaría adoptando regias posturas de país grande cuando bien era un país chico? Di algunas conferencias más en La Habana y en todas defendí con fervor no solo las políticas de don Venustiano, sino también mis propias ideas sobre la unión entre nuestros países: *¿Por qué unir los estados latinoamericanos?... Porque los estados latinoamericanos sufren el mismo dolor, una idéntica enfermedad y una misma mano que los oprime... Que llegue presto ese día feliz en que los pueblos americanos de la raza latina obedezcan a una sola y hermosa bandera, que ondee acariciando las cumbres del Popocatépetl y el Momotombo... Que no tarde esa hora bendita en que un solo clarín llame a la defensa de los intereses colectivos, lo mismo a los moradores de las Pampas Argentinas, que* *a los habitantes de las fértiles llanuras mexicanas…,* señalé haciendo alusión a un artículo que por esos días escribí para las páginas de *Mujer Moderna.* Eloísa me contó que debido a mi espíritu combativo algunos me llamaban la Bayoneta, lo cual más bien me dio risa.

Días antes de mi partida recibí una noticia en extremo agradable: ante la propuesta de México de negociar por mediación latinoamericana el retiro de la expedición de Pershing, Estados Unidos por fin había manifestado su deseo de llegar a un arreglo directo con el gobierno de Carranza; un trato en el cual, indudablemente, en algo habría colaborado mi primera misión diplomática. Aprovechando los últimos días por esos lares, recogí para las páginas de *Mujer Moderna* la lucha de las cubanas por su emancipación. También escribí artículos sobre la geografía y la arquitectura local, reseñé eventos culturales, compartí con las lectoras cada experiencia que registraban mis ojos. Mi estancia en la isla despertó en mí nuevas inquietudes: había que dar conocimiento sobre cómo era la experiencia de ser mujer en La Habana, en Cali, en Galicia. Con esa idea en mente me dirigí a una librería ubicada en el Paseo de Martí y compré una agenda para recabar los contactos de posibles colaboradoras, en donde bien ya podía ir sumando distinguidos nombres.

Mi cumpleaños treinta lo celebré en la isla. Mis nuevas amigas organizaron un picnic en la playa, en donde me entonaron un caluroso *Feliz cumpleaños* y me obsequiaron un pastel de cajeta. Frente a nosotras el horizonte rosado desplegaba sus alas al filo del malecón. Algunas compañeras del Partido Feminista corrían junto a sus pequeños niños sobre la arena, otras más mantenían una acalorada discusión ideológica con la periodista española, mientras Eloísa anunció que pronto cumpliría un aniversario más junto a su amado esposo; mujeres tan distintas y a la vez tan similares. Al caer la noche las olas se sucedían unas a otras en una sinfonía perfecta. El número treinta sonaba definitivo: quién sabe cuántos caminos no había transitado ni transitaría, cuántos no había escogido. Cuántos sí. Cuántos quedaban por descubrir todavía. Todos los esfuerzos de antaño me regalaban una vida que ni en sueños pensé aspirar. A mis treinta años, concluí para mí misma, estaba satisfecha adonde me habían conducido el destino y sus avatares.

Como Ulises, volví a México fortalecida: mi llegada no fue el fin sino el inicio de una nueva odisea.

LA PELEA POR EL VOTO

Cuando creí vencidas mis esperanzas para presentar una petición del voto femenino, una contundente posibilidad se abrió ante mí: con bombo y platillo, Carranza convocó a la creación de un Congreso Constituyente que se reuniría en Querétaro con el fin de reformar la Carta Magna. Mi labor diplomática en Cuba, la cual fue elogiada por don Venustiano, me inyectó nuevas fuerzas para emprender aquella labor que, desde ese primer momento, se antojaba complicada mas no imposible. Estaba consciente de que el trabajo, la educación y la repartición de tierras eran los grandes temas nacionales y frente a ellos, la reivindicación femenina seguramente pasaría a segundo plano, pero eso no me detendría. Mi cercanía con el poder constitucionalista, su apoyo inusual a las mujeres y el papel que habíamos desempeñado a lo largo de la revolución me daban motivos para creer que mis exigencias podrían ser escuchadas.

Ese mismo día convoqué al equipo de *Mujer Moderna* a una junta. Gracias a las ventas y a los generosos donativos la oficina se afianzaba. Las paredes pedían a gritos un recubrimiento de pintura y los marcos de las ventanas parecían próximos a desvencijarse, pero a mis ojos nuestro pequeño rincón era perfecto. Al llegar de La Habana puse manos a la obra y me hice de unos cuantos escritorios, sillas, plumas y hasta un par de mecanógrafas. Según convenimos en la junta, *Mujer Moderna* emprendería una campaña de promoción del voto femenino; el Congreso Constituyente se reuniría en pocos meses y no había tiempo que perder. Si bien nuestras secciones continuarían con habitual regularidad, el resto de la publicación

NO ME CERRARÁN LOS LABIOS

resaltaría las ventajas que la participación política traería a la vida de las mujeres.

Como directora puse todos mis esfuerzos en escribir un texto para inaugurar ese objetivo y, de paso, dar una respuesta a lo que me habían cuestionado tantas veces: *¿Para qué necesitan las mujeres el voto?... Las mujeres necesitan el derecho al voto por las mismas razones que los hombres; es decir, para defender sus intereses particulares, los intereses de sus hijos, los intereses de la Patria y de la humanidad, que miran a menudo de modo bastante distinto que los hombres. A los que nos acusan de querer salirnos de nuestra esfera, respondemos que nuestra esfera está en el mundo, porque ¿qué cuestiones que se refieran a la humanidad no deben preocupar a la mujer, que es un ser humano, mujer ella y madre de mujeres y de hombres? ¿Qué problema, qué cuestión pueden discutirse en el mundo cuya solución no haya de repercutir sobre la vida de la mujer, directa o indirectamente? ¿Qué leyes puede haber que no la favorezcan o no la perjudiquen, a ella o a los suyos, y que, por lo tanto, no deban ni puedan interesarle? La esfera de la mujer está en todas partes, porque la mujer representa más de la mitad del género humano, y su vida está íntimamente ligada a la de la otra mitad. Los intereses de las mujeres y de los hombres no pueden separarse. La esfera de la mujer está, por lo tanto dondequiera que esté la del hombre, es decir, en el mundo entero.*

La respuesta a mi pronunciamiento no tardó en llegar.

Un par de semanas después, atravesé las puertas de Palacio Nacional dispuesta a comenzar una nueva jornada. Las tensiones con Estados Unidos y la convocatoria del Constituyente incrementaron la agitación en el recinto hasta lo indecible: Luis Cabrera partió hacia territorio estadounidense como parte del grupo que negociaría la expulsión de las tropas de Pershing de suelo mexicano; el sutil, aunque creciente, distanciamiento entre Carranza y Obregón vaticinaba ya un Congreso dividido en Querétaro; y la agenda de don Venustiano la habían atiborrado con una larga lista de audiencias que usualmente se prolongaban hasta la medianoche. Me acomodé en mi escritorio y me topé con un ejemplar del periódico *Gladiador* junto a la mecanógrafa. "Mira la página 3" se leía en un trozo de papel donde reconocí la caligrafía de un cercano funcionario que laboraba también en el recinto. En la página indicada se encontraba una extensa carta firmada por la señora Inés Malváez, quien no me era desconocida: en mis tiempos como secretaria del general Hay, esta se distinguía entre los clubes femeninos por ser integrante de Lealtad, un grupo de mujeres maderistas que organizaba labores de propaganda en la lucha contra Huerta. La respetaba, claro está. Pero eso no significaba que me rendiría ante ella. En su carta Malváez echaba por tierra mi pronunciamiento a favor del voto femenino. Era una de las antisufragistas más notables de México y calificaba mi propuesta como "anómala": a su parecer la mujer no podía votar mientras no hubiera empleado años en su educación; la consideraba incapacitada para acudir a las urnas y, debido a su absoluto fanatismo religioso, señalaba que era incapaz de distinguir los derechos individuales. Si el Constituyente otorgaba el voto a las mujeres, advertía, pondría en peligro a la Patria.

—¡¿Pero quién se cree esa tal señora Malváez?! —explotó Beatriz apenas crucé el umbral de la oficina de *Mujer Moderna*. Sostenía un ejemplar del *Gladiador*.

A su lado, Elena me observaba con cautela. La expresión en sus rostros me confirmaba que estaban tan molestas como yo.

—Publicaremos nuestra postura apenas nos lo indiques. Hablé con la imprenta y me aseguraron que tendremos los ejemplares mañana a primera hora —aseguró Elena.

—Apoyo la moción —secundó Beatriz—, vamos a darle a esa mujer una sopa de su propio chocolate.

—No… decidí que vamos a publicarla —señalé acomodándome en mi escritorio.

—¿Publicar qué? —preguntó Elena.

—La carta de Inés Malváez. Le daremos un espacio en el próximo número de *Mujer Moderna*.

Ambas intercambiaron miradas, confundidas con mi decisión.

—Discúlpame, Hermila, pero lo que dices me parece una barbaridad —continuó Elena—. ¿Reproducir esos insultos en tu contra para qué? ¿Para atentar contra el voto femenino y encima contra tu persona? No tiene sentido.

—Esta revista nació con el objetivo de intercambiar ideas, no renunciaré a ello aun si ahora no juegan a mi favor.

—Pues a mi parecer, en esta ocasión es tu soberbia la que habla... —increpó Beatriz con su habitual sinceridad.

—Puede ser —admití—. Pero si no les informo a mis lectoras acerca de los ataques de Malváez, ¿cómo voy a responderlos?

A pesar de las dudas de mi equipo las palabras de Malváez tuvieron cabida en nuestras páginas y junto a ellas, mi réplica: si se pronunciaba a favor de la revolución, tal como lo hacía, era contradictorio que luchara por mantener a las mujeres metidas en el hogar y reducidas a un eterno estado de servilismo. Defendí el voto reafirmando mi confianza en el sexo femenino e insistí en que para el ejercicio de los derechos políticos no había mejor educación que la práctica misma; repetí que muchos hombres eran también analfabetas y fanáticos, y aun así no se les negaba el derecho de asistir a las urnas; mencioné que en la actualidad las mujeres haríamos buen uso del sufragio y por lo tanto no había razón para aplazarlo a un "eterno mañana que nunca llega".

La relevancia de ambas en la arena pública hizo de nuestro conflicto un asunto jugoso en la prensa y este fue reproducido por varios periódicos. *¿Quién no disfruta ver a dos mujeres peleándose?*, mencionó Beatriz con certera ironía. A partir de esta polémica mis opositoras se multiplicaron y todo en mí se convirtió en motivo de escarnio: mi edad, mi soltería y hasta mi trabajo dieron rienda suelta a todo tipo de insultos. Una de mis más fieras críticas, una mujer de nombre María Campillo, fue también de las más inventivas. Me llamó "exjoven", calificó mi "erudición" como "tirada de los cabellos", me tachó de insensata. *Cuando Hermila pide el voto para la mujer, debemos pensar: o lo hace conscientemente o no. Si obra conscientemente, merece el desdén más completo de parte de los hombres* *que han hecho la revolución... Si obra inconscientemente... bien hará en dedicarse a otras actividades y hasta podrá encontrarse un novio que la haga ver cuán equivocada ha vivido hasta hoy, quitando el tiempo a los políticos y viviendo como parásito,* remató Campillo en una carta reproducida también por el *Gladiador.*

A sus ojos mi "carencia" era más notoria que cualquiera de mis posesiones. Mi trabajo en Palacio Nacional, la revista que dirigía felizmente, la educación acumulada a base de esfuerzo, quedaban eclipsados por aquello que me faltaba: unos cuantos hijos y la compañía de un hombre. Para ella yo no era más que una falla social a la cual exhibir en las cuatro columnas de un diario. Aunque crueles, esos señalamientos no me infringieron cuarteaduras. A la par de las enemigas, a quienes siempre respondí, surgieron voces en mi defensa. Muchas de ellas eran viejas conocidas, otras más pertenecían a los clubes que había formado durante mi visita al sureste mexicano, incluso hubo mujeres alejadas de la órbita política quienes sin conocerme tomaron la pluma para apoyarme. La mecha se había encendido y la lucha por el voto se atizaba entre férreos debates.

Igual que Carranza, yo también atendía mis negocios hasta altas horas de la noche. En la oficina de *Mujer Moderna* pasábamos el día escribiendo y revisando artículos, contactando correligionarias para publicar sus posturas en aquellos días cruciales. El tiempo transcurría como agua y mi viaje a Querétaro estaba cada vez más cerca: me proponía hacer una petición formal del voto femenino al Congreso Constituyente y mi disputa con Inés Malváez solo había confirmado ese deseo. En Palacio Nacional se difundieron mis intrigas públicas pero esos cuchicheos me tenían sin cuidado. La lucha sufragista era lo único en que enfocaba mi atención.

La pesada carga de aquellos días nos obligó a repartirnos como dardos en el tablero. Los azares del destino dispusieron que nuevamente declinara la invitación del gobernador Alvarado para asistir al Segundo Congreso Feminista, el cual coincidía con la apertura del Constituyente. Tal como la vez anterior deposité mi ponencia en las manos de Elena, quien de nueva cuenta se reuniría con Salomé en Veracruz para partir a Mérida. En ese discurso no quité el dedo del renglón en cuanto al voto: *Espero, pues, fundadamente, que hoy al discutirse este punto en esta asamblea se enmendará el error cometido en la de enero, y que Yucatán tendrá la gloria de ser el primer estado que otorgue ese derecho justo a la mujer, que le permitirá, por lo pronto, discutir y señalar a los que deben regir los destinos del lugar en que ella habita: mañana, logrará también el derecho de elegir a quienes deban de gobernar el país entero*, insistí, a la espera de que las asambleístas recapacitaran. Consciente de la dura batalla por venir, Beatriz no dudó en pedir licencia para pausar unas semanas sus labores en el Teatro Principal, y mientras alistábamos maletas, me apoyé en un grupo de fieles colaboradoras para que la revista continuara funcionando durante mi ausencia; ciertamente habría mucho material que publicar.

Los siguientes días todos los caminos conducían a Querétaro. Políticos, militares, periodistas y curiosos se dirigieron hacia allá para ser testigos de lo que bien podía significar la gran culminación del movimiento revolucionario: una nueva Constitución para México. De pie sobre el andén de la estación de San Lázaro junto a Beatriz, me imaginaba cómo se habrían visto aquellas mujeres que alguna vez se dirigieron a Querétaro para exigir que se incluyera el voto femenino en la Constitución de 1857. Me preguntaba cómo habrían sido sus reuniones, cuáles sus obstáculos, qué clase de insultos les tocó soportar. El sonoro rugir de la locomotora al acercarse me sacó de esas ensoñaciones: en mis manos llevaba esa valija que siempre partía de un lado a otro cargada de esperanzas; me ilusionaba creer que yo correría con mejor suerte que la de esas valientes mujeres que salieron del Constituyente con las manos vacías. No bien apareció el tren cuando una joven se detuvo a nuestro lado. Por el rabillo del ojo pude ver que era delgada, sobria, de semblante duro. Su presencia hubiera carecido de importancia a no ser por el peso de su mirada, la cual permaneció sobre mí hasta lograr su cometido de llamar mi atención.

—Señorita Hermila —dijo Inés Malváez apenas nuestros ojos se encontraron.

—Señorita Inés —contesté, afable.

Intercambié una fugaz mirada con Beatriz, aquel encuentro era una broma macabra. A pesar de nuestras desavenencias, Inés y yo nos comportamos a la altura. Permanecimos en incómodo silencio, soportando el vaivén de la gente que se arremolinaba a lo largo del andén hasta que por fin el tren nos permitió el abordaje. Todas íbamos para el mismo lado.

HACIA LA NUEVA CONSTITUCIÓN

Al día siguiente de nuestra llegada Beatriz y yo nos dirigimos a la gran cita en el Teatro Iturbide. Lo único que llevaba al dejar el hotel era la carpeta cuyo interior resguardaba el propósito de mi viaje: la petición de que el voto femenino se incluyera en la Constitución. Para el éxito de mi demanda debía dar un paso discreto pero consistente. Conocía a fondo el país en que se legislaba y por esa razón no aspiraba a solicitar el sufragio universal, sino el sufragio restringido y por etapas; proponía que las mujeres participaran en las elecciones municipales y paulatinamente en todas las demás. Si no ideal, me parecía una petición adecuada para conseguir ese primer reconocimiento de igualdad entre hombres y mujeres, tal como lo expresé en el documento que abrazaba en ese instante: *Bajo todo criterio sin prejuicios, creados por la mala organización de las sociedades, no existe razón fundamental para que la mujer no participe en la política de su país, pues sus derechos naturales son indistintos a los del hombre y, por consecuencia, los que se derivan de esos derechos que debemos considerar primordiales, no hay razón para que a la mujer se le nieguen.*

Era inicios de diciembre. La conventual vida queretana, caracterizada por la tranquilidad de sus iglesias, plazas y grandes edificios coloniales, se vio trastocada tras la llegada del huracán constituyente. El incesante flujo de trenes y automóviles venidos de toda la república sepultó sus sombreadas alamedas así como la cordura de sus habitantes, quienes de la noche a la mañana se descubrieron presas de aquella singular invasión. La población, según el encargado del hotel, se había duplicado, el tráfico también.

—Fueron afortunadas de encontrar una habitación decente para hospedarse… con tan alta demanda, ya muchos están abriendo sus corrales para convertirlos en pensión —sentenció, contento de alojarnos durante los dos meses que duraría el Congreso.

Con el tiempo encima, Beatriz y yo nos abrimos paso entre largas filas de estudiantes, obreros y periodistas que se amontonaban desde la avenida Corregidora hasta el mismo vestíbulo del Iturbide. "Tierra y libertad", "Educación laica", "Derechos obreros", eran algunas de las decenas de consignas que revoloteaban en el aire como palomas. Mi cercanía con el Primer Jefe nos aseguró el ingreso a uno de los palcos del teatro, reservados a funcionarios y visitantes distinguidos. Desde ahí mi mirada distinguió a Palavicini, Pastor Rouaix, Alfonso Cravioto y demás diputados afines a Carranza; así como a muchos simpatizantes del general Obregón quien, a escasos metros de donde yo estaba, contemplaba gustoso la algarabía de los asistentes.

Como bien advertí, las siguientes semanas veríamos un Congreso dividido. Aquella tremenda exaltación que circulaba en el recinto con la misma intensidad de una corriente eléctrica enmudeció apenas don Venustiano puso un pie en el escenario. Discreto, solemne, enfundado en su impecable gabardina. Bien sabía que bajo esa expresión casi muda se encontraba el conmovido patriota que veía la consumación de un viaje, ese que emprendió cuando decidió abandonar Coahuila en franco desafío a Victoriano Huerta. Este día, el Primer Jefe cumplía su gran sueño de restaurar el orden legal de la patria. Le extendió un cordial saludo al presidente del Congreso, el diputado Rojas, y procedió a dar lectura de su proyecto de reforma constitucional. Explicó que la Constitución de 1857, si bien era un "legado precioso", estaba formada por la proclamación de principios generales que no habían podido llevarse del todo a la práctica, de ahí su propuesta de reformarla: *No podré deciros que el proyecto que os presento sea una obra perfecta, ya que ninguna que sea hija de la inteligencia humana puede aspirar a tanto; pero creedme, señores diputados, que las reformas que propongo son hijas de una convicción sincera, son el fruto de mi personal experiencia y la expresión de mis deseos hondos y vehementes por que el pueblo mexicano alcance el goce de todas las libertades, la ilustración y progreso que le den lustre y respeto en el extranjero, y paz y bienestar en todos los asuntos domésticos.*

Con estas palabras, ese 1 de diciembre de 1916 quedó oficialmente inaugurado el Congreso de Querétaro: estos eran los hombres que le darían al pueblo de México una nueva Constitución; los hombres que esa mañana habían recibido mi petición con la promesa de evaluarla, discutirla y finalmente determinar si las mujeres participaríamos activamente en aquel emocionante proyecto de nación. ¿Comprenderían, realmente comprenderían, por qué necesitábamos votar? Don Venustiano no nos había incluido en su extenso discurso, ¿acaso ellos lo harían?

Esa noche se corrió el rumor de que algunos constituyentes habían partido con rumbo a El Puerto de Mazatlán y otras tabernas con el fin de brindar a modo de bienvenida. Nosotras, más recatadas, concluimos el día en un restaurante cercano al hotel. Entre platos de arroz con pescado y tazas de café, Beatriz y yo alistamos nuestras libretas para redactar la crónica de lo ocurrido durante esa primera jornada. Nos enfocamos en resaltar el emotivo discurso de Carranza pero sobre todo, en informar acerca de la petición que yo misma le había hecho llegar al Honorable Congreso. La promoción del voto femenino era mi gran prioridad y, afortunadamente, las circunstancias se me acomodaron para ello. Poco o nada vería a don Venustiano, pues había designado a un diputado de nombre Gerzayn Ugarte como su secretario particular durante la estancia en Querétaro. Cuando me lo informó no me cayó en gracia verme destituida, aunque después lo vi conveniente: Ugarte formaba parte del Constituyente y podría contarle a don Venustiano todo lo ocurrido en las sesiones; mientras que esa ausencia de responsabilidad a su lado me dejaba entregarme por completo a mis propósitos. Ambos, supuse, salíamos ganando.

—No voltees —susurró Beatriz de repente—, pero Inés Malváez no te quita los ojos de encima.

—¿Dónde está? —pregunté en un murmullo.

—En una mesa al centro del salón, rodeada por un grupo de señoras que bien podrían ser reproducciones de doña Carmen, viuda de Porfirio Díaz.

Luego de coincidir en San Lázaro, Inés y yo tomamos caminos distintos apenas el tren arribó a Querétaro. Su presencia en el restaurante me tenía sin cuidado pero ella no pensaba igual.

—Prepárate, aquí viene —me advirtió Beatriz en un fracasado intento por ser discreta.

No bien acabé de limpiarme los labios con una servilleta cuando Inés Malváez se encontraba ya frente a mí.

—Buenas noches, ¿las interrumpo? —preguntó en tono cortés.

—Por supuesto que no, ¿en qué la puedo ayudar?

—Tal vez sea yo quien la ayude a usted —señaló con una sonrisa—. Durante el trayecto a esta ciudad todavía me encontraba indecisa sobre lo que estoy a punto de decirle, no obstante, hoy medité que la sana rivalidad que tenemos me obliga a hacerlo: mañana haré una petición al Constituyente para que por ningún motivo se otorgue el voto a las mujeres.

En ese momento intercambié una fugaz mirada con Beatriz. La petición de Malváez ponía en peligro todo aquello por lo que había trabajado, aun así, logré mantener la calma.

—Por favor, déjeme explicarme. Pensará que mi petición está en franca oposición a la suya, pero no es así. En el fondo creo que no somos tan distintas. Yo también creo que las mujeres merecemos los mismos derechos que los hombres, pero no en este momento. Quizás en las décadas por venir…

—Le agradezco el ponerme al tanto de sus planes —señalé—. Sin embargo, me temo que usted y yo sí somos totalmente diferentes. Contrario a usted, yo estoy convencida de que las mujeres necesitamos el voto mañana mismo.

—Admiro profundamente su diagnóstico optimista, aunque mucho me temo que el sexo débil no posee la preparación para ello.

—No sabe cuántas veces me he visto obligada a repetir que la mejor preparación para la mujer será precisamente el ejercicio constante en la toma de decisiones, de ahí que el voto resulte impostergable.

—¿Para que el clero las manipule y los sacerdotes gobiernen desde el púlpito? —mencionó Inés con ironía.

—No, para que una mujer pueda decidir el destino de su vida y del país por el cual ella también ha luchado.

—Entonces... supongo que no considerará retirar su petición.

—Si esa era su intención al acercarse, me temo que esta plática ha sido en vano —concluí con la mirada fija en la suya.

Inés frunció el ceño. Sus amigas la observaban atentamente desde su mesa mientras Beatriz le daba un sorbo al café para no verse obligada a intervenir.

—Entiendo... —señaló finalmente—. Si es el caso, le agradezco su atención.

—Y yo la suya, que pase buena noche.

Inés se dio la media vuelta y enfiló sus pasos de regreso a su mesa. Apenas lo hizo ordenamos la cuenta, deseosas de regresar al hotel no para trabajar, sino para hablar libremente sobre la tensa plática que había tenido lugar minutos antes. Al ver la insistencia con que las amigas de Inés llamaron al mesero, supuse que ellas habrían tenido la misma idea.

Inés Malváez cumplió su amenaza. Un taquígrafo que laboraba dentro del Congreso y se hospedaba en nuestro hotel me contó en confidencia que solo un día después de nuestro encuentro esta exigió a los legisladores que se negara el voto a las mujeres para no poner en peligro a la patria, exhortándolos a "no ser nuevamente arrastrados por sorpresa, al fondo de un abismo". No entendí a qué se refería, pero temía que esa táctica melodramática lograra conmover la paternal conciencia de los diputados y por ello le tomaran la palabra. Tanto como Inés, me preocupaba el que mi petición se difuminara entre tantas otras o quedara olvidada bajo los conflictos al interior del Congreso. Las fricciones se apoderaron del Teatro Iturbide y lo dividían en dos grandes bloques: los renovadores o moderados, nombrados así por comulgar con la propuesta de Carranza de únicamente realizar algunas modificaciones a la Constitución vigente; y los jacobinos o radicales, quienes buscaban hacer cambios profundos a la Carta Magna y se manifestaban cercanos al general Obregón. Aunque estas jugosas discusiones acaparaban la atención de los medios, yo me propuse robar un tanto. Concedí entrevistas a varios diarios locales. Mis andanzas en Cuba, mis viajes "feministas", la polémica nacida en Mérida y hasta mi conflicto con Inés me hacían ya una presencia reconocible en la esfera pública. *Sería justicia grave, cometida por el Congreso Constituyente, que dejara a la mujer en el mismo grado de infelicidad en que hasta hoy se ha encontrado en lo que respecta a sus derechos políticos,* sentencié, insistiendo en la petición que solicité a los diputados.

Entretanto, al otro lado del país Elena y Salomé emprendían su propia campaña mediática. Admitieron en los periódicos que las feministas queríamos igualdad política y no tuvieron reparos en señalar la injusta desigualdad entre los sexos. Durante esos días escribimos con frecuencia; Querétaro y Mérida se conjuntaron como dos frentes de una misma batalla. En la tribuna del Segundo Congreso Feminista, Elena hizo la lectura de mi ponencia. Mis palabras se encauzaron hacia lo mismo: voto, voto, voto. Sumado a ello, propuse la igualdad entre mujeres y hombres en todos los planos; los derechos y prerrogativas que se les concedían a ellos los exigí para nosotras, todo con el fin de alcanzar ese alto ideal de progreso y libertad que tan difícil resultaba conseguir. *Mujer de mi tiempo, soy, por ende, iconoclasta, mi espíritu no puede doblegarse ante ningún dogma...* afirmé, a sabiendas de que este segundo discurso que había escrito con enorme vehemencia podría levantar "tanta polvareda" como el anterior. En esa cruzada redentora que para nosotras significaba el feminismo, Yucatán se reafirmaba como el más valioso baluarte. "Toda obra a favor de las mujeres es civilizadora, y es de resultados benéficos para el porvenir" fue una de las frases que rezaba el Segundo Congreso.

Luego de numerosas discusiones, me narró Salomé en su último telegrama desde Mérida, las asambleístas habían llegado a un consenso:

Estimada Hermila:

Te informo que el Segundo Congreso Feminista ha cerrado con una inesperada y bella noticia: la asamblea general se ha pronunciado en favor del voto femenino; coinciden en que las mujeres mexicanas nos merecemos el derecho de acudir a las urnas y manifestar nuestra opinión. Celebra, nosotras ya lo estamos haciendo.

SALOMÉ

El acuerdo alcanzado en esa tribuna compuesta exclusivamente por mujeres debía saberse por todo México, principalmente por quienes ostentaban el poder. En aquella carrera contra el tiempo, Beatriz se encargó de la editorial que aparecería en las páginas de *Mujer Moderna* mientras yo me entregué con mayor fuerza a las labores de cabildeo, lo cual me significaba un reto monumental debido al poco, quizá nulo, interés que despertaba la causa femenina entre los legisladores. El mismo taquígrafo con quien trabé amistad me aseguraba que a dos semanas de la inauguración del constituyente, la cuestión femenina no se había discutido en el pleno. De hecho, aseguraba a riesgo de equivocarse, la palabra "mujer" jamás había sido pronunciada al interior del recinto… al menos no para discutir algún asunto constitucional. A partir de ese día me entrevisté con cuanto diputado estuviera dispuesto a escucharme. En este jaloneo varias veces me crucé con Inés Malváez, pues ella, igual que yo, tiraba agua para su molino. Nos saludábamos con un "Buen día, Inés… Buen día, Hermila", suficiente para mantener la santa paz entre nosotras.

Muchos constituyentes accedieron a entrevistarse conmigo solo por respeto al Primer Jefe; otros, precisamente por mi cercanía con él, me rehuían. Hubo quienes me recibieron con un café en la mano y un cigarro en la otra, mascullando mi petición cual entremés. Qué complejo me resultaba hacerles entender que si las mujeres votaban no necesariamente se alejarían del hogar, de la crianza de los hijos y de sus otras "obligaciones"; que el mundo no se caería a pedazos el día que una mujer se manifestara en las urnas respecto al futuro de su país. La mayoría de ellos solía refutarme estos argumentos. El voto —aseguraban— siempre había sido masculino y no había razón para que dejara de serlo, al sugerir que "el Honorable" debía atender cuestiones más urgentes.

—Todos sabemos que es usted una mujer harto enjundiosa —me dijo un diputado particularmente petulante—, pero bien le haría comportarse de manera más solidaria. En estos momentos la Constitución debe atender al sector más oprimido de nuestra nación, a ese pobre obrero que se levanta cada mañana para recoger la siembra...

—¿Y sabe usted, señor diputado, quién es más oprimido que el obrero? ¡La mujer del obrero! —repliqué, parafraseando las palabras de la feminista Flora Tristán.

El diputado aquel me advirtió que "con esa actitud" menos iba a conseguir que sus compañeros me concedieran unos minutos, pero en eso sí se equivocó. Hubo quienes me atendieron con la mejor disposición, hombres de espíritu culto y sin prejuicios que se mostraron receptivos ante la posibilidad de que las mujeres tuviéramos el derecho de votar y, en una de esas, hasta ser votadas. No obstante, ni siquiera ellos se comprometieron a defender mi petición en el pleno. Renovadores o jacobinos, progresistas o tradicionales, instruidos o no, cuando les preguntaba sobre cuándo el Honorable Congreso discutiría el voto femenino todos siempre me daban la misma respuesta: Mañana, mañana.

—¿Y para cuándo se va a discutir mi asunto en el Congreso?

—Mañana, usted no coma ansias —aseguró cierto diputado con quien me entrevisté.

—Un mañana que nunca llega…

—Mire, compañerita, el mañana siempre llega. Quizá tarde… pero llega —me afirmó con una sonrisa dulzona antes de alejarse apresuradamente por Corregidora.

En eso se me fue diciembre: en exhaustivas labores legislativas, palabras inexactas y explicaciones inútiles. La llegada de 1917 inclinó la balanza hacia los jacobinos y empezó a crear verdaderas dudas sobre si la reforma constitucional propuesta por el Primer Jefe llegaría a consolidarse. A pesar de ello, por esos días el mismo Carranza hizo una declaración en la cual exaltaba la importante labor del "bello sexo" en la lucha armada, palabras que me hicieron creer que el mes de enero traería consigo buenas noticias. Varios compañeros, entre ellos mi amigo e impulsor periodístico, don Félix Palavicini, me aseguraban que pronto se discutiría la redacción de los artículos 34 y 35 y con ellos, el voto para las mujeres.

—Ahora sí mañana —insistían.

A pesar de las promesas, ciertamente mi voz no encontraba eco.

La soledad que empecé a sentir con el paso de los días se agudizó en el momento en el que Beatriz partió de Querétaro para volver a sus labores en el Principal, en donde ya la necesitaban para un próximo montaje. Era la primera vez en mucho tiempo que debí hacer un gran esfuerzo para evitar que mis ideales no me abandonaran, para seguir adelante sobre aquel camino hostil e incierto.

Una de esas tardes en las que salí del Teatro Iturbide después de otra jornada fallida, me topé con Inés Malváez. Cruzaba la escalinata del brazo de quien supuse, debido a la sutil calidez entre ambos, sería su marido. No registró mi presencia y, quizá por ello, su delicada figura me pareció casi amigable. A pesar de nuestros ardorosos conflictos me percataba de que no era ella el enemigo a vencer. Eran otros quienes ostentaban la toma de decisiones, y en este duro juego ambas estábamos igualmente a su merced.

TODOS LOS MEXICANOS

Faltaban solo un par de semanas para que el Congreso hiciera entrega de la Constitución y mi petición aún no había sido atendida. A veces me invadía un profundo cansancio, una jaqueca terrible achacada a semanas de frustración. *Hasta hoy para ella han sido todos los dolores. Por eso deben ser para ella hoy todas las reivindicaciones,* señalamos en *Mujer Moderna,* cuyas páginas no dejaron de insistir en la obtención del sufragio. Salomé afiló aún más la espada al escribir un artículo en donde declaraba que si la revolución constitucionalista no incluía a las mujeres, sería una revolución incompleta.

Para mediados de enero mis peores temores se fueron materializando. Siempre había algo que discutir en el pleno, algo importante, urgente, impostergable. *Sí,* repetían los constituyentes, *la mayoría de nosotros no ve mal que las mujeres obtengan su derecho al voto,* pero no movían un dedo para otorgarlo. Inútilmente intenté armar un rompecabezas de evasivas, omisiones, supuestos, palabras que se contradecían o tergiversaban como una enredadera. Algunos amigos me dieron detallada cuenta de cómo transcurrieron esas largas sesiones en donde el Congreso analizó cuestiones agrarias, educativas y judiciales, pero nadie atinó a decirme cómo se desarrolló la discusión acerca del voto para las mujeres.

El gran día las butacas estaban repletas, los diputados, galantes; las galerías, festivas. Luego de dos meses de sesiones, ese último día de enero se procedió a la clausura del Congreso Constituyente en donde los diputados firmaron, uno a uno, la Constitución Política de los Estados Unidos Mexicanos. *¡Viva la Revolución! ¡Vivan los constitu-*

yentes! ¡Viva el Primer Jefe! ¡Viva Obregón!, se escuchó entre interminables gritos, vítores y palmadas de júbilo. En medio de aquella felicidad yo solo pensaba en que las mujeres nos habíamos quedado fuera de la fiesta legislativa pues, para nosotras, el mañana nunca llegó. Atrás quedaron las buenas intenciones y el apoyo constitucionalista a la causa femenina: no se nos otorgó voto ni ciudadanía. Sucedió que mi asunto se dejó para el último y, llegado este momento, los constituyentes estaban cansados y ansiosos por regresar a sus hogares, no estimaron conveniente ocuparse de mi petición. Según mis noticias, algunos evitaron que se hablara de ciertos asuntos en el pleno, lo que impidió que varios distinguidos diputados hicieran la defensa del voto femenino pues, al parecer, lo único que les deleitaba tratar era todo lo referente a los frailes, dado que padecían una clerofobia tan extraordinaria que muchos veían curas por todos lados. Probablemente, como me negaba a creer, hubiera sido el mismo Palavicini, en cuya persona tanto confiaba, quien alertó al resto de los diputados del peligro que significaba que las mujeres "se organicen para votar y ser votadas". Quién sabe. Lo único seguro es que ya empezaba a intuir que aquel fantasma me perseguiría toda la vida.

Luego del evento de clausura me paseé por el vestíbulo del Teatro Iturbide y mostré mi mejor cara; fingí tranquilidad en medio de aquel escenario tan hostil a mis propósitos. Entonces empezaron a correr copas de whisky, tequila y charanda para brindar por la nueva Constitución, la cual implementaba profundos cambios estructurales en materia laboral, agraria y educativa; una victoria social sin precedentes. Sin embargo, no lograba compartir genuinamente toda aquella alegría. No era ese vivo enfado de los días anteriores, cuando me dediqué a perseguir diputados por toda la ciudad sin sacar de ello ni una pizca de verdadero apoyo, esta vez solo me desbordaba una tristeza muda. En medio de aquel ambiente de celebración, me dolía admitir que difícilmente habría otro momento más adecuado para transformar la situación de las mujeres, tampoco vislumbraba en el horizonte la más mínima voluntad para ello. Igual que esas combativas damas que solicitaron la inclusión del voto femenino en la Constitución de 1857, yo también volvería a casa con las manos vacías.

Mis ojos alcanzaron a descubrir a don Venustiano al otro lado del vestíbulo, sonriente y sereno de ver la culminación de su iniciativa constitucional. En los pasillos, no obstante, empezaba ya a murmurarse sobre la derrota del "viejo" a manos del bloque jacobino, el cual había logrado implantar la mayoría de sus radicales propuestas en la Carta Magna. Quizá por eso el general Obregón se paseaba por el interior del teatro como si fuera una estrella de cine y dejaba bien claro cómo su poder se acrecentaba de forma desmedida. Entre la multitud también distinguí al general Pablo González y a grandes personalidades de la plana mayor constitucionalista. Sobresalía la radiante Inés Malváez, convertida en la fina estampa del regocijo al confirmar que sus deseos lograron coincidir con el sentir de los diputados. Saludé respetuosamente a todos ellos, me mantuve a la altura a pesar de mi luto particular.

Estaba a punto de irme del teatro cuando fui interceptada por cierto diputado que insistió en presentarme a su esposa. Junto a ellos se encontraba el doctor Rivas, entonces presidente del Centro Democrático Electoral, con quien coincidí algunas veces en Palacio.

—Solo deseo reiterarle mi más profunda admiración por su lucha sufragista —me dijo la esposa del diputado con una sonrisa sincera.

—Les agradezco la atención —respondí—. Quiero pensar que más allá del resultado, la lucha ha valido la pena.

—Eso ni dudarlo. He seguido de cerca todo su trabajo porque me apasiona el Derecho… incluso mucho más que a él —señaló la mujer dirigiendo la mirada hacia su marido—. ¿Ha pensado en contender en las próximas elecciones?

—A decir verdad, nunca lo había considerado —admití con estupor ante la curiosa pregunta.

—Imagino que se lo impiden el sano juicio, la costumbre y el sentido común, que han probado ser las leyes más certeras —señaló, arrogante, el doctor Rivas.

—¿En serio lo cree? —le preguntó la esposa del diputado fingiendo ingenuidad—. A mí me causaría mucha ilusión ver a una mujer en la boleta electoral.

—¡Imagínese tal cosa! ¡La señorita Hermila Galindo lanzando su candidatura como diputado al Congreso de la Unión! —exclamó Rivas.

—¿Tanto así lo alarmaría? —le preguntó el diputado.

—Por supuesto. Me alarmaría más, incluso, que la petición del voto femenino —afirmó el doctor Rivas.

—¿Por qué? —rebatí finalmente, cansada de su impertinencia—. ¿Acaso teme que haya mujeres más aptas que muchos hombres para desempeñar los puestos públicos y que por esta razón sean preferidas?

El doctor Rivas soltó una carcajada ante la mirada incómoda del diputado y su esposa, quienes claramente no concordaban con su reacción.

—Si usted o cualquier otra mujer lanzara una candidatura, ni siquiera veinte hombres le otorgarían su voto. Aunque eso sí, seguramente le seguiría una romería interminable de viejas —señaló con socarronería.

—Pues es gracias a una de esas viejas que usted se encuentra aquí al servicio de la democracia —respondí, a un pelo de perder completamente los estribos—. Y si ese fuera el caso, adelante. Gustosa estaría yo de emprender una campaña electoral junto a tales compañías.

Y sin esperar la contestación, me despedí del diputado y de su esposa para enfilarme hacia la salida del teatro, deseosa de cerrar la cuenta del hotel, tomar mis maletas y abordar el siguiente tren de vuelta a mi querida Ciudad de México.

ENTRELÍNEAS

No voy a volver, fueron las implacables palabras de Elena. Su carta llegó a *Mujer Moderna* tan solo dos días después de mi arribo a la capital; y continuaba así:

La negativa del Constituyente ha provocado en mí una honda reflexión sobre el rumbo de nuestra lucha, así como el de mi propia vida. Esos diputados se llenan la boca con rimbombantes palabras de justicia y libertad pero a las mujeres solo nos otorgan su indiferencia. El optimismo que atestigüé durante el Segundo Congreso Feminista me ha llevado a concluir que el futuro del feminismo mexicano se encuentra en Yucatán. Gracias a la Monja Roja, Elvia Carrillo Puerto, a quien ahora llamo amiga, conseguí un lugar donde vivir en Mérida, así como un empleo en una escuela donde se aplica un vanguardista método creado por una tal María Montessori, el cual me ha interesado explorar. Junto a Elvia todo parece posible. Es una mujer culta e imponente que posee ese alto grado de determinación y encanto que se encuentra en tan pocos seres; me recuerda a ti. Admiraré siempre tu valentía al enfrentar estas batallas que si bien otros dan por perdidas, tanto significan para la emancipación de nuestro sexo. ¿Cuándo llegará el día en que nos toque vencer? Lamento los percances que mi abrupta decisión pueda provocarte, especialmente en lo referente a *Mujer Moderna*, pero jamás me permitiré acoplarme a un sistema en el que simplemente no creo. Y sé que en este punto, querida amiga, tú me comprenderás mejor que nadie. Es hora de continuar la lucha en otro lado.

Con todo mi cariño,
ELENA

Permanecí unos minutos en silencio para digerir aquella dolorosa misiva. No era fácil aceptar la partida de Elena, pero supuse que hasta esa despedida formaba parte del fin de una etapa. Tomé la pluma para desearle suerte adondequiera que se encauzaran sus pasos y estampé mi rúbrica en aquella carta que enviaría más tarde al correo.

Después del descalabro en Querétaro yo no estaba menos decepcionada. Los siguientes días me dediqué a cumplir mi rutina en Palacio Nacional religiosamente sin ocuparme de nada más que lo necesario; apresuraba las tardes en nada y gran parte de mi tiempo transcurría bajo las cobijas. Mi desencanto rozaba el mutismo. Una semana después de mi llegada a la capital, cansada de compadecerme, volví a la oficina de la revista para determinar qué haría a partir de entonces. Apenas crucé la puerta me topé con un sinfín de cartas que exaltaban mi labor ante los constituyentes: mensajes de viejas amigas como Mago y Las Admiradoras de Juárez; de algunas compañeras de la residencia en Veracruz; de clubes de Tabasco, Yucatán y Campeche. Nuestro creciente ejército de colaboradoras, en donde se sumaban nombres como el de Artemisa Sáenz, Delia del Valle y "Justa Paliza", entre tantas más, me refrendó su compromiso con la labor reivindicativa de *Mujer Moderna*. Ese entusiasmo me daba a entender que más allá de la derrota, la agotadora travesía fue invaluable.

El 5 de febrero de 1917, solo una semana después de la clausura del Congreso de Querétaro, se promulgó la Constitución Política de los Estados Unidos Mexicanos: en ella se consolidó el principio de la no reelección, se eliminó la figura del vicepresidente y se ratificaron los poderes Ejecutivo, Legislativo y Judicial. Su carácter nacionalista, anticlerical y social fue evidente en especial en tres artículos: el 3° determinó que el Estado proporcionaría educación gratuita y laica; el 27 —con influencia zapatista— determinó tierras y aguas como propiedad de la Nación, y previó el reparto agrario; el 130 consagró los derechos laborales. Las mujeres también ganamos algo: se estableció una jornada laboral de ocho horas diarias, igual salario mínimo para mujeres y hombres, así como medidas de protección a la maternidad. Con esta publicación fue claro que las ideas jacobinas, a quienes muchos llamaban obregonistas, se impusieron en el Constituyente. Contrario a lo que decían muchos de ellos, don Venustiano jamás se opuso a las reformas sociales contenidas en la Carta Magna, solo guardaba sus dudas sobre si estas —tan optimistas en el papel— pudieran lograrse efectivamente en la práctica. Sea como fuere ese mismo día se anunciaron también las próximas elecciones, en donde los mexicanos, por primera vez, votarían libremente para elegir presidente de la República, diputados y senadores. Ese día, gracias a la labor diplomática de mi amigo Luis Cabrera y otros funcionarios, el último soldado de la expedición Pershing dejó el territorio nacional.

La convocatoria electoral extendió el frenesí político. Salomé tomó sus ahorros y los invirtió en un billete de tren; pocos días después ya se encontraba en Ciudad de México. Arribó a las oficinas de *Mujer Moderna,* deseosa de hablar conmigo. No llegó sola. A su lado se encontraba Delia del Valle, una de las más frecuentes colaboradoras de la revista. Ambas me hicieron saber que de ahora en adelante se habían organizado bajo el nombre de Juventud Revolucionaria Feminista y venían a hacerme un llamado:

—Deseamos proponerte como candidata al Congreso de la Unión. Consideramos que aun cuando la nueva Constitución no le otorga ciudadanía a las mujeres, hay por ahí un par de detalles, bastante ambiguos diría yo, de los que podemos… "agarrarnos" para lanzar tu candidatura —manifestó Salomé en un tono solemne que contrastaba con su sugerente expresión.

Hacía referencia a los artículos 34 y 35, los cuales señalaban que eran ciudadanos mexicanos todos aquellos que tuvieran un modo honesto de vivir y hubieran cumplido 18 años, si eran casados, y 21 si no lo eran. En ellos se especificaba que entre las prerrogativas de los ciudadanos era el poder votar y ser votado en cargos de elección popular. A las mujeres no se nos incluía pero tampoco se nos excluía... Si bien estos apartados estaban escritos en masculino, ¿no era acaso un masculino genérico que dejaba la puerta abierta a la propia interpretación? Si verdaderamente Félix Palavicini le advirtió al Congreso sobre el peligro de que por esta "omisión" las mujeres nos sintiéramos incluidas en el acto de votar y ser votadas, había hecho bien, pues esa mañana acepté proponerme como candidata a una diputación de Ciudad de México. Delia propuso luchar por el periférico y poco concurrido Octavo Distrito Electoral, el cual, debido a estas características, bien se acomodaba para una posible victoria. Pero yo empecé a maquinar otros planes:

—Contender ahí será pan comido —señalé tajante—. Quiero rivales de peso.

Mi propuesta las desconcertó, sobre todo cuando anuncié mi intención de contender por el amplio y populoso Quinto Distrito, integrado por la San Rafael, la Santa María, Chapultepec, la Roma y otras colonias "de abolengo".

—Si gano —sentencié—, deseo hacerlo frente a adversarios cuyo prestigio y capacidad den lustre a mi triunfo, o, si tal fuera el caso, ennoblezcan mi derrota.

Mi argumento sacó una sonrisa a mis compañeras, quienes cambiaron su postura y secundaron mi decisión de poner todos los esfuerzos en la conquista de ese sector. Mi caso sería único en la historia de México: por primera vez una mujer se presentaba para competir en los comicios y estábamos conscientes de que aquello no sería ningún camino de rosas.

Como en otras ocasiones, *Mujer Moderna* fue la base de mis propósitos. En sus páginas anuncié públicamente mi candidatura así como mi programa de acción, enfocado en colaborar con la dignificación femenina. *Con toda sinceridad he aceptado tan peligrosa tarea, sabiendo que las costumbres, los hábitos y las tradiciones serán mis fuertes adversarios; pero tengo la convicción íntima de que el apostolado de las ideas debe sobreponerse a las miserables pasiones del inmediato interés y a las cobardías y pueriles temores por el ridículo,* escribí al aceptar el enorme desafío que estaba por encarar. Desde la revista también apoyamos la postulación de Carranza a la presidencia de México, así como la de otros candidatos a diputaciones y senadurías con quienes mantenía amistad. Don Venustiano se mostró sorprendido cuando supo de mis intenciones. Tal y como hizo durante mi cruzada en Querétaro —convenientemente, había que decirlo— me declaró su apoyo y se mantuvo al margen al manifestar que todo asunto electoral debía ser tratado exclusivamente por los organismos correspondientes y no por el encargado del Ejecutivo.

La pugna electoral dio dirección a mi alma desubicada. Salomé y Delia incorporaron nuevas militantes a Juventud Revolucionaria Feminista —muchas de las cuales hacían labores periodísticas para *Mujer Moderna*— y con este pequeño séquito nos lanzamos a tomar las calles; estábamos listas para incomodar. En el automóvil del marido de Delia nos trasladábamos de la Cuauhtémoc a la San Rafael, de la Juárez a la Condesa, de Chapultepec a la Santa María. Gracias a Beatriz, quien inmediatamente se sumó a la campaña, desde esos primeros días nos acompañaron unos músicos que con sus guitarras amenizaban la antesala de mis discursos. "HERMILA GALINDO, CANDIDATA A DIPUTADA DEL V DISTRITO ELECTORAL", rezaba la manta que Salomé mandó imprimir junto con centenares de volantes para repartir en los eventos.

Si se podía, convidábamos aguas frescas a nuestra audiencia, si no, nos limitábamos a improvisar una tribuna en cualquier parque o plaza pública para compartir mi mensaje. *Que las mortificaciones que hoy se me brinden y que las penas que tenga que sufrir sirvan para el mejoramiento de la mujer futura, sean su bandera de libertad, y con este consuelo en el corazón y esta esperanza en el alma ofrezco cumplir en la Cámara de Diputados...* solía exclamar durante estas paradas. A veces hablaba para una plaza vacía, otras para una audiencia moderadamente nutrida o un puñado de curiosos que se detenía más por el morbo de verme competir que por la honesta intención de brindarme su voto. Entre la promoción de mi programa político no olvidaba señalar que *La Constitución no priva a la mujer de votar en las elecciones,* una invitación para que estas se presentaran a las urnas a tomar lo que nadie —explícitamente— les negaba.

Durante un acto en la San Rafael, una señora se acercó a nuestra carpa y permaneció atenta hasta que terminé mi discurso. A la hora de saludarnos me compartió una inquietud.

—Me parece muy bien toda su propuesta..., pero querrá decir que se lanza de "diputado", ¿no es así? Porque eso de "diputada" no existe... —mencionó señalando la manta con la cual anunciaba mi candidatura.

Solo entonces me di cuenta del profundo significado de lo que sucedía. Tan extraordinario era que ni siquiera había palabras para describirlo: por primera vez en la historia de México una mujer competía por una diputación federal. Esa mujer era yo.

UNA MUJER DESMEDIDA

La prensa estaba fascinada con mi participación en las elecciones, tanto para bien como para mal. Quienes me dedicaron un espacio en los periódicos me describían como simpática, combativa y apasionada, toda una "curiosidad"; destacaban mis "convicciones liberales", mi ardorosa propaganda al constitucionalismo, así como mi osada determinación por sumarme a la lucha electoral. En el intento de dar mi opinión al respecto, al inicio de mi campaña me cité con un periodista de *El Universal* en el Selecty, un café ubicado en la San Rafael. Salomé se había autonombrado directora de mi campaña y también acudió a la cita. Luego de las presentaciones, el joven reportero abrió el encuentro con la espada desenvainada:

—Me gustaría comenzar resaltando lo obvio, ¿por qué lanzar su candidatura si las mujeres no tienen derecho a votar ni a ser votadas según lo decidido por el Congreso Constituyente?

—Si se revisa detalladamente la Carta Magna, esta *dice que todos los mexicanos deben votar, y no hay en ella ningún artículo que excluya a la mujer considerándola un cero social, ajena al engranaje de la marcha evolutiva del Estado, ni como un ser irracional incapacitado para evolucionar en el ritmo de la vida humana.*

El joven se limitó a asentir con la cabeza, apenas había tocado su taza de café.

—Debido en gran parte al inicio de su campaña, la noticia de que en un futuro las mujeres puedan votar y ser votadas ha provocado furor entre muchas de sus representantes…

—Como integrante de Juventud Revolucionaria Feminista, agrupación que respalda a la señorita Galindo, debo decir que el entusiasmo que su campaña ha suscitado entre las mujeres nos alegra infinitamente… —intervino Salomé mientras se llevaba a la boca un trozo de pan.

—Ya veo… y es precisamente por ello que me gustaría hacerle la siguiente pregunta a la candidata —mencionó el reportero desviando los ojos hacia mí—. Razonando con seriedad, ¿no cree usted que esa posibilidad significaría un grave peligro para el futuro de la patria?

—No entiendo a qué se refiere… —lo cuestioné.

—Imagínese usted que las mujeres, siendo esencialmente incultas y sugestionables, pudieran participar e intervenir en la toma de decisiones a nivel público… ¿acaso no cree que la nación enfrentaría un enorme peligro?

Salomé y yo nos volteamos a ver una a la otra e instintivamente soltamos una risita.

—Discúlpeme usted, caballero —me apresuré a decir—, pero si recibiera yo un centavo por cada vez que he tenido que rebatir ese argumento, bien le puedo asegurar que sería yo más rica que la marquesa de Arvejón —dije, equiparándome a un personaje de la historieta *El buen tono*.

—¿Entonces difiere?

—Por supuesto. Además de pueriles, esos argumentos están originados en los prejuicios nacidos en el origen de los tiempos…

—Y que siguen vigentes, por desgracia no de manera injustificada. Los avances en materia educativa no han sido suficientes y la mayoría del sexo femenino, a su propio pesar si usted quiere, continúa exhibiendo una ignorancia rampante, así como un claro desinterés en asuntos que no correspondan al ámbito doméstico ni al mejoramiento de su propia imagen.

—Me parece muy conveniente utilizar esos adjetivos a la hora de describir el espíritu de la mujer. Cuando se le califica como ignorante, naturalmente servil e incapacitada para otra actividad que no sea la de quedarse en casa, ¿por qué no poner como ejemplo a las mujeres europeas que ahora mismo pelean por el bienestar de sus países en la Gran Guerra? ¿Por qué no recordar a la prolífica escritora Emilia Pardo Bazán, o a la misma Matilde Montoya, nuestra primera médica? Y así podría seguir mencionándole una larga lista de mujeres ilustres a quienes casualmente muchos omiten cuando se discuten las actividades "adecuadas a nuestro género", lo cual estaría dispuesta a hacer si usted nos permite alargar la entrevista una hora más de lo previsto.

No sé si fue lo tajante de mi réplica o la sobrada confianza que Salomé y yo exhibimos durante el desayuno que el periodista se negó a mi propuesta argumentando "otros compromisos", y salió de la cafetería con expresión estupefacta. A raíz de esta entrevista, días después se publicó en *El Universal* un reportaje con la siguiente cabeza: *PARA DIPUTADO. LA SRITA HERMILA GALINDO OPINA SOBRE SU CANDIDATURA.* La atención y los comentarios acerca de mí se incrementaron. Los críticos no faltaron, por supuesto, hordas de sementales que calificaban como error que una mujer fuera "candidato a diputado", cobardes y timoratos a quienes nunca me cansé de responder. La oposición me veía muy adelantada pues, tal como se atrevió a señalar con ironía otro diario, hacía campaña si ni siquiera yo podría votar; burlona, la publicación me instaba a "no llorar" cuando se me negara el paso a la casilla. Con cuánto gusto Salomé y yo armamos nuestra respuesta en *Mujer Moderna*, en donde condenamos todos los chascarrillos, las incisivas bufonadas e irracionales alegorías que se utilizaban para denigrar mi campaña, las cuales seguramente hubiera sufrido cualquier mujer en mis zapatos.

En Palacio Nacional nadie dudaba de que don Venustiano se alzaría como ganador de la presidencia de la República por la vía electoral: era el candidato único, pues nadie se atrevió a hacerle sombra, y si así hubiera sido, la inmensa popularidad del Primer Jefe de todas maneras bien le habría asegurado la victoria. Mis compromisos como candidata no me desviaron de mis responsabilidades junto a Carranza. La agenda, la mecanógrafa y los dictados siguieron siendo parte de mi día a día en medio del trajín de la campaña. Igual que afuera, en el interior del recinto se corría el rumor de que muchos funcionarios no toleraban mis pretensiones políticas y hasta me señalaban como "la protegida de don Venustiano", esa que hacía con la ley lo que le viniera en gana. Eché mano de la prensa para publicar artículos y cartas en defensa de la legitimidad de mi postulación, pues no pocos veían en ella un franco capricho, un desafío a la autoridad, o una mezcla de ambas. La competencia por el Quinto Distrito pintaba todavía más complicada de lo que pensé. Enfrentábamos a más de una veintena de coroneles, diputados y civiles a quienes nos topábamos de cuando en cuando mientras realizaban sus propios actos proselitistas. Muchos de ellos brillaban por su reconocida capacidad, otros, por todo lo contrario. En referencia a ellos no tuve reparos en admitir que yo representaría el cargo con mayor utilidad que muchos *hombres ignorantes y sin antecedentes de ningún género que van a los Congresos no sabemos por qué milagrosas combinaciones políticas,* una práctica cada vez más frecuente entre los gobernantes mexicanos.

A pesar de la lejanía el apoyo de mi tía Ángela fue invaluable durante esos días en los que nuevamente me sentí en la mirilla de todos los ataques. "Yo te presumo, así como lo he hecho siempre. Me gusta decir que andas de arriba para abajo promocionándote para el Congreso. No te voy a mentir, pues varias de las comadres dicen que estás loca por aventarte el paquete, pero yo les recuerdo que tú eres una señorita de avanzada y que ultimadamente todo esto lo haces también en beneficio de ellas, aunque los ojos de estas mitoteras no les alcancen para ver más allá de sus narices. Así que ánimo, Hermila, derechita y a amarrarse el cinturón que esos votos no van a llegar solos", me escribió desde Durango. Al igual que ella y aun en medio de los huracanes, en nuestro equipo coexistía una sensación de ánimo y esperanza genuina: no competíamos por un ligero avance para nuestro género, competíamos para ganar.

En medio de las elecciones el país no estaba completamente apacigua-
do. Villa continuaba dándole batalla a don Venustiano y lo mismo
Zapata, cuyos ejércitos recuperaban una que otra plaza en Morelos.
Las fuerzas constitucionalistas peleaban contra ambos frentes y por
ello nadie entendía del todo si la revolución continuaba o no. Entre
estas tensiones Ciudad de México intentaba reconstruirse y lo hacía
a la par de su acelerada expansión. El Quinto Distrito ofrecía un
panorama mucho más amable que el del resto de la capital: lejos
de las penurias vistas en colonias como la Bolsa, la Peralvillo o la
Violante, se caracterizaba por sus calles asfaltadas, sus hermosos
jardines adornados con farolas de estilo art decó, sus amplias banquetas y garantizada seguridad para los trasnochadores que busca-
ran divertirse con su amplia oferta de espectáculos.

Mis propuestas en favor de las mujeres y los niños, sectores que
consideraba los más vulnerables, despertaron interés mientras reco-
rríamos el distrito. Jamás me sentí más segura, más confiada que
durante esos momentos en los que compartía con la gente. En tanto
algunos hombres se mostraron receptivos a la idea de ver a una señorita en el Congreso de la Unión, las mujeres me hacían saber sus
necesidades: exigían educación, empleos dignos y protección ante
la ley; sus problemas eran muchos y requerían urgentemente que alguien los viera desde su perspectiva. A pesar de ello, mis adversarios
se mostraban más ocupados en desaprobar mi candidatura. Como
siempre, respondí: *Opino, y esto es cuestión de pura lógica elemental,
que si la mujer tiene iguales necesidades que el hombre, tiene y debe
tener indefectiblemente los mismos derechos que él, tanto políticos
como sociales; que si el hombre tiene opción a los puestos públicos, ¿qué
razón hay para que no los tenga la mujer? Lo contrario sería establecer
una desigualdad que repugna a la naturaleza de la cuestión y que
ningún precepto legal autoriza, relegando a la mujer a la categoría
de un mueble o de una cosa inútil*, destaqué en una entrevista. Únicamente a base de argumentos me gané el respeto: a fin de mes
ya no era una mujer desmedida sino una "prestigiada intelectual" y
más importante todavía, algunos diarios finalmente admitieron

que incluso cuando mi pretensión de acceder a un cargo público había sido materia de asombro, mis aspiraciones eran legítimas, declaraciones que colaboraron a levantar los ánimos de mi equipo todavía más.

Cerramos la campaña en el jardín San Fernando, donde se dio cita un buen número de seguidoras y vecinos de los alrededores. Las compañeras de Juventud Revolucionaria Feminista agradecieron el apoyo de las asistentes a lo largo de ese mes de actividades. Salomé se animó a tomar la palabra para exaltar la magnífica época en que vivíamos, la cual veía por fin la candidatura de una señorita al Congreso. Como era de esperarse, fui yo la encargada de cerrar el acto de clausura. Me dirigí a la improvisada tarima sin discurso en mano, dispuesta a seguir los designios que mi propia lengua me dictara. El público que tenía enfrente, atento a lo que estaba por decir, era la mayor evidencia de lo que habíamos logrado. Por encima de cualquier cosa que nos deparara el porvenir, yo deseaba atesorar aquella estampa: la de mis amigas, mis simpatizantes y mi equipo de campaña alrededor de mí. Así que solo tragué saliva y dejé que esas últimas palabras fluyeran solas:

—Mi caso, sobra decir, es excepcional en la historia de México. ¡Una mujer candidato a diputado al Congreso de la Unión! Cuántos comentarios erróneos y consideraciones injustas he recibido de aquellos acostumbrados a la esclavitud de la costumbre, esos quienes consideran como blasfemia el abrir nuevas rutas al progreso y nuevos horizontes a la civilización. Agradezco a mis compañeras haberme a invitado a tan monumental empresa que, si acepté, es únicamente por la fe que tengo en ustedes, los votantes, hombres y mujeres a quienes prometo servir desde mi curul. Sí, mi caso es excepcional en la historia de México, pero sé que gracias a nuestros esfuerzos, no será el único —sentencié entre aplausos, segura de que la victoria era una realidad posible.

El día de los comicios, Beatriz y yo tomamos el desayuno en casa y emprendimos la caminata hacia la Roma. Las colaboradoras de

Mujer Moderna se distribuyeron por las demás zonas del Quinto Distrito para cubrir la jornada, la cual se antojaba intensa desde sus primeras horas. Yo misma atestigüé otros procesos electorales pero este era distinto, y no solo por mi participación. Ese domingo la revolución cobraba un sentido claro, concreto: si con don Porfirio México no conoció otra voluntad más que la suya, esa mañana los ciudadanos se preparaban para emitir el voto directo y libre instaurado por Francisco I. Madero.

Las casillas abrieron a las ocho de la mañana. Por el camellón de la avenida Jalisco se apreciaba el animado flujo de electores que se dirigían hacia Córdoba y Sinaloa para depositar su voto en las ánforas. Aguas frescas, artesanías, antojitos, plantas y flores traídas de Xochimilco fueron algunos de los tantos productos que se dispusieron en la vendimia dominical. En tanto que los estanquillos exhibían el nuevo número de *Mujer Moderna,* los papeleritos anunciaban que el general Obregón había ya emitido su voto en la casilla de avenida Chapultepec, lo cual provocó tan intenso tumulto que poco faltó para que detuvieran los tranvías. Durante mi recorrido con Beatriz me topé con amigos de Palacio, varios incrédulos que me preguntaron si era yo la señorita que se postulaba como diputado, y un par de simpatizantes que no tuvieron reparo en lanzar un "¡Arriba Hermila Galindo!".

Durante las primeras horas albergué la esperanza de ganar pero mis expectativas decayeron a lo largo del día, cuando de buena fuente me enteré de que algunos candidatos optaron por la transa para hacerse notar en las boletas y fui testigo de cómo a mis seguidoras se les impedía emitir su voto. Al caer la tarde nos reunimos con Salomé y el resto de las colaboradoras en la Plaza Ajusco. Todas me hicieron saber que lo mismo presenciaron en la Juárez, la Cuauhtémoc y el resto de las colonias del distrito, donde no pocas mujeres hicieron el intento de votar y fueron rechazadas al poner un pie en las casillas. En Santa María la Ribera, no obstante, Delia constató que un grupo de señoritas logró imponerse para votar en mi favor y quizá no fueron las únicas, sin embargo, tampoco éramos tan ingenuas como para pensar que aquellos votos, importantes pero reducidos, nos darían la victoria. Para esas horas, además, los rumores apuntaban a que el general Ernesto Aguirre, que había sido gobernador de Tabasco, se perfilaba como el favorito en la competencia por el Quinto Distrito.

Minutos antes de cerrar las urnas, me detuve. Observaba una película que ya había visto y cuyo desenlace bien conocía. La simple intuición hizo que el cansancio de las últimas semanas me cayera todo de golpe. Me encaminé hacia una banca de la plaza y me senté bajo una arboleda. Hicimos todo para ganar y en ese momento que el gran día llegaba a su fin, acepté que los resultados no estarían a mi favor. A diferencia de esa ocasión en Querétaro, cuando sentí que el alma se me desgajaba en el vestíbulo del Iturbide, la tarde de las elecciones sentí una inmensa paz. Presencié una jornada electoral envidiable, la cual transcurrió en un ambiente de armonía y libertad que jamás creí posible ver durante el régimen porfirista; vi a algunas mujeres desafiar la autoridad e incluso conseguí algunos votos; lo único que me llevaría aquel domingo.

Al día siguiente los periódicos declararían a Venustiano Carranza como presidente de México; los periodistas elogiarían la jornada, resaltarían la victoria de la democracia. Se informaría sobre la victoria del general Ernesto Aguirre; se diría que mi candidatura sumó una cantidad mínima de votos y que algunas señoritas hicieron su voto efectivo mientras que a muchas se les negó la posibilidad. Se dirían muchas cosas pero, en ese momento, bajo la arboleda, solo di un largo suspiro y me dispuse a contemplar el resto de la tarde.

VUELTA A LA RAÍZ

Esa mañana, al entrar a la oficina, me encontré con el muro de mis aspiraciones todavía intacto. Los volantes que promocionaban mi candidatura, los periódicos a los que concedí alguna entrevista, nuestro programa de acción que aún pendía sobre la pared, todo estaba ahí. Me senté frente al escritorio, gozando de ese silencio que no había vuelto a tener lugar desde el momento en que Salomé y Delia cruzaron la puerta para hacerme la propuesta más riesgosa de mi vida. Solo horas después de la jornada electoral el mundo parecía diametralmente distinto.

Salí de casa apenas el día comenzó a clarear. Abordé el tranvía; di una breve caminata sobre Madero, me detuve en un restaurante para tomar una taza de café con leche acompañado de pan con mantequilla. Luego del desayuno me reincorporé a la avenida, a su ajetreo de lunes, mientras a lo lejos la bandera ondeaba sobre Palacio Nacional anunciando un tiempo desconocido. La prensa confirmaba la victoria de Venustiano Carranza a la presidencia de México, e inclinaba la balanza en favor del general Ernesto Aguirre en la contienda por el Quinto Distrito, tal como había previsto el día anterior. El sonido del timbre cortó de tajo mi melancolía. Me levanté del escritorio y les di la bienvenida a mis compañeras. Todas excepto Beatriz, quien partió hacia el teatro, fueron llegando puntuales a la cita. Planeaba hacer una detallada crónica sobre lo ocurrido pero a la mera hora esta cedió su lugar a una impulsiva bocanada de cariño y agradecimiento a ese equipo que me dio fuerzas para no desfallecer. Horas antes me propuse evitar cualquier sensiblería.

Fallé. Lloré y conmigo lloraron las presentes; el sueño electoral se había terminado.

Desde esa misma tarde me dediqué a cumplir con todas las formalidades: acepté mi derrota públicamente, felicité al general Aguirre y lo insté a ocupar su curul en el Congreso con patriotismo y dignidad. La prensa no volvió a mencionarme salvo honrosas excepciones que le dedicaron un par de líneas a "la señorita que contendió para diputado en el Quinto Distrito". Tal como ocurrió luego de mi enfrentamiento con el Constituyente, en el transcurso de esos días *Mujer Moderna* recibió correspondencia proveniente de toda la república y hasta de mis amigas del extranjero. Una de esas cartas, firmada por una maestra zacatecana de nombre Eulalia Guzmán, definió bellamente el sentido de mi atrevimiento: *Los iniciadores de alguna idea grande no recogen el fruto, pero sí son ellos quienes reciben las ridiculizaciones de los que no están a la altura de comprender la verdad y la justicia... Pero precisamente porque ha habido iniciadores ha sido posible el progreso en cualquier orden de ideas.*

El triunfo de Carranza representó el regreso al orden constitucional. *Mujer Moderna* dio noticia del pomposo recorrido que el presidente de la República realizó desde Palacio Nacional hasta el Congreso de la Unión así como de su emotivo discurso a diputados y senadores durante su toma de protesta. Con la reconstrucción nacional como la consigna de su gobierno, Carranza habría de levantar al país desde sus escombros: la economía era un desastre, el desempleo aumentaba, el campo reportaba enormes pérdidas, las rebeliones zapatistas y villistas continuaban y era necesario acabar con los rebeldes caudillos para iniciar la vida constitucional como Dios manda. El exterior parecía ser el mismo campo minado. Apenas Carranza tomó posesión, Estados Unidos hizo su entrada a la Gran Guerra y en Rusia la monarquía zarista se tambaleaba frente a las revueltas dirigidas por Vladimir Lenin, líder de los bolcheviques. Don Venustiano apenas se dio una tarde para celebrar su triunfo en compañía de su esposa, doña Virginia, y sus dos hijas, cada una del brazo de su respectivo esposo, para volver a su oficina.

El universo adquirió su propio ritmo y la revista se alzó como el único eje inamovible en un momento en que todo lo demás se tambaleaba. Poco nos veíamos las demás mujeres del grupo con Beatriz pues las exitosas tandas del Principal y las veladas bohemias en casa de la célebre actriz Esperanza Iris, su nueva compañera de juerga, la absorbían por completo. No quedaba claro cuál sería el rumbo de Juventud Feminista Revolucionaria, si es que habría alguno, pero Salomé se rentó un cuarto en la Obrera para instalarse temporalmente en la capital. En cuanto a mí, me volqué en aquello que siempre me había dado sentido y dirección, el papel y la pluma. Me enfrasqué en diversas lecturas, descubrí nuevos autores, escribía día y noche. Me deshice de todo vestigio de mi candidatura; la oficina volvió a ser la sede de *Mujer Moderna* y nada más. Con la autorización de don Venustiano retomé la bonita costumbre de viajar e impartir conferencias: visité Boston, Guadalajara, Saltillo y más adelante acepté la invitación para ir a Durango, mi tierra natal, la cual no había vuelto a pisar desde que Madero aún vivía, Porfirio Díaz se resistía a las revueltas y Beatriz y yo partimos a la Ciudad de los Palacios huyendo cada una de sus fantasmas.

Arribé una mañana de julio de 1917. Mi tía Ángela me recibió en la estación; el solo contacto con su cuerpo tibio inmediatamente me hizo sentir en casa. Estaba más delgada, más encanecida, más lenta, pero con el mismo semblante erguido que reflejaba su infinita confianza por la vida. La ciudad me pareció tan cambiada como yo. Los automóviles corrían paralelos al curso del río Tunal y la creciente popularidad de las exhibiciones cinematográficas en el Salón París me confirmaban que Durango se acomodaba a la modernidad de la época. Al llegar a casa encontré a mi madrina Eugenia un tanto desmejorada, "achacosa" como ella misma se describía refiriéndose a su salud: si no era el dolor en el pulmón era la temblorina en las rodillas, las várices, la gota. Me conmovió ver que en la pequeña estancia mantenían colgada la foto de cuando cumplí 15 años junto a algunas notas de periódico en donde se me hacía alguna mención. Durante la comida me dieron cuenta de cómo las revueltas alborotaron los destinos de la vecindad. De quienes se reunían los jueves de chocolate solo quedaban ellas, pues el resto de las vecinas, incluida Jacinta, se mudaron a un lugar todavía más módico o poco a poco regresaron a sus pueblos. Aun así durante esos años encontraron siempre con qué entretenerse. Mi tía daba clases de tejido y seguía con sus composturas; mientras Eugenia había hecho algunas amistades en la parroquia con quienes se reunía de vez en cuando. Ni siquiera la revolución pudo arrebatarles la costumbre de congregarse con otras mujeres.

A la mañana siguiente fuimos a dar una vuelta a la plaza. La amplitud del valle del Guadiana me transportó a tiempos que transcurrieron ante mis ojos con la bruma del sueño. Tras mi partida a Ciudad de México, y luego de que las revueltas se apaciguaran un poco, don Carlos Patoni volvió a Durango y se convirtió en gobernador. Yo me enteré hacía tiempo, guardaba la esperanza de poder saludarlos durante mi visita a la ciudad, pero mi tía me dijo que una vez finalizado su mandato, él y su esposa regresaron a Estados Unidos. Entonces la casa de los Patoni fue adquirida por una familia de exhacendados y por lo poco que pude ver al pasar frente al portón, en el jardín sobrevivían las candelillas y los guayules que yo misma ayudé a plantar. La botica Madrid, sede del club antirreeleccionista, se convirtió en un próspero expendio de verduras; el restaurante donde alguna vez me encontré con Santiago permanecía cerrado desde los tantos saqueos ocurridos durante la dictadura huertista. Fue inevitable detener el torbellino de recuerdos que despertó el retorno. Los afectos más íntimos resurgieron en algún árbol, cierta calle, la melodía del cilindrero que sonaba al pie del Arzobispado. En casa sucedió algo similar. Me topé con viejos libros, papeles, cartas, mi tía Ángela lo había guardado todo. No solo me reencontraba con la ciudad sino conmigo misma, con la niña respondona en la escuela y con esa joven que deseaba ser un hombre para tomar un rifle e irse a la bola. No llevaba ni dos días en la ciudad cuando caí en cama. Supuse que habría agarrado un resfrío en el trayecto, pues empezó a subirme la temperatura y fui presa de una terrible jaqueca, pero mi tía Ángela le dio otra explicación a mi malestar.

—Se te están purgando las emociones. Tanto ajetreo que has andado arrastrando desde quién sabe cuándo por fin está expiándose; el cuerpo siempre reclama sus necesidades… —señaló sabiamente.

Los siguientes días los dediqué a mi cuidado. Dormí, reflexioné, me dejé consentir. *Mujer Moderna* se encontraba resguardada bajo el liderazgo de Salomé; me di un respiro de los periódicos y del mundo en general. Los amables cuidados de mi familia me ayudaron a recuperar la entereza; ellas me proveyeron todo, incluso silencio y compañía cuando necesité una u otra. Ese tiempo valioso me sirvió para dejar atrás todo lo perdido, sanar lo que pedía ser sanado.

Al final de la semana me presenté en el Teatro Victoria para cumplir con el propósito de aquel viaje. Mi tía Ángela y mi madrina Eugenia, quien hizo un esfuerzo para salir nuevamente de casa, tomaron asiento en las primeras filas. El recinto, caracterizado por su diseño italiano y sus bellos balcones, me recibió entre aplausos. Cada butaca de sus cuatro niveles estaba ocupada, en su mayoría por jóvenes estudiantes, maestros, secretarias y autoridades del gobierno local, aunque una que otra cara conocida surgió de repente, alguna vieja compañera de escuela o cierta vecina que escuchó del evento e hizo su aparición. Verme rodeada por los míos hizo que la conferencia adquiriera un tono familiar a pesar de la gravedad del evento y del escenario, el cual fue bautizado en nombre de Guadalupe Victoria, el primer presidente de México, y visitado por el mismo Juárez. La solemnidad y la obligación habían dictado siempre el tono de mis discursos; sin embargo, esa noche dejé que mis palabras obedecieran el designio de la más pura emoción: *Vuelvo a Durango. Al recorrer sobre las paralelas de acero las inmensas estepas de este mi estado, lleno de tradiciones y leyendas de gloria, me ha transportado mi pensamiento a los floridos días de mi infancia y mi adolescencia. Los selváticos paisajes, los agrestes panoramas que el raudo viaje me han dejado adivinar, más bien que ver, despertaron mis placenteros recuerdos de cosas idas en el tiempo, pero perennemente vivos en el corazón….*

Al término de la conferencia volvimos a casa. Pasamos la noche acompañadas de café, pan de pulque y el susurro de la guitarra que mi madrina rasgaba con la destreza de antaño aunque con menor intensidad. Las horas de sobremesa transcurrieron entre viejos recuerdos y pormenores cotidianos, en donde ambas sacaron a relucir lo mismo las alzas de los precios en el mercado que los chismes de la vecindad y las más recientes exhibiciones en el cinematógrafo, a las cuales asistían una vez al mes. Aquella plática íntima y ligera suscitó la promesa de vernos más a menudo, la próxima vez en la capital, prueba de que ni la distancia ni el tiempo habían roto el lazo entre nosotras: nuestro cariño seguía intacto.

Tal vez fuera la amena charla o la adrenalina acumulada en el Teatro Victoria lo que me hizo sentir tan despierta a pesar de que el reloj ya rozaba la medianoche. Eugenia fue la primera en retirarse al dormitorio; mi tía Ángela le siguió luego de múltiples y fallidos intentos por disimular su cansancio, pues consideraba como un gesto de mala educación dejar ahí a las visitas. Sola en la estancia, me senté junto a la ventana y contemplé el horizonte, la oscuridad desdibujando los límites del valle del Guadiana. Aún podía distinguir cada una de sus partes: el convento, el Palacio Municipal, la imponente silueta del Cerro de Mercado. Disfruté entonces los últimos momentos de mi visita, le di rienda suelta a mi desvelo sin preocuparme de la hora. Ese instante de quietud trajo consigo visitantes inesperados, esos que me habían perseguido a partir mi llegada: voces, memorias, sentencias aprendidas en decenas de libros y momentos precisos que abarcaron desde mi niñez hasta mis últimas vivencias, una bruma difusa que se definió poco a poco ante mí con inusitada claridad. Me alejé de la ventana y busqué con urgencia lápiz y papel. Hallé ambos entre mis viejas pertenencias, las cuales mi tía Ángela había acomodado en un baúl al pie de la entrada. Volví a sentarme, esta vez bajo la solitaria lámpara que se posaba sobre el comedor, y empuñé el lápiz. Todo mi sentir de aquella noche, de aquel viaje, de gran parte de mi existencia, se resumía en apenas unas cuantas palabras: "Creo en la mujer...".

NUEVAS PERSPECTIVAS

Partí de Durango con el manuscrito a medias. El largo trayecto a la capital fue testigo de mi mano apresurada, que no paró de escribir hasta que el tren se detuvo en San Lázaro. En casa dediqué un par de noches a su revisión y a sus últimos ajustes, las ideas de toda una vida surgieron como una sinfonía armoniosa. Esas palabras nacidas del impulso se tornaron en una concisa declaración de fe, la única que me definiría. *Credo*, la titulé.

> Creo firmemente, intensamente, que la mujer es digna de mejor suerte de aquella que le han deparado... Creo que la mitad débil del género humano cuenta con las necesarias aptitudes para poder luchar con éxito en la vida. Creo firmemente que la mujer subsistirá por sí misma, sin el apoyo del brazo nervudo del hombre, sin que le sea indispensable, para alcanzar el triunfo, que llegue a la meta apoyada en el hombro varonil... Creo que unidas en fuerte lazo, las mujeres que nos preocupamos por la reivindicación de nuestro sexo lograremos en un porvenir, tal vez no muy lejano, implantar en el seno de los hogares las reformas necesarias para cambiar la actual condición social de la mujer...

Al siguiente lunes *Credo* se publicó en *Mujer Moderna* junto a un reportaje ilustrado con las novedades en el Puerto de Veracruz, los resultados del frontón y la acostumbrada sección de predicciones astrológicas, la cual se afianzó entre las lectoras con éxito rotundo.

En la oficina trabajábamos de entrada por salida. Las colaboradoras como Delia, Artemisa y esa misteriosa mujer que firmaba como "Justa Paliza", quien se decía poeta y vivía en la Violante, se presentaban una vez a la semana solo para hacer entrega de sus textos y recoger su pago. Salomé y algunas más, en cambio, usaban libremente los escritorios y las mecanógrafas. Había quienes lo hacían por el simple gusto, pues ir a la oficina siempre ofrecía alguna amena distracción; otras porque su situación económica no les permitía costear las herramientas, el tiempo o el espacio tan necesarios en la profesión periodística. El ilustrador y el fotógrafo trabajaban por encargo; una anciana que vivía en la azotea venía a ayudarnos con la limpieza, y su nieto, un jovencito despierto y ágil, se encargaba de hacer todo tipo de mandados, ya fuera una fugaz visita al banco o a la Oficina de Correos. Como editora, mi lugar era el único fijo de toda la oficina. Sobre mi escritorio mantenía mi propia mecanógrafa, la misma con la que abandoné Durango, junto a otros enseres mucho más personales, como una pomada para manos y un frasquito de agua de azahar que usaba como perfume, pues pasaba más tiempo entre aquellas paredes que en mi propio hogar. Aunque extenuante, el trabajo daba por fin buenos frutos y las cuentas se pagaban solas. Según nos reportaban los encargados de los estanquillos, *Mujer Moderna,* "La única revista feminista de México", se vendía como pan caliente.

Mis asuntos avanzaban viento en popa, pero no así los de don Venustiano. Desde inicios de 1918 debió hacer uso de toda su fortaleza e inteligencia diplomática para sortear la presión de Estados Unidos de intervenir en la Gran Guerra. Jamás lo admiré tanto como cuando sonaba el teléfono o llegaba el centésimo telegrama que lo instaba a manifestarse contra Alemania y unirse al bloque de los aliados, a lo cual, don Venustiano se negaba tajantemente. Se mantenía firme en la no intervención sin importarle que el vecino país del norte lo tachara de germanófilo. Las compañías petroleras y mineras, en su mayoría estadounidenses, tampoco querían al presidente Carranza. La defensa de los recursos naturales, una de las grandes banderas de su gobierno ya reflejada en la Constitución por su propia iniciativa, fue razón para que esos enormes capitalistas tan consentidos por don Porfirio, vieran en él un auténtico muro a sus propósitos.

El plano doméstico no era menos complicado. Entre la gripe española, las escurridizas figuras de Zapata y Villa, y la economía maltrecha, el suspenso era más que suficiente para el gobierno carrancista. Luis Cabrera transitaba muy confiado por los pasillos de Palacio Nacional, a pesar de que era uno de los funcionarios con más peso sobre sus hombros. Como secretario de Hacienda recaía sobre él uno de los grandes retos de la reconstrucción nacional: la economía. Sin embargo, Luis sentenciaba que el gran desafío de Carranza se hallaba en otro lado.

—La verdadera amenaza al gobierno no es la económica, sino la militar. En este país, el ejército es el verdadero árbitro de nuestro destino —mencionó en una de nuestras pláticas en el jardín de Palacio, en donde solía darse breves descansos de sus demandantes actividades.

No podía estar más de acuerdo con él, especialmente en ese momento, cuando en aquel peligroso juego de gobernar y administrar un país, las piezas se alinearon en posición de ataque.

La figura de Álvaro Obregón aumentaba su influencia al interior del gobierno e incluso en la opinión pública, quienes se inclinaban por su juventud, carisma y bien ganada reputación dentro del campo de batalla. El enfrentamiento sutil que protagonizó con don Venustiano en Querétaro, representados ambos por jacobinos y conservadores, detonó la mecha que terminó por sacar a la luz sus irreconciliables diferencias.

La última vez que vi a Obregón por Palacio me fue imposible esconderle mi aversión. Lo saludé en voz baja, paré sus bromas con desinterés y, adrede, lo hice esperar largos minutos antes de anunciarle su llegada a Carranza. Quién sabe si el general se percató de mi pequeño, casi insignificante desaire. Supuse que sí, pues me miró con un gesto tan coqueto como malicioso, típico de él, y se dirigió al despacho del presidente despidiéndose con un *Tanto gusto de que me haya visto*, al cual ni siquiera me vino en gana responder. Ese día

Obregón renunció a la Secretaría de Guerra y al poco tiempo anunció que se retiraba a descansar a su hacienda de Navojoa. Nadie le creyó. Nunca había sido derrotado y no titubeó ni siquiera cuando perdió el brazo derecho, ¿acaso iba a marcharse así como así, con las manos vacías y la popularidad por los cielos?

Sin embargo, Carranza estaba más concentrado en apagar el incendio exterior. A mediados de año fui testigo del mensaje presidencial que leyó ante el Congreso para declarar sus doctrinas internacionales, mismas que ya predicándose practicaban desde meses atrás: la igualdad entre países; el respeto mutuo a sus soberanías y el principio universal de no intervención determinarían a partir de entonces las relaciones de México con el mundo.

Al finalizar su discurso, los aplausos inundaron el recinto de Donceles y Factor. Los diputados, entre ellos varios generales, se levantaron de sus curules para mostrarle su apoyo, pero ¿cuántos de ellos lo hacían con sinceridad? Mi mirada recorrió el interior del Congreso para reconocer rostros y afinidades, las cuales, luego de años de servicio al constitucionalismo, bien había aprendido a distinguir. Por supuesto que el presidente tenía sus aliados, pero me preguntaba si estos lograrían cobijarlo ante esa amenaza que, entre la marejada de risas y aplausos, me fue tan clara como el agua.

Luego de este discurso en el Congreso, al cual desde ese día se le conoció como "Doctrina Carranza", me propuse escribir un libro sobre la gestión del presidente en materia internacional, así como su intención de acercar a México a los países latinoamericanos. Estas pretensiones, sumadas a las noticias provenientes de todo el globo, empezaron a guiar mi atención más allá de las fronteras: en Gran Bretaña, las sufragistas lideradas por Emmeline Pankhurst obtuvieron por fin su derecho al voto; en Francia y Estados Unidos los movimientos feministas cerraban filas con el mismo objetivo; mientras en Latinoamérica, las mujeres sumaban pasos más discretos pero firmes en la conquista por su emancipación. Ejemplo de ello fueron la creación de Evolución Femenina en Perú, el Centro

Feminista La Aurora en Ecuador y la Liga Feminista Nacional en Argentina.

En medio de esa vorágine, desempolvé la agenda, la misma que compré durante mi visita a Cuba, y redescubrí una lista de nombres, países y direcciones que comencé a reunir esa tarde en el malecón. Mi aventura en Querétaro y mi posterior candidatura me desviaron del objetivo que en ese momento rescataba: intercambiar experiencias con mujeres alrededor del mundo, compartir su trabajo con nuestras lectoras y dar cuenta sobre el curso de la lucha feminista en otras regiones. Para ello me dirigí a las amigas que conocí en La Habana, así como a un par de periodistas con quienes coincidí en Boston y las invité a colaborar con *Mujer Moderna*. Ninguna se negó. Entre las cartas que con frecuencia recibíamos en la oficina, empezaron a verse remitentes cada vez más lejanos: las estadounidenses informaron sobre la reciente elección de Jeannette Rankin, la primera mujer en ocupar un lugar en el Congreso de aquel país; mi buena amiga Eloísa Pinzón hizo un recuento de las revistas colombianas surgidas a partir del siglo XIX; y desde San Petersburgo, la española Sofía Casanova narraba la trepidante victoria bolchevique y la caída del Imperio ruso. A través de los ojos de estas mujeres, el mundo se transformaba a un ritmo acelerado.

UN MUNDO POR DESCUBRIR

Ansiaba la llegada de mi tía Ángela para las fiestas decembrinas, sin embargo, el crudo invierno duranguense provocó una recaída en la salud de Eugenia, y a la mera hora ambas cancelaron su visita a la capital. Con la partida de don Venustiano a Querétaro, en donde se reuniría con su familia, me di licencia para disfrutar la noche de fin de año junto a Beatriz.

En mi habitación contemplé largamente mi reflejo. Me engalané con una blusa aterciopelada de flores bordadas, unos guantes largos, una cadenita de oro, la única que tenía, y me recogí el cabello en la nuca. Satisfecha con mi imagen, me enfilé por el pasillo hasta detenerme al pie del dormitorio de Beatriz. A diferencia del mío, el cual lucía parco debido a mi falta de tiempo para decorar, el suyo desbordaba buen gusto y sofisticación: los finos vestidos, su eterna máquina de coser junto a una pila de revistas y el viejo fonógrafo que entonaba ese disco de Caruso con el que tantas veces ahogamos las penas de amor. Cada rincón de aquel cuarto parecía evocar un escenario en donde esa noche ella surgió como la protagonista de su propia historia. Beatriz se encontraba frente al espejo, e igual que yo, se había dedicado un esmero inusual. La miré en silencio. Había borrado de su figura todo rastro de corsé, de la blusa de volantes o el más ligero escote: por encima de su falda negra sobresalía una camisa blanca bien almidonada, y alrededor del cuello, una corbata de donde pendía un fistol de brillantes. Permanecí en el umbral de su dormitorio como una intrusa, mientras ella se relamía el cabello engominado con un pequeño peine. Pasaron un par de minutos antes de que notara mi presencia.

—¿Cómo me veo? —me preguntó apenas nuestras miradas se cruzaron.

—Bien. Mejor que la misma Juana Belén Gutiérrez.

Soltó una carcajada. De no haber sabido que era mi gran amiga a quien tenía enfrente, bien me hubiera parecido estar en la presencia de un muchacho.

—Muchos pensarán que le robé la idea, pero no fue así. Nomás le copié el valor —resaltó con encantadora desfachatez, tras volverse al espejo para esconder los últimos cabellos detrás de su oreja.

Esa noche celebramos el año nuevo en un baile organizado en una de las tantas plazas de la Guerrero, en donde se dispusieron algunas mesas, un grupo de músicos y un buen tablado para bailar. De cuando en cuando los cuchicheos surgían en torno a la extravagante figura de Beatriz, aunque la expectación fue apagándose a lo largo de la velada, entre los cuetes, la borrachera y los arrumacos de las parejitas que se escondían bajo los árboles.

—Feliz año, feliz vida —me dijo Beatriz alzando hacia mí su vaso de tepache.

—Feliz vida… —le deseé entre el repiqueteo de las campanadas de la parroquia, cuyo agudo sonido anunciaba un nuevo año todavía más incierto que el anterior.

Luego de las fiestas, puse manos a la obra para expandir mis contactos por el mundo. Durante los siguientes meses afiancé una red de colaboradoras cuyo perímetro empezó a extenderse por Latinoamérica, Europa y las lejanas tierras de Australia. Por aquel entonces también recibí la invitación de la revista argentina *Nuestra Causa* para convertirme en su corresponsal en México, lo cual acepté con inmenso agrado. La inclinación feminista de la publicación me motivó a enviarles textos que versaban sobre la situación de la mujer mexicana, desde cómo la revolución había trastocado su vida hasta los beneficios que esta obtendría gracias a la Ley de Relaciones Familiares expedida por Carranza, la cual fue inspirada por la Ley de Divorcio. Empecé a elucubrar grandes planes, a maquinar la idea de conectar aquella red internacional con los grupos de mujeres con quienes había compartido en Tabasco, Yucatán y otras regiones de México con el fin de fortalecernos unas a otras. ¿Mis pretensiones eran demasiado ambiciosas? Quizá no tanto, pues mis relaciones con el extranjero fructificaban a ritmo acelerado y se tornaban en auténticas redes de hermandad. Para mí era indudable que las mujeres estábamos moviendo al mundo.

Entretanto, mi libro dedicado a la Doctrina Carranza se concretaba en una obra que me enorgullecía. Cada que podía le mostraba algunos avances a don Venustiano para que les diera el visto bueno. Fueron esos amenos intercambios sobre política, historia y la gestión de las cancillerías nuestros temas predilectos, los momentos que mayor cercanía tuve con él, quizás aún mayor que aquella durante la estadía en Veracruz, la cual a la distancia y con sus propios retos, empezaba a surgir como la época más plácida de todo su tiempo al frente del Ejecutivo.

Gracias a la escritura del libro el presidente vio en mí a la persona indicada para promocionar la Doctrina Carranza en el exterior. Fue así como volví a Cuba y visité Colombia, en donde tuve un encuentro fugaz con Eloísa en la ciudad de Cali. Dondequiera que me paraba solo me daba tiempo para dar alguna conferencia, cumplir con los protocolos diplomáticos, pasear unos minutos por la ciudad como si eso fuera suficiente para conocerla; todo debido a que mis demandantes actividades me requerían volver a México con extraordinaria prontitud. Como editora, jamás descuidé *Mujer Moderna,* pero debía admitir que aquella inagotable fuente de satisfacción por primera vez palidecía frente a la gratificante experiencia que me representaban las labores diplomáticas. ¿Acaso me convertiría en la primera embajadora de México en el extranjero? Para mi sorpresa, aquella posibilidad comenzó a vislumbrarse más pronto de lo que hubiera imaginado.

Unas semanas después de mi viaje por Colombia, el presidente me mandó llamar a su despacho. Sostenía entre sus manos la primera copia de mi libro *La doctrina Carranza y el acercamiento indolatino,* como finalmente lo titulé, y quería extenderme sus felicitaciones.

—¿Le importaría escribirme una dedicatoria? —me preguntó un tanto cohibido.

Por un instante me pareció ver que una ligera alegría recorrió su rostro impenetrable, ese que pocas veces expresaba alguna emoción. Halagada, empuñé la pluma sobre la página y anoté:

Para el Sr. D. Venustiano Carranza, Presidente Constitucional de los Estados Unidos Mexicanos, con alta estima y admiración, dedico este libro.

Su amiga,
Hermila Galindo

Carranza posó sus ojos en la dedicatoria y, sin decir más, guardó el libro cuidadosamente en el cajón de su escritorio. Apresurando el momento, ya que, según había visto en esos años, la excesiva cercanía quizás le resultaba incómoda, procedió a destacar mi representación en el extranjero. Tenía noticia de la distinción que en días recientes me habían enviado desde el Instituto Filosófico Colombiano que, a instancias de mi querida Eloísa, me otorgó el nombramiento de Doctora y Presidenta Honoraria; además se declaró complacido por el buen papel que realicé durante mis últimas encomiendas. Mientras lo escuchaba, el corazón se me aceleró al intuir el rumbo de aquella conversación.

Don Venustiano se acomodó sobre su silla, me miró por encima de sus anteojos azulados y con discreto júbilo me invitó a continuar la promoción de la Doctrina Carranza en una gira por España y Sudamérica. La firma de los Tratados de Versalles había puesto punto final a la Gran Guerra y era un momento adecuado para cultivar el contacto con el exterior. Por supuesto, acepté. Era el destino natural de ese camino que me venía forjando exitosamente; me afianzaba como la mujer moderna que desde niña quise ser: libre, dueña de su propio destino y a partir de ese momento, con un mundo entero por descubrir. El presidente me anunció que los pormenores del compromiso diplomático serían convenidos en las próximas semanas, por lo demás, bien podía ya empezar a soñar con Madrid, Lima y Buenos Aires.

Salí del despacho de Carranza con la sonrisa tatuada en la cara. Estaba feliz por el nuevo rumbo de mi destino, así como segura de que este también me exigía una renuncia, una de las más grandes que habría de hacer en toda mi vida.

SOBRE HIELO FINO

Sin fecha pactada pero con la promesa de don Venustiano, comencé a realizar los preparativos de mi gira por el extranjero. Estaba consciente de que empezaría una etapa diferente y deseaba disfrutarla a plenitud, esa que la exigencia de mis demás actividades me negó durante tanto tiempo. Lo supe en cuanto salí del despacho de Carranza: había llegado el momento en que *Mujer Moderna* y yo debíamos tomar caminos separados.

Fueron años de desvelos, de interminables juntas y de exhaustivas jornadas de escritura. Detrás de cada número estaba el esfuerzo de las mujeres que ayudaron a edificar esa gran empresa a la que ponía punto final. Mi decisión de cerrar la revista tomó por sorpresa a mi equipo, aunque no de la manera catastrófica que por un momento temí. No era fácil decirle adiós a ese lugar que durante cuatro años albergó un sinfín de ideas, anhelos y luchas; pero ellas, al igual que yo, estaban ansiosas por emprender nuevos retos. Quienes contaban con experiencia previa, como las poetas y periodistas que se sumaron a nuestras páginas, encontraron en ellas una tribuna para expresarse libremente; quienes jamás habían tomado una pluma, descubrieron el poder de su voz y un camino hacia su propia independencia. Todas habíamos crecido. Habíamos plantado una semilla en nuestras lectoras que, con suerte, habrían hallado en la revista un espejo en el cual reconocerse, una nueva manera de enfrentar el mundo, una mano amiga para sentirse menos solas. Y eso era lo más valioso que me llevaba.

Para despedirnos organicé un último convivio en la oficina. Beatriz llegó vestida a su manera, con su corbata y el cabello relamido. Salomé atravesó la puerta en compañía de Delia, ambas inseparables luego de mi campaña electoral. También Artemisa, "Justa Paliza" y otras colaboradoras se unieron al festejo. Cada una me declaró su apoyo en la gira que estaba a punto de realizar, lo cual terminó por afianzar mi decisión. Brindamos con charanda y mezcal e intercambiamos recuerdos hasta bien entrada la noche. A la distancia, el camino que emprendimos juntas surgió como una senda de alegrías y triunfos que ni el recuerdo de los momentos más difíciles logró eclipsar.

Beatriz fue la última en irse, se adelantó a casa y yo decidí permanecer en la oficina un rato más. Los días anteriores había desmontado aquel lugar pieza por pieza: había cerrado el contrato de la imprenta, negociado la venta de los escritorios y finiquitado a la anciana y al joven que nos ayudaban con la limpieza y los mandados; todo ello representaba el primero de los múltiples preparativos de mi viaje. Publicado dos semanas atrás, el último número de *Mujer Moderna* le dedicó una cálida despedida a las lectoras, y los siguientes días recibimos una serie de buenos deseos provenientes de México y del extranjero. La revista, me daba cuenta, nunca había sido exclusivamente mía.

Miré a mi alrededor por última vez. Conocía cada rincón de ese espacio, desde la mancha de humedad junto a la mecanógrafa de Salomé hasta el rechinido del suelo al cual terminé por acostumbrarme. Por un momento me fue difícil imaginarme sin *Mujer Moderna,* sin su gente y su cobijo, pero no había marcha atrás: tenía ante mí una emocionante aventura a la que deseaba entregarme por completo. Sin otro pendiente que resolver, salí de la oficina y cerré la puerta. Estaba lista para ver el mundo.

Sabía bien que los trámites gubernamentales podían extenderse por largo tiempo, así que me dediqué a esperar con la mayor paciencia que la Secretaría de Relaciones Exteriores me extendiera la orden de partir rumbo a Madrid, la primera parada de mi viaje. Mientras eso sucedía continué con mis labores en Palacio y me entregué al disfrute de ese inusual tesoro llamado tiempo libre. Me cultivaba con las más variadas lecturas, daba largos paseos por la Alameda y los fines de semana visitaba el teatro Colón o las carpas de la Peralvillo para ver alguna tanda en compañía de Beatriz. Atrás quedaron las prisas y las correderas. Pasaba tiempo en casa, dormía lo necesario y me animé a escribir las primeras páginas de un libro de filosofía, materia que comenzó a despertar mi interés.

Mi tía Ángela no cabía de la emoción ante mi futura gira. Me telegrafiaba con frecuencia para remarcarme su cariño y orgullo e informarme acerca de la mejoría de Eugenia, a quien los baños de sol y la agradable compañía de las nuevas vecinas le habían curado hasta las várices. Todas a mi alrededor, inclusive Beatriz, quien me confeccionaba un nuevo gabán pues *ni modo que te andes paseando por la Gran Vía con ese vejestorio*, vaticinaban mi partida más pronto que tarde; yo también lo creí así. Desgraciadamente, por esos días las cosas dieron un vuelco inesperado.

La política exterior fue una gran prioridad para don Venustiano hasta que las intrigas domésticas lo obligaron a poner el ojo en una sola dirección: la sucesión presidencial. Las cartas empezaron a revelarse por esos últimos meses de 1919. El mismo Carranza fue el primero en insistir que no había necesidad de precipitarse pues las elecciones presidenciales estaban dispuestas para 1921, pero sus palabras recibieron nula atención. Ya para entonces su investidura parecía disminuida frente al general Álvaro Obregón y sus aliados, o sea, la gran parte del Ejército mexicano. Ante su juventud, a don Venustiano se le tildaba de viejo; ante sus radicalismos, de conservador. A nadie le era un secreto las reuniones que el mismo Obregón celebraba con los altos generales sonorenses en su hacienda de Navojoa, en donde seguramente se hablaba no solo de las sequías de aquel año ni de los elevados precios del maíz: su tan extendida popularidad parecía ya colocarlo en la silla presidencial. El único que le hacía tantita sombra era el general Pablo González, quien por esos días le dio muerte al mismísimo Emiliano Zapata en Chinameca, Morelos, una hazaña que lo posicionó como un posible contendiente por la presidencia de México. Sin embargo, nada de eso le importaba a don Venustiano. Alguna vez lo oí decir que Obregón no tenía un programa de gobierno ni una ideología clara, y parecía desconfiar profundamente de González, siempre envuelto en escándalos de corrupción. Ante todo, ambos eran militares y don Venustiano deseaba desterrar el militarismo de la presidencia.

El nombre de Ignacio Bonillas tampoco representaba alguna novedad, al menos no para quienes pertenecíamos al círculo cercano de Carranza. Ingeniero de profesión, cónsul en Washington, gran amigo de don Venustiano desde sus tiempos contra Huerta o de más atrás; un civil de pies a cabeza. Cuando todo México esperaba que Obregón o González tendrían su apoyo para contender por la presidencia, Carranza determinó que este le estaba destinado al licenciado Bonillas. Tal vez fuera demasiado pronto para definir a su candidato y el desafío que esto planteaba, demasiado riesgoso frente a una fuerza tan poderosa como la de Obregón y compañía. Pero así fueron cosas. El destape de Bonillas era un hecho y con ello, como decía Shakespeare, "algo olía a podrido en Dinamarca".

Tanto Luis como otros compañeros me instaron a aguardar con paciencia mi salida de México, lo cual se tornó difícil cuando el general Obregón, empecinado con la presidencia, lanzó su anticipada candidatura con bombo y platillo. A partir de entonces Carranza se mostró cada vez más hermético. Daba largos paseos por Chapultepec montado en su corcel negro, lo único que parecía infundirle alguna paz; y de buenas a primeras me enteré de que se había divorciado y hasta había contraído segundas nupcias en una ceremonia de la cual poco se supo. También me desconcertaban sus silencios, sus miradas largas y ese repentino desinterés ante la propuesta que me había hecho con tanta seguridad. Quizá no era para menos, su enfrentamiento con el Ejército era ya evidente, y mientras Obregón viajaba por el país acumulando seguidores, su candidato Bonillas solo despertaba rechazo. Empecé a considerar que mi sueño diplomático se esfumaría entre aquel clima de tensión, pero justo cuando mis ilusiones se escapaban por la borda, recibí la anhelada noticia: una carta de la Secretaría de Relaciones Exteriores con la que se me notificaba el nombramiento de Comisionada Cultural en España y América del Sur, que si bien todavía no establecía fecha alguna, confirmaba la validación de mis planes.

Gracias a esa misiva atravesé los primeros días de 1920 con mi confianza renovada. Recibí un segundo aviso oficial de la misma Secretaría en donde se me establecía un sueldo de 50 pesos diarios, oro nacional, una vez iniciara mi trabajo en el extranjero. El gabán confeccionado por Beatriz, elegante y perfecto, colgaba ya en el armario, y mi amiga Sofía Casanova prometía recibirme en Madrid con los brazos abiertos. Todo parecía listo para emprender mi cruzada por el Atlántico, sin embargo, mis planes estaban atados al gobierno carrancista y el presidente navegaba sobre hielo cada vez más fino. Obregón se alzaba abiertamente como su máximo enemigo mientras que un grupo de gobernadores había declarado su lealtad a Carranza frente a los ataques de éste y del resto de los generales sonorenses. Estas noticias agregaron una silenciosa tensión a la rutina en Palacio, donde continué atendiendo mis obligaciones con la puntualidad de siempre. Revisábamos la agenda, preparábamos las audiencias, omitíamos cualquier cuestión referente a la sucesión presidencial. La única vez que salió a colación mi gira por Europa, don Venustiano me dijo que esta se cumpliría "en tiempo y forma" sin explicar más.

En casa, ese tiempo libre que tanto disfruté en un principio se despilfarraba en un caudal de ansiedades que terminaron por quitarme el sueño. Junto a mi cama descansaban el par de oficios expedidos por la Secretaría de Relaciones Exteriores que me aseguraban un porvenir como diplomática, y al mismo tiempo la falta de estabilidad a mi alrededor hacían que Madrid luciera más lejana que nunca.

Como siempre, en esos momentos busqué refugio en la escritura así como en mis amigas. Realicé un par de colaboraciones para

Nuestra Causa, mismas que envié a Buenos Aires, y acompañé a Beatriz durante sus labores en el Teatro Principal, pero ni siquiera aquello logró despojarme de mi desazón. Estaba cansada. Todo ese jaloneo burocrático, ese debatirme entre el sí y el no, las largas esperas e interminables suspensos después de tantos años desempeñándome en la arena política no me eran nuevos, aunque tampoco me resultaban fáciles.

En abril de ese año una avalancha de acontecimientos amenazó con destruir el orden constitucional recién instaurado: el gobierno carrancista acusó a Obregón de promover una sublevación militar y este, escapando del embrollo, se reunió con otros generales sonorenses para firmar el Plan de Agua Prieta, el cual exigía la renuncia de Carranza. El poder militar, tan desdeñado por el presidente, fue el que terminó por darle la sentencia definitiva.

Todo lo demás quedó en segundo plano frente el implacable giro de esos días, cuando la causa a la cual le había entregado muchos años de mi vida se desvanecía ante mis ojos. Ya no era únicamente mi propio destino el que estaba en juego, sino también el de don Venustiano y el de la nación. Hice lo mejor que pude ante ese escenario incierto. Me mantuve firme frente a la mecanógrafa, presta a cualquier desenlace y todavía esperanzada de que un milagro inclinara la balanza a favor del presidente. Creí, seguí creyendo aun cuando todo a mi alrededor indicaba lo contrario. Por un momento Carranza se apoyó en las fuerzas de Pablo González para detener la escalada obregonista que empezaba a brotar por algunos puntos del país, pero renunció a aquella idea al ver que aquellos también le volvían la espalda. Con las posibilidades agotadas, la vida del presidente se debatía ante un peligro cada vez mayor. No hubo momento en que no se le viera acompañado por su guardia personal y sus paseos por Chapultepec fueron interrumpidos indefinidamente. Tuve conocimiento de que le escribía a su familia, que llamó a un notario, que intercambiaba mensajes con el gobernador de Veracruz, cuyo contenido fue desconocido hasta para mí. Ni siquiera podía imaginarme qué pasaba por su cabeza. Arrinconado, asediado, debilitado

por la fatalidad de las circunstancias, Carranza atravesaba los pasillos de Palacio Nacional como quien mira una cruenta batalla desde
el parapeto, solo a la espera del momento preciso para hacer la ma-
niobra que le salvará la vida, si acaso existiera alguna.

Pasaron un par de semanas desde la declaración de Agua Prieta
cuando el presidente me llamó a su despacho. Al cruzar la puerta,
noté que hojeaba unos papeles detrás de su escritorio. Tal como esos
dolorosos días en los que enfrentó el secuestro y la posterior muerte
de su hermano Jesús, Carranza se encontraba de una pieza. Sereno,
analítico, sin titubear. Me mantuve expectante hasta que desvió
la mirada de los papeles y los esparció sobre la mesa. Apenas lo
hizo, me di cuenta de que se trataba de varias cartas dirigidas a los
ministros de México en España, Italia, Costa Rica, Chile y Brasil,
entre otros países; todas ya selladas por la Secretaría de Relaciones
y firmadas con el puño y letra del presidente.

—Disculpará usted la demora de esta encomienda, como sabe,
han sido tiempos complicados —me expresó con tono sutil—. Con
el fin de compensarle la espera, me tomé la libertad de redactar
estas cartas para recomendarla muy especialmente con los representantes de mi gobierno en el extranjero. En ellas les pido que
la ayuden en todo cuanto sea posible y le dispongan los medios
para que pueda usted realizar su gira de conferencias con la mayor
prontitud. He dado la orden a la Secretaría de Relaciones Exteriores de que programen su viaje luego de este aviso diplomático, lo
que se ha establecido para la primera semana de junio. No tiene que
preocuparse por nada.

Luché por contener las lágrimas. Estaba conmovida de recibir
tan alta consideración de Carranza, en especial cuando la amenaza
obregonista parecía ya tocar las puertas de Palacio Nacional.

—Gracias, señor presidente —atiné a decir.

Carranza me miró de manera afable por unos segundos y volvió
su atención al legajo de carpetas que tenía enfrente, dispuesto a resolver otro más de sus interminables asuntos.

Yo misma me aseguré de que las cartas partieran ese mismo día hacia sus destinos. Estaba feliz de tener en mis manos una fecha y un itinerario a los que atener la dirección de mi vida, la cual por un momento resurgió brillante y llena de enormes posibilidades. Al terminar la semana, celebré las buenas nuevas con un discreto brindis junto a Beatriz, Salomé y otras amigas.

El siguiente lunes, Palacio Nacional se encontraba más frío que una tumba. Fue entonces cuando me enteré de que el presidente Carranza había partido inesperadamente hacia Veracruz. No había podido despedirme de él.

EL SILENCIO

El 22 de mayo de 1920 inició como un sábado cualquiera. Me desperecé en la cama, me calcé sin prisas los zapatos y salí del dormitorio para ir hacia la estancia vacía; Beatriz ya habría ido al mercado a comprar el desayuno. Desde esos primeros minutos advertí que un lejano rumor palpitaba afuera, aunque supuse que este se debía al usual escándalo de las vecinas bañando a sus niños en el patio o al lechero que tocaba de puerta en puerta cuando el día empezaba a despuntar. Ignorando aquel cúmulo de voces, llené de agua la palangana y me refresqué el rostro. Cada día me acercaba más al mes de junio y la emoción me desbordaba tan solo de pensar en mi viaje a Europa. No tenía nuevas noticias de la Secretaría de Relaciones Exteriores, pero confiaba en la palabra del presidente y daba por hecho que pronto me embarcaría con destino a Madrid. Incluso algunos diplomáticos ya habían respondido las cartas enviadas por Carranza, y según lo dicho, me proporcionarían todas las facilidades durante mi gira. Eso ya no me preocupaba, aunque no por ello mi espíritu estaba libre de inquietudes.

Hacía ya quince días desde que el presidente había partido a Veracruz y lo único que se sabía es que aún no arribaba a su destino. La lógica indicaba que estaría en algún lugar de Morelos o Puebla, ¿pero por qué razón alargaría el trayecto? Era preocupante, alarmante si se consideraban las circunstancias. En Palacio se rumoraba que Carranza había salido a Veracruz para reunirse con algunos de sus aliados, entre ellos, el gobernador, y "relajar" la tensión detonada por la amenaza aguaprietista; aunque también estaba la posibilidad

319

de que la inesperada huida se debiera a su deseo de trasladar nuevamente su gobierno al puerto jarocho. En cuanto a mí, solo lamentaba no haber tenido la oportunidad de despedirme del presidente ni reiterarle mi fidelidad. ¿Él lo sabría? A pesar de mis dudas repentinas, en el fondo yo sabía que sí, que nuestros años de cercanía no habían pasado en vano.

Luego de asearme tomé asiento frente a la máquina mecanógrafa, en donde una noche antes había dedicado horas a la escritura de ese libro de filosofía que ya representaba mi distracción más valiosa. Intentaba no cavilar demasiado acerca de mi futuro. Tenía una fecha y una orden presidencial para salir de México, y a eso me aferraba para superar la incertidumbre. Rodeada de libros, notas y cuadernos, me decidí a escribir la mañana entera, pero la llegada de Beatriz, quien cruzó la puerta visiblemente azorada, echaría abajo no solo mis planes de ese día, sino todas las ilusiones con las que había armado el castillo de mi porvenir. Cerró la puerta con un ademán distraído y avanzó hacia mí cargando una bolsa de pan que parecía a punto de desfondarse; en la otra mano sostenía un ejemplar de *El Universal,* el cual me extendió sin decir palabra.

Un estremecimiento fulminante me reventó el pecho en el momento en que mis ojos alcanzaron la primera plana: *¡EL SR. CARRANZA HA MUERTO!* No reaccioné de inmediato. Permanecí inmóvil, sosteniendo el diario entre mis dedos temblorosos que hicieron un esfuerzo para mantener firmes las páginas. Beatriz se sentó a mi lado, consciente de lo que esa noticia significaba para mí. Se informaba de que la muerte de Carranza había sucedido en Tlaxcalantongo, Puebla; que su cuerpo sería traído a la capital por el general Mariel, quien había partido con él hacia tierras veracruzanas. Dejé caer el periódico al suelo. De pronto todo adquirió un aspecto de bruma, como el de las cortinas blancas que ondeaban levemente sobre la estancia. En ese instante lo único que se me ocurrió fue dirigirme a Palacio Nacional. Necesitaba escapar de esa habitación que de pronto se tornó asfixiante. Beatriz insistió en acompañarme pero me negué.

Sin ganas de abordar el tranvía me puse en marcha hacia Reforma, crucé la Alameda y Madero. A mi paso la gente se arremolinaba alrededor de los estanquillos, y los papeleritos no se daban abasto ante la alta demanda de periódicos. "¡El presidente Carranza ha muerto! ¡Lo han asesinado!", se escuchaba en el aire. Los rostros surgían expectantes al pie de las vecindades, detrás de las ventanas y al filo de las azoteas tal como hacía más de cinco años, cuando entre vítores de celebración el Primer Jefe y su Ejército constitucionalista hicieron su entrada triunfal a la capital. Sin embargo, esta vez el ánimo era diametralmente distinto. Al llegar a Palacio se me prohibió la entrada, una muralla de soldados ya custodiaba fieramente los portones. Emprendí una caminata a la redonda con la esperanza de encontrarme con alguno de mis compañeros que, quizás igual de confundidos, acudirían al recinto para emitir un pronunciamiento y hasta emprender algún tipo de movilización, pero eso no ocurrió. Por el contrario, al no ver ni un rostro conocido, me di cuenta de que todo se había acabado.

Sorpresivamente, la muerte de Carranza pasó casi desapercibida. No hubo protestas ni levantamientos, solo un silencio que me atravesó como una grieta. El orden constitucional se había quebrantado pero la gente ni se quejó, quizá ya cansada de años de revolución, batallas y pobreza. Incluso los funerales fueron discretos. Aquella pobre fosa que se le destinó en el Panteón de Dolores no le hizo justicia a ese gran hombre que había sido don Venustiano. Si le tendieron una emboscada, si lo sorprendieron con una balacera en medio de la noche, si hasta le mataron a su amado caballo, fueron cuestiones que preferí no saber. El solo imaginarme que hubiera pasado por semejantes suplicios me partía el alma.

Con mis sentimientos lastimados, con mis sueños y esperanzas rotos, contemplé impávida el silencio del Congreso. No hubo ni una voz airada, ni un solo diputado indignado, nadie que se irguiera para condenar el abominable atentado contra el presidente. A diferencia de los diputados, Luis denunció con todas sus letras lo que verdaderamente había ocurrido en Tlaxcalantongo: un cuartelazo.

Escribió una serie de notas para el *Excélsior* bajo el seudónimo de Blas Urrea, en donde su lúcida pluma no solo se atrevió a insinuar la responsabilidad de los aguaprietistas en el magnicidio, sino también imprimió en esas páginas un emotivo retrato del presidente, a quien pocos conocieron tan bien como él. Al igual que Cabrera y otros pocos, yo también alcé la voz: envié algunas cartas al extranjero para narrar lo que ocurría, pero mis esfuerzos fueron inútiles. Más pronto que tarde, el sonorense Adolfo de la Huerta, aliado de Obregón, se declaró presidente interino, y los engranajes de la máquina gubernamental empezaron a moverse frenéticamente hacia su dirección.

Frente a este desolador panorama consideré la muerte de Carranza como la última de mis derrotas. No volví a poner un pie en Palacio Nacional y la Secretaría de Relaciones Exteriores me comunicó que todas las encomiendas diplomáticas se habían interrumpido hasta nuevo aviso, lo cual me reafirmó dos cosas: que aquel gabán confeccionado por Beatriz permanecería en el ropero por tiempo indefinido y que el soñado viaje a Madrid se había esfumado para siempre. Entonces ¿era así como terminaba todo? ¿De verdad nuestra gran revolución culminaría con el asesinato del presidente constitucional a manos de un grupo de militares? Cuando pensé que la tortuosa política mexicana ya no podía sorprenderme más, el procurador general de la República señaló que, al momento de su muerte, Carranza no era presidente de México, sino un simple civil según lo establecido en el Plan de Agua Prieta, al cual algunos —convenientemente— ya le daban más importancia que a la misma Constitución. La PGR acusó al general poblano Rodolfo Herrero como el culpable de ponerle fin a la vida de Carranza y por ello se le dio un castigo "ejemplar": una semana en prisión y la baja del ejército. Con el repentino "exilio" de Pablo González y la rendición de Pancho Villa firmada en Sabinas, el grupo obregonista se alzó definitivamente con el poder.

Mi tía Ángela insistió en que volviera a Durango por mi propia seguridad, pero esa posibilidad estaba fuera de la mesa. Amaba mi vida en la capital y nada me haría dejar esa ciudad que ya consideraba parte de mí. Beatriz, Salomé y mis antiguas colaboradoras se mantuvieron a mi lado. Me propusieron retomar *Mujer Moderna*, salir del país con ayuda de mis contactos en el extranjero o encontrar acomodo en un escenario político alejado de la capital, como bien podría ser Yucatán o Durango, pero yo no tenía fuerzas para lidiar con nada. Algo en mí se había roto.

En septiembre de ese mismo año, las elecciones presidenciales convocadas por Adolfo de la Huerta transcurrieron de manera ordenada y pacífica, salvo una que otra protesta de ciertos votantes que osaron recordar a don Venustiano, a quien todos los demás se empeñaban por dejar en el olvido. Los diarios anunciaron el triunfo ya cantado de Álvaro Obregón, quien como presidente electo aseguró que movería cielo, mar y tierra para dar con los asesinos intelectuales del "señor Carranza", lo que me provocó más risa que otra cosa. El general, a quien antaño admiré, podría llenarse la boca de promesas y yo jamás le concedería ni la más pequeña de las consideraciones: *Una mujer que piensa*, me dije, *es mejor que un hombre que mata*.

Al parecer él me guardaba un desprecio similar. Si alguna vez pensé que había pasado por alto mis desaires, me equivoqué. Un par de meses después de las elecciones recibí una carta de la Secretaría de Hacienda en donde se me exhortaba a pagar los 1500 pesos que, según la misma Tesorería, se me habían entregado "en calidad de anticipo por sueldos de una comisión a España y América del Sur". Como la Secretaría de Relaciones Exteriores había cancelado mi gira, se me exigía reintegrar aquella cantidad que en ningún momento recibí y que, además, representaba una suma considerable para mis arcas. Acudí de inmediato a aclarar la situación, sin embargo, los organismos de gobierno estaban ya repletos de burócratas aguaprietistas y eso complicó mi labor hasta lo imposible. Ningún funcionario pudo o quiso ayudarme ni en Relaciones Exteriores ni en Hacienda. Lejos de eso, su conclusión fue implacable: debía pagar los 1500 pesos en un lapso de diez días o "atenerme a las consecuencias", cuyos detalles preferí ni preguntar.

Al finalizar mi odisea burocrática, aceleré el paso a casa; durante el trayecto no pude evitar la sensación de ser perseguida, ¿acaso no acababa de experimentar un acto clarísimo de intimidación? Invertí mis últimos ahorros en el pago de esa deuda inventada, y como estos no fueron suficientes, debí recurrir a los préstamos de mis amigas para salir del atolladero. Curiosamente otros compañeros de Palacio se vieron envueltos en malentendidos similares y varios de ellos, temerosos ante la posibilidad de enfrentarse a represalias aún más graves, tomaron sus maletas para desaparecer del mapa. El corazón se me rompió una y otra vez al presenciar la aplastante estrategia con la que Obregón desmanteló los últimos rastros del régimen constitucionalista, ese que con tanto orgullo representé en todas mis andanzas.

A partir de entonces dediqué mis esfuerzos a sobrellevar mi nueva situación. Con pocos pesos en la bolsa, la necesidad de trabajar se volvió apremiante, aunque para ello me impuse ciertos términos. No tenía ánimos de escribir, incluso abandoné el libro de filosofía que tanto entusiasmo me despertó; descarté cualquier empleo en el servicio público y me negué a colocarme en alguna revista o periódico pues, contra todo pronóstico, únicamente deseaba pasar desapercibida. A inicios de 1921 conseguí justo lo que buscaba: un trabajo como maestra de mecanografía en una escuela para señoritas ubicada muy al sur de la ciudad. Los primeros días aquel espacio me parecía minúsculo comparado con Palacio Nacional, y mi empleo, anodino tras años de servir al presidente de la República. Como otras tantas veces, solo seguí adelante.

De cara a ese país que súbitamente desconocía, mi atención se encauzó hacia el monótono tintineo de las mecanógrafas y el contundente rigor de la rutina escolar, en donde mis alumnas me fueron revelando un resquicio de esperanza. A diferencia de mis antiguas pupilas en Torreón, para quienes el silencio y la obediencia eran virtudes, estas jóvenes privilegiaban la palabra y la independencia. Habían crecido a lo largo de diez años de revolución y no consideraban una rareza que una mujer se desenvolviera lejos de casa, ya fuera trabajando, estudiando o empuñando un rifle. A partir de las amenas conversaciones que sostenían al interior del aula —lo cual hacían sin reparos—, descubrí que muchas de ellas ya no se conformaban únicamente con ser la madre o la esposa de alguien. Asistían a clase con el objetivo de emplearse en el futuro, ganarse su propio dinero e incluso emprender una carrera en Medicina, Derecho o Farmacéutica. Las mexicanas estábamos aún muy lejos de alcanzar una verdadera emancipación, sin embargo, las nuevas generaciones albergaban en su interior esa semilla de libertad que era tan poco frecuente tan solo diez años atrás, suficiente para vislumbrar la chispa de un futuro alentador. Gracias en parte a estos descubrimientos, el magisterio fue revelándose como la mejor alternativa a mi desencanto. Hallé sosiego en mi diario andar por los pasillos, en las evaluaciones y las nimias conversaciones que sostenía con las demás profesoras. Me alegraba con cobrar mi cheque, pagar mis deudas y atestiguar en silencio el ímpetu de mis alumnas, el cual solía sacarme una sonrisa cada mañana.

Con el paso de los meses el silencio continuó. Se realizaron aprehensiones, cateos e investigaciones, pero ninguno de ellos arrojó pistas sobre los autores intelectuales del magnicidio de Carranza. No dejaba de impresionarme la facilidad con la que el país entero olvidaba los hechos en Tlaxcalantongo ni con cuánto agrado aceptaba ese régimen, a todas luces, surgido de la traición. Como bien me dijo Luis antes de partir hacia su natal Puebla, cuando por esos días se delineaba una versión oficial de lo sucedido.

—Imagínate que estás en una escuela del futuro, no sé, en 1970 —reflexionó Luis sosteniendo un café negrísimo en un restaurante de Correo Mayor—. Seguramente en esas épocas se siga repitiendo un relato imparcial que se apegue a ciertas generalidades. Tal vez, por ejemplo, que al presidente Carranza le faltó el apoyo del Ejército; que Obregón y González, temerosos de que este pretendiera dejar el gobierno a un candidato civil, no esperaron a las elecciones y se pronunciaron contra el presidente para deponerlo… quizá se concluya que Carranza salió de la Ciudad de México hacia Veracruz, pero que en la sierra poblana fue sorprendido y asesinado por *un cabecilla rebelde*. De todas maneras, me temo, los libros de Historia optarán por dedicarle muy pocas líneas a lo ocurrido en Tlaxcalantongo. ¿Por qué lo harían? Carranza les será siempre un fantasma incómodo, de esos a quienes no es conveniente invocar.

Aunque sombrío, aquel presagio ya empezaba a revelarse como cierto. Pocos fuimos al Panteón de Dolores para conmemorar a don Venustiano en su primer aniversario luctuoso. En compañía de Beatriz y Salomé, me encaminé por el camposanto en medio de un silencio tan extraño como triste. Esa mañana no hubo militares montando guardia, ni bandas de guerra, tampoco ninguna ceremonia organizada por el gobierno. Al llegar a la tumba apenas nos topamos con una veintena de solitarias coronas y algunos seguidores que, como yo, acudieron a manifestarle su respeto. Si algún integrante de su familia u otros allegados hicieron acto de presencia fue un misterio para mí. No encontré ningún rostro conocido. Entre los leales a Carranza había demasiado coraje y temor, lo cual probablemente habría impedido una mayor concurrencia. Ante la mirada de mis amigas, coloqué un ramo de rosas blancas sobre el sepulcro. Ese año me había sido imposible escribir, pero pude articular unas cuantas palabras que leí al pie de la tumba:

—Le digo adiós al visionario sublime que acaudilló una revolución justa y legal, a aquel que comandó un ejército y una idea de Nación. Le digo adiós a quien con fervor patriótico buscó crear lazos fraternales con todo un continente; a quien nunca se doblegó ante los mandatos de potencias extrañas sin importar cuán poderosas fueren; a quien fue mártir y justo. Pero sobre todo le digo adiós a mi amigo incomparable, a quien me brindó su eterna confianza y se mostró siempre feliz al verme conquistadora de la vida, de mi propia vida, que es lo que hacen los verdaderos amigos. Hasta siempre, don Venustiano.

Beatriz y Salomé corrieron a abrazarme, pues de repente me descubrí llorando. Por fin me liberaba de las emociones que oprimían mi pecho desde hacía meses. Quizá ni siquiera yo estaba consciente del tamaño de mi decepción. Todo lo ocurrido había sido el tiro de gracia no solo a las expectativas que había albergado sobre mi carrera y mi futuro, sino también a una parte muy querida de mí. Entre los brazos de mis amigas, no nada más me desprendía de una revolución a la que me entregué incondicionalmente, sino también de los ideales que me habían acompañado desde que tenía memoria y a los cuales, esa mañana de mayo, también les dije adiós.

UN ESPÍRITU INCOMPRENDIDO

Antes de que mi tía Ángela pisara la Ciudad de México por primera vez jamás pensó que la deslumbraría. No había albergado el sueño de conocer la gran capital, ni fantaseaba con sus grandes palacios ni sus aires cosmopolitas. El único deseo que tuvo fue el de vivir para sus amigas y ese lo cumplió: estuvo junto a mi madrina Eugenia hasta que esta dio su último suspiro en su cuartito de Durango, víctima de la gota. Cuando me enteré de su muerte, mi tía ya la había enterrado en el Panteón Municipal junto a la parcela en donde yacía mi padrino. A la vuelta del camposanto, repartió entre las vecinas hasta el último de los enseres domésticos, y finalmente vendió el departamentito que las alojó a ambas. Con la ganancia podía vivir tranquilamente los siguientes años, tal como Eugenia lo había previsto. Se habían cuidado la una a la otra y ese cariño lo esparcieron en aquel rincón donde tantas aprendieron a leer, a tejer con gancho y a desahogar el alma. Pensé que sería difícil convencer a mi tía Ángela de venir conmigo a la capital, pero para mi sorpresa fue ella quien insinuó la idea: "Con la partida de tu madrina, una de las comadres me dice que debiera cambiar de aires, pues jura que ando muy desmejorada. Ya sabes, cosas que dice la gente para alegrarme...", me escribió con ese tono pícaro que saltaba entre líneas.

El día que Beatriz y yo la recibimos en San Lázaro, mi tía descendió del tren cargando una maleta y su viejo estuche de costura, dispuesta a empezar de nuevo. Al salir de la estación lo primero que hizo fue estirar el cuello para contemplar esas construcciones tan altas como no había visto en su vida. Se instaló con nosotras en el departamento de la Guerrero y desde ese momento me decidí a mostrarle las maravillas de la ciudad. La vejez no le fue impedimento para disfrutar de los cafés en Madero, entretenerse con las curiosidades de los puesteros sobre San Juan de Letrán, ni acudir a las zarzuelas en el Teatro Esperanza Iris o las funciones en el Cine Venecia. A pesar del duro golpe que fue la muerte de su mejor amiga, continuaba exhibiendo ese eterno amor por la vida que resultaba tan contagioso. Desde sus primeras semanas colaboró con nosotras en las tareas del hogar, entabló amistad con los vecinos, seguía haciendo costuras para mantener la mente despierta y "metía las narices adonde nadie le llamaba", como ella misma admitía, para defender lo que creía justo.

Su llegada coincidió con la de los anhelados tiempos de paz: a inicios de 1922 la Revolución mexicana había oficializado su fin, y el gobierno obregonista continuó la reconstrucción nacional ya iniciada por Carranza, aunque esto último no se le reconociera nunca a don Venustiano. El recuento de los daños arrojó cifras espeluznantes. Las pérdidas humanas se contaban por millones luego de una década de hambre, epidemias y lucha armada. Me preguntaba si una cifra similar habría sido la de las mujeres ultrajadas, robadas o simplemente desaparecidas durante ese tiempo de caos, pero esos números no se contabilizaron. Entonces los esfuerzos se encaminaron a reactivar las industrias, los comercios y el campo; sobre todo a poner en marcha aquella que se convertiría en una de las más grandes empresas nacionales: la Secretaría de Educación Pública, la cual instruiría a las siguientes generaciones de mexicanos de manera laica, gratuita y obligatoria de acuerdo con la Constitución. Con ella arrancaba la época de los grandes artistas, de la reivindicación de las raíces prehispánicas y de la educación como el valor más grande de la Patria; rápidamente los Orozco, Rivera y Siqueiros sustituyeron a los Carranza, Villa y Zapata como los referentes de la vida nacional. Al poco tiempo mis amigas comenzaron a emplearse como profesoras por todo el país, aunque otras más se convirtieron en periodistas, telefonistas o secretarias en oficinas públicas y privadas.

Los hombres empezaron a recuperar los espacios que dejaron vacíos durante toda esa década, pero aun con ello hubo mujeres que continuaron al frente de tiendas, haciendas y negocios familiares; victorias significativas aunque todavía pequeñas, pues no alcanzaban para liberar al sexo femenino de su sumisión, pobreza e ignorancia. Ante ese panorama, para muchas mexicanas la lucha por nuestros derechos no terminó, quizá no terminaría nunca.

Apartada y discreta, contemplaba con beneplácito el camino de todas aquellas que se entregaron a la radicalidad para exigirse libres e iguales, tanto en México como en el extranjero. Celebré el otorgamiento del voto a las mujeres blancas en Estados Unidos, así como la creación del Consejo Feminista Mexicano, el cual continuó en la pelea por nuestra escurridiza emancipación. Me daba cuenta de que no había pasado tanto tiempo desde que yo misma había puesto sobre mis hombros esas mismas causas, pero aquella vida ya empezaba a parecerme tan lejana como un sueño. ¿Qué había sido de esa mujer que siempre fui? ¿Acaso nomás se había desvanecido? Mis alumnas y mis compañeras me lo preguntaban todo el tiempo.

Empecé a convivir con las maestras de la escuela, a unirme a las reuniones de los viernes y, debido al interés que algunas de mis pupilas mostraban en cuestiones feministas, me atreví a compartirles varias de mis lecturas: Rosa Luxemburgo, Augusto Bebel, Clara Zetkin y un largo etcétera. También me animé a contarles sobre mi lucha encarnizada por el voto femenino en Querétaro, la fundación de *Mujer Moderna* y mi campaña electoral, entre otras anécdotas. Ellas escuchaban fascinadas mis historias en Cuba, mi convivencia con grupos feministas, así como mi contacto con mujeres de todo el mundo. Me provocó gracia la suspicacia con la que me veían, como si mi imagen sosegada de aquellos días no cuadrara con esa existencia que probablemente les remitiera más a la de una heroína medieval.

Entonces ¿por qué renunció al feminismo, maestra?, ¿qué la hizo acabar aquí?, ¿sigue siendo feminista y por eso no tiene marido?, me cuestionaban sin reparos. Para muchas, mi alejamiento de la vida pública no tenía sentido, pero en ese tiempo no me interesaba convencer a nadie. No explicaría mi cansancio, ni mi desencanto, ni mi desamparo ante esa revolución que ya no sabía cómo interpretar. En mi interior se asomaba la posibilidad de volver al escenario público cuando los obregonistas dejaran el poder, pero todavía no me animaba a hacer ninguna apuesta. Nunca dejé de ser un espíritu incomprendido para muchos.

Durante meses Beatriz, mi tía Ángela y yo mantuvimos una amena convivencia en la vivienda de la Guerrero, aunque eso no podía durar para siempre. Beatriz necesitaba su privacidad y yo, un lugar más cercano a la escuela en donde trabajaba. Mi salario y la herencia de mi madrina nos permitió a mi tía Ángela y a mí instalarnos en un acogedor departamento al sur de la ciudad, el cual contaba con una terraza que pronto se convirtió en mi lugar favorito. Ahí pasaba buena parte del día, reflexionaba y me reencontraba poco a poco con la escritura. Comencé a disfrutar de esa paz que hacía tanto no experimentaba… una paz que solía resultar tan inquietante. Estaba a punto de cumplir treinta y siete años y ya se me tachaba de caso perdido, sobre todo en la escuela. No faltaba quien pusiera el acento en mi soltería y se empeñara en contagiarme su inclinación hacia las grandes hazañas románticas de príncipes que aparecen para cambiarle la vida a una, rescatándola del tedio y la infelicidad. No podían entender que yo fuera plenamente feliz con mis libros, mi empleo y mis amigas; aún pesaba sobre mí esa supuesta carencia, esa mirada de lástima.

—Pero, Hermila, ¿acaso es así como quiere terminar su vida? —me preguntaron más de una vez, seguras de que ese final debía entrelazarse necesariamente con un hombre.

Durante mi adolescencia, mis compañeras del colegio estaban seguras de dos cosas: que se casarían y serían madres. Con tono de oráculo, solían describir a ese hombre perfecto de pies a cabeza, eran capaces de escuchar su voz, de sentir su olor, de emocionarse con sus cortejos e imaginar el momento en que este les propondría matrimonio. Décadas después, al escuchar a algunas de mis alumnas, descubriría que esas ilusiones se mantenían intactas en el imaginario de las jóvenes. Pero ¿acaso todas las mujeres debían "terminar" su historia con un gran encuentro romántico? ¿No colaboraba esa idealización del amor a perpetuar el mandato de sumisión femenina?

Una tarde, luego de salir de la escuela, me abordó un hombre. Era alto, blanco, llevaba un bigote muy negro. Lo había visto un par de veces caminando por la banqueta con aire despreocupado y, en su mano, llevaba el estuche de un violín. Me saludó con un *Buenas tardes* e inmediatamente se disculpó por la osadía de su acercamiento, lo cual revelaba una arcaica caballerosidad que, a decir verdad, me pareció un tanto simpática.

—Mi nombre es Miguel Enríquez —señaló—. Vivo en la casa contigua a la escuela donde usted trabaja, según deduzco por las tantas veces que la he visto entrar y salir con puntualidad a través del portón.

—Lo ha deducido bien, soy maestra de mecanografía —respondí con frialdad.

—Yo me dedico a la música —mencionó señalando su instrumento—, la cual no está tan alejada de su materia. A mi manera de ver, ambas actividades requieren precisión, ritmo, fluidez…

Asentí silenciosa. El comentario me parecía un tanto forzado. Debido a un ligero sobresalto, el cual intentó esconder inútilmente, percibí que él lo supo de inmediato. Aún no comprendía qué quería de mí aquel hombre.

—Bueno, pues… solo deseaba presentarme y ponerme a sus órdenes para lo que le haga falta. La música es mi gran amor, pero para sobrevivir me dedico al comercio. Hace un par de meses inauguré una tienda de conveniencia, quizá la haya visto, está en la mera esquina. Si alguna vez desea, no sé, platicar o tomar un café, pues en el interior de la tienda he dispuesto un espacio para ello, por favor no dude en visitarme. Para mí será un gusto volverla a ver.

Miguel se enfiló hacia una casa azul que se encontraba a unos pasos de la escuela, tal como lo mencionó, y yo reemprendí mi camino hacia el Teatro Principal para encontrarme con Beatriz. Si bien me había parecido agradable y educado, decidí rechazar la invitación de Miguel apenas me di media vuelta; no obstante, cuando le conté lo ocurrido, Beatriz condenó mi abrupta negativa.

—¿Y por qué no le aceptas el café? —me cuestionó—. No pierdes nada, incluso podrías ganar un nuevo amigo.

Como era costumbre, detestaba admitir que tenía razón: al final, un café no le hacía daño a nadie. A la siguiente semana de nuestro encuentro, salí de la escuela y me dirigí hacia la tienda de Miguel. Me recibió con una sonrisa apenas me vio acercarme. *Solo un café,* me había repetido al poner un pie en el establecimiento, pero la amena plática alargó nuestro encuentro hasta bien entrada la tarde. Miguel hablaba de recitales de música, de las partidas de dominó para las que semanalmente se reunía con sus amigos, de su niñez en su natal Jalisco antes de trasladarse a la Ciudad de México. Carecía de ese afán por demostrar poder o superioridad, tan distinto a todos los hombres que me habían rodeado durante mis años junto al presidente Carranza; esos bigotones con pistola que sacaban el pecho al cruzar la puerta y tenían poca consideración por lo que saliera de los labios de una mujer. Miguel estaba lejos de esos juegos y aquello, debía admitir, me resultó encantador.

Fue así como ese primer café se convirtió en paseos por Chapultepec e idas a la ópera. Miguel comenzó a esperarme afuera de la escuela y encaminarme hacia la parada del tranvía, lo cual llamó la atención de muchas profesoras. "Es solo un amigo", les decía sinceramente cuando estas cuchicheaban sobre la naturaleza de nuestra relación, o cuando mi tía Ángela comenzó a notar mis retardos y escapadas. Aunque comprendía tanta curiosidad, nuestra amistad no era mentira: Miguel y yo nos escuchábamos, nos acompañábamos, nos hacíamos reír. Le impresionaba mi anterior cercanía al mismísimo presidente Carranza y no tenía ningún interés sobre política, sin embargo, jamás cuestionó mi trabajo, ni mi edad (que ya era evidente), ni mi soltería, ni mi tendencia a decir siempre lo que pensaba. Así como yo, él también guardaba secretos.

Pasados algunos meses, cuando la confianza entre ambos se volvió natural, me dijo que estaba divorciado, era padre de una niña llamada Concepción y que su pasión por la música no se limitaba al violín, pues también se dedicaba al canto de manera no profesional. Quienes lo habían oído, confesó sonrojado, lo llamaban El Caruso de México. Me intrigaba que alguien tan sobrio y reservado fuera capaz de poseer tal timbre de tenor, pero decidí creerle ante su negativa de cantar algo para mí, lo cual, en vez de ofenderme, me hacía gracia. Llegué a apreciar sus anticuados modales, su sencillez y ese ligero estremecimiento sobre su piel al tomarme del brazo durante los paseos. Tanto Beatriz como mi tía Ángela lo vieron con buenos ojos. Cuando lo conocieron, resaltaron lo cortés, interesante y bien parecido que era, aunque ninguna logró sacarle una nota de la garganta.

Para 1923 la estabilidad en el país aseguró la reactivación de los espectáculos, los bailes en los casinos y las carreras en el hipódromo Condesa, eventos a los que Beatriz asistía con frecuencia. Por esos días las mujeres continuaban desafiando los límites. Mis alumnas gustaban de practicar pasos de *charleston* durante los recesos, las escandalosas faldas a media pantorrilla se pusieron de moda y la victoria del hermano de la Monja Roja, Felipe Carrillo Puerto, a la gubernatura de Yucatán, pronosticaba que Elena había acertado: el futuro del feminismo mexicano se encontraba en el sur. Miguel escuchaba atento estas noticias que yo le narraba con lujo de detalle; tampoco entendía de feminismo, pero nunca dejaba de hacer el intento.

—Mira... y tú nomás ibas por "un café" —señaló Beatriz durante una visita a la casa, divertida de que todavía frecuentara a Miguel luego de tantos meses.

Ante esos comentarios prefería callar; no obstante, mi silencio me delataba. En el fondo ya no veía en él a un simple amigo. Fuera en el salón de clases o haciendo la compra con mi tía Ángela en el mercado, de pronto me descubría repasando cada una de sus facciones, añorando un nuevo paseo solo para sentir el inocente roce de su brazo contra el mío, y hasta disfrutando la espera del próximo encuentro, en el que siempre me sorprendía con algún detalle. Su excesiva sutileza me conmovía y me conflictuaba por igual. No alcanzaba a comprender si él compartía esos sentimientos a los que mi corazón había dado rienda suelta y, todavía más importante, si yo había sucumbido a las ilusiones románticas de las que siempre había logrado escabullirme.

Un domingo caminábamos por Chapultepec tomados del brazo. Las últimas luces de la tarde se colaban entre las flores de jacaranda que por esos días inundaban los parques de la Ciudad de México. Sobre la solitaria vereda Miguel comenzó a tararear una melodía mientras me miraba de manera dulce, quizá coqueta. Me reí. Había ya renunciado a escucharle cantar y de buenas a primeras susurraba una pieza de Donizetti titulada *Una lágrima furtiva*. Continuamos avanzando mientras yo contemplaba ese perfil que en mi fuero interno había ya decidido que quería conservar siempre a mi lado. No habían sido exageraciones, su voz era bellísima. Al concluir la pieza, Miguel se giró hacia mí y me tomó la mano. Sacó de su bolsillo una pequeña caja atada con una cinta de terciopelo rojo. Lo que yo esperaba encontrar era un prendedor para el cabello, un chocolate fino o hasta uno de esos barnices de uñas que se veían en los grandes almacenes de Madero… pero me equivoqué. En lugar de los acostumbrados obsequios, en el interior de la caja resplandecía un sobrio anillo bañado en oro.

Acepté la propuesta de Miguel sin titubear, aunque casi sin darme cuenta de lo que sucedía, de cómo mi vida estaba a punto de transformarse. De pronto la idea de compartir mis años con alguien me pareció lo más natural… por más que me resistí a ello, había caído redondita a sus encantos. Debía admitir que quizás algunas historias sí terminan con un gran encuentro romántico, de esos que remueven el universo entero.

Mi decisión de unirme en matrimonio fue tan incomprendida como lo había sido todo en mi vida. A mis oídos llegaron las burlas de aquellos que me consideraban muy vieja para casarme, y de quienes decían que finalmente había sentado cabeza luego de tanto instar a las mujeres a emanciparse, así como las críticas de antiguas compañeras que recibieron la noticia como otra señal de mi repentina "domesticación". Por el contrario, mi tía Ángela tenía otra hipótesis: *Tú eres rebelde hasta pa' casarte, Hermila. Cuando ya te habían colgado el letrero de "aquí se visten santos", vuelves a demostrar que no hay etiqueta que te funcione*, me dijo con ese dejo de orgullo con el que me reconfortaba de niña, en la época en que era castigada en la escuela por no ajustarme a lo establecido. Beatriz, Salomé y el resto de mis amigas me comunicaron sus buenos deseos para la etapa que estaba a punto de comenzar, pues ellas comprendían tan bien como yo que las mujeres éramos libres de decidir cualquier camino que deseáramos para nuestra propia vida, ¿o acaso no era eso por lo que habíamos luchado durante tantos años?

Luego de la boda, la cual celebramos con una discreta ceremonia civil, Miguel y yo partimos a Cuernavaca. Allá bebimos, paseamos, hicimos el amor hasta el amanecer. Mientras yo disfrutaba de mi luna de miel junto al hombre con quien había elegido unirme, tres mujeres, entre ellas la Monja Roja, fueron electas diputadas del Congreso de Yucatán. Seguramente mi marido no alcanzó a comprender el significado de la gran conquista yucateca ni mucho menos cómo esta me removía las entrañas: en medio de ese hotel en Cuernavaca, junto a él, me di cuenta de que la lucha feminista continuaría hacia delante… pero sin mí.

SEMILLA QUE FRUCTIFICA

Abril de 1952

Esta mañana permanecí largo rato frente a la mecanógrafa, entre pilas de libros, papeles y tareas de mis alumnas. Intentaba escribir, pero la hoja sobre el rodillo continuaba en blanco. De un tiempo para acá he determinado horarios para ello, pues he comprobado con cuánta facilidad se pierden las aficiones bajo los yugos cotidianos. A esas horas, sin embargo, mi cabeza deambulaba por mil lugares y no había logrado arrancarme ni una sola palabra. Ante esa verdad mis ojos huyeron de la habitación. Durante varios minutos me dediqué a contemplar el paisaje de la colonia Portales: la gente hacía fila en la tortillería de enfrente, los niños jugaban a la matatena, los automóviles marchaban hacia el tradicional día de campo en el Río Churubusco. "¿En qué momento instalaron ese anuncio de Coca-Cola?", pensé al dirigir la vista sobre la avenida Panamá. Miro este paisaje a diario y aun así las cosas se me escapan.

—Pásate... —mencioné al escuchar un suave golpeteo sobre la puerta.

Miguel, mi marido, cruzó el cuarto y me besó la frente con su habitual dulzura.

—Es hora —anunció.

—Ahorita bajo, te vemos en el coche.

Mientras él se adelantaba, renuncié a la hoja vacía que resplandecía sobre la mesa. Me encaminé hacia el espejo, me acomodé la blusa y sujeté con una diadema mi cabello encanecido. Una vez más me repetí que el evento al que estaba a punto de asistir no era exactamente un acto de proselitismo: diversas organizaciones femeniles habían convocado a una concentración masiva para exigir el voto a nivel federal y por esa razón nos reuniríamos con Adolfo Ruiz Cortines, candidato del Partido Revolucionario Institucional, el PRI, rumbo a las elecciones presidenciales. En 1938 el gobierno de Lázaro Cárdenas aprobó la modificación del artículo 34 para que las mujeres pudiéramos votar y ser votadas, pero la misteriosa negativa a la publicación del decreto en el Diario Oficial de la Federación nos ha tenido atoradas una década más. No obstante, las mexicanas logramos una enorme conquista cuando recientemente el presidente Miguel Alemán nos otorgó el voto a nivel municipal, un gran paso para cumplir esa demanda pendiente que hoy le recordaríamos a Ruiz Cortines.

Como yo, nuestra lucha ha envejecido. Estados Unidos y Canadá, así como una gran parte de Europa y América Latina, han extendido ya el sufragio federal a sus mujeres, y ante eso, la resistencia de México le hace quedar como una nación "atrasada", por decir lo menos. ¿Por qué a las mexicanas se nos sigue negando el derecho a tomar parte en las grandes decisiones nacionales? Hasta la fecha se repiten los mismos argumentos: que nuestro lugar está en el hogar, que somos puritanas y sugestionables, y que, de votar, daríamos la victoria a los conservadores tal como ocurrió en España cuando las mujeres votaron por primera vez. ¿Pero no será ese miedo innato de dar el poder a las mujeres lo que nos ha traído hasta aquí?

Me di un último vistazo en el espejo, suspiré hondo y salí del cuarto. Había permanecido tan alejada de la esfera pública que la idea de volver a manifestarme me mantuvo esperando ansiosamente toda la semana. Quizás había estado esperando mi vida entera.

En la sala me reuní con Rosario, mi hija, con su pinta de joven moderna y la frescura de sus veintitantos. Había insistido en ir conmigo a pesar de que, igual que su padre, nunca ha mostrado gran interés en la política. Está por concluir sus estudios en Enfermería y el demandante ritmo de sus actividades apenas le deja tiempo para otra cosa, lo que hizo aún más especial su deseo de acompañarme. Desde su nacimiento, que todo mundo consideró un milagro al ser yo una madre primeriza a mis 42 años, conserva ese temperamento sosegado, opuesto al que yo demostré a lo largo de mi juventud. Sospechaba que Rosario comprendía lo que este día podría significar para mí, aunque no estaba segura de que estuviera consciente de lo que significaría para ella.

En el trayecto hacia el Tepeyac, donde se localiza el deportivo que albergaría el evento, mi esposo y mi hija intercambiaban impresiones sobre no sé qué cosa, y yo permanecía en silencio, absorta por los recuerdos que este día inevitablemente traía consigo. Mientras el coche avanzaba por San Juan de Letrán, el más mínimo estímulo me trasladaba a otros tiempos: la cafetería donde me encontré con Santiago, la oficina de *Mujer Moderna* y el edificio en donde viví junto a Beatriz, con quien todavía me escribo a veces a pesar de que ella y Carmen, su compañera, se han mudado a Acapulco. A diferencia de cuando estoy frente a mi ventana, esos rumbos me son tan familiares que fácilmente puedo advertir la más sutil de sus transformaciones. No obstante, el tiempo me ha hecho proclive a la añoranza y ningún recuerdo escapa a la comparación.

El gobierno de Alemán, así como todos los anteriores, se ha cobijado bajo la bandera de esa revolución que yo sigo sin comprender. Reconozco que esta trajo muchos beneficios para el país, como la expropiación petrolera y las reformas sociales expedidas durante el gobierno de Cárdenas; aunque también sigo pensando que en muchos aspectos estamos peor que antes: la "mordida" se ha instaurado como práctica nacional, los monopolios se han multiplicado, los trabajadores aún son explotados ya no por las haciendas sino por las grandes industrias, y las mujeres continuamos atadas a ese eterno mandato de sumisión. Me es imposible cerrar los ojos ante la corrupción que veo por todos lados, al enriquecimiento de tantos generales que participaron en el movimiento y que ahora ostentan altos puestos gubernamentales, mansiones y automóviles de lujo. Por otro lado, no son pocas las veces que me cuestiono si una "veterana" como yo, condecorada con el Mérito Revolucionario, debiera ser tan crítica con esa lucha que vivió en carne propia... aunque, a decir verdad, ese título tampoco lo he logrado entender. Durante la discreta comida donde se me otorgó, solo recibí un diploma y una credencial que todavía no adivino para qué sirven. Lo único que me llevé ese día fue la satisfacción de ver a mi tía Ángela, radiante, orgullosa de verme recibir ese papel sellado por la Secretaría de la Defensa Nacional. Pareciera que solo esperaba el momento de verme reconocida una última vez, pues meses después murió en nuestra casa de la Portales, donde le brindamos cariño y cuidado hasta su último día. Pensaba en estas cosas mientras el coche aceleraba el paso, y de pronto me sentí ligeramente conmovida e incapaz de responder a la pregunta que en ese momento resonaba en mi cabeza: ¿habrían valido la pena mis años en lucha?

Nuestro coche se estacionó a las afueras del deportivo. En la entrada colgaba una manta promocionando la candidatura de Ruiz Cortines entre los logos y colores del PRI. Miguel se despidió de nosotras y, sin soltar el volante, prometió recogernos a la salida. En cuanto el coche arrancó Rosario y yo nos internamos en el recinto, al que llegaban grupos de señoritas sosteniendo banderines y gritando consignas. Mientras yo apresuraba el paso, emocionada de reencontrarme con ese palpitante entusiasmo, Rosario avanzaba lentamente, ensimismada en el lejano horizonte del Tepeyac. No era la primera vez que me cuestionaba su indiferencia hacia cualquier asunto ajeno a su vida privada. ¿Podía exigirle que viera el mundo como yo lo veía a su edad? ¿Podía esperar que fuera una joven combativa? Una vez más me recordé que ella había crecido distinta a mí, a mi tía Ángela, a Elena. El acceso al trabajo y a la educación le parecían algo "normal", también la posibilidad de divorciarse o la de tener propiedades a su nombre. Era incapaz de exigirle nada, pues el mundo se le había abierto de manera diferente.

Junto a nosotras avanzaba un contingente que no dejaba de crecer. La mayoría eran jóvenes, pero también había mujeres mayores, así como niñas de la mano de sus madres y abuelas. Ninguna de ellas me era familiar aunque de alguna manera las reconocí, especialmente a las más viejas, quienes portaban zapatos gastados y ropa sencilla. Hubiera podido afirmar que muchas fueron las enfermeras, *adelitas,* generalas y propagandistas de la revolución; que habían permanecido en el olvido, que ninguna poseía una casa propia ni llevaba una vejez holgada. Lo sabía. Me reconocía en ellas. Desde este punto las pancartas y mantas se multiplicaban hasta donde me alcanzaba la vista: "Frente Único Pro Derechos de la Mujer", "Sección Femenil del Comité Ejecutivo Nacional del PRI", "Consejo Feminista Mexicano", y otras organizaciones a las que les había seguido la pista durante las últimas décadas, en tanto la lucha se vivificaba y yo hacía malabares para ser madre, maestra y colaboradora de mi hogar. La fuerza e influencia política que estas habían acumulado en los últimos años fueron el motivo por el cual tantas nos congregábamos esta tarde, inclusive nosotras, las de la vieja guardia, quienes luego de incontables descalabros nos habíamos alejado del escenario público. Esta vez, no obstante, el cambio parecía posible y por esa razón las mujeres ya no se contaban por decenas, ni por cientos, sino por miles.

Al llegar al gimnasio, en cuyo interior ocurriría el encuentro con Ruiz Cortines, me detuve en seco. Ahí la marabunta era más grande y también más escandalosa. Rosario y yo corrimos hacia un huequito que alcanzamos a ver entre las gradas; apenas nos sentamos, pude sentir que el piso temblaba bajo mis pies al estruendoso grito de ¡*Voto!* ¡*Voto!* ¡*Voto!* Solo entonces, ante esa explosión de algarabía, caí en cuenta de que sí, que esos años de lucha habían valido la pena: la que emprendí frente al Constituyente y los organismos electorales cuando me postulé como diputada; aquella que un gran número de mujeres combatió desde las revistas, ligas y congresos; la que tantas más realizaron en los campos de batalla y en sus propios hogares, donde sacaron adelante a sus familias; en fin, esa gigantesca batalla que peleamos todas las que fuimos tachadas de locas, hombrunas, inmorales, excesivas y gritonas por el hecho de perseguir la igualdad.

—¿Estás bien, mamá? —me inquirió Rosario.

Me miraba fijamente, con su sonrisa apacible y sus ojos grandes.

—Sí... —alcancé a responder—, muy bien.

De pronto, una oleada de aplausos invadió el recinto cuando sobre la tarima central apareció Adolfo Ruiz Cortines, un veracruzano de buenas intenciones, aunque, quizá también consciente de los beneficios políticos que el apoyo femenino pudiera traerle a su partido. Pese a que parecía imposible, los aplausos aumentaron todavía más su intensidad cuando un grupo de mujeres subió a la tarima e inmediatamente tomó su lugar en torno al candidato. A varias de ellas las reconocía muy bien: a lo largo de los años, las Elena Torres, las Elvia Carrillo Puerto, las Salomé Carranza y sí, las Hermila Galindo, habíamos pasado la bandera feminista a nombres como el de Margarita García Flores, Cuca García y Amalia Caballero de Castillo Ledón. Esta tarde fue Margarita quien tomó la palabra. Dio una emotiva bienvenida a las asistentes y, después de un breve preámbulo en el que repasó las conquistas de los derechos de las mujeres en las últimas décadas, hizo hincapié en nuestra eterna lucha por conseguir el voto a nivel federal, un derecho que, en plena mitad del siglo XX, era ridículo continuar posponiendo. Con un ademán resuelto, Margarita volvió su mirada al candidato, y sin más le espetó:

—*¿Usted cree justo, don Adolfo, que las mujeres no tengamos derecho al sufragio universal nada más porque nacimos con un sexo que no elegimos?*

Su provocadora pregunta cimbró nuevamente cada esquina del edificio. Los vítores, las rechiflas, los gritos de alegría se mezclaron con el *¡Voto! ¡Voto! ¡Voto!* a los que me sumé con el mismo fervor de antaño. Probablemente abrumado por tan desafiante concurrencia, Ruiz Cortines se adueñó del altavoz. Prometió modificar el artículo 34 y otorgarles la ciudadanía plena a las mujeres. En ese momento, como tambor rugiente, las miles de asistentes se entregaron de nueva cuenta a los aplausos, en tanto yo, incrédula ante esa promesa que había escuchado innumerables veces, me mantuve inmóvil.

—Que lo repita… —susurré con un hilo de voz.

—¿Cómo…? —esbozó mi hija sin entender.

—¡Que lo repita!

Sorpresivamente mis espontáneas palabras hicieron eco entre las mujeres a mi alrededor. *¡Que lo repita! ¡Que lo repita!*, empezaron a decir, una tras otra, hasta que aquella consigna se expandió a lo largo de las gradas como ondas en un río. En la tarima Margarita y sus compañeras también se sumaron al gritadero, y un par de minutos después, el gimnasio entero se unió en una sola exigencia: "¡Que lo repita!". Visiblemente acorralado, Ruiz Cortines alzó el altavoz una vez más:

—Y lo repito… —señaló en tono solemne—, de ganar la presidencia de México, prometo otorgarles a las mujeres el derecho a votar y ser votadas a nivel federal.

Sin que me lo esperara, Rosario cobijó cariñosamente mi mano entre la suya y sin decir ni una palabra más, juntas nos dispusimos a disfrutar el resto de ese mitin que repentinamente se había tornado en celebración. Quizá mi hija entendía más de lo que yo pensaba. Además de su grata compañía, de esa tarde guardaría siempre el orgullo de haber comprobado que mi desobediencia, esa que mostré desde niña, seguía habitando en mí como un fuego que nunca se apagaría del todo.

Coloco una taza de café junto a la máquina mecanógrafa y nuevamente me dispongo a escribir. El reloj marca las dos de la madrugada. Miguel nos recogió a las afueras del deportivo para luego llevarnos a cenar y a dar un pequeño paseo por Bellas Artes. Mientras él duerme en la habitación, yo permanezco despierta frente a esa hoja que sigue en blanco. Todo es silencio en la Portales, pero mi corazón continúa inquieto, sin recuperarse de lo ocurrido hace unas horas.

Disfruto de la velada mientras mis ojos recorren los estantes del librero, las fotografías familiares, los diplomas escolares de Rosario y un par de retratos que yo misma hice de don Venustiano Carranza, pues los últimos meses le he agarrado gusto a la pintura. A mis sesenta y seis años sigo descubriendo nuevos aspectos de mí misma.

Por primera vez en mucho tiempo, esta noche vuelvo a tener fe, fe en las nuevas generaciones de mujeres que conformarán la próxima gran revolución, esa que indudablemente conmoverá al mundo: la revolución femenina. Estoy consciente de que el voto y la ciudadanía serán solo el primer paso hacia la infinidad de luchas que nos quedan por enfrentar. Sí, las mujeres ahora pueden acceder legalmente al divorcio, pero quienes lo hacen son duramente juzgadas y hasta desterradas socialmente; quizá pronto la Constitución nos otorgue el derecho al voto, pero probablemente sean las mismas familias o los miembros de la comunidad quienes nos impidan ejercer este derecho, y ni se diga de aquellas que aspiren a postularse a un cargo público, pues, según mi experiencia, deberán cruzar un camino de trabas si desean invadir ese campo considerado exclusivamente masculino.

Ahora las leyes permiten que las mujeres accedan a la educación y al trabajo, pero el cuerpo femenino se sigue considerando un ornamento al que se le valora por su belleza y no por su inteligencia; por su juventud, y no por su experiencia. La vara con la que se mide nuestra libertad, especialmente en el terreno sexual, es completamente opuesta a la que mide la de los hombres: en nosotras el placer es ligereza; en ellos, símbolo de hombría y, por consiguiente, de poder. El cuidado de los hijos también se considera un asunto de mujeres, pero no así las decisiones referentes al control de la natalidad y a las de su propio cuerpo, el cual se ha perpetuado como un objeto del que se puede disponer, abusar y, en tantos casos, desaparecer. Nuestra semilla ha fructificado, pero hay otras que habrá que desarraigar hasta con las uñas, pues es más difícil modificar los usos y costumbres que la misma ley. A pesar de ello, esta noche me doy cuenta de que las mujeres lo lograremos. Lo sé, no albergo ninguna duda.

Luego de unos minutos, me acomodo en la silla y poso los dedos sobre la máquina. No sé si mis palabras serán escuchadas o leídas o si se perderán entre las tantas que se han producido en la historia de la humanidad, pero ¿qué sería del mundo sin nosotros, los idealistas?, y más aún, ¿qué sería sin nosotras, las mujeres combativas? En ambos casos, seguramente el progreso humano se detendría.

Una tras otra, las teclas ceden ante el peso de mis manos, y empiezo a escribir:

Esto es por las que han sido, las que son y las que serán...

FIN

EPÍLOGO

Como en toda obra de ficción, cubrí las lagunas de información con ciertas licencias, no obstante, los eventos principales narrados en esta novela ocurrieron en la vida real y están recogidos en las obras *Sol de libertad* y *El discurso en* Mujer Moderna: *primera revista feminista del siglo xx en México*, ambas de la extraordinaria investigadora, la doctora Rosa María Valles Ruiz, así como en varias fuentes históricas.

Sin embargo, en las últimas décadas de la vida de Hermila la información se vuelve confusa y escasa. En su libro *Los rostros de la rebeldía. Veteranas de la Revolución Mexicana, 1910 - 1939,* la historiadora Martha Eva Rocha Islas señala que luego de la muerte de Venustiano Carranza, Hermila se retiró del escenario político y se mantuvo alejada de las luchas feministas de las décadas posteriores. Tanto Rocha Islas como Valles Ruiz, principal biógrafa de Hermila, mencionan que contrajo nupcias con Miguel Enríquez Topete y que el matrimonio tuvo una hija, Hermila del Rosario. De acuerdo con ellas, a partir de entonces Hermila se dedicó al cuidado de su familia, así como a actividades intelectuales inclinadas a la pintura y la escritura. Si se sabe poco sobre su vida pública, menos se sabe sobre la vida privada de Hermila y las disputas internas en las que se debatía. ¿Qué habrá pensado realmente del porvenir de México tras el fin de la Revolución mexicana, después de haber dedicado cuerpo y alma a esa lucha, además de a la feminista? Poco se sabe, pero a efectos de esta ficción, imaginé a una Hermila decepcionada con el devenir de los acontecimientos, aunque

346

siempre orgullosa de haber pertenecido al movimiento encabezado por Venustiano Carranza.

Sobre la lucha feminista posterior a la que emprendió Hermila, cabe mencionar que en los años siguientes el concepto *feminismo* se hizo más vivo y nacieron nuevas corrientes que enriquecieron el debate. Probablemente la misma Hermila haya visto con entusiasmo cómo el movimiento en México se fortaleció gracias a organizaciones como el Consejo Feminista Mexicano y el Frente Único Pro Derechos de la Mujer; y a mujeres como Elena Torres, Refugio García, Amalia Caballero de Castillo Ledón y Margarita García Flores, entre muchas más, cuyos esfuerzos llevaron a las mexicanas a la conquista del voto federal.

Tras el logro del voto femenino a nivel municipal, otorgado durante el gobierno de Miguel Alemán, en 1953 el presidente Adolfo Ruiz Cortines cumplió con la promesa que hizo durante su campaña electoral: modificó el artículo 34 de la Constitución y con ello las mujeres en México finalmente obtuvieron la ciudadanía plena. Apenas un año después, Hermila murió de un infarto. Valles Ruiz señala que fue su hija Rosario quien encontró su cuerpo sin vida junto a su máquina de escribir Olivetti, su eterna compañera.

En 1955 las mexicanas acudieron a las urnas y votaron por primera vez en las elecciones federales, haciendo efectivo ese derecho por el que Hermila Galindo y tantas mujeres en nuestro país lucharon incansablemente.